la Cantatrice

Catalogage avant publication de Bibliothèque et Archives nationales
du Québec et Bibliothèque et Archives Canada

Antunes Simoes, Lise
La cantatrice
Sommaire: t. 1. La jeunesse d'Emma Albani.
ISBN 978-2-89585-085-4 (v. 1)
1. Albani, Emma, Dame - Romans, nouvelles, etc. I. Titre. II. Titre: La
jeunesse d'Emma Albani.
PS8601.N78A63 2011   C843'.6   C2010-942151-5
PS9601.N78A63 2011

Image de couverture : Archives de la Société d'histoire de Chambly.

Les Éditeurs réunis bénéficient du soutien financier de la SODEC
et du Programme de crédits d'impôt du gouvernement du Québec.

Nous remercions le Conseil des Arts du Canada
de l'aide accordée à notre programme de publication.

Nous reconnaissons l'aide financière du gouvernement du Canada
par l'entremise du Fonds du livre du Canada pour nos activités d'édition.

Édition :
LES ÉDITEURS RÉUNIS
www.lesediteursreunis.com

Distribution au Canada :   *Distribution en Europe :*
PROLOGUE   DNM
www.prologue.ca   www.librairieduquebec.fr

 Suivez Les Éditeurs réunis sur Facebook.

Imprimé au Canada

Dépôt légal : 2011
Bibliothèque et Archives nationales du Québec
Bibliothèque nationale du Canada
Bibliothèque nationale de France

LISE ANTUNES SIMOES

la Cantatrice

★

La jeunesse d'Emma Albani

LES ÉDITEURS RÉUNIS

À la petite Emma d'aujourd'hui,
qui comprendra plus tard la vie fabuleuse
qu'a vécue son ancêtre.

1

Le soleil qui se déversait par les immenses fenêtres des couloirs découpait de grands carrés de lumière et réchauffait les carreaux du sol. Sœur Pélagie, les mains cachées dans les manches de son ample robe noire, son visage sévère encadré d'une petite collerette blanche toute figée, marchait en faisant claquer ses talons comme un véritable soldat. Emma devait presque courir derrière elle pour ne pas se laisser distancer. Elles parcoururent sans un mot la moitié du couvent avant de s'arrêter finalement devant une large porte de bois vernis sur laquelle la religieuse frappa un léger coup. Ayant reçu une réponse, elle ouvrit pour laisser entrer la jeune fille puis referma derrière celle-ci avec un bruit sec. Le son de pas cadencés s'éloigna aussitôt.

En comparaison avec les grands couloirs illuminés, le bureau de la mère supérieure était très sombre. Les yeux d'Emma mirent une seconde à s'y accoutumer. Elle connaissait bien cet endroit pour y avoir été souvent amenée lorsque, plus petite, elle se rebellait contre les règles implacables du couvent. Elle savait qu'elle devait attendre là, debout, les mains croisées devant elle, que la silhouette derrière le grand bureau lui fasse signe d'avancer.

Si ses vêtements étaient aussi noirs et austères que tous ceux des religieuses de son ordre, la Révérende Mère Trincano, en revanche, avait des yeux qui reflétaient une douceur rassurante.

— Approchez, mademoiselle, dit-elle.

Emma obéit. Ce fut alors qu'elle remarqua que l'un des deux grands fauteuils qui faisaient face au bureau était occupé. Ses yeux s'agrandirent de surprise.

— Papa ?

Joseph Lajeunesse était professeur au collège des Dames du Sacré-Cœur. S'il n'était pas rare que le père et la fille se croisent au détour d'un couloir, une rencontre dans le bureau de la mère supérieure était généralement de mauvais augure. Pourtant, aujourd'hui, il n'y avait ni ambiance orageuse ni regards courroucés. L'air tranquille, Joseph répondit à sa fille par un sourire qui laissa celle-ci perplexe.

— J'étais en train de discuter de votre situation avec votre père et j'ai pensé que vous souhaiteriez donner votre avis, expliqua doucement la religieuse. Nous parlions de votre avenir, mon enfant. Asseyez-vous.

Rassurée sur le fait qu'on ne l'avait pas fait appeler pour la sermonner, Emma ravala sa curiosité et obéit en silence. Elle s'assit sur le bord du fauteuil, les mains sagement croisées sur ses genoux et le dos bien droit, comme on le lui avait enseigné. La mère supérieure, qui n'avait pas manqué d'étudier les mouvements de la jeune fille du coin de l'œil, approuva d'un léger signe de tête. Puis elle se tourna vers Joseph et reprit la conversation que l'arrivée d'Emma avait interrompue.

— Monsieur Lajeunesse, votre fille a un talent remarquable. Je sais que vous y êtes pour beaucoup et qu'elle ne serait pas rendue à un tel niveau à son âge si vous n'aviez pas été pour elle un excellent professeur en plus d'un père attentionné.

— Merci, Révérende Mère, répondit Joseph avec modestie.

— J'ai encore en mémoire les échos qui me sont parvenus du concert que cette petite a donné à la salle des Artisans. Elle était déjà très douée pour son jeune âge, à l'époque, et je suppose qu'elle s'est encore améliorée depuis.

— Certainement, Révérende Mère. J'y veille.

— Je n'en doute pas. Je me demandais donc si vous aviez une idée de ce que pourrait devenir un tel talent, dans les années à venir.

Joseph lança un regard en biais vers sa fille. Il était toujours surpris de voir à quel point elle grandissait vite. À quinze ans, elle était déjà devenue une vraie demoiselle, tandis que lui avait encore en tête la gamine entêtée qui, dix ans auparavant, insistait pour apprendre la musique. S'il avait pu se douter, alors, de ce qu'il allait découvrir en elle… Mais voilà que le temps avait passé et qu'il fallait déjà se soucier très sérieusement de son avenir.

Joseph choisit soigneusement ses mots.

— Comme vous le savez, dit-il, Emma s'est déjà produite à quelques reprises lors de petits concerts. Elle serait sans doute capable de continuer et de faire une carrière musicale intéressante.

— Telle que… ?

— Ma foi, elle pourrait enseigner, tout comme moi.

— Professeure de musique ? s'exclama la religieuse en parvenant même à faire tressaillir sa collerette empesée. Vous voulez faire de votre fille une simple professeure de musique ?

Si elle n'avait pas eu cette parfaite maîtrise d'elle-même, on aurait presque pu entendre un rire moqueur au fond de sa gorge.

— Monsieur Lajeunesse, reprit-elle, vous êtes vous-même un de nos meilleurs professeurs en ce domaine et je bénis le jour où je vous ai engagé pour enseigner à nos chères petites. Mais j'imaginais que vous aviez pour votre fille des aspirations plus élevées.

Joseph changea de couleur. Pendant un moment, il ne sut que dire.

Il avait détecté le goût et le talent inné d'Emma pour la musique depuis bien longtemps. Ce n'était pas pour rien qu'il s'était appliqué à lui donner des cours de solfège, à lui apprendre le piano et la harpe, et à l'initier à autant d'instruments qu'il le pouvait. Ces dernières années, avec le niveau qu'elle avait atteint, il lui faisait même travailler la musique jusqu'à six heures par jour, et cela, en plus de l'éducation qu'elle recevait au collège. Dans leur petite maison de Sault-au-Récollet, tôt le matin avant de partir au collège, puis le soir en revenant, c'était des gammes et des exercices à n'en plus finir.

Mais si Emma était une musicienne accomplie, son trésor, son talent absolu, c'était sa voix.

Claire, pure, d'une limpidité et d'une justesse extraordinaire.

Un véritable don.

Pour développer cette voix fabuleuse, Joseph s'était battu dès les premières années. Il devait parfois lutter contre Emma elle-même, car la jeune fille s'était toujours montrée dissipée : elle adorait la musique, mais elle chantait par plaisir et non par ambition. Elle n'avait pas encore mesuré l'ampleur des sacrifices qui allaient s'avérer nécessaires si elle voulait atteindre les plus hauts sommets. Pour elle, le rythme imposé par son père était simplement une contrainte parfois difficile à suivre. Elle aurait volontiers échangé ses devoirs fastidieux contre quelques heures de liberté avec ses amies, mais Joseph était inflexible. Il n'hésitait pas à user d'autorité et finissait toujours par soumettre sa fille. Lui-même se trouvait parfois plus sévère qu'il ne l'aurait souhaité, mais il était trop conscient du talent qui fleurissait en elle : il fallait l'exploiter, l'éduquer et le faire fructifier sans relâche pour qu'il grandisse et se déploie. Son seul objectif était de préparer le terrain pour qu'un jour Emma puisse en profiter largement.

La remarque de la mère Trincano avait fait mouche. L'éducation musicale de son enfant ne lui laissait aucun répit, et si Joseph consentait à tous ces sacrifices sans jamais baisser les bras lui-même, ce n'était certainement pas pour qu'Emma devienne une simple professeure de musique.

Malheureusement, ses ambitions démesurées étaient très mal accueillies par le voisinage. On trouvait charmante cette fillette à la voix cristalline, on s'attendrissait devant ses petits spectacles, mais il n'était pas question d'autre chose que de divertissements légers. On voyait d'un mauvais œil tout type de carrière professionnelle pour une jeune fille de bonne famille, encore moins une carrière artistique. Dès que Joseph avait soulevé le sujet d'une éventuelle percée dans l'opéra, il avait essuyé les pires critiques. Ceux-là mêmes qui avaient louangé le talent de la fillette s'étaient aussitôt mis à la considérer avec une sorte de méfiance, comme si la scène allait pervertir une enfant innocente et la rendre infréquentable. Avec le temps, Joseph s'était donc fait prudent. Il déguisait systématiquement sa soif de réussite pour Emma derrière des vœux plus modestes, afin de la protéger des mauvaises langues.

Il se croyait bien à l'abri, mais les yeux perçants de la mère supérieure ne le lâchaient pas. Elle l'avait percé à jour.

— En réalité, Révérende Mère, dit-il enfin en essayant de chasser son malaise, je pensais surtout à une carrière dans l'opéra.

— À la bonne heure ! répondit la religieuse avec un large sourire. Sur ce point, nous partageons le même avis.

Emma, qui n'était pas autorisée à parler sans qu'on l'y invite et qui se tenait toujours bien droite sur son fauteuil, tendit soudain l'oreille. L'opéra, pour elle, était magique : trop jeune pour avoir déjà assisté à un spectacle, elle en rêvait pourtant. Elle nourrissait son imaginaire des gravures qu'elle avait vues de belles dames dans des robes somptueuses, et des histoires chevaleresques ou des drames romantiques que son père lui racontait. L'opéra, c'était le sésame vers un monde merveilleux, bien loin de l'austérité du couvent qui faisait son quotidien depuis quelques années. Elle en rêvait avec un enthousiasme absolu d'adolescente, mais sans la moindre notion de ce que cela pouvait représenter concrètement.

— Sachez, monsieur Lajeunesse, continua la mère supérieure, que je suis moi-même une grande amatrice d'opéra. Il m'est arrivé, il y a longtemps, bien avant de prononcer mes vœux, d'assister à quelques représentations. Nous savons, vous et moi, que votre enfant a une voix d'or. Je ne peux m'empêcher de songer au triomphe qu'elle pourrait faire sur la scène d'un théâtre.

Joseph était stupéfait. Il s'attendait tellement à recevoir des remontrances de la part de la religieuse qu'il mit un moment à comprendre qu'elle abondait dans son sens. Se pouvait-il que madame Trincano, mère supérieure du couvent des Dames du Sacré-Cœur et directrice de son école pour jeunes filles, puisse être un atout dans les jalons qu'il posait discrètement en vue de lancer la carrière d'Emma ? Étrangement, ce fut lui qui eut le réflexe de freiner les ambitions de la religieuse.

— Elle est encore bien jeune, pourtant, objecta-t-il en songeant à la petite fille têtue de ses souvenirs.

— Bien entendu. Emma a encore beaucoup à apprendre ici, au collège, pour parfaire son éducation. Mais je crois qu'il est déjà temps de songer aux grandes écoles où elle pourrait s'inscrire. Vous devez certainement avoir une idée là-dessus ?

— Il y aurait le Conservatoire de Paris, bien sûr, mais je n'ai pas les moyens de l'envoyer là-bas. Je ne dois pas oublier non plus ma petite Cornélia. Elle aussi se révèle très douée et elle mérite autant de chances qu'Emma.

Croisant les doigts sur le bois lustré de son bureau, la mère supérieure hocha gravement la tête. Puis elle se mit à réfléchir.

De deux ans plus jeune que sa sœur, Cornélia Lajeunesse – que tout le monde appelait affectueusement Nellie – étudiait elle aussi au couvent des Dames du Sacré-Cœur. Si elle était plus réservée et ne possédait ni le talent vocal ni l'ardeur de son aînée, elle montrait néanmoins un autre talent : elle excellait au piano. Cet amour collectif de la famille pour la musique était probablement attribuable au fait que les deux filles avaient été élevées par leur seul père. Veuf depuis plusieurs années et visiblement peu désireux de se remarier, Joseph avait concentré toute son attention sur ses deux enfants, à qui il avait indubitablement transmis sa propre passion.

— Bien sûr, nous ne l'oublierons pas, dit la mère supérieure en notant dans un coin de sa tête que Cornélia devait être prise en compte dans tout projet concernant sa sœur.

Elle se tourna enfin vers Emma.

— Et vous, jeune fille, que pensez-vous de tout cela? Aimeriez-vous chanter à l'opéra?

— Oh oui, ma mère! s'exclama Emma avec candeur. C'est tellement beau, l'opéra!

— Bien. Ma foi, si ce n'est qu'un problème de finances à régler, le Seigneur pourra certainement nous venir en aide. Laissez-moi songer à tout cela, monsieur Lajeunesse.

Et elle ajouta avec un petit sourire en direction d'Emma:

— Je suis certaine que nous finirons par trouver une solution pour envoyer vos filles étudier la musique à Paris.

* * *

Les jeunes filles s'étaient disséminées dans l'herbe, en petits groupes. Comme souvent depuis le début de l'été, elles avaient avalé leur repas aussi rapidement que les sœurs le leur avaient permis pour pouvoir ensuite bénéficier d'une plus longue récréation avant de retourner en classe. À peine leur dernière bouchée avalée et leur action de grâce récitée en vitesse, elles s'étaient un peu bousculées pour passer les portes du réfectoire et s'étaient éparpillées gaiement sur la pelouse, étalant leurs jupes grises parmi les pâquerettes pour profiter du soleil. Les plus jeunes jouaient à s'attraper en piaillant comme des oiseaux, tandis que les plus âgées, raisonnables et faisant preuve de leur bonne éducation, se contentaient de tresser de petites couronnes de fleurs tout en bavardant paisiblement.

Lorsque Emma rejoignit ses amies, celles-ci l'accueillirent avec un sourire incertain. Il était toujours un peu inquiétant d'être appelée dans le bureau de la mère Trincano, car cela n'arrivait jamais sans un motif sérieux. La plupart du temps, il s'agissait d'un rappel à l'ordre, ce qui était arrivé plus d'une fois à Emma.

— Alors ? Qu'est-ce qu'on te voulait ? demanda Justine.

— Est-ce que c'était important ? renchérit Ophélie.

La jeune fille s'assit dans l'herbe et reprit la couronne de fleurs qu'elle avait laissée inachevée quand sœur Pélagie était venue la chercher un peu plus tôt.

— Non, rien de grave, répondit-elle. La Révérende Mère parlait simplement avec papa de mon avenir.

— Ton père était là ? dit Justine.

— Ils parlaient d'opéra ? s'étonna Ophélie en ouvrant de grands yeux curieux.

— J'ai toujours dit que tu chanterais un jour à l'opéra, dit Justine avec conviction. Tu as une si belle voix !

— C'est vrai ! Mon Dieu, tu imagines : Emma se produira un jour sur la scène des théâtres, comme une grande vedette…

La conversation s'envola aussitôt entre le babillage d'Ophélie et le grand sérieux de Justine. Mais Emma n'écoutait ses amies que d'une oreille. Elle songeait encore à ce qui s'était dit dans le bureau de la mère Trincano. Un tel revirement de situation en faveur de sa passion pour la musique la laissait perplexe car, depuis des années, on lui interdisait de chanter ou de jouer de quelque instrument que ce soit dans l'enceinte du couvent.

Non pas que les religieuses désapprouvent la musique. Au contraire, cela faisait partie intégrante de l'éducation d'une jeune fille convenable – et c'est pourquoi le père d'Emma enseignait ici. Les sœurs organisaient même des concours de chant pour récompenser les meilleures élèves. Mais on avait rapidement fait sentir à Emma qu'elle ne devait pas trop se faire remarquer pendant les cours de musique où elle excellait. Et il ne s'était pas écoulé beaucoup de temps avant qu'on lui interdise également de se porter candidate aux concours.

Plus jeune, elle avait cru à une sorte de punition. Bien que très intelligente, elle avait du mal à se concentrer sur ses études et passait pour une élève étourdie et capricieuse. Délurée, pleine d'espièglerie sous son apparence tranquille, elle entraînait ses amies dans toutes les bêtises qu'elle pouvait imaginer. La remuante Justine suivait sans difficulté, et Ophélie, pourtant la plus timide et craintive des trois, finissait par se laisser convaincre. Ensemble, les trois filles avaient donc souvent fait tourner en bourrique les religieuses, ce qui s'était généralement conclu par des sanctions diverses pour Emma l'instigatrice. En la privant de musique, les sœurs avaient fait mouche.

Pensant avoir trouvé l'explication, la jeune fille s'était peu à peu calmée en espérant regagner un jour le droit de participer aux concours. Du moins, jusqu'à ce qu'elle surprenne une conversation entre deux religieuses, au détour d'un couloir. L'une d'elles avait affirmé que permettre à Emma de participer, c'était laisser trop peu de chances aux autres élèves.

La jeune fille en était restée bouche bée. Ainsi, on la punissait parce qu'elle était trop douée !

Car elle était douée, en effet, la petite Emma. Son père ne s'était pas trompé. Elle excellait à la harpe et au piano, elle apprenait ses morceaux avec une rapidité et une facilité déconcertantes, et sa voix extraordinaire lui valait tous les suffrages. Au lieu de récompenser un talent si rare, c'était à cause de lui qu'on la privait désormais systématiquement du plaisir de participer aux concours. On lui imposait une humilité dont elle n'avait que faire, on lui ordonnait de s'effacer pour laisser la place à ses consœurs.

En l'écartant par souci de justice pour les autres, les sœurs n'avaient pas songé un seul instant que c'était Emma qui, du coup, se retrouvait flouée. D'une nature aimable, la jeune fille avait peu à peu ravalé sa frustration et elle supportait avec bonne humeur la vie au couvent. Mais elle ne pardonnait pas tout à fait : rien qu'à y repenser, elle sentait déjà la petite rancœur familière lui pincer le ventre.

Et pourtant, la mère supérieure venait à l'instant de lui tenir un tout autre discours.

Qui devait-elle croire ? Avait-elle la bénédiction des religieuses pour chanter ou au contraire devait-elle continuer d'adopter un profil bas comme on le lui imposait depuis si longtemps ? Ce paradoxe la désorientait complètement. Elle hésitait entre prendre la mère Trincano au sérieux et s'enthousiasmer comme son père pour ce beau projet d'études en France ou attendre et voir venir.

Elle préféra jouer la prudence.

* * *

Pourtant, malgré les doutes d'Emma, la mère Trincano tint parole. Il fut convenu que la meilleure solution pour les deux sœurs Lajeunesse serait d'organiser un concert-bénéfice en leur honneur, au cours duquel elles pourraient faire une démonstration de leurs talents et ramasser des sous pour étoffer le petit pécule que leur père accumulait depuis des années en prévision de leurs études.

— Papa, avait rétorqué Emma, toujours sur la défensive, j'ai déjà donné des concerts, et les revenus n'ont jamais été bien importants… Souvenez-vous, vous avez même parfois dû payer de votre poche les frais de location de la salle !

— Je sais, Emma. Mais cette fois-ci, ce sera différent. La mère supérieure a promis que de nombreux invités importants seraient présents. Si votre voix et votre nom parviennent à se frayer un chemin dans la société de Montréal, vous pourriez même intéresser un ou plusieurs mécènes, qui sait ?

— Mais… Je me suis déjà produite à la salle des Artisans. Êtes-vous certain que ce soit le meilleur endroit pour un spectacle-bénéfice ?

Et que pourriez-vous souhaiter d'autre, petite fille ? Rêveriez-vous déjà d'un récital à la basilique Notre-Dame ? répondit Joseph avec une pointe d'humour.

On décida donc que le concert serait donné en septembre à la salle des Artisans. C'était une belle salle, capable d'accueillir plusieurs centaines de personnes. Son excellente acoustique en faisait un lieu idéal pour les discours politiques aussi bien que pour la musique. D'abord un peu déçue de retourner dans un lieu qu'elle connaissait déjà, Emma eut malgré tout le plaisir de se retrouver en terrain familier : elle se détendit et put se consacrer à ses répétitions.

Pendant que Joseph Lajeunesse organisait l'événement, la mère Trincano, de son côté, faisait jouer ses relations. Elle prit contact avec le père Fabre. Ce prêtre, qu'elle avait rencontré plusieurs années auparavant, était un atout majeur pour le succès du concert, car sa sœur Hortense était l'épouse du procureur général George-Étienne Cartier, l'un des hommes politiques montréalais les plus en vue du moment. Par ce nom célèbre et respectable, la mère supérieure espérait toucher la meilleure partie de la bourgeoisie franco-canadienne.

De fait, une fois référée par l'abbé Fabre, la religieuse n'eut aucun mal à convaincre Cartier de l'importance d'encourager les jeunes talents pour l'enrichissement culturel de la ville. L'homme, lui-même grand amateur de musique, confirma très vite sa présence au concert des deux filles Lajeunesse. Et, pour la plus grande fierté de la mère Trincano, il promit même d'y inviter nombre de ses amis influents.

Pour Emma, c'était enfin la perspective de dons nettement plus consistants. Elle se mit à attendre impatiemment le soir du concert et redoubla d'efforts pour travailler les pièces de son récital, entraînant sa sœur derrière elle. En plus de répéter de longues heures sous la direction implacable de leur père, les deux jeunes filles se mettaient au piano et à la harpe dès qu'elles avaient un moment libre dans leurs journées surchargées. Et si Cornélia renâclait parfois, Emma la tirait par la manche pour l'asseoir de force au piano.

— Nellie, fais attention! s'énerva Emma un soir, alors que les deux filles répétaient une fois de plus. Tu as encore raté ce passage! Tu joues toujours une noire au lieu d'une noire pointée et tu me fais perdre le fil! Concentre-toi ou nous ne serons jamais prêtes à temps!

— Oh, ça va! grogna Nellie, de mauvaise humeur. Cela fait presque deux heures que nous répétons. Même papa nous aurait donné congé depuis longtemps!

— On ne répétera jamais assez. Tu sais comme ce morceau est difficile...

— En attendant, mes doigts sont tellement crispés que je ne peux plus rien en tirer. Alors ne t'étonne pas si je joue des noires au lieu des noires pointées!

Emma ouvrit la bouche pour répliquer, mais elle s'interrompit en voyant le regard furieux de sa sœur.

Cornélia était toujours soumise et discrète, presque effacée, en présence d'adultes, mais son comportement changeait du tout au tout une fois seule avec son aînée. Après avoir admiré et suivi aveuglément Emma pendant leur enfance, l'adolescente avait apporté un brin de rébellion à son attitude. Depuis peu, Nellie montrait des signes d'impatience évidents. Plus la date du spectacle approchait et plus la jeune fille devenait difficile.

— Bon, reprit finalement Emma d'un air résigné. Si tu n'es plus bonne à rien, alors autant s'arrêter là pour aujourd'hui.

La phrase n'était pas encore terminée que Nellie était déjà debout, les dents serrées. Elle referma sans un mot le couvercle du piano et commença à ramasser ses cahiers de musique.

— Nous reprendrons demain. Ou bien ce soir, après le souper, si tu es de meilleure humeur…

Nellie ne répondit pas, mais elle fit délibérément claquer un des cahiers en le refermant.

— Peut-on savoir pourquoi tu es si énervée? demanda Emma, soudain exaspérée.

— Je n'aime pas que tu me donnes des ordres! Ce n'est pas parce que c'est toi qui chantes que mon travail ne compte pas. Pourtant, tu me parles comme si c'était le cas!

— Je veux juste être prête pour mon récital, voilà tout.

— Oh ça, je l'ai bien compris! Ton récital par-ci, ton récital par-là…

— Que veux-tu dire?

— Qu'il n'y en a que pour toi, voilà tout!

Nellie abandonna ses cahiers sur le piano et se tourna franchement vers Emma.

— Pourquoi crois-tu qu'il n'y a que ton nom sur l'affiche du concert? C'est vrai que tu es douée et que tu chantes bien, mais papa oublie un peu vite que si je n'étais pas là pour t'accompagner au piano ta jolie voix ne pourrait pas se rendre bien loin! À preuve: il suffit d'une noire mal pointée pour que tu ne saches plus où tu en es!

— Eh bien quoi, répliqua Emma en grimpant d'un ton, tu es jalouse, maintenant? Qu'est-ce que j'y peux? Tu sais bien que ce sont papa et mère Trincano qui décident de tout sans jamais nous en parler. Ils ont l'air de penser que je suis faite pour chanter de l'opéra. Mais je ne sais même pas encore si j'en ai réellement envie, et personne ne me demande mon avis…

— Menteuse !

Furieuse, Nellie fit un geste pour attraper ses cahiers, mais elle heurta un vase en verre bleu. Il tomba au sol et vola en éclats.

— Quelle fichue maladroite ! s'écria Emma, exaspérée. Ne touche à rien, je vais chercher un balai.

— Ah, fiche-moi la paix ! grogna Nellie en s'agenouillant pour commencer à ramasser les morceaux.

Quelques instants plus tard, alors qu'Emma revenait avec le balai, Nellie laissa échapper un petit cri. Elle avait glissé sa main sous le piano pour attraper un morceau de verre et l'en retira aussitôt, ensanglantée. Elle la serra précipitamment avec son autre main.

— Nellie ! Tu t'es blessée ?

— Ce n'est rien.

— Montre-moi !

— Non !

Sans tenir compte des protestations de sa sœur, Emma la tira par le bras jusque dans la cuisine, versa de l'eau dans une cuvette et lui plongea la main dedans pour rincer la plaie. Le sang se dilua instantanément et l'eau prit une couleur suffisamment foncée pour trahir la profondeur de la blessure. Nellie saignait abondamment.

— Papa ! appela Emma en criant par la fenêtre. Papa, venez voir !

— Non, Emma, ne l'appelle pas !

— Et à quoi cela servirait-il de le lui cacher ? Il finira bien par s'en apercevoir !

Emma savait de quoi elle parlait. Plusieurs années auparavant, elle s'était coincé le doigt dans une porte. Craignant les remontrances de son père, elle avait caché sa blessure le plus longtemps possible. Elle avait enduré, des jours durant, la douleur des exercices de piano et de harpe. Lorsque Joseph Lajeunesse s'en était rendu compte, il avait aussitôt mis la main au repos le temps que la cicatrisation se fasse convenablement. Emma avait compris qu'une blessure mal soignée pouvait avoir des conséquences bien plus graves que l'accident lui-même. Elle ne reproduirait pas l'erreur, même si sa sœur s'y opposait.

Joseph, qui se trouvait dans le jardin, rejoignit ses filles en un instant. Nul besoin de connaître intimement le caractère d'Emma pour saisir l'urgence qui pointait dans sa voix.

— Que s'est-il passé ? lança-t-il.

— Nellie s'est coupé la main en ramassant du verre brisé, répondit Emma.

Aussitôt, Joseph se précipita vers sa cadette, qui tenait toujours sa main dans l'eau. Il connaissait l'enjeu d'une telle blessure pour la jeune pianiste qu'elle était, qui plus est à quelques jours seulement du concert crucial dont dépendait peut-être son avenir musical, ainsi que celui de sa sœur aînée. Une raideur à la main pouvait compromettre bien plus qu'une soirée de concert… Nellie, mortifiée, semblait parfaitement consciente de la gravité de sa bêtise. Emma, d'abord inquiète, pâlit en voyant le pli profond qui s'était formé sur le front de son père, signe que les choses étaient graves. Oubliant leur dispute, les deux sœurs échangèrent des regards anxieux.

Après avoir examiné attentivement la blessure et fait jouer les articulations des doigts sans se soucier des gémissements de sa fille ou du sang qui se répandait sur ses mains, Joseph poussa un soupir de soulagement. Une longue estafilade courait sur le côté du doigt de Nellie, assez profonde pour saigner de façon impressionnante, mais pas assez, en revanche, pour endommager l'articulation de la phalange. Seules les chairs du doigt avaient été entaillées, ce qui cicatriserait en quelques semaines sans impact sur la motricité de la main.

— Cornélia, vous n'êtes qu'une petite sotte ! gronda-t-il. On ne ramasse pas du verre à mains nues lorsqu'on est pianiste ! Vous pouvez remercier le ciel de vous avoir épargnée, car cette blessure est heureusement sans gravité. Emma, nettoyez bien la plaie à l'eau et au savon, puis enveloppez-lui le doigt dans un bandage propre. Je crois que vous devrez vous passer des services musicaux de votre sœur dans les prochains jours, en espérant que tout cela cicatrisera rapidement et qu'elle sera prête à temps pour le concert.

— Croyez-vous qu'elle pourra y participer, papa ? demanda Emma.

— Oui. Dieu merci, cette coupure se sera refermée d'ici là. En tout cas, je l'espère…

Lorsque leur père quitta la pièce pour aller chercher des bandages, Emma fut sur le point d'ajouter ses propres remontrances. Mais un coup d'œil au visage de sa sœur lui suffit : de grosses larmes roulaient sur les joues de la jeune fille. Emma la prit dans ses bras pour la consoler. Visiblement paniquée, Nellie venait de comprendre la leçon et ne risquait pas de s'y laisser prendre à nouveau.

* * *

Les semaines passèrent bien trop vite et le grand soir arriva. Dans les coulisses de la salle des Artisans, chacun s'affairait. Les ouvriers allaient et venaient, portant des chaises, déplaçant des morceaux de décors des spectacles précédents, allumant les lumières, tirant les rideaux.

Emma et Nellie se tenaient dans une petite pièce réservée à leur usage. Elles avaient été laissées par leur père aux bons soins de deux voisines, mesdames Fleurimont et Malépart, venues avec deux domestiques pour les aider à se préparer. Joseph lui-même courait à droite et à gauche dans les couloirs du théâtre pour terminer les préparatifs du spectacle. Par la porte entrou-verte, on entendait sa grosse voix tonner comme un cor anglais : il donnait des ordres, houspillait les employés paresseux, exigeait de parler au directeur ou réclamait plus de fauteuils dans la salle.

Les deux sœurs n'étaient pas en reste. Pendant qu'elle se faisait coiffer par la bonne de madame Fleurimont, sous l'œil attentif et critique de cette dernière, Emma enchaînait les vocalises et tentait de maîtriser le trémolo que la nervosité plaçait dans sa voix. Elle s'interrompait sans cesse pour se tourner d'un air inquiet vers Nellie et lui demander avec appré-hension si sa blessure n'allait pas la gêner pour jouer. Les répliques laconiques de la cadette n'étaient pas pour la rassurer : considérant que l'entaille était désormais suffisamment cicatri-sée, Nellie répondait distraitement, visiblement préoccupée par d'autres sujets. Du haut de ses treize ans, elle avait été autori-sée pour la première fois à porter une véritable robe de jeune fille, plus longue, plus élégante et cintrée à la taille. Pour le moment, elle se distrayait de sa nervosité en se concentrant sur sa jolie tenue.

— Eh bien, mesdames, dit Joseph en entrant dans la petite loge, est-ce que tout le monde est prêt ?

— La toilette de vos filles est presque terminée, cher monsieur Lajeunesse, répondit madame Fleurimont. Et Emma nous semble très en voix, ce soir…

— Tant mieux, tant mieux, répondit Joseph. Les portes du théâtre viennent d'ouvrir il y a quelques minutes et le public commence à prendre place.

— Y a-t-il beaucoup de monde, papa ? demanda Emma avec une excitation non dissimulée.

— Pas encore, mais il reste une demi-heure avant le début du récital. Ne vous inquiétez donc pas trop du public. Assurez-vous plutôt de bien échauffer votre voix. Avez-vous travaillé votre harpe, comme je vous l'avais demandé?

— Oui, papa, pendant une heure et demie.

— Très bien. Et vous, Nellie, montrez-moi votre main.

— Elle va bien, papa, elle est presque entièrement cicatrisée, répondit la jeune fille docile.

Joseph ne tint pas compte de l'avis de sa fille. Il lui prit la main, fit jouer les articulations des doigts et appuya sans ménagement sur la cicatrice encore rose qui courait le long du doigt. Quoiqu'elle ne bronchât pas, Nellie ne put tout de même s'empêcher de grimacer légèrement, ce qui n'échappa pas à l'œil avisé de son père.

— Pouvez-vous m'assurer que vous jouerez convenablement ce soir? demanda-t-il d'une voix sévère.

— Oui, papa, je le pourrai, répondit Nellie en dégageant sa main.

— Bien, j'ai votre parole. Et que cela vous serve de leçon à l'avenir… Mesdames, je vous laisse mes filles un petit moment encore, ajouta-t-il en se tournant vers mesdames Fleurimont et Malépart. Il me reste quelques détails à régler.

Une fois Joseph parti, Emma eut encore à patienter un moment, le temps que la bonne achève de la coiffer et que l'œuvre soit approuvée par madame Fleurimont. Mais elle ne tenait déjà plus en place à l'idée que le public commençait à affluer dans la salle. Aussi, une fois prête, elle ne demanda même pas l'autorisation et fila dans les couloirs pour se frayer un chemin jusqu'à la scène.

Les rideaux pourpres étaient soigneusement fermés, baignant la scène dans une chaude pénombre uniquement tranchée par le noir lustré du piano. De l'autre côté, on entendait le brouhaha des conversations des gens qui s'installaient. Incapable de juguler sa curiosité, Emma s'avança sur la pointe des pieds. Avec d'infinies précautions, prenant bien garde de ne pas créer de mouvement qui put être visible de la salle, elle entrouvrit à peine les deux pans de velours, juste assez pour pouvoir glisser un œil.

Il pouvait y avoir une soixantaine de personnes dans le théâtre. Emma dut ravaler sa déception de ne pas trouver plus de monde. Ce ne fut qu'au bout de quelques secondes qu'elle observa enfin plus attentivement ceux qui avaient fait le déplacement pour l'entendre chanter. À la lueur des lampes, elle put détailler à son aise les tenues sombres des messieurs et saisir les reflets des bijoux et des tissus chatoyants des dames. De temps en temps, dans la rumeur générale, elle percevait une voix un peu plus forte que les autres, un commentaire distinct, une observation sur le programme ou la salutation d'une personne à une autre. Elle vit même la silhouette de son père, au loin, près de la porte, qui accueillait les invités et serrait quelques mains ici et là.

— Oh, regardez, mon ami, voici monsieur Cartier et son épouse ! entendit-elle soudain, quelque part dans la salle.

Le cœur d'Emma manqua un battement. Son père lui avait tellement répété que le succès du spectacle dépendait de cet homme et de ses contacts dans la société qu'Emma en avait fait le point d'orgue de la soirée. C'est donc avec une immense curiosité qu'elle regarda la silhouette aux cheveux poivre et sel qui descendait l'allée principale en saluant chaleureusement les personnes sur son passage. Son épouse, discrète et sobre, un peu guindée, le suivait en se contentant d'incliner poliment la tête de temps à autre. Réconfortée à l'idée que monsieur Cartier était bel et bien présent, et que par conséquent le concert ne pouvait plus être qu'un succès, Emma poussa un soupir de soulagement avant de sursauter en entendant une voix à son oreille.

— Alors ? chuchota Nellie. Y a-t-il beaucoup de monde ?

— Oui, au moins autant que la dernière fois. Et papa dit que c'est loin d'être terminé.

— Je peux voir, moi aussi ?

À regret, Emma laissa la place à sa sœur et retourna vers les coulisses. Elle avait déjà chanté plusieurs fois à la salle des Artisans. Bien sûr, cela s'était produit devant des publics un peu plus nombreux, mais qui, se consola-t-elle, venaient écouter l'artiste principal et non pas la gamine douée en chant qu'elle était alors et qui n'assurait que la première partie du spectacle. Ce soir, la situation était très différente : c'était son nom qui était en tête d'affiche et ces gens venaient pour les écouter, elle et sa sœur. À cette pensée, loin d'être rassurée, elle sentit brusquement l'appréhension lui nouer le ventre. Elle allait devoir se montrer irréprochable.

Enfin, après une attente interminable en compagnie des dames Fleurimont et Malépart qui ne savaient plus quoi faire pour détendre la jeune fille, ce fut le moment de monter sur scène. Tremblante, un sourire crispé aux lèvres, Emma traversa la scène et s'arrêta près du piano où Nellie se trouvait déjà.

Le récital fut une parfaite réussite. Dès qu'elle eut entonné les premières notes, Emma commença à se détendre et à prendre de l'assurance. Peu à peu, sûre d'elle-même et de cette musique qu'elle maîtrisait si bien après ces longues heures d'études, sentant peser sur elle le regard bienveillant de son père, elle laissa sa voix prendre son envol. C'est à peine si elle jetait quelques regards à sa sœur pour s'assurer qu'elles enchaînaient convenablement les morceaux. Pour le reste, la jeune fille faisait totalement abstraction du public. Oh, bien sûr, elle sentait sa présence. Elle entendait distinctement le bruissement des jupes, les programmes que l'on feuillette ou les discrets toussotements. Lorsqu'elle s'assit près de la harpe pour y interpréter quelques morceaux, Emma eut même l'occasion de jeter un coup d'œil rapide vers la salle. Mais la lumière de la scène l'éblouissait et elle ne put guère distinguer que les silhouettes des premiers rangs. Elle parvint donc sans trop de peine à se concentrer exclusivement sur sa musique.

Les applaudissements qui suivirent la dernière pièce lui firent chaud au cœur, plus encore que le petit enfant qu'on avait chargé de gros bouquets de fleurs à son intention et à celle de sa sœur. Exception faite de ses hésitations au début du récital, Emma était ravie de sa prestation, et c'est le sourire aux lèvres qu'elle quitta la scène, suivie de Nellie. Joseph, qui avait rejoint les coulisses, accueillit les musiciennes avec ses réflexes de professeur : il ne manqua pas de leur signaler les fautes qu'elles avaient commises et qu'elles devraient améliorer à l'avenir. Excitées, les deux filles gloussaient et riaient ; elles n'écoutèrent leur père que d'une oreille.

— Allons, mes enfants, dit-il d'un ton sévère après un moment, allez donc poser ces fleurs quelque part et rejoignez-moi dans la salle. Vous avez des admirateurs qui souhaitent vous rencontrer.

Pouffant toujours, Emma et Cornélia se hâtèrent vers leur petite loge. Elles déposèrent les fleurs dans les bras de la première domestique qu'elles virent et vérifièrent dans le miroir l'état de leur toilette avant de se diriger vers la salle, à la fois fébriles et un peu impressionnées de rencontrer tous ces gens importants. Pour la première fois, on les traitait en adultes. Emma se promettait déjà de faire très attention aux réponses qu'elle allait donner. Et il ne fallait surtout pas bafouiller…

La salle n'était pas tellement remplie lorsqu'elles entrèrent. Emma eut un pincement au cœur en songeant que leur affiche n'avait pas attiré autant de personnes qu'elle l'avait espéré. Elle s'assura pourtant de ne rien laisser paraître de sa déception. Suivie de Nellie, elle s'avança dignement vers Joseph, qui bavardait avec le fameux homme aux cheveux poivre et sel, ce George-Étienne Cartier. Celui-ci était flanqué de son épouse, de quelques amis et d'une jeune demoiselle à peine plus âgée qu'Emma qui devait certainement être sa fille.

— Ah, voici nos petites musiciennes! s'exclama Cartier du ton plein d'assurance de celui qui a l'habitude de se donner en spectacle. Je vous félicite, mesdemoiselles, ce concert était très réussi! J'ai particulièrement apprécié votre dernière pièce, ce superbe *Magnificat* que vous avez si bien interprété… C'était un bonheur de vous écouter!

— Merci, monsieur, répondit Emma tandis que Cornélia, rattrapée par sa timidité, restait derrière sa sœur et ne bronchait pas. Je suis heureuse de vous avoir procuré une si grande joie. Ce fut réellement un énorme plaisir de chanter pour vous.

— Voyez-vous ça! dit Cartier en riant de bon cœur. Votre fille, monsieur Lajeunesse, semble déjà savoir flatter son auditoire. Vous avez raison, mademoiselle, soyez toujours agréable à ceux qui vous entourent, c'est là la meilleure façon de progresser dans la vie… Sans compter que cette voix ravissante enchante naturellement quiconque l'entend; elle vous mènera assurément très loin. Peut-être bien sur des scènes plus grandes que celle-ci! Ne croyez-vous pas, monsieur Lajeunesse?

Avant que Joseph ait eu le temps de répondre, Hortense Cartier s'interposa.

— Cette petite est très douée, cela va sans dire, dit-elle à son mari. Mais, mon cher ami, ne lui mettez donc pas dans la tête des rêves qui ne pourraient que la rendre malheureuse. Les petites filles qui aiment la musique enchanteront leurs familles et leurs amis, mais elles n'en feront certainement pas un métier, n'est-ce pas? N'êtes-vous pas de mon avis, mon enfant? ajouta-t-elle en se tournant cette fois vers Emma.

Ce commentaire rompit subitement le charme des paroles de Cartier. Déstabilisée, Emma ne savait pas quelle attitude adopter. Devait-elle rire? Ou bien baisser humblement la tête sous ce regard sévère et implacable?

— Bien sûr, madame, répondit-elle doucement, les yeux rivés au sol tandis qu'elle se sentait rougir furieusement.

— Vous voyez, monsieur Lajeunesse, cette petite sait fort bien se tenir à sa place. Elle serait, je crois, une amie charmante pour ma Joséphine, ajouta madame Cartier d'un air satisfait, avec un signe de tête en direction de sa fille. Ne pourrions-nous pas organiser un thé, prochainement ?

— C'est une merveilleuse idée, madame, répondit Joseph.

— En tout cas, reprit Cartier, qui avait laissé son épouse s'exprimer sans l'interrompre, c'est une bien belle soirée que vous nous avez offerte là et je serais ravi d'entendre à nouveau mademoiselle Emma chanter. Peut-être un autre concert, prochainement ?

— Peut-être, monsieur Cartier, peut-être, répondit Joseph avec un sourire poli.

— Alors tenez-moi au courant, je ne voudrais rater cela pour rien au monde. Je vous souhaite le bonsoir, mesdemoiselles, monsieur. Et encore toutes mes félicitations !

Sur ces mots, la famille Cartier salua aimablement et tourna les talons pour remonter l'allée, non sans que Joséphine ait lancé à Emma un regard légèrement méprisant.

Bien que Nellie n'ait pas bronché de tout l'échange et se soit tenue prudemment en retrait comme elle le faisait toujours en présence d'adultes, ce fut elle qui demanda innocemment à leur père, une fois les Cartier disparus :

— Qu'a voulu dire madame Cartier, papa ? Ce concert ne servait-il pas précisément à amasser de l'argent qui nous permettra d'étudier la musique afin d'en faire notre métier ?

— Il semble que madame Cartier n'approuve pas réellement ce genre de concert, Cornélia, répondit Joseph d'un air pensif. Je comprends maintenant pourquoi nous n'avons pas eu autant d'invités que nous l'espérions.

Joseph n'en dit pas plus, gardant pour lui les soucis qui lui avaient fait froncer les sourcils sans qu'il s'en rende compte.

Emma, quant à elle, avait pleinement ressenti le ton condescendant de madame Cartier à son égard, qui l'appelait « mon
enfant » là où son mari lui donnait du « mademoiselle Emma ».
Furieuse d'être aussi peu prise au sérieux dans cette démarche
de concert-bénéfice qui lui avait pourtant demandé tant
d'efforts, elle retenait difficilement les larmes de colère qui
perlaient à ses paupières. Pourtant, consciente que d'autres
personnes s'avançaient déjà vers elle pour la féliciter à leur tour,
elle résista contre l'envie terrible qu'elle avait de filer en coulisse.
Elle prit une profonde inspiration pour se calmer, releva le
menton et les accueillit avec le sourire.

* * *

En constatant le peu de personnes qui avaient assisté au
concert en comparaison de ce qu'il avait initialement prévu,
Joseph s'était douté que les recettes seraient maigres. Et elles le
furent, effectivement. Monsieur Cartier s'était bel et bien
montré, ainsi qu'il l'avait promis, mais les dizaines d'amis
influents qu'il s'était engagé à amener avec lui s'étaient en fait
résumés à quelques avocats et un député de la ville qui, même
s'ils avaient généreusement contribué à la cagnotte des filles
Lajeunesse, étaient trop peu nombreux pour faire une grande
différence. Certes, Joseph avait pu rentrer dans ses frais et
assumer tous les coûts de la location de la salle et de l'organisation de l'événement, mais les gains qui restaient une fois les
comptes acquittés étaient assez dérisoires. Bien loin, en tout cas,
de pouvoir assurer à ses deux filles les longues années d'études
qu'il envisageait pour elles.

Malgré tout, Joseph ne se laissa pas décourager. Après tout,
Emma était encore jeune et il n'envisageait pas de se séparer
d'elle avant encore quelques années. Nellie, de son côté, ne se
formalisa pas le moins du monde de l'échec de ce concert. Satisfaite de sa performance et soulagée de constater que son doigt
avait parfaitement cicatrisé sans garder de séquelle, elle s'était
remise à ses cours habituels de piano sans se soucier de l'avenir.
Emma, en revanche, était terriblement frustrée d'avoir donné

tout ce dont elle était capable sur scène et de ne pas en retirer les bénéfices qu'elle en attendait. Elle ne s'en cachait pas.

La plus déçue fut finalement la mère Trincano. Convaincue qu'Emma avait tout le potentiel pour faire une grande carrière musicale, la religieuse avait voulu poser un geste en sa faveur et voyait ses efforts réduits à peu de choses. Durant les semaines qui suivirent, elle dut se contrôler chaque fois qu'elle s'adressait à Emma pour ne pas laisser transparaître sa déception et ne pas démoraliser la jeune fille.

* * *

L'automne touchait à sa fin. Au couvent des Dames du Sacré-Cœur, on profitait le plus longtemps possible des derniers beaux jours avant l'hiver. Le temps froid et lumineux était d'autant plus propice aux promenades que les couleurs des arbres changeaient chaque jour et offraient un spectacle toujours renouvelé. Aussi les sœurs organisaient-elles de temps à autre quelques sorties en dehors du couvent afin que leurs jeunes protégées puissent se gorger de grand air.

Les pèlerines soigneusement nouées autour du cou, les élèves allaient alors par douzaines faire trotter leurs bottines sur les chemins. Le plus souvent, les petites ne s'occupaient que de courir en avant, de se chamailler ou de s'extasier sur tout ce qu'elles voyaient. Les plus âgées suivaient en bavardant paisiblement, à moins qu'elles ne croisent la route de quelque jeune ouvrier à casquette : elles se mettaient alors brusquement à chuchoter et à rire tout bas, en lui glissant des coups d'œil en biais au risque de se faire prendre par sœur Pélagie.

— Allons, allons, mesdemoiselles, un peu de tenue ! s'impatientait celle-ci, exaspérée de ne pouvoir être partout à la fois.

Ce jour-là, une fois encore, les élèves avaient pris la direction du bord de l'eau. Après quelques kilomètres le long de la route, elles étaient arrivées à la hauteur de l'île de la Visitation, que l'on pouvait apercevoir au milieu de la rivière. Familières des lieux, elles s'étaient aussitôt dispersées, goûtant ces instants de liberté en faisant mine de ne plus voir les religieuses qui les surveillaient toujours étroitement, allant deux par deux sur les sentiers comme de sombres sentinelles.

Emma, Justine et Ophélie avaient retrouvé leur endroit préféré, un arbre qui poussait sur la berge et dont une grosse racine, à demi déterrée, était suffisamment haute pour que l'on puisse s'asseoir dessus. De là, elles pouvaient contempler l'île et s'isoler un peu du tintamarre des petites. Cela faisait près d'une heure qu'Emma et ses compagnes étaient arrivées quand elles entendirent une rumeur confuse derrière elles et se retournèrent. Sur le sentier principal s'avançait un groupe de jeunes filles inconnues, elles aussi encadrées par des religieuses. Pendant quelques minutes, on hésita. Les sœurs des deux ordres se rejoignirent, se saluèrent et échangèrent quelques mots, puis on autorisa les nouvelles venues à rester. Ces dernières s'avancèrent pour profiter elles aussi du bord de l'eau.

— Tiens, je me demande de quel couvent elles viennent, celles-là, dit Justine avec une certaine méfiance.

— Sûrement de la ville, répondit Emma. C'est la première fois qu'on les voit par ici, et il n'y a pas tant de collèges dans les environs.

— Oh, s'exclama Ophélie, avez-vous vu leurs capelines ? On dirait le dernier modèle de Paris !

— Rien à voir avec la mienne, rétorqua Justine. Quelque chose me dit que ces filles-là ne viennent pas de n'importe où.

— Les chanceuses… soupira Ophélie. Elles ont eu le droit de faire une sortie loin de leur couvent. J'aimerais tellement que mère Trincano nous autorise à organiser de plus longues sorties. La plupart du temps, nous venons ici et nous ne faisons rien, alors qu'il y aurait tellement d'endroits à découvrir !

— Comme ce vieux musée, la dernière fois ? ricana Justine. Penses-tu ! C'était d'un ennui !

— J'ai bien aimé, moi, répliqua Emma. Il y avait des choses intéressantes à apprendre.

— Bah, j'aime autant prendre l'air ici. Au moins ça nous change des murs du couvent.

Curieuse, Emma s'était mise à détailler les nouvelles venues. Il était assez courant que les élèves de différents collèges se croisent, et on leur permettait généralement de se fréquenter, au moins le temps d'une sortie. La plupart du temps, les filles n'osaient pas se mélanger, non pas tant par timidité qu'en raison d'un certain sentiment d'appartenance à leur couvent qui les rendait orgueilleuses et passablement méfiantes vis-à-vis des autres. Les nouvelles venues ne firent pas exception, car elles restèrent groupées.

Pendant qu'elle les observait de loin, Emma croisa le regard de l'une d'elles. D'un seul coup, tous les souvenirs du concert qu'elle avait donné quelques semaines auparavant lui revinrent en tête : elle venait de reconnaître Joséphine Cartier. Cette dernière l'avait visiblement reconnue, elle aussi, car Emma la vit chuchoter quelques mots à ses amies tout en la regardant. Au bout d'un instant, le petit groupe d'étudiantes se dirigea vers l'arbre où Emma se tenait toujours en compagnie de Justine et d'Ophélie.

Ce que la jeune fille redoutait déjà se produisit. Joséphine Cartier se planta devant elle, avec le même air légèrement hautain et méprisant que celui qu'elle avait le soir du concert.

— Alors, mademoiselle Lajeunesse, commença-t-elle, il paraît que vous voulez devenir chanteuse d'opéra ?

Joséphine attaquait directement. Le ton de sa voix, son attitude, cette façon de s'adresser à Emma comme si elles se connaissaient bien alors qu'elles se parlaient pour la première fois, tout cela agaçait déjà la jeune fille.

— Oui, si j'en ai la possibilité, répondit-elle avec assurance, cherchant déjà à parer l'attaque qu'elle pressentait.

— Voyez-vous cela! Mais pensez-vous vraiment que vous pourrez y arriver? Je suppose que cela doit prendre beaucoup d'argent, de relations et de… talent.

Toujours assise sur sa racine d'arbre, Emma se mordit la lèvre avant de répondre.

— Je ne suis pas inquiète sur ce point. Plusieurs personnes semblent penser que j'ai tout le potentiel nécessaire, même si je dois encore m'améliorer.

— Emma a la plus belle voix que j'aie jamais entendue! intervint Justine. Elle deviendra certainement la plus grande cantatrice du Canada!

— Ah, vraiment? reprit Joséphine. Il y a pourtant beaucoup de prétendantes et bien peu d'élues. Et puis, qui rêverait de ce genre de vie…?

— Moi, j'en rêve! s'écria Ophélie avec sa candeur habituelle. Emma portera de belles robes, elle interprétera des héroïnes romantiques, elle vivra des aventures fantastiques… Et elle aura le public à ses pieds!

— Et les hommes dans son lit, je suppose, proféra la jeune Cartier, les lèvres pincées sur un sourire acide.

À ces mots, ce fut comme si une chape de plomb s'était brutalement étendue sur la petite assemblée. Muettes, les amies de Joséphine ouvrirent des yeux immenses. Malgré son aplomb habituel, Justine elle-même semblait soudain à court d'arguments.

Piquée au vif, Emma se leva d'un bond. Joséphine eut un léger mouvement de recul.

— Que voulez-vous dire par là, mademoiselle? demanda-t-elle avec une agressivité qu'elle ne chercha pas à dissimuler.

— Tout simplement que vous me paraissez bien orgueilleuse d'envisager une véritable carrière musicale.

— Non, rectifia Emma, que vouliez-vous dire à propos des hommes ?

Affichant de nouveau son sourire mesquin, Joséphine prit le temps de préparer sa réponse.

— Maman dit que les jeunes filles respectables n'ont rien à faire dans les opéras autrement que pour aller les écouter. Elle-même a appris le piano, elle me l'a enseigné aussi, mais tout cela n'est que pour le plaisir de nos proches. Les actrices, les chanteuses, les musiciennes… Ces femmes-là ne sont que de vulgaires courtisanes qui ne sauraient vivre sans un homme pour les entretenir.

— Comme cette Luce Cuvillier, enchaîna une des amies de Joséphine. Celle que ton père…

Joséphine lui jeta aussitôt un coup d'œil furieux. La jeune fille rougit et se tut. Il semblait évident que Joséphine n'avait pas souhaité aborder ce sujet, mais maintenant que c'était fait, elle sembla en prendre malgré tout son parti.

— Oui, comme cette… cette femme, grinça-t-elle entre ses dents serrées. Dieu merci, maman a de la dignité et ne se laisse pas abattre. Mais cette… Luce, cette vulgaire musicienne, n'a aucun amour-propre pour s'abaisser à cela. Et il semblerait que mademoiselle Lajeunesse souhaite emprunter le même chemin.

— C'est faux ! s'écria Justine, les joues rougies par la colère. Emma sera une grande artiste et rien d'autre !

— Bien sûr que si ! Maman dit que les femmes honnêtes ne font pas carrière dans l'opéra, à moins de vouloir devenir des catins.

Emma venait de comprendre pourquoi les bénéfices du concert avaient été si médiocres. Hortense Cartier, dont le mari entretenait une maîtresse musicienne, avait une sainte horreur des artistes professionnelles. Elle avait donc tout fait pour ruiner le concert qui aurait dû encourager les deux sœurs Lajeunesse à emprunter cette voie.

En une seconde, Emma sentit le sang affluer à ses joues et la colère monter en elle comme un chien qui bondit vers un intrus en aboyant furieusement. Elle cessa soudain de réfléchir à la façon dont elle allait répliquer et ne fit rien d'autre que réagir instinctivement à l'injure : elle se jeta sur la fille des Cartier, l'attrapa par les cheveux et la fit rouler au sol. Aux cris poussés par les autres filles qui étaient là, les religieuses accoururent sur-le-champ.

Emma allait se souvenir longtemps de la punition que son père lui infligea ce soir-là. Mais, plus que tout, elle n'oublierait jamais le regard plein de dégoût que Joséphine lui avait lancé.

2

Justine avait ajouté un ruban blanc dans ses cheveux. Le fait était assez rare pour être remarqué. D'une nature franche et naturelle, non seulement les histoires de chiffons ne l'intéressaient pas le moins du monde, mais elle avait la langue assez bien pendue pour critiquer sans gêne les jeunes filles qu'elle considérait comme trop apprêtées pour leur âge. Le sage ruban qui ornait son épaisse tresse brune était donc un geste de coquetterie bien suffisant de sa part. Emma, qui n'avait pas manqué de le remarquer, s'était abstenue de tout commentaire. Ce ne fut pas le cas d'Ophélie, moins subtile.

— Oh, Justine, c'est si joli ! s'écria-t-elle après avoir fait entrer ses deux amies chez elle. Tu devrais attacher plus souvent tes beaux cheveux avec un ruban, cela les met en valeur. Tu pourrais réellement être ravissante si tu faisais un peu d'effort !

Justine rougit aussitôt. Consciente de devoir se comporter avec toute la politesse d'une invitée, elle se retint *in extremis* d'arracher le ruban et ravala la réplique qui lui était venue spontanément. Ce n'était pas le lieu pour se lancer dans une de ses railleries sur l'élégance exagérée des femmes, dont elle ne sortait de toute façon jamais gagnante face à Ophélie. Trop naïve pour se laisser convaincre par des arguments hors de sa compréhension, Ophélie était de ces charmantes demoiselles, innocentes et butées, qui mettent beaucoup de soin et d'application à n'être rien d'autre que de belles et agréables hôtesses.

Et ce fut le cas, cet après-midi-là, tandis que la jeune fille, visiblement très fière du statut de demoiselle que ses dix-sept ans fraîchement soufflés lui conféraient désormais, servait le thé à ses amies dans les règles de l'art et en présence de sa mère. Visiblement, Ophélie avait pris modèle sur cette dernière car, pendant un moment, autour de la petite table dressée dans le salon, on n'entendit plus que de gentilles conversations futiles sur le temps qu'il faisait ou les derniers rebondissements de la société montréalaise.

Justine, qui se mit rapidement à trépigner, prit sur elle de ne pas interrompre les babillages d'Ophélie – ce qu'elle n'aurait pas manqué de faire si elles s'étaient trouvées dans le parc du couvent au lieu du joli salon familial. Emma, en revanche, se fondait facilement dans son environnement, quel qu'il soit, et elle s'adapta avec aisance à la discussion un peu creuse qu'entretenaient les deux hôtesses. Ce n'était pas la première fois que les jeunes filles s'invitaient chez l'une ou chez l'autre pour passer ensemble un après-midi de congé et Emma voulait profiter des quelques heures libres que son père lui avait accordées, ce qui n'arrivait pas si souvent. Ni les soupirs que Justine poussait de temps à autre ni le peu d'intérêt de la conversation ne pouvaient gâcher ce précieux moment de liberté volé à ses cours de musique.

Toutefois, la jeune fille, observatrice, ne tarda pas à soupçonner que cette invitation cachait autre chose qu'un simple goûter entre amies. En effet, Ophélie, les yeux pétillants et le rouge aux joues, semblait se trémousser sur sa chaise, attendant visiblement que les banalités de rigueur soient expédiées pour pouvoir enfin annoncer une nouvelle importante. Chaque chose arrivant en son temps, il y eut enfin un moment où sa mère n'eut plus rien d'essentiel à dire et considéra son devoir d'accueil proprement rempli. Elle se retira donc, non sans jeter à sa fille un regard chargé de sens, auquel Ophélie répondit par un sourire entendu. Celle-ci attendit toutefois que sa mère disparaisse avant de parler.

— Mes amies, commença-t-elle en tentant de calmer sa hâte, j'ai une annonce à vous faire…

— Ah, je l'attendais ! s'exclama Justine. Non, c'est vrai, tu ne cesses de gigoter comme une anguille depuis tout à l'heure ! J'étais certaine que tu nous cachais quelque chose !

— C'est que j'ai de bonnes raisons, crois-moi : c'est une nouvelle très importante !

— Avec toi, tout est toujours important !

— Justine... intervint doucement Emma pour faire taire son amie.

Ophélie remercia Emma du regard avant de lancer enfin, d'un ton triomphant :

— Je vais me marier !

Stupéfaite, Justine ouvrit des yeux ronds, mais Emma ne fut pas surprise. L'univers d'Ophélie tournait autour des jolies robes et des devoirs de parfaite épouse qu'elle se préparait à remplir depuis qu'elle était petite. Elle n'en faisait pas de mystère. Seuls sa profonde gentillesse, son goût du rire et sa fraîcheur pimpante lui avaient évité de tomber dans une totale frivolité et en avaient fait l'amie sincère et appréciée d'Emma et de Justine. Mais la jeune musicienne savait depuis longtemps que le destin d'Ophélie était de se marier et d'en être heureuse. Elle ne s'étonnait même pas que cela arrive si tôt.

— Comment ? Déjà ! s'énerva Justine. Mais tu n'as même pas encore terminé le collège !

— Ce sera bientôt fait ! La fin de l'année approche et c'en sera terminé de ces longues années de couvent. Nous pourrons enfin entrer dans le vrai monde, fréquenter la société, ne plus être considérées comme des petites filles. Nous sommes en âge de nous marier, Justine !

— Ce n'est pas parce que certaines petites écervelées se marient au berceau que nous devons toutes faire de même, répliqua Justine en fronçant les sourcils d'un air presque méprisant.

Emma rattrapa la conversation au vol, juste à temps pour éviter au joli visage d'Ophélie de se froisser sous le reproche à peine déguisé. Elle lança, d'un air espiègle et curieux :

— Alors, dis-nous, qui est l'heureux élu ?

Un large sourire fleurit sur le visage de la future épousée qui, étrangement, ne rougit pas le moins du monde et répondit aussitôt :

— Mon cousin Charles. Je vous l'ai déjà présenté, je crois, non ? Mais oui, rappelez-vous, vous l'avez croisé à une fête d'anniversaire que j'avais organisée !

— Nous n'avions même pas douze ans ! répondit Emma en riant. Je ne me souviens pas vraiment de lui et, de toute façon, il doit avoir bien changé depuis ! Est-il beau garçon ?

— Oh oui ! répondit Ophélie. Il a de beaux yeux bleus, et puis des cheveux bouclés, et…

Justine, qui avait profité de cet échange pour boire une gorgée de thé et se recomposer une expression un peu plus tolérante, reposa sa tasse et demanda poliment :

— A-t-il une situation intéressante, ce Charles ?

— Pas encore, car il n'a que dix-huit ans, mais il peut l'espérer, c'est certain ! Son père est notaire et Charles est le fils aîné, alors il va certainement reprendre le cabinet après lui. N'est-ce pas merveilleux ? Nous aurons une jolie maison, un bon travail et tout ce qu'il faut pour une vie agréable. Si vous saviez comme j'ai hâte d'y être !

Emma et Justine ne purent s'empêcher de se jeter un regard à cet instant. En effet, ni l'une ni l'autre ne doutait le moins du monde de l'enthousiasme d'Ophélie pour cette vie sage et bien rangée à laquelle elle aspirait et pour laquelle elle semblait faite depuis qu'elle était née. Elles se retinrent pourtant de la taquiner, comme si une sorte de respect les empêchait de se moquer des simples ambitions de leur amie. Ophélie savait depuis toujours ce qui la rendait heureuse, elle était en passe de l'obtenir, et il y avait effectivement de fortes chances pour qu'elle soit, tout le long de sa vie, la plus comblée des épouses. En tout cas, aussi longtemps que son futur mari lui mènerait la vie douce.

— Mais quand prévoyez-vous vous marier? demanda Justine. Ne me dis pas que tu vas abandonner le collège en cours d'année?

— Non, non, répondit Ophélie, nous nous marierons en septembre. Maman et ma tante sont déjà en train de tout organiser et je dois passer chez la couturière la semaine prochaine pour prendre mes mesures.

Et Ophélie ajouta, comme pour dissiper tout doute :

— Pour la robe, bien sûr…

Oui, Emma et Justine se doutaient bien qu'il s'agissait de la robe, mais elles se contentèrent d'approuver avec de vigoureux hochements de tête.

* * *

Assise sur un muret, à l'écart des autres élèves, ses pieds se balançant nerveusement dans le vide, Emma observait sœur Pélagie du coin de l'œil. La religieuse, en compagnie d'une de ses consœurs, marchait de long en large sur la grande allée du parc. Elle bavardait de temps à autre, toujours à voix basse et sans jamais ralentir son pas de soldat.

Sœur Pélagie était bien trop autoritaire pour qu'aucune des élèves du couvent n'ose se permettre la moindre familiarité avec elle, comme c'était parfois le cas avec d'autres religieuses. Mais les rumeurs circulaient vite parmi les jeunes filles et l'histoire de sœur Pélagie n'était un mystère pour personne. Alors qu'elle était promise, en son temps, à un fringant jeune industriel, les fiançailles avaient été rompues pour d'obscures raisons et cela l'avait menée droit vers les Dames du Sacré-Cœur. Elle avait participé à la construction du collège, peu de temps avant qu'Emma et Nellie n'y fassent leur entrée, et elle y promenait maintenant ses robes noires et son visage sans âge, destinée sans doute à remplacer la mère Trincano lorsque celle-ci prendrait sa retraite.

Emma n'avait jamais beaucoup aimé sœur Pélagie, probablement pas plus que celle-ci ne l'avait appréciée en retour. Il est vrai qu'elle avait été, enfant, une petite fille intrépide et hermétique à l'autorité, qui avait donné de nombreuses raisons à la religieuse de s'irriter. En grandissant, les choses s'étaient apaisées. Emma s'était peu à peu muée en une irréprochable demoiselle, tranquille et bien élevée. Du moins en apparence. Loin de la malléable Ophélie qui approuvait tout ce qu'on disait et semblait parfois n'avoir pas de volonté propre, Emma avait simplement appris à garder pour elle ses réflexions, sans rien perdre de son caractère.

Sœur Pélagie semblait être la seule au couvent – avec la perspicace mère Trincano – à ne pas être dupe de cette apparente docilité. Elle avait toujours gardé envers la jeune fille ce ton sévère et cassant, et elle s'était même permis quelques remarques acerbes au sujet de ces rêves d'opéra qu'Emma ne lui pardonnait toujours pas. La collégienne devait pourtant bien reconnaître que la situation de sœur Pélagie n'avait rien d'enviable : la religieuse avait probablement rêvé, elle aussi, à tout autre chose qu'un voile noir et une collerette empesée…

Tandis qu'elle l'observait au loin, Emma réalisa soudain que c'était là les seules options que la vie semblait lui offrir : se marier, comme Ophélie, et dédier le reste de ses jours au seul bien-être d'un époux, ou bien prendre le voile, comme sœur Pélagie et tant d'autres vieilles célibataires, et mettre ses talents au service des autres en étouffant pour de bon ses espoirs et ses désirs.

Car depuis le concert si plein de promesses et pourtant si décevant qu'elle avait donné à la salle des Artisans, Emma avait fait taire ses rêves de conquête de la scène. Elle n'en parlait plus à personne, pas même à ses amies.

Oh, elle pouvait très bien supporter les insultes que Joséphine lui avait jetées à la figure. Non seulement elle se sentait assez forte pour y résister et se défendre, mais son goût du défi lui donnait cette énergie toute particulière qui la faisait foncer tête baissée, résolue à se battre bec et ongles pour s'imposer. Non, c'était plutôt le comportement de son père qui lui avait porté un coup dur. Joseph, qui avait toujours su se faire respecter, qui était pour elle un modèle de conviction et de franchise, avait passivement baissé la tête face à une femme qui incarnait à cet instant la société tout entière. En le voyant se soumettre devant madame Cartier, en comprenant qu'il valait mieux pour elle de cesser de crier sur tous les toits qu'elle voulait devenir canta-trice, Emma avait brutalement senti peser sur elle un poids que son père lui avait jusque-là épargné.

La société était sans pitié pour ceux qui ne rentraient pas dans le rang.

Dans la famille Lajeunesse, après cet épisode, il n'avait d'ail-leurs plus été question d'organiser d'autres concerts. Si Joseph avait continué à faire travailler ses deux filles au piano, à la harpe et au chant, il n'avait plus abordé le sujet de leur éventuelle carrière professionnelle. Il n'était plus question d'études en France. Soumise et obéissante, Nellie semblait avoir pris les choses avec son détachement habituel, mais Emma, elle, voyait son rêve lui échapper et se sentait profon-dément impuissante.

«Les petites filles qui aiment la musique enchanteront leurs familles et leurs amis, mais elles n'en feront certainement pas un métier, n'est-ce pas?» avait dit Hortense Cartier.

À en croire les personnes qui l'entouraient, c'était bien là les seules options honorables qui s'offraient à Emma : se marier ou prononcer ses vœux. Oublier le talent qui dormait au fond de sa poitrine et se ranger passivement à l'avis des autres, entrer dans le cadre étroit que l'on réservait aux jeunes filles de bonne famille comme elle. Oublier les longues heures de travail que son père lui avait imposées depuis qu'elle était toute petite, depuis qu'elle avait voulu apprendre le piano et qu'il avait remarqué cette facilité qu'elle avait avec les notes. Oublier l'attrait des applaudissements qui sonnaient à ses oreilles comme autant de joyeuses trompettes.

Oserait-elle se mettre volontairement au ban de la société pour poursuivre ses chimères ? Après tout, rien ne lui prouvait qu'elle serait une bonne chanteuse d'opéra. Peut-être n'aurait-elle qu'une carrière misérable et courte, un petit feu de paille après lequel elle se retrouverait seule et sans ressources. Mais, d'un autre côté, pouvait-elle refuser de suivre son rêve ? Serait-elle capable de faire taire cette voix qui semblait s'échapper toute seule de sa gorge, qui pouvait tout à la fois la laisser épuisée par l'effort et la remplir de cette énergie folle qu'elle ressentait lorsqu'elle se produisait en public ? Elle savait qu'elle possédait un talent rare. Avait-elle seulement le droit de ne pas l'exploiter ?

Aucune solution ne lui paraissait acceptable. Emma voulait tout en même temps : la musique, la reconnaissance de ses pairs et de la société, le regard rempli de fierté de son père et la sensation d'accomplissement que lui donnait le chant. Elle voulait une carrière, des voyages, elle voulait une famille, un mari aimant et des enfants.

Tant de choses se bousculaient dans sa tête, et elle n'avait pas encore dix-sept ans.

— Vous me paraissez bien songeuse, mademoiselle Lajeunesse, fit une voix tranquille derrière elle.

Emma se retourna. En voyant son interlocutrice, un vieil automatisme lui fit cesser aussitôt de balancer ses pieds contre les pierres du mur et se redresser, le dos bien droit. La mère Trincano avait quitté le petit groupe de religieuses qui l'accompagnait toujours lorsqu'elle s'autorisait une rare promenade et s'approchait de la jeune fille.

— Pardon, ma mère, répondit docilement Emma, je ne vous avais pas entendue arriver.

— En effet, vous sembliez plongée dans vos pensées.

Emma ne répondit pas, un peu mal à l'aise de se trouver en tête-à-tête avec la mère supérieure autrement que lors d'un entretien formel dans son bureau ou dans le réfectoire où cette dernière s'adressait habituellement aux élèves.

— Travaillez-vous beaucoup votre chant, mademoiselle? demanda gentiment la mère Trincano, visiblement décidée à engager la conversation.

— Oui, ma mère, tous les jours. Papa veille à ce que je ne manque aucune de mes leçons.

— Votre père a bien raison. Cette voix extraordinaire ne devrait jamais être laissée en jachère.

— Pourtant…

Emma s'interrompit en se rendant compte que la mère supérieure de son collège n'était probablement pas la personne indiquée avec qui partager ses doutes. Mais c'était trop tard : le doux sourire de la mère Trincano l'encourageait à continuer.

— Pourtant, reprit Emma d'une voix basse, tout le monde ne semble pas de cet avis.

— Que voulez-vous dire ?

— On m'a… fait comprendre que ma place n'était pas sur une scène d'opéra.

— Vraiment ? Et cela est-il suffisant pour vous faire renoncer à vos rêves ?

— Je ne sais pas, répondit timidement la jeune fille. Peut-être vaudrait-il mieux pour moi que je fasse comme les autres et que je me marie… ou bien que je prenne le voile, ajouta-t-elle par politesse.

Cette option lui paraissait bien la dernière au monde qu'elle puisse envisager.

— Vous feriez sans doute une excellente religieuse si seulement vous aviez un peu plus de tenue et un peu moins de fougue, répondit la mère Trincano sans cacher l'ironie qui pointait dans sa voix. Quant au mariage, je sais que votre amie mademoiselle Ophélie va bientôt y faire son entrée et je ne doute pas qu'elle ait su vous communiquer son enthousiasme. Après tout, il n'y a rien de plus noble que d'être la maîtresse d'un foyer doux et aimant…

La mère Trincano s'interrompit pour se perdre dans la contemplation d'un rosier qui se trouvait là, soudain occupée à vérifier l'état des feuilles et des fleurs. Emma se demanda un moment si la religieuse allait poursuivre sa phrase. La jeune fille n'avait jamais parlé aussi librement avec la mère supérieure et ne savait trop comment réagir, aussi resta-t-elle silencieuse en attendant que la dame veuille bien poursuivre.

— Toutefois, je ne pense pas que ce soit là votre destin, mademoiselle, reprit enfin cette dernière. Vous avez un indéniable talent et nous sommes suffisamment nombreux à vous l'avoir dit, je crois, pour vous en convaincre. Mais le talent ne fait pas tout et, par chance, vous avez aussi le caractère qu'il faut pour réussir dans ce domaine. Ne vous souciez donc pas de ce que pensent les gens et, pour une fois, je vous autorise à faire ce qu'habituellement je réprime chez mes élèves.

— Quoi donc, ma mère ?

— Désobéissez.

Emma ouvrit de grands yeux. La mère Trincano, toujours stricte, toujours ferme, adepte de l'ordre et de la constance, l'invitait à désobéir !

— Je… je vous demande pardon ? fit la jeune fille.

— C'est probablement là la dernière leçon que je vous donnerai, mademoiselle Lajeunesse, dit la religieuse de sa voix tranquille. Pendant des années, dans ce collège, nous vous avons appris à obéir, à vous comporter convenablement. Nous vous avons formée pour faire de vous une jeune femme fiable, honnête et bien éduquée. Maintenant que vous possédez ces indispensables qualités et que votre âge vous le permet, vous pouvez vous exprimer : soyez donc fiable, honnête et bien éduquée, mais par-dessus tout soyez fidèle à vous-même. Faites-vous confiance et allez jusqu'au bout de vos idées. S'il s'agit d'une conviction profonde et saine, le Seigneur ne peut qu'approuver.

La mère supérieure arrangea ses jupes et se prépara soudain à s'en aller, comme si elle n'était venue pour rien d'autre que pour livrer ce message. Toutefois, avant de s'éloigner, elle ajouta encore :

— Si vous souhaitez vous lancer dans une carrière d'opéra, n'écoutez que vous-même et tentez votre chance. Votre père vous a donné tous les outils nécessaires et il continuera de le faire tant qu'il vivra, je crois, comme tout bon parent. Mais c'est à vous désormais qu'il revient de décider de votre avenir, et à vous seule. Jusque-là, ce rêve était celui de votre père. Il est temps qu'il devienne pleinement le vôtre.

En passant près d'Emma, elle acheva :

— N'oubliez pas que vous serez seule à vivre votre vie, alors ne laissez jamais qui que ce soit décider à votre place. Encore moins les mauvaises langues…

Et le plus naturellement du monde, avec sa dignité habituelle, la mère Trincano s'éloigna sur le chemin, laissant Emma encore abasourdie par ce qu'elle venait d'entendre.

* * *

Joseph était un homme de nature réservée. Il avait toujours mis une distance entre lui et ses filles, distance qui l'empêchait de partager avec elles ses soucis et ses projets. Pourtant, il continuait de s'activer. Pendant qu'Emma se demandait si ses rêves d'opéra n'étaient pas en train de lui échapper, lui n'abandonnait pas ses ambitions.

Depuis l'échec du concert, il avait passé sous silence les grands projets qu'il avait pour Emma et Nellie, conscient que la censure de la société montréalaise s'y opposerait toujours farouchement. Mais s'il avait volontairement cessé d'aborder le sujet devant elles, il avait malgré tout persévéré, comme il l'avait toujours fait. Chez les Lajeunesse, on apprenait dès l'enfance que l'on n'a rien sans rien et qu'il faut travailler dur pour obtenir ce que l'on souhaite. Aussi avait-il continué à faire étudier ses filles pour qu'elles progressent encore, l'une au chant, l'autre au piano, jusqu'à ce que d'autres professeurs plus spécialisés puissent prendre la relève. Les moyens financiers manquaient toujours, mais Joseph était plus décidé que jamais à tout entreprendre pour envoyer ses enfants étudier en Europe. Et tandis qu'Emma et Nellie continuaient leur vie ordinaire entre la maison et le collège des Dames du Sacré-Cœur, il posait patiemment ses jalons pour arriver à ses fins.

La situation le força pourtant à leur annoncer la nouvelle plus tôt qu'il ne l'aurait souhaité.

Alors qu'il sortait de l'église ce jour-là, après l'habituel service du dimanche, Joseph prit quelques minutes pour échanger des nouvelles avec le voisinage. Sur le parvis de l'église, les fidèles s'attardaient volontiers. Certains repartaient en petits groupes pour aller dîner ensemble, d'autres parlaient de politique. Les femmes échangeaient des nouvelles de leurs petits derniers, et les jeunes gens en âge de se marier s'observaient de loin, chaperonnés par leurs parents ou leurs frères et sœurs plus jeunes. Ses filles à ses côtés, Joseph bavardait lui aussi de choses et d'autres avec monsieur Rivest, l'un de ses proches voisins, lorsque madame Fleurimont s'approcha du petit groupe.

— Monsieur Lajeunesse, commença-t-elle avec sa vivacité habituelle, nous aurions besoin d'un joueur supplémentaire cet après-midi ! Faites-nous le plaisir de votre compagnie !

— De quoi s'agit-il, madame ?

— J'organise un thé chez moi et j'ai invité des amis pour jouer aux cartes. Mais nous ne sommes que trois. Si vous pouviez vous joindre à nous, ce serait parfait ! Bien entendu, vos chères petites sont elles aussi invitées, ajouta-t-elle avec un sourire en direction des jeunes filles.

Madame Fleurimont, veuve depuis plusieurs années, vivait seule. Elle avait pris l'habitude d'inviter régulièrement des amis à prendre le thé et ce n'était pas la première fois que les Lajeunesse étaient conviés chez elle. Voyant là une occasion d'échapper un peu à ses leçons de musique, Emma se tourna vers son père.

— Oh, papa, dites oui ! s'exclama-t-elle.

— Mais enfin, que faites-vous de vos leçons, Emma ? répondit ce dernier en fronçant les sourcils. Vous savez que vous n'avez pas travaillé votre harpe depuis plusieurs jours. J'avais donc pensé en profiter pour…

— Ce n'est que partie remise. Je pourrai travailler ce soir, après le souper !

— Oh oui, papa, fit Nellie en se mettant de la partie, c'est une bonne idée !

— Face à tant de détermination, dit Joseph, il ne me reste plus qu'à m'incliner, je crois.

Monsieur Rivest se mit à rire.

— Lajeunesse, méfiez-vous ! Vos filles pourraient bien vous soumettre en un clin d'œil si vous les laissez faire ! D'autant que, lorsque vous serez aux États-Unis, les Américaines risquent de leur mettre de mauvaises idées dans la tête. Vos filles vous mèneront vite à la baguette, vous verrez !

— Vous allez aux États-Unis, papa ? s'étonna Emma.

Joseph eut un petit sourire complice en direction de son ami avant de lancer :

— Oui, et je crois que monsieur Rivest vient de vendre la mèche.

— Oh, Lajeunesse, fit Rivest en cessant brusquement de rire. Je suis vraiment désolé, j'oubliais que vous n'en aviez pas encore parlé !

— Eh bien, cela sera l'occasion.

— Que voulez-vous dire ? insista Emma.

— Que nous allons partir tous les trois pour les États-Unis dans quelques mois.

La bouche de Nellie s'ouvrit toute grande. Elle lança, avec une joie enfantine :

— Vraiment ? Aux États-Unis ! Nous allons voyager !

— Nous n'allons pas seulement voyager, Cornélia : nous partons vivre à Albany, indiqua Joseph. J'ai obtenu un contrat de travail là-bas et j'y ai quelques contacts intéressants.

Emma était stupéfaite, mais elle n'eut pas le temps de réagir.

— Mon Dieu, monsieur Lajeunesse, mais alors vous partez définitivement ? interrogea madame Fleurimont.

— En effet, madame. C'est d'ailleurs une raison de plus de profiter de vos charmantes parties de cartes tant que je le peux encore, n'est-ce pas ?

— Bien entendu, bien entendu…

— Alors j'accepte avec plaisir votre invitation, madame.

Madame Fleurimont s'éloigna après quelques formules de politesse sans qu'Emma y prête la moindre attention. D'un seul coup, des milliers de possibilités se bousculaient dans sa tête. Elle allait partir ! Elle allait vivre aux États-Unis !

* * *

Dans les semaines qui suivirent cette annonce, la petite vie tranquille de la famille Lajeunesse fut bousculée sans ménagement. Lorsque les jeunes filles se furent faites à l'idée que leur père ne plaisantait pas et qu'ils partaient réellement pour un voyage de plusieurs années, il fallut songer à tout. On commença donc à trier les affaires qu'ils emporteraient de celles qu'ils laisseraient sur place et à contacter les quelques Canadiens français vivant à Albany que l'on avait recommandés à Joseph et qui les aideraient à s'installer.

Pour Emma, ce départ était un vrai bouleversement. Au-delà de l'excitation de la nouveauté, la peur de ce qui l'attendait là-bas et de tout ce qu'elle allait devoir laisser derrière était bien présente. Elle se rendait dans un pays dont elle connaissait à peine la langue et dont elle ne savait rien d'autre que les arides leçons d'histoire de sœur Pélagie. Les États-Unis étaient immenses, et même si elle ne partait, somme toute, pas si loin de chez elle – quelques centaines de kilomètres tout au plus –, elle se sentait soudain toute frêle et craintive. Elle n'avait pas dix-sept ans et voilà qu'elle devait quitter ses amies, son pays et le ronronnement régulier de sa vie au couvent. Bien sûr, elle n'était pas seule, elle partait avec son père et sa sœur, mais tout de même ! Elle allait devoir tout recommencer dans une grande ville où la vie risquait d'être fort différente de celle qu'elle connaissait ici.

— Eh bien, mademoiselle Lajeunesse, ainsi vous nous quittez !

C'était probablement la première fois que sœur Pélagie s'adressait ainsi à Emma, sans son habituel ton sec et autoritaire, sans lui jeter un regard sévère ou méfiant. La jeune fille figea de surprise dans le couloir.

Sœur Pélagie tira sa silhouette noire de l'ombre de la porte dans laquelle elle se tenait et s'approcha.

— J'ai appris que votre père vous emmenait vivre à Albany, continua-t-elle.

— Oui, ma sœur. Nous partons à la fin de l'été, après les cours.

— Alors j'espère que vous nous ferez honneur, mademoiselle, et que toute cette éducation que nous vous avons donnée n'aura pas été vaine.

Emma baissa poliment les yeux et hocha la tête sans rien dire. Les cours prenaient fin dans quelques jours et elle avait l'intention de quitter le couvent avec une réputation irréprochable, sans donner à sœur Pélagie la satisfaction de la prendre en flagrant délit d'impertinence.

— Avez-vous une idée de ce que vous allez faire, à Albany ? demanda la sœur.

— Mon père a trouvé du travail et nous avons déjà un logement qui nous attend.

— Je parlais de vous, mademoiselle. J'avais cru comprendre, ces dernières années, que vous envisagiez une carrière dans l'opéra. Est-ce toujours un sujet d'actualité ?

Emma tressaillit et se sentit rougir. Depuis son étrange entretien avec la mère supérieure, elle ne savait plus que répondre lorsqu'on lui parlait d'opéra, et la confusion lui montait immanquablement aux joues. Elle coula un regard vers sœur Pélagie, incertaine de pouvoir lui avouer ses ambitions. Mais la religieuse, si elle ne ratait pas une occasion de faire preuve de sévérité, était aussi une personne d'une grande franchise ; sa question n'attendait donc pas de demi-réponse.

— Je crois que oui, dit-elle, hésitante. En réalité, je ne sais pas trop ; mon père n'en parle pas beaucoup.

— Monsieur votre père est prudent, murmura sœur Pélagie, songeuse. Il semble avoir placé beaucoup d'espoir en vous, mademoiselle, reprit-elle sur un ton plus décidé.

— C'est vrai.

— Et vous, que pensez-vous de tout cela ?

— Je ne sais pas.

— Comment, vous ne savez pas ? Vous ne voulez donc pas chanter à l'opéra ?

Emma rougit encore plus.

— Eh bien ? insista sœur Pélagie.

— Je crois que… certaines personnes considèrent que ce ne serait pas une bonne chose.

— Vraiment ? Et pourquoi cela ?

— Il semblerait que ce ne soit pas un métier respectable. Que certaines artistes ne sont pas… convenables.

— Et quoi ! s'emporta sœur Pélagie. À quoi serviraient donc les efforts de notre mère Trincano et de ce collège si vous deviez suivre cette voie et devenir une de ces filles légères ? Ne pourriez-vous pas vous montrer digne de vos origines et de votre éducation et éviter ces écueils ? Je n'ai pas oublié la façon dont vous avez sauté à la gorge de cette demoiselle Cartier, il y a deux ans. N'étiez-vous pas convaincue, alors, que cette jeune fille était dans son tort ?

— Oui, je suppose, répondit timidement Emma, troublée d'entendre un tel discours dans la bouche de son austère professeure.

— Alors pourquoi lui donnez-vous raison maintenant ?

La collégienne se sentit soudain un peu bête. Sœur Pélagie la prenait en défaut et elle ne savait plus quoi répondre.

— Je ne sais pas, répondit-elle piteusement. Beaucoup de gens pensent qu'il vaudrait mieux pour moi oublier l'opéra et fonder une famille.

— Laissez-donc ce rôle à d'autres jeunes filles bien plus douées pour cela. Je vous croyais faite d'un autre bois, mademoiselle Lajeunesse.

— Mais…

— Ne laissez jamais qui que ce soit décider pour vous, ce serait un vrai gâchis. Croyez-moi, j'en ai fait l'expérience.

Le regard de sœur Pélagie s'était légèrement troublé, comme si elle venait de se remémorer des souvenirs pénibles. Mais en une seconde, elle reprit sa contenance habituelle.

— Je ne suis pas aussi douce et spirituelle que notre bonne Révérende Mère, continua-t-elle, mais je me targue de connaître la droiture et je sais avouer mes torts. J'admets qu'à une époque j'ai moi-même considéré que vos ambitions n'étaient que des rêves futiles. Et ils l'étaient, en effet! Toutefois, vous avez été mon élève pendant de longues années et j'ai eu l'occasion de vous voir grandir. Après avoir passé tant de temps à vous décourager sur ce que je croyais n'être qu'une passade, je constate que vous vous êtes accrochée à vos convictions et que vous êtes suffisamment soutenue par votre entourage pour que ce rêve devienne réalité.

— J'ignorais que vous aviez une telle opinion de moi, ma sœur, dit Emma doucement.

Sœur Pélagie lui jeta soudain un regard froid, comme si Emma venait de faire preuve d'une trop grande familiarité. Elle grinça :

— Vous avez un talent, mademoiselle Lajeunesse, ainsi qu'un objectif dans la vie. Tâchez donc de ne pas passer à côté !

Aussitôt, la religieuse fit demi-tour et s'éloigna dans le couloir.

— Oh, au fait, ajouta-t-elle sans se retourner, je venais vous dire que notre Révérende Mère souhaiterait vous entendre chanter lors du dernier jour des classes.

* * *

Ce fut soudain terminé sans qu'Emma s'en rende compte, prise qu'elle était dans l'effervescence du départ. Elle venait d'achever sa scolarité et laissait derrière elle les longues années qu'elle avait passées au collège des Dames du Sacré-Cœur.

Elle chanta une dernière fois devant les élèves et les professeurs réunis. Profitant sans retenue du privilège qu'on lui avait refusé tant de fois auparavant, elle emplit de sa voix la chapelle résonnante, jusqu'à en faire vibrer les murs peints. Elle serra les mains de ses professeurs, osa même échanger un regard prudent avec sœur Pélagie, et reçut, ainsi que toutes les autres étudiantes finissantes, la bénédiction de la mère Trincano. Enfin, Emma quitta ces bâtiments bien connus de la même façon qu'elle l'avait fait chaque soir, en longeant avec sa sœur les grands murs qui ceinturaient le parc. Derrière elle, les multiples petites tourelles et les croix qui les surmontaient se fondirent une dernière fois parmi les arbres de la rue. Elle abandonnait là sept années de souvenirs.

C'était fini.

Chez les Lajeunesse aussi, on était en train de clore un chapitre. On se préparait au départ, on emballait le piano et la harpe pour le voyage, on remplissait des malles de plus en plus grandes et de plus en plus lourdes, on visitait une dernière fois la famille. Enfin, pour finir, on organisa un après-midi d'adieu dans le petit jardin de la maison de Sault-au-Récollet, où l'on invita les proches et les voisins. Emma et Nellie dressèrent de grandes tables dans l'herbe, sous les arbres, décorées de guirlandes de fleurs de papier qu'elles avaient passé plusieurs jours à confectionner, tandis que la domestique qui d'ordinaire s'occupait de leur maison avait été engagée pour la journée et s'affairait à servir les gâteaux et les boissons.

— Emma, qu'allons-nous devenir sans toi ? soupira Justine. Avec l'école qui se termine, Ophélie qui se marie et toi qui pars vivre aux États-Unis… Qu'est-ce que je vais bien pouvoir faire de mes journées ?

— C'est injuste ! Et pourquoi dois-tu partir exactement deux semaines avant mon mariage ? renchérit Ophélie. Je voulais tellement avoir mes amies autour de moi pour ce grand jour ! J'avais même déjà choisi les bouquets de mes demoiselles d'honneur !

— Tu n'auras qu'à donner mon bouquet à une de tes cousines, Ophélie, répondit Emma. Et tu peux être certaine que je reviendrai te voir à la première occasion ! Va savoir, tu ne seras peut-être même plus seulement une jeune mariée quand je te reverrai. Toi et ton mari ne serez probablement plus seuls…

— Que veux-tu dire ? demanda Ophélie innocemment.

— Que tu seras sûrement déjà maman d'un petit marmot ! lança Justine sans cacher son ton moqueur. Qu'est-ce que tu peux être naïve ! Je croyais pourtant qu'à force de te préparer à ton mariage tu devais être au courant que ce genre de choses peut fort bien se produire !

Dans sa jolie robe d'été, Ophélie était soudain devenue rouge pivoine. Emma ne savait trop si c'était de la gêne ou bien le plaisir d'imaginer un nouveau-né dans ses bras, car c'était là un sujet sur lequel Ophélie était aussi intarissable que sur la décoration des tables ou la dentelle de sa robe de mariage.

En voyant les yeux que Justine levait au ciel à cet instant, Emma se demanda d'ailleurs si, une fois qu'elle serait partie, ses deux amies continueraient à se voir souvent. Elle avait parfois l'impression qu'elle agissait elle-même comme une sorte de lien entre ces deux jeunes filles aux caractères si différents.

Avec les années, Justine se montrait de plus en plus impatiente envers Ophélie, en particulier lorsqu'il s'agissait de tout cet univers féminin qui l'agaçait tellement, et Ophélie était trop tranquille pour répliquer, ce qui exaspérait encore plus Justine. Ce cercle n'avait de fin que lorsque Emma tempérait un peu les ardeurs de l'une pour protéger l'autre.

Pour ce qui est d'elle-même, l'âge commençait à l'éloigner de ses deux amies. Maintenant qu'elles avaient perdu la sponta-néité de l'enfance, le statut social de chacune commençait à se manifester. Alors que ses deux camarades étaient issues de milieux aisés, Emma, elle, n'était que la fille d'un simple profes-seur de musique. Le collège des Dames du Sacré-Cœur, habituellement réservé aux filles de magistrats, de grands commerçants ou d'industriels, ne se serait pas soucié d'elle si son père n'avait pas enseigné entre ses murs et, par le fait même, obtenu des avantages pour ses filles. Enfant, cette différence sociale n'avait eu aucun impact, trop occupée qu'elle était à jouer et à étudier, mais avec les années elle avait remarqué que Justine et Ophélie faisaient de plus en plus preuve à son égard d'une retenue que seul son départ prochain pour les États-Unis semblait avoir temporairement estompée. Emma retrouverait-elle, à son retour à Montréal – elle ne savait quand –, les deux amies de son enfance ? Ou bien la vie se serait-elle chargée entre-temps de dessiner un peu plus nettement cette limite entre elles ?

La perspective que leur joli trio allait bientôt se séparer fit glisser une ombre furtive dans les yeux de la jeune fille, mais elle se reprit bien vite et se lança à nouveau dans la conversa-tion qui suivait son cours.

— Et toi, Emma, raconte-nous ! ordonna Justine, visible-ment désireuse d'abandonner le sujet du mariage d'Ophélie. Que vas-tu faire à Albany ? Étudieras-tu dans une école de musique ?

— C'est vrai, on ne sait rien ! s'écria Ophélie. Ton père a sûrement prévu quelque chose. S'il t'emmène aux États-Unis, c'est qu'il doit avoir des projets pour toi et ta carrière.

— À vrai dire, je ne crois pas, répondit doucement Emma.

Devant le regard déconcerté de ses amies, la jeune musicienne s'expliqua :

— Papa a trouvé un poste de professeur à Albany, avec de bonnes conditions de travail, et Nellie va poursuivre ses études dans un nouveau collège. Mais en ce qui me concerne, papa attend seulement de moi que je m'occupe de la maison et que je continue à travailler la musique. Il n'est question de rien d'autre pour le moment.

— Oui, pour le moment, renvoya Justine en écho. Mais tu vas tout de même continuer à préparer ta carrière de cantatrice, non ?

— Je ne sais pas. Je ne suis plus très certaine.

— Comment ça ?

— Je ne suis pas sûre que ce soit ce dont j'ai vraiment envie.

Cette fois, Justine fronça franchement les sourcils.

— Mais cela fait des années que tu parles de chanter des opéras ! Pourquoi aurais-tu changé d'avis ?

— C'est un peu plus difficile que prévu, voilà tout. Et je ne sais pas si je pourrais aller jusqu'au bout. Il faut de l'argent, des relations…

— Des relations ? s'exclama Justine avec sarcasme. Comme cette famille Cartier, par exemple ? Tu as bien vu ce que cela a donné. Quelles charmantes relations tu avais là, et si utiles ! Enfin, Emma, poursuivit-elle d'un air sévère, avec la voix et le talent que tu as, tu n'es plus tout à fait certaine de vouloir devenir cantatrice? Et que pourrais-tu bien faire d'autre? Te marier et faire des bébés, comme Ophélie?

Justine s'agaçait d'autant plus facilement de la nouvelle situation qui attendait Ophélie qu'elle savait pertinemment qu'elle-même n'y échapperait pas. La perspective de s'enfermer dans une maison pour y élever des enfants était pour elle un carcan étouffant, auquel elle préférait de loin une vie plus libre et plus intellectuelle. Mais elle pouvait bien en penser ce qu'elle voulait, cela ne changerait pas grand-chose à l'affaire. Issue d'une famille aisée, elle ne manquerait pas de prétendants; elle se demandait seulement combien de temps elle pourrait repousser l'échéance. Elle n'avait pas, comme Emma, un talent extraordinaire et rare pour justifier à lui tout seul une existence hors du commun, et devait donc se contenter de rêver d'une vie de liberté à laquelle elle ne croyait qu'à moitié, déjà résignée au sort qui l'attendait. Envieuse, Justine ne pouvait donc tout simplement pas imaginer qu'Emma, avec un tel potentiel, puisse renoncer à la vie fabuleuse qui l'attendait pour se plier aux qu'en-dira-t-on.

Elle prit soudain un air suspicieux et scruta son amie. Contrairement à Ophélie qui ouvrait toujours de grands yeux surpris, elle venait de comprendre.

— Ne me dis pas que tu penses encore à ce que cette fille a dit?

Emma ne répondit pas. Justine haussa le ton.

— Emma! Ce n'était qu'une petite peste, et tout ce qu'elle a dit est complètement faux. Toutes les chanteuses d'opéra ne sont pas forcément des… des femmes comme ça, tu le sais bien!

— C'est vrai, dit Ophélie qui venait de rattraper le fil de la conversation et s'empressait d'y prendre part. Certaines sont des courtisanes, bien sûr, mais pas toutes!

Deux paires d'yeux se posèrent brusquement sur elle. Ophélie avait cette naïveté absolue qui la faisait rougir pour des détails innocents, mais ne l'empêchait pas d'aborder sans détour les sujets délicats dont on ne parlait généralement qu'à demi-mot.

— Oui, c'est vrai ! continua-t-elle sans paraître remarquer la gêne de ses deux copines. Maman m'a déjà parlé de ces demoiselles qui font venir des hommes dans leur chambre. Elle dit que les actrices et les chanteuses sont souvent la cible d'hommages intéressés et que certaines ne refusent pas les cadeaux qu'on leur fait. Maman dit qu'elles se font entretenir par des hommes riches et qu'elles cherchent ensuite à se faire épouser. Elle connaît même personnellement une ancienne actrice de théâtre qui a épousé un juge. Maintenant, tout le monde l'appelle « madame » et doit la saluer. Maman dit que si elle avait le choix, bien sûr, elle ne la regarderait même pas, mais qu'elle est bien obligée…

Justine et Emma gardèrent le silence. Soudain, le monde féerique de l'opéra, avec ses robes, ses personnages aux destins tragiques, ses amoncellements de fleurs et de hourras, prenait une tournure nettement plus sordide. Les cantatrices adulées avaient soudain quelque chose de filles peu recommandables. Emma sentit sa nuque se raidir.

— Je suis certaine que ton père ne t'encouragerait pas à une telle carrière si cela était vraiment le lot de toutes les cantatrices, dit Justine.

— Oh non, bien sûr ! appuya Ophélie avec la même candeur. Dieu merci, certaines chanteuses d'opéra sont aussi tout à fait respectables. On les invite même à la cour pour chanter devant les rois et les reines !

— Alors tu vois, Emma, tu peux continuer à rêver de l'opéra, acheva Justine sans parvenir à cacher un soupir de soulagement. Oublie donc les stupidités de cette Joséphine Cartier. Il ne faut pas que tu te laisses déstabiliser.

Malgré ces bonnes paroles, un froid s'était abattu sur le petit groupe, auquel seule la rêveuse Ophélie semblait insensible. Emma, pour se donner une contenance, reprit son rôle de maîtresse de maison. Elle saisit une carafe de citronnade vide qui se trouvait sur la table et, s'excusant auprès de ses amies, partit en direction de la maison pour la remplir. À peine avait-elle tourné les talons que Justine donnait un coup de coude à Ophélie.

— Mais comment as-tu pu lui dire une chose pareille ? Tu te rendais bien compte qu'elle…

Emma n'entendit pas le reste de la conversation qui se perdit dans le brouhaha des voix des invités entre lesquels elle se faufila.

Quelques minutes plus tard, après avoir rempli son récipient et prit le temps de retrouver son calme – elle était encore ébranlée par les paroles d'Ophélie –, elle s'apprêtait à retourner dehors lorsqu'elle entendit des murmures étouffés provenant du salon. Surprise de constater que certains invités se tenaient dans la maison et non pas dans le jardin avec les autres, elle voulut s'assurer qu'ils n'avaient besoin de rien. Mais elle s'immobilisa en entendant quelque chose qui ressemblait à un sanglot. Emma reconnut la voix de madame Malépart.

— Ma pauvre amie, disait-elle, vous êtes toujours si discrète que j'ignorais tout de vos espoirs ! Vous devez être bien déçue de le voir quitter le pays.

Une réponse inintelligible, entrecoupée de sanglots, se fit entendre. Madame Malépart continua :

— Mais lui avez-vous fait part de l'intérêt que vous lui portez ?

— Oui, fit une petite voix misérable entre deux larmes. Oui, j'ai pu lui parler il y a quelques jours.

— Et qu'a-t-il dit ? Peut-être compte-t-il revenir bientôt, peut-être pourriez-vous l'attendre ou même envisager de le rejoindre là-bas ?

— Non…

— Je suis certaine pourtant qu'il ne faut pas désespérer ainsi. Il y a sûrement moyen de tout arranger. C'est un homme tellement bon !

— Non, vous ne comprenez pas. Il ne se consacre qu'à ses filles, c'est tout ce qui compte pour lui. Il m'a clairement dit qu'il ne fallait rien espérer…

La voix se brisa et les sanglots reprirent de plus belle sans que madame Malépart puisse réellement consoler sa compagne. Emma, qui s'était figée comme une statue dans le couloir, reprit soudain ses esprits. Elle s'éclipsa discrètement pour retourner au jardin.

Elle avait l'impression, pour la première fois, d'avoir percé un des secrets de ce monde d'adultes dans lequel elle allait bientôt entrer.

Elle avait parfaitement reconnu la voix en larmes.

C'était celle de madame Fleurimont.

En un instant, Emma comprit la raison de la gentillesse et du dévouement excessif de cette voisine envers sa famille. Assez jolie, encore jeune, et surtout très seule puisqu'elle n'avait pas d'enfants, la veuve Fleurimont avait jeté son dévolu sur Joseph Lajeunesse et espéré qu'il l'épouse. L'annonce du départ de la famille pour les États-Unis avait précipité les choses. Emma imagina sans peine que madame Fleurimont, prise par le temps, ait pu se faire plus insistante. Elle se rendit compte qu'il s'en était fallu de peu pour que cette charmante voisine devienne une nouvelle épouse et mère dans la famille Lajeunesse. Sur le moment, Emma ne put retenir une grimace de dégoût. Non, décidément, son père n'appartenait qu'à elle et à

Nellie. C'était bien heureux, finalement, qu'ils quittent tous les trois Montréal pour aller commencer une nouvelle vie à Albany.

Emma ne parla de cette découverte à personne. Ce ne fut que le soir même, une fois couchée dans son lit, qu'elle se remémora les événements de la journée. Elle réalisa à quel point la situation de cette femme était délicate. Elle avait quelque chose de pitoyable et de pathétique. Trop bien née pour envisager de travailler, madame Fleurimont vivait petitement avec Dieu seul sait quel revenu et n'avait pas de famille proche pour prendre soin d'elle. Isolée et faible, elle avait donc automatiquement cherché protection auprès d'un homme, désireuse de se refaire une situation grâce à un second mariage.

Ce fut pour Emma un véritable déclic.

Elle avait passé de longs mois à hésiter sur ce qu'elle devait faire, se fiant tantôt à la confiance qu'avait son père ou mère Trincano en ses projets de carrière musicale, ou se laissant tantôt déstabiliser par les rumeurs et la peur des commérages. Pendant tout ce temps, elle s'était demandé où était, dans ce monde, la place d'une adolescente qui n'avait en tête que d'impensables rêves. Ni les mots de la mère supérieure ni ceux de sœur Pélagie, d'Ophélie ou de Justine n'avaient su déclencher de réelle prise de position.

Bien malgré elle, ce fut madame Fleurimont qui apporta à Emma la réponse qu'elle espérait, par ses larmes et son désarroi face à ses espoirs déçus.

Ce soir-là, la jeune fille se fit la promesse solennelle de ne jamais – au grand jamais! – dépendre d'un homme. Elle gagnerait elle-même sa vie et ne devrait rien à personne. Elle agirait à l'encontre de ce à quoi la majorité des jeunes filles de son âge étaient destinées. Il y avait de ces ingénues, de ces Ophélie qui n'envisageaient rien d'autre que l'agréable confort matériel et social du mariage, s'y préparaient longuement et en retiraient un bonheur sans fin. Il y en avait d'autres, aussi, des sœurs Pélagie ou des dames Fleurimont, qui n'avaient rien décidé de leur sort et subissaient leur situation comme elles le pouvaient. Elles étaient bien nombreuses, ces prétendantes pour qui le mariage était le seul moyen d'avoir une place dans le monde ; nombreuses, aussi, ces pauvres âmes esseulées, veuves ou vieilles filles, qui erraient dans la ville à la recherche de quelqu'un pour prendre soin d'elles. En dernier recours, celles-ci prenaient le voile pour se soustraire aux regards et aux médisances, avec l'assurance d'avoir un toit et trois repas par jour.

Mais sœur Pélagie avait raison : Emma était faite d'un autre bois. Elle voulait devenir une de ces belles interprètes qu'elle avait vues sur les gravures, elle voulait se produire sur toutes les scènes du monde et entendre les applaudissements récompenser ses efforts. Elle voulait sentir sa poitrine vibrer, sa gorge s'échauffer et se moduler au passage de sa voix. Et elle avait la chance inouïe de pouvoir compter sur le soutien inconditionnel de son père.

Sa décision fut soudain prise.

Elle voulait chanter ?

Elle chanterait donc.

3

Monsieur et madame Laperrière étaient installés à Albany depuis près de trente ans. Ils vivaient dans une jolie maison en périphérie de la ville, non loin du commerce de tissus qui les avait fait prospérer. Après avoir travaillé dur et élevé cinq enfants – dont quatre étaient déjà mariés et à la tête de leur propre famille – ils menaient désormais une petite vie paisible, exclusivement dédiée aux devoirs sociaux et aux bonnes œuvres, leur commerce toujours florissant étant entre les mains de leur fils aîné. Las des soupers mondains que sa femme organisait sans cesse, monsieur Laperrière fut ravi de voir arriver dans son voisinage Joseph Lajeunesse et ses deux filles, qui apportaient avec eux des nouvelles fraîches de Montréal et un peu de distraction.

Il y avait à Albany une petite communauté francophone très active qui se resserrait volontiers autour de chaque nouvel arrivant, pourvu qu'il soit issu du même milieu. Les Lajeunesse furent donc accueillis avec chaleur et empressement. Puisque la maison que Joseph avait louée n'était pas encore disponible lors de leur arrivée, les Laperrière offrirent de les héberger. Ils permirent à Emma et à Nellie de profiter sans vergogne du grand piano à queue qu'ils possédaient et, en quelques semaines, les Lajeunesse furent présentés à l'essentiel des voisins et des connaissances de leurs hôtes.

Pour Emma et Nellie, Albany avait quelque chose d'effrayant. La capitale américaine, plus vaste, plus moderne et autrement plus prestigieuse que Montréal, les impressionnait. Les gens affluaient par torrents sur les trottoirs, les voitures à cheval passaient en tous les sens sans prendre garde aux piétons, et les dames portaient toutes des toilettes compliquées dignes de New York et de Paris. À Sault-au-Récollet, les deux sœurs ne croisaient jamais d'anglophones, alors qu'ici on parlait partout un anglais rapide et haché qu'elles avaient bien du mal à comprendre. Cela les fit tout d'abord se retrancher prudemment en famille ou avec les Laperrière. Nellie était de loin la plus inquiète : à l'automne, elle allait entrer dans un nouveau collège où personne ne parlerait un mot de sa langue maternelle alors qu'elle-même ânonnait difficilement en anglais, et cette épreuve lui faisait si peur qu'elle se montra d'une humeur exécrable dès son arrivée à Albany.

Les deux sœurs découvrirent très vite le caractère enthousiaste – et parfois franchement envahissant – de madame Laperrière. Cette dernière, qui s'ennuyait de ses propres enfants et jugeait son époux trop soporifique, était ravie d'avoir chez elle deux fraîches jeunes filles avec qui bavarder. Elle se fit un plaisir de leur faire découvrir le quartier, les meilleures boutiques ainsi qu'un charmant salon de thé où elle avait ses habitudes. Elle les introduisit aussi à la première occasion dans le cercle de ses amies. Elle n'avait en effet pas mis longtemps à découvrir le talent musical de ses protégées et se rendit très populaire auprès de ses relations en organisant des soupers où Emma et Nellie improvisaient de petits spectacles sur le piano du salon, face à un auditoire enchanté de profiter d'un peu de divertissement francophone. Pour la plupart expatriés depuis de longues années, ils se languissaient de leur Canada français natal, et les deux sœurs rencontrèrent un succès immédiat en interprétant des chansons populaires. À Albany, sous les regards émus de ces gens loin de chez eux, ces airs prenaient une dimension patriotique qui fit rapidement circuler le nom des Lajeunesse parmi la petite société francophone.

Mais on avait beau se tenir le plus souvent entre soi, on vivait tout de même dans un pays anglophone. Emma, qui s'était toujours considérée comme une mauvaise élève en ce qui concernait les langues étrangères, fut bien forcée d'apprendre un anglais convenable. Elle ne se souvenait que trop bien de ce jour où un charmant gentleman lui avait demandé un renseignement auquel elle n'avait rien compris, ce qui l'avait fait rougir jusqu'aux cheveux. Elle s'était donc juré de ne plus se laisser prendre en défaut.

Après quelques semaines, la famille Lajeunesse emménagea enfin dans sa petite maison. Avec Joseph qui commença à donner ses cours de musique et Nellie qui passait ses journées – bon gré, mal gré – dans le collège où son père l'avait inscrite, Emma fut rapidement laissée à elle-même. Elle en profita donc pour faire part de ses inquiétudes à madame Laperrière au sujet de la piètre qualité de son anglais et celle-ci se proposa de lui donner des leçons particulières ; dès lors, la jeune fille utilisa son temps libre pour se rendre chez la voisine trois fois par semaine afin de tenter d'apprivoiser cette langue dont elle ne parvenait à saisir que quelques bribes.

Loin des après-midi confortables dans le petit salon de madame Laperrière, Nellie, de son côté, apprenait l'anglais par la manière forte. Les premières semaines furent terribles pour elle : seule dans un collège où elle ne connaissait personne et où nul ne parlait sa langue, elle fut suivie les premiers temps par une religieuse qui s'assurait de lui apprendre, à elle aussi, les rudiments de l'anglais et veillait à ce qu'elle s'intègre correctement dans son nouvel environnement. La pauvre Nellie en pleurait de panique, chaque matin, lorsque Emma la menait au collège. Étouffée par sa timidité et ne sachant pas s'exprimer correctement, elle passait la plupart de son temps recluse dans un coin, loin des jeux et des discussions des autres élèves qui ne se gênaient pas pour se moquer d'elle malgré les réprimandes des religieuses. Les journées étaient interminables ; Nellie ne pensait qu'à la sortie des classes, en fin d'après-midi, où Emma venait l'attendre à la grille pour sécher ses larmes et l'écouter raconter ses menus tracas.

Dans leur nouvelle vie, les deux sœurs se retrouvèrent bien vite isolées. Elles avaient été brutalement coupées de leurs amies respectives, plongées dans une ville où elles ne connaissaient personne, et les enfants du couple Laperrière étaient déjà trop vieux pour constituer des camarades de jeu et de causerie – leur dernier fils, Ferdinand, avait déjà vingt-cinq ans. N'ayant pas d'autres jeunes filles de leur âge dans leur entourage immédiat, elles furent donc contraintes de passer ensemble le plus clair de leurs journées, d'autant que leur père, trop accaparé par l'organisation de leur nouvelle vie, avait assez peu de temps à consacrer à leurs leçons de musique et leur laissait, pour une fois, beaucoup de liberté.

Est-ce l'adversité qui les rapprocha ? Ou bien tout simplement le fait qu'elles avaient toutes deux grandi ? Toujours est-il que pendant les premiers mois de leur installation aux États-Unis, Emma eut la sensation de refaire connaissance avec sa petite sœur. Nellie venait d'avoir quinze ans et son caractère évoluait considérablement, même si elle ne s'était pas départie de sa timidité envers les adultes et les inconnus. Après avoir passé son enfance à traîner dans les jupons de sa sœur aînée, elle s'était franchement éloignée d'elle pendant les études où, des années durant, elles avaient eu leurs propres amies. L'essentiel de leur relation se résumait alors à leurs cours communs de piano et de chant. Mais à Albany, désormais, les sœurs se redécouvraient mutuellement, soudées par leur histoire commune et leurs craintes devant le défi que représentait ce nouveau pays à apprivoiser.

Le temps aidant, les Lajeunesse finirent par s'accoutumer à leur nouveau style de vie. La maison était confortable, un peu plus grande que celle qu'ils avaient habitée à Sault-au-Récollet, et le salaire de Joseph était suffisant pour qu'ils puissent disposer d'une domestique qui venait chaque jour tenir les lieux en ordre. Les mois succédèrent donc aux mois, et après un hiver long et monotone, le printemps étala enfin ses petits bouquets de feuilles tendres, révélant des Lajeunesse bien établis. Ils faisaient dorénavant entièrement partie de la communauté de Canadiens français d'Albany : on les invitait chez des connaissances devenues des amis, Nellie avait réussi à s'intégrer dans son collège et Emma continuait à travailler sa musique. Elle rendait toujours visite à madame Laperrière, avec qui elle conversait désormais aisément en anglais et chez qui elle passait maintenant plus de temps à jouer de la musique pour la divertir qu'à apprendre la langue.

— Oh, ma chère enfant, ne pourriez-vous pas nous jouer un air de cette pièce que vous travaillez depuis si longtemps ? Un Purcell, je crois ? Je suis certaine que Ferdinand ne demande qu'à vous entendre !

Ce jour-là, madame Laperrière ne recevait pas les trois ou quatre dames qui composaient son cercle d'invités réguliers, mais son propre fils, Ferdinand. Ce dernier avait assisté à la conversation entre sa mère et la jeune fille sans y prendre part. Il se tenait toujours en retrait et Emma commençait tout juste à s'habituer à cette présence muette.

— Madame, je vous en prie, protesta la jeune fille. Je ne suis pas certaine de le maîtriser parfaitement.

— Et moi je suis certaine que vous êtes trop modeste, ma chère petite. N'avez-vous pas la plus jolie voix qu'il ait été donné d'entendre dans cette maison ? S'il vous plaît, faites-moi ce plaisir !

Madame Laperrière se trompait en croyant à de la modestie de la part d'Emma. Celle-ci n'avait cherché qu'une excuse pour refuser, car on était en mars et, bien qu'il y ait encore beaucoup de neige au sol, la domestique avait entrouvert une fenêtre près du piano pour aérer la pièce. Cela refroidissait considérablement cette partie du salon. Emma savait d'expérience que des écarts de température, même insignifiants, pouvaient avoir des conséquences notables lorsqu'elle chantait. Elle craignait pour sa voix.

Malheureusement, on ne pouvait guère refuser quoi que ce soit à madame Laperrière et à ses sourires désarmants de gentillesse. Emma n'osa donc pas insister et quitta à regret le fauteuil dans lequel elle avait pris place pour aller s'asseoir derrière le piano à queue. Le fait qu'elle n'ait pas ses partitions avec elle importait peu : elle avait depuis toujours une mémoire infaillible qui lui permettait d'apprendre ses morceaux à une vitesse fulgurante.

Remplaçant son soupir résigné par un sourire poli, et prenant soin de bien remonter son châle autour de sa gorge pour ne pas prendre de risques, elle ouvrit le couvercle du piano. Après avoir vérifié machinalement la justesse des notes en jouant quelques gammes, elle entama doucement le morceau de Purcell que madame Laperrière attendait avec impatience. Sa voix s'éleva dans le salon, légère, droite comme une flèche, saluée par un silence religieux.

— C'est tout simplement ravissant, mademoiselle ! s'écria la brave dame quand la voix d'Emma se fut tue. Il faut vraiment que vous veniez chanter lors de la remise des prix la semaine prochaine. Vous allez faire un malheur auprès des dames de la paroisse ! N'êtes-vous pas de mon avis, Ferdinand ?

— Mademoiselle Emma est pourvue d'un grand talent, répondit celui-ci.

L'espace d'un instant, madame Laperrière sourit gentiment à son fils comme si elle attendait qu'il poursuive. Mais voyant que rien ne venait, elle se donna une contenance en se penchant vers la théière.

Ferdinand Laperrière était avare en tout, et particulièrement en paroles. Il déplaçait sa carcasse maigre avec une économie d'efforts évidente, n'esquissait aucun geste ni aucun regard qui ne soit absolument nécessaire et, à défaut de s'enthousiasmer, semblait même s'intéresser à rien. Lorsqu'on lui adressait la parole, il répondait de façon directe et brève, sans ambages, sans s'encombrer de tournures de phrases pour enjoliver ses mots et ses idées. La plupart du temps, il se manifestait si rarement qu'Emma n'avait entendu le son de sa voix que lors de leur troisième rencontre. Même s'il faisait parfois de faibles efforts pour se mêler à la conversation, l'énergique madame Laperrière se mettait très vite à parler en son nom, ce qui avait tôt fait de le replonger dans son mutisme.

Emma avait bien tenté, quelques fois, de lui faire la conversation, mais devant un aussi pauvre interlocuteur elle s'était vite trouvée à court de sujets et elle se limitait maintenant à quelques sourires polis et à des banalités de rigueur. Pourtant, derrière ces yeux brillants et ce visage sans expression, Ferdinand semblait cacher une grande intelligence. Son mutisme ne l'empêchait pas d'être sensible à la musique qu'il écoutait toujours avec une attention presque religieuse.

Alors que madame Laperrière versait une nouvelle tasse de thé à ses deux convives et qu'Emma quittait le piano pour aller retrouver son fauteuil, on entendit le carillon de la maison résonner dans le hall, ainsi que les pas de la domestique qui allait ouvrir la porte. Peu après, un homme d'un certain âge, vêtu d'un costume gris pâle et portant moustache et favoris, fit son entrée au salon.

— Bonjour, madame Laperrière, salua-t-il en ôtant son chapeau.

— Monsieur Davis! s'exclama cette dernière en se levant aussitôt pour accueillir le visiteur. Quelle surprise de vous voir ici, je n'attendais pas votre visite. Je vous en prie, asseyez-vous, asseyez-vous...

Le gentleman salua Emma et Ferdinand avant de prendre place sur l'un des fauteuils du salon. La domestique apporta une tasse supplémentaire, servit le nouvel invité et quitta la pièce en emportant la théière vide.

— Chère madame, je passais dans les environs quand il m'a pris l'envie de venir vous présenter mes respects.

— Oh, monsieur Davis, c'est si gentil à vous! Peut-être auriez-vous souhaité vous entretenir avec monsieur Laperrière? Malheureusement, il est sorti et ne sera de retour qu'en fin d'après-midi. Si vous souhaitez l'attendre, votre compagnie nous fera grand plaisir!

Monsieur Davis eut un sourire et jeta un regard en direction d'Emma, qui se tenait sagement dans son fauteuil, sa tasse de thé sur les genoux.

— En vérité, chère madame, je passais sous vos fenêtres lorsque j'ai entendu une voix ravissante chanter au piano. Je devine que je dois cette merveille à la demoiselle que voici…

— Certainement! dit aussitôt madame Laperrière. Permettez-moi de vous présenter notre petit prodige, mademoiselle Emma Lajeunesse. C'est une Canadienne française qui est arrivée de Montréal il y a quelques mois, avec sa famille, pour s'établir à Albany.

— Vraiment? Alors me permettez-vous de lui dire à quel point j'ai été charmé par son chant?

Comme les regards se tournaient vers elle, Emma sourit et remercia poliment du bout des lèvres. Monsieur Davis reprit, en s'adressant de nouveau à madame Laperrière :

— Vous n'êtes pas sans savoir, madame, que je suis membre du chœur de l'église Saint-Joseph. Vous me feriez d'ailleurs un grand honneur si vous acceptiez de venir nous entendre, un de ces dimanches, pendant le service.

— Bien sûr, bien sûr! Je disais d'ailleurs récemment à mon cher époux que…

Visiblement habitué aux bavardages de madame Laperrière, le visiteur ne se laissa pas interrompre.

— Et en écoutant cette demoiselle chanter, reprit-il, je me disais qu'elle serait sûrement un atout non négligeable dans notre charmante chorale. Qu'en dites-vous, mademoiselle? Cela vous plairait-il de venir chanter dans notre église?

Les yeux d'Emma s'allumèrent instantanément. Elle aimait profondément la musique liturgique, et l'idée de rencontrer enfin quelques nouveaux visages, pour égayer son univers quotidien un peu trop restreint à son goût, l'enchantait.

— Je vous remercie pour l'invitation. J'aurais effectivement beaucoup de plaisir à chanter dans une chorale.

Madame Laperrière jeta à Emma un regard en biais avant de lui tendre l'assiette de biscuits.

— Je ne sais si votre père vous y autoriserait, mon enfant. Il faudrait songer à lui demander sa permission avant de promettre quoi que ce soit.

Emma était trop fine mouche pour ne pas se rendre compte du rappel à l'ordre de son hôtesse. À dix-huit ans, une jeune femme n'était en effet pas censée choisir elle-même son emploi du temps et devait immanquablement s'en référer à son père. Ce que madame Laperrière ignorait, c'est que Joseph Lajeunesse se préoccupait bien plus de l'accomplissement musical de ses filles que de leur soumission à son autorité parentale, et que, depuis le déménagement à Albany, Emma bénéficiait d'une liberté d'esprit et de décision de plus en plus grande. La jeune musicienne ne comptait donc pas laisser passer l'occasion que lui offrait ce monsieur Davis.

— Oh, soyez sans crainte, répliqua-t-elle en sachant très bien qu'elle insistait là où madame Laperrière aurait souhaité la voir se soumettre avec humilité. Mon père soutient toujours mes initiatives musicales et je suis certaine qu'il sera d'accord. À moins que l'église où vous chantez ne soit protestante, auquel cas cela pourrait éventuellement poser un problème, dit-elle en se tournant vers le visiteur.

— Monsieur Davis est catholique, comme vous et moi, et comme, Dieu merci !, la plupart des gens de cette ville, répondit madame Laperrière. Mais la paroisse dont il vous parle se trouve assez loin d'ici et je ne sais si monsieur Lajeunesse serait enclin à…

— Chère madame, dit Davis en riant, à vous entendre je commence à croire que vous cherchez à garder pour vous votre prodige. Laissez-nous donc en profiter, nous autres, pauvres Américains !

Madame Laperrière eut un petit rire gêné, mais ne répondit pas. Dans la communauté francophone d'Albany, on fréquentait parfois les Américains, mais la plupart du temps les relations restaient assez distantes et se limitaient à une courtoisie élémentaire ou à de froides relations d'affaires. Monsieur Davis, qui avait longtemps été négociant en tissus pour monsieur Laperrière et avait vécu avec lui les périodes fastes aussi bien que les crises financières, faisait toutefois exception à la règle. Il se permettait de temps à autre de taquiner ses hôtes sur leurs origines étrangères et n'hésitait pas à leur rappeler – avec plus ou moins de délicatesse – qu'il était lui-même citoyen du pays alors qu'ils n'en étaient, eux, que les invités.

— Je vous sais soprano, mademoiselle, reprit Davis après un moment, mais que savez-vous chanter ? Connaissez-vous la musique religieuse ?

— Oui, un peu, répondit Emma.

— Avez-vous déjà chanté en public ?

— Oui, monsieur. J'ai donné quelques concerts à Montréal.

— Vraiment ? Vous m'en voyez agréablement surpris. Vous devez donc avoir un bon niveau… Étudiez-vous la musique depuis longtemps ?

— À vrai dire, depuis que je suis enfant. Mon père est professeur de musique et il m'a tout enseigné.

— Parfait ! dit Davis, conquis. Absolument parfait ! Puis-je alors vous demander de remettre à votre père un mot de ma part, mademoiselle ? Je dois m'entretenir avec lui car – et je me permets de parler au nom de notre chef de chœur – il serait vraiment fabuleux que vous puissiez venir chanter dans notre chorale…

* * *

À compter de ce jour, après avoir obtenu l'autorisation de leur prêtre, les Lajeunesse changèrent officiellement de paroisse et se rendirent chaque dimanche à l'église de Saint-Joseph où Emma chantait. Cette dernière dut espacer ses visites habituelles chez madame Laperrière pour se consacrer aux nombreuses répétitions de la chorale, qui avait une certaine notoriété dans les environs et dont le chef de chœur était particulièrement exigeant. Monsieur Davis chantait dans le pupitre des basses depuis de longues années, ce qui lui conférait une certaine autorité parmi les choristes. Il ne manqua pas de s'enorgueillir d'avoir découvert la voix d'Emma. Il fit clairement comprendre à tous qu'elle était sa protégée et lui offrit même de venir la chercher en voiture et de la ramener chez elle après chaque répétition, car l'église Saint-Joseph était effectivement assez éloignée, et une jeune fille ne pouvait décemment pas se déplacer si loin toute seule. Quant au chef de chœur, il se rendit très vite compte du talent d'Emma et ne tarda pas à la faire chanter comme soliste.

La vie quotidienne d'Emma subit donc de profonds bouleversements. Ses journées furent rythmées exclusivement par la musique, entre les leçons qu'elle continuait de suivre avec son père, son travail personnel ou en compagnie de sa sœur, et les longues heures qu'elle passait chaque semaine à l'église Saint-Joseph pour préparer le service religieux du dimanche. Les projets d'études musicales en Europe et de carrière dans l'opéra refirent timidement leur apparition dans les conversations familiales pendant le souper, comme si les Lajeunesse s'autorisaient de nouveau à rêver après avoir été longtemps censurés dans leur ville d'origine.

Emma avait profité d'un peu de repos lors de son arrivée à Albany, mais voilà que son temps libre fondait comme neige au soleil. En plus de la musique, la jeune femme devait aussi assurer l'organisation du foyer, que son père avait entièrement remise entre ses mains. C'était elle, désormais, la maîtresse de maison. À ce titre, elle gérait le budget que son père lui donnait chaque mois pour assurer le train de vie de la maisonnée et veillait à ce que la domestique travaille convenablement. Les Lajeunesse étaient d'autant moins riches que Joseph continuait d'économiser tout ce qu'il pouvait pour grossir la cagnotte dédiée aux études de ses filles, mais grâce aux menues économies ménagères d'Emma, la famille vivait tout de même de façon très convenable.

— Et aujourd'hui, nous avons appris à faire la croix de Malte, racontait Nellie tandis que les deux sœurs marchaient à petits pas pressés sur le trottoir. Sœur Margaret dit qu'elle n'a jamais vu personne apprendre ce point aussi vite que moi ! Tiens, regarde, je me suis entraînée sur un mouchoir…

La jeune fille sortit fièrement un morceau de tissu de sa poche pour le montrer à sa sœur. Ses doigts agiles et délicats de pianiste, ainsi que le soin et la rigueur qu'avait enseignés Joseph à ses enfants, la faisaient exceller dans tous les travaux d'aiguille. Pendant que Nellie continuait de raconter en détail le déroulement de sa classe de broderie, Emma, qui était venue la chercher après les cours, repassait dans sa tête le programme de sa propre journée.

Les deux sœurs connaissaient bien le chemin, qu'elles empruntaient matin et soir, par tous les temps, et déjà leurs regards habitués ne s'extasiaient plus sur les façades qu'elles longeaient. Elles bavardaient toujours lorsque le regard d'Emma parcourut distraitement la vitrine d'un magasin général. Soudain, elle se rappela qu'elle avait promis à la domestique de lui rapporter des pois cassés pour le souper. La jeune femme n'avait pas l'habitude de faire ses emplettes dans ce magasin-là – elle n'y était même jamais entrée – mais il avait l'avantage d'être sur son chemin. Les filles y entrèrent donc. Un jeune commis d'une vingtaine d'années s'avança pour les servir et, tandis qu'il versait dans un sac en papier la livre de pois qu'Emma lui avait demandée, un couple de clients qui se trouvait un peu plus loin s'avança vers elle.

— Mademoiselle, excusez-moi… N'était-ce pas vous qui chantiez à l'église Saint-Joseph dimanche dernier ? s'informa la dame.

— Effectivement, madame, acquiesça Emma avec un sourire, flattée d'avoir été reconnue alors que cela ne faisait que quelques semaines qu'elle avait rejoint la chorale.

— J'étais bien certaine que c'était vous ! s'enthousiasma son interlocutrice avant de se tourner vers l'homme qui l'accompagnait. Rappelez-vous, mon ami, cette jeune fille chantait comme un ange !

— Tout à fait, tout à fait, approuva celui-ci avec un sourire bonhomme.

— Allez-vous encore chanter ? s'enquit la dame.

— Oui, j'y serai tous les dimanches, répondit Emma.

— Alors, mon ami, nous devons retourner à Saint-Joseph dimanche prochain !

Le couple finit par s'éloigner après avoir longuement félicité et salué Emma. Cette dernière se tourna vers le commis qui achevait d'envelopper la commande. Il n'avait visiblement rien perdu de la conversation. Tout en servant sa cliente avec un professionnalisme quelque peu distant, il lui jetait plusieurs fois des regards qu'il voulait discrets, mais qui étaient surtout un peu trop insistants et que la jeune femme ne sut trop comment interpréter. Un peu gênée, elle prit son paquet de pois cassés avec un signe de tête poli. Après avoir tiré par le bras Nellie, qui flânait devant une vitrine de petits gâteaux au miel avec un air gourmand, elle se dirigea rapidement vers la sortie.

— C'est le carême… souffla Emma d'un ton un peu plus sec qu'elle ne l'aurait voulu, avant d'entraîner sa sœur au dehors.

* * *

Le dimanche suivant, non seulement le couple de clients était de nouveau présent, comme il l'avait promis, mais le jeune commis se trouvait lui aussi dans l'assemblée, assis au fond de l'église. Emma ne le remarqua pas tout de suite, car elle suivait attentivement les directives et la battue du chef de chœur. Mais lorsqu'elle s'avança pour entamer son passage de soliste et lancer sa voix claire dans l'église, elle reconnut sa silhouette malgré le costume de ville qui avait remplacé la blouse de commerçant. Quoique surprise de le voir, elle ne se laissa pas distraire et chanta avec la même concentration qu'à l'habitude.

Emma voyait de temps en temps des visages inconnus s'ajouter à la foule des fidèles de l'église pour revenir ensuite d'une semaine à l'autre. Celui du jeune commis revint également. Il semblait clair que le talent de la jeune femme était pour quelque chose dans cette soudaine popularité de la paroisse et l'on s'assura de lui laisser pleinement l'occasion de s'exprimer. Le curé de Saint-Joseph, ravi de toutes ces nouvelles ouailles, avait effectivement donné pour consigne au chef de chœur d'offrir à Emma des solos de plus en plus longs.

Ce fut bientôt chose faite. Pâques approchait. On se mit à préparer un programme musical hors du commun et – monsieur Davis ne manqua pas de le souligner – nettement plus long que celui des années précédentes. Il ne cacha pas qu'il s'agissait d'épater, entre autres, monseigneur Conroy, le second évêque d'Albany, qui servirait la messe ce jour-là. Celui-ci avait entendu parler de la popularité du chœur de l'église et avait décidé de venir l'écouter. Emma redoubla donc d'efforts pour préparer son récital, consciente que de nombreuses personnes se présenteraient essentiellement pour l'entendre.

Ses journées se remplirent subitement de tout un tas d'obligations inhabituelles. Son père l'avait autorisée à se faire confectionner une nouvelle robe exprès pour la célébration de Pâques. Emma devait se rendre à de nombreux essayages, en plus des heures supplémentaires qu'elle effectuait avec le chef de chœur après les répétitions régulières de la chorale. Elle continuait aussi d'accompagner sa sœur au collège chaque matin, mais n'avait plus le loisir de flâner devant les boutiques sur le chemin du retour. Lorsqu'un jour elle croisa le jeune commis qui prenait l'air sur le pas de la porte du magasin général et qui la salua, elle ne répondit même pas et accéléra le pas.

Elle ne savait trop quoi penser du comportement du jeune homme, qui ne manquait pas de lui lancer des regards soutenus dès qu'il en avait l'occasion. Il se contentait de la saluer de loin et ne lui avait jamais adressé la parole depuis ce jour où ils avaient échangé quelques mots au sujet d'une livre de pois cassés. Emma, qui approchait de ses dix-neuf ans, apprenait progressivement à composer avec les hommages et les clins d'œil des jeunes travailleurs qu'elle croisait parfois dans la rue. Toutefois, elle était le plus souvent trop préoccupée par sa musique ou ses obligations familiales pour prêter la moindre attention à tout cela. Elle se savait plutôt jolie, avec ses longs cheveux foncés, ses grands yeux bleus et sa peau laiteuse, mais les jeux de séduction ne l'intéressaient pas. Le jeune commis pouvait bien faire des efforts pour attirer son attention, elle avait d'autres soucis en tête.

Le temps fila sans qu'Emma puisse le retenir. Pâques arriva, absorbant toute sa concentration.

— Ainsi, voici le petit prodige dont on m'a déjà tant vanté les mérites…

Assise derrière l'orgue et plongée dans une dernière relecture de ses partitions, Emma n'avait pas entendu arriver le petit groupe. Il y avait là le chef de chœur, le curé de Saint-Joseph, ainsi qu'un grand homme aux yeux un peu enfoncés et aux pommettes osseuses, qui portait tous les attributs d'un évêque. Emma se leva aussitôt et le salua profondément.

— Mademoiselle Emma, dit le prêtre à ses côtés, monseigneur Conroy, notre bien-aimé évêque, tenait à vous rencontrer personnellement avant de commencer la messe.

— J'ai beaucoup entendu parler de vous, mon enfant, dit l'évêque, et j'ai hâte de vous entendre chanter.

— Merci, monseigneur, répondit la jeune fille. J'espère que je serai à la hauteur de vos espérances.

— J'ai entendu dire que vous envisagiez peut-être une carrière à l'opéra? interrogea l'évêque. Il semblerait que vous ayez tout le potentiel qu'il faut pour cela.

— Oui, monseigneur, dit-elle timidement. Mon père souhaite m'envoyer étudier en Europe.

— En Europe, vraiment? Et pourquoi pas à New York? Il y a de bonnes écoles là-bas, et ce serait moins loin et moins coûteux…

Emma se sentait un peu déstabilisée par l'intérêt que l'évêque lui portait et le naturel avec lequel il parlait d'études musicales. Les gens d'Albany semblaient décidément moins frileux que les Montréalais au sujet de ses projets de carrière artistique.

— Monsieur Lajeunesse considère que l'Europe est une meilleure option, intervint le chef de chœur. Et pour tout vous dire, je suis d'accord avec sa décision. Avec la voix qu'elle possède, notre Emma pourrait bien envisager une carrière internationale!

— Ma chère enfant, si telles sont vos ambitions, je vous souhaite une carrière aussi belle que celle de la célèbre Jenny Lind. En attendant, commençons donc par honorer notre Seigneur en cette belle messe de Pâques…

Le Seigneur fut honoré, en effet, car la célébration se révéla un véritable succès. Les enfants de la catéchèse avaient décoré l'église de fleurs de papier, on avait disposé des cierges et des flambeaux un peu partout. Les lieux, une fois remplis par la foule, offrirent une acoustique excellente qui rendit justice à la voix d'Emma ainsi qu'au chœur qui l'accompagnait. Parmi les fidèles, la jeune fille reconnut quelques visages : le commis était là, bien sûr, ainsi que le couple rencontré dans le magasin, et plusieurs autres, inconnus et pourtant déjà familiers. Mais pour le plus grand plaisir du curé, le plus impressionné fut sans nul doute monseigneur Conroy, qui écouta religieusement la jeune chanteuse. Entre les lèvres de francophone d'Emma, le latin des chants liturgiques sonnait avec une justesse que l'évêque n'avait pas entendue depuis longtemps. Et l'interprétation de l'*Agnus Dei* fut tellement belle qu'elle lui fit presque monter les larmes aux yeux.

Si Emma ignorait, à cet instant, qu'elle venait de conquérir l'un de ses plus fervents admirateurs, elle put par la suite en avoir une petite idée. À la fin de la cérémonie, la foule mit un long moment à quitter l'église, bavardant entre les bancs ou dans les allées, serrant les cols de fourrure des manteaux avant de sortir sur le parvis déneigé. À peine Emma fut-elle descendue du balcon de la chorale que sa famille et ses amis l'entourèrent pour la féliciter. Le couple Laperrière avait fait le déplacement avec Ferdinand, ainsi que plusieurs autres connaissances et amis des Lajeunesse.

Un peu plus loin, flanqué du curé et de quelques autres ecclésiastiques, l'évêque Conroy serrait des mains, bénissait des enfants et échangeait quelques mots avec les fidèles. Quand la foule commença à se dissiper, il s'approcha du groupe entourant Emma.

— Vous devez être monsieur Lajeunesse, je suppose ? demanda-t-il à l'intention de Joseph. Puis-je vous parler un instant ?

— Monseigneur, répondit Joseph en s'inclinant.

— Monsieur, laissez-moi vous dire que votre fille a une voix extraordinaire, dit l'évêque tandis que les deux hommes s'écartaient du groupe pour pouvoir converser plus à leur aise.

— En effet, monseigneur. Elle travaille très fort pour cela.

— Je me suis laissé dire que vous envisagiez pour elle une carrière à l'opéra ?

— Si cela est possible, monseigneur. Mais pour cela, il faudrait qu'elle commence par aller étudier en Europe. Ensuite, nous verrons ce qu'il est possible de faire.

— Comptez-vous l'y envoyer bientôt ?

Joseph fut un peu interloqué par l'intérêt évident que l'évêque semblait porter à sa fille. Il hésita à répondre. Mais devant le regard perçant de son interlocuteur, il décida de se livrer en toute franchise.

— Je l'ignore, dit-il. Pour tout vous dire, je manque encore de moyens financiers pour lui assurer des études vraiment complètes. Et puis, s'il ne s'agissait que d'Emma ! Mais j'ai une deuxième fille, Cornélia, qui est extrêmement douée au piano et qui mérite, elle aussi, des études approfondies…

— Oh, j'ignorais cela, dit monseigneur Conroy d'un air songeur en jetant un regard vers Nellie, qui se trouvait aux côtés de sa sœur.

— Puis-je vous demander où vous voulez en venir, monseigneur ? osa questionner Joseph.

— Je me disais que cette ville manque cruellement de distractions et que l'opéra est à mes yeux la musique la plus noble… après la musique liturgique, bien entendu.

Joseph opina de la tête. Ce n'était pas la première fois qu'il constatait qu'ici, contrairement à Montréal, les chanteuses d'opéra ne semblaient pas taxées de mauvaise réputation. Et à Albany, les gens appréciaient la musique et les concerts en toute simplicité. Il n'avait toutefois pas envisagé qu'un évêque puisse lui aussi devenir le protecteur de sa fille. Avec une telle caution, Dieu sait vers quelles hauteurs Emma pourrait être propulsée !

— Aussi, continuait monseigneur Conroy, je connais un certain nombre de personnes qui pourraient être intéressées à écouter et à soutenir votre… pardon, vos filles.

— Lorsque nous vivions à Montréal, il m'est arrivé d'organiser des concerts-bénéfice pour elles. Pensez-vous que cela soit une chose envisageable ?

L'évêque prit une seconde de réflexion.

— Ma foi, je ne vois pas ce qui pourrait l'empêcher. Que diriez-vous de commencer par une soirée privée, avec quelques amis ? Vos filles pourraient préparer un petit échantillon de leur savoir-faire et leur nom pourrait commencer à circuler en ville. Ce serait un bon début.

— Monseigneur, si je puis me permettre, fit une voix, je suis prête à ouvrir grandes les portes de ma maison pour une telle soirée !

Madame Laperrière, qui ne manquait visiblement ni d'oreille ni d'audace, venait de s'avancer vers les deux hommes. Devant leur air surpris, elle s'excusa.

— Pardonnez-moi, dit-elle avec un sourire faussement contrit, mais je n'ai pu m'empêcher d'écouter votre conversation. Ces deux petites me sont si chères que je ferai tout ce qui est en mon pouvoir pour les aider dans leurs projets.

— Monseigneur, je vous présente madame Laperrière, une amie de la famille, dit Joseph.

— Madame, répondit l'évêque, amusé par le culot de la dame en question, je vois que, comme beaucoup d'autres, vous ne manquez pas d'enthousiasme lorsqu'il s'agit des demoiselles Lajeunesse. Ces jeunes filles auraient-elles donc pour protecteurs la moitié des paroissiens de cette église ?

— Cela ne m'étonnerait pas, monseigneur ! dit madame Laperrière avec un petit rire.

L'évêque et la brave dame se regardèrent un instant. Tous deux avaient soudain entrevu l'idée d'une soirée privée réunissant enfin réellement des Américains de souche et des expatriés francophones. L'idée semblait séduire les deux parties. Monseigneur Conroy y voyait une politique de rapprochement et de convivialité pour ses fidèles, tandis que madame Laperrière imaginait déjà la réputation et le prestige qu'elle acquerrait auprès de ses amies après un tel événement.

Ce n'était pas tous les jours que l'on recevait à sa table le second évêque d'Albany.

* * *

— Comptez-vous vous rendre à la foire de Slingerlands, mademoiselle ?

En entendant cela, Nellie fronça les sourcils et jeta un regard par-dessus l'étagère des confitures.

Même si aujourd'hui l'interlocuteur portait un costume de ville bien taillé au lieu de son habituelle blouse beige, elle reconnut aussitôt le jeune commis. Il venait d'adresser la parole à sa sœur et, vu la réaction de cette dernière, cela n'avait rien d'habituel. Curieuse, Nellie fit mine de s'intéresser de nouveau aux confitures tout en tendant l'oreille.

— Euh… c'est possible, répondit Emma sans parvenir à cacher sa surprise de se faire ainsi aborder.

— J'y serai pendant toute la semaine, avec mon père, annonça le commis tout en réarrangeant machinalement les plumes et les petits pots d'encre qui se trouvaient sur un présentoir près de la jeune fille.

— Ah !

Emma était visiblement à court de réponse. Le jeune homme eut un léger sourire.

— Excusez-moi, dit-il, je crois que je ne me suis pas présenté. Je m'appelle Jonathan Blythe.

— De… Blythe and Sons ? dit Emma en faisant référence à la grande enseigne qui ornait le haut de la devanture du magasin général.

— Oui, tout à fait. C'est mon grand-père qui a fondé cette boutique. Je suis la troisième génération.

En voyant l'air fier qu'avait pris le jeune homme en disant cela, Nellie, derrière son étagère, étouffa un rire.

— Je vous vois passer devant la vitrine tous les jours, mademoiselle, continuait Jonathan avec un grand sourire, et je viens vous écouter chaque dimanche à l'église. C'est un plaisir de vous connaître enfin.

Emma se mordit les lèvres sans savoir quoi répondre. Après avoir passé plusieurs mois à lui jeter des coups d'œil de loin, le commis la regardait franchement dans les yeux et lui parlait comme s'ils se connaissaient depuis longtemps. Mal à l'aise, la jeune fille vit arriver son père avec soulagement.

— Emma, Nellie, nous pouvons y aller, dit Joseph en s'avançant vers ses filles après en avoir fini avec la commande qu'il avait passée au comptoir du magasin.

— Bonjour, monsieur, dit Jonathan.

— Bonjour, jeune homme…

Devant le regard intrigué de son père, Emma se sentit obligée de faire les présentations.

— Papa, voici Jonathan Blythe.

— Je suis enchanté de vous connaître, monsieur, dit Jonathan en s'inclinant.

— Ne vous ai-je pas vu à l'église Saint-Joseph? répondit Joseph en se rappelant avoir déjà aperçu le visage de son interlocuteur auparavant.

— Précisément. Je suis un grand admirateur de votre fille.

— Un de plus! dit Joseph avec un petit sourire. Si vous voulez bien nous excuser…

Les deux hommes se saluèrent en portant la main à leurs chapeaux. Joseph Lajeunesse quitta le magasin, suivi de ses deux filles.

Sur le chemin du retour, Emma tenta d'étouffer les glousse-
ments de sa sœur tout en se demandant comment ce commis
anonyme avait réussi, en si peu de temps, à se présenter comme
un nouvel ami de la famille.

Il était plutôt joli garçon, avec son air franc et la jolie mèche
de cheveux châtains qui lui barrait le front. Il paraissait de
bonne famille et d'agréable compagnie. Il y avait pourtant
quelque chose dans son attitude pleine d'assurance qui
agaçait la jeune femme. Elle n'avait pas l'habitude de voir les
gens s'imposer dans son entourage et c'était pourtant ce qui
venait de se produire : maintenant qu'ils avaient été présentés, même de façon cavalière, Emma pourrait difficilement
éviter de rendre à Jonathan son salut la prochaine fois qu'ils
se croiseraient.

* * *

Après la célébration de Pâques, monseigneur Conroy avait
été appelé à New York pour plusieurs semaines. Toutefois, il
n'oublia ni le nom d'Emma Lajeunesse ni la promesse faite à
madame Laperrière au sujet d'un souper privé en bonne
compagnie. Dès son retour à Albany, on arrêta enfin une date.

Dans la grande salle à manger des Laperrière, on vit alors les
robes noires des ecclésiastiques se mêler aux robes colorées des
femmes. L'évêque avait convié deux amis prêtres, ainsi que trois
hauts fonctionnaires avec leurs épouses. Madame Laperrière,
de son côté, avait invité ses amies régulières et ses deux fils aînés,
en plus de Ferdinand. On parla anglais toute la soirée et
l'hôtesse des lieux se démena pour que les Américains et les
Canadiens français se mélangent, ce qu'elle ne réussit pas trop
mal.

Emma et Nellie avaient préparé un échantillon de leur répertoire habituel. Pour éviter tout incident, elles avaient laissé de
côté les chansons patriotiques que leur public francophone
habituel affectionnait tant, au profit d'un hommage à monseigneur Conroy et aux hommes d'Église qui avaient été invités.

Leur programme, essentiellement composé de pièces religieuses et d'extraits d'opéras tirés de la Bible, obtint son succès. Nellie faisait des merveilles sur le piano de madame Laperrière. Pleine d'assurance dans cette maison qu'elle connaissait bien, Emma se permit quelques écarts qui, certes, manquaient peut-être un peu de technique, mais qui donnèrent un côté très humain et chaleureux à ces musiques plutôt faites pour les églises froides et solennelles.

Après leur performance, on prit le thé au salon et on ne parla plus que d'elles.

— Cette petite Emma me rappelle vraiment la grande Jenny Lind, dit l'une des dames invitées par monseigneur Conroy. Je l'ai vue se produire à New York, il y a de cela des années maintenant. C'était un tel succès ; j'en garde un souvenir extraordinaire !

— Il est vrai que cette demoiselle possède une voix qui pourrait bien rivaliser avec les grandes artistes lyriques actuelles, commenta une autre convive. Monsieur Lajeunesse, ne disiez-vous pas que vous envisagiez une carrière à l'opéra pour vos filles ?

— En effet. Cela fait plusieurs années déjà que je prépare leur départ.

— Mon pauvre monsieur, qu'allez-vous devenir si vous devez vous séparer de vos deux filles en même temps ?

Joseph eut un petit sourire.

— Le bonheur de mes filles importe plus que le mien, madame. Tout ce que je souhaite, c'est les voir réussir sur les planches et enflammer le public européen.

— Vous songez donc à l'Europe ? Pourquoi pas une de nos écoles américaines ?

— Ma foi, l'histoire de l'opéra se trouve à Paris, à Londres, à Rome ou à Milan. C'est là-bas que tout se passe.

— Monsieur Lajeunesse a raison, affirma l'un des invités. Je me souviens encore, lorsque j'étais en Italie, de l'engouement des gens pour l'opéra. Rien de tel que la musique pour soulever les foules !

Monseigneur Conroy, qui écoutait la conversation sans rien dire, observait Emma du coin de l'œil comme s'il jaugeait la capacité de cette dernière à se montrer à la hauteur des espérances de son père.

— Et vous, mademoiselle, que pensez-vous donc de tout cela ? dit-il doucement. Désirez-vous vraiment aller étudier en Europe ?

Alors que Nellie trépignait déjà sur sa chaise, prête à bondir au cas où on lui poserait la même question, Emma, elle, se tourna tranquillement vers son interlocuteur et prit quelques instants pour préparer sa réponse.

— Je ne me crois pas capable de faire autre chose, monseigneur, dit-elle enfin. C'est là-bas qu'est ma place.

Un instant encore, l'évêque l'observa. Visiblement, il préférait ce genre de réponses pleines d'assurance et de conviction à l'enthousiasme débordant et éparpillé d'une trop jeune fille.

— J'en suis convaincu, dit-il avec un léger sourire. Messieurs, ajouta-t-il en se tournant vers les invités qu'il avait emmenés, ne pourrions-nous pas aider ces demoiselles à parvenir à leurs fins ? Notre belle ville en serait la première récompensée. Je crois savoir, monsieur Lajeunesse, que le seul point qui empêche ces enfants de partir est essentiellement d'ordre financier. Vous parliez d'organiser des concerts-bénéfice, n'est-ce pas ?

— C'est une excellente idée ! s'exclama l'un des invités. Je connais d'ailleurs quelqu'un, au Palace, qui pourrait les aider à se produire…

Joseph Lajeunesse ne dit rien, mais il lança un regard approbateur à Emma. Lui-même, depuis son arrivée à Albany, avait entrepris plusieurs démarches auprès des autorités pour obtenir du financement pour ses filles, sans que cela aboutisse à des accords intéressants. Cette fois, avec l'appui de l'évêque Conroy, il lui semblait que les portes allaient enfin s'ouvrir et que, finalement, ses filles pourraient fouler les pavés de Paris plus tôt qu'il ne l'avait cru.

* * *

Contre toute attente, la famille Lajeunesse se rendit effectivement à la foire de Slingerlands, entraînée par les Laperrière et quelques amis qui avaient décidé d'aller tous ensemble passer une journée à la campagne pour profiter du chaud soleil de juin. On s'arma d'ombrelles et de chapeaux, on passa des robes d'été – malheureusement loin d'être aussi légères qu'elles le prétendaient – et on alla se montrer à la foire agricole. C'était, pour quelques jours, le divertissement des gens de la ville. Il y avait là des concours d'animaux pour élire les plus fiers représentants de chaque race, des stands de gâteaux et de gourmandises, une exposition des nouvelles machines agricoles de l'année, des ventes et des échanges de bétail ou de chevaux, et quelques saltimbanques qui faisaient une démonstration de leurs talents en tous genres.

— Quelle chaleur, mes enfants, quelle chaleur ! s'exclama madame Laperrière en agitant vigoureusement son éventail. L'envie me prendrait bien de laisser là ces messieurs et d'aller nous asseoir au frais sous les arbres. Qu'en dites-vous, mesdames ?

Les messieurs s'étaient en effet groupés autour d'une nouvelle machine à battre le blé et discutaient avec animation du nombre de chevaux-vapeur de l'engin et des indiscutables progrès de l'industrie agricole. Tout à leur fascination pour les nouvelles technologies, ils se souciaient fort peu de leurs épouses et ne protestèrent pas lorsque celles-ci leur annoncèrent qu'elles les quittaient pour un moment. Les robes et les ombrelles s'éloignèrent en direction de la prairie, un peu plus loin, où d'autres dames et quelques enfants s'étaient installés dans l'herbe ou sur des chaises, à l'ombre de quelques grands arbres. À peine avait-elle fait quelques pas que madame Laperrière reprenait son éventail et ses soupirs.

— Mes chères petites, dit-elle en s'adressant à Emma et à Nellie, voudriez-vous aller nous chercher un de ces petits vendeurs de boissons? J'en ai vu quelques-uns qui déambulaient parmi la foule. J'ai tellement chaud que je donnerais ma vie pour un grand verre de limonade bien fraîche!

En entendant cela, Emma se renfrogna aussitôt. Depuis son arrivée à la foire, elle se tenait sur la défensive et faisait tout pour ne pas s'éloigner de son père ou des amis qui les accompagnaient, car elle n'avait pas oublié la remarque de Jonathan Blythe et elle ne tenait pas à le rencontrer. Toutefois, la grimace de la jeune femme ne passa pas inaperçue. Voyant la réticence d'Emma à s'éloigner, une des amies de madame Laperrière intervint:

— Avec toute cette foule, peut-être vaudrait-il mieux faire accompagner ces demoiselles, ne croyez-vous pas?

— Vous avez raison, ma chère…

Elle appela son fils.

— Ferdinand? Voudriez-vous accompagner les demoiselles Lajeunesse? Il s'agit de nous dénicher un de ces porteurs d'eau qui circulent dans la foire.

Ferdinand, qui se tenait avec les hommes sans paraître s'émouvoir le moins du monde de la machine rutilante devant laquelle les autres s'extasiaient, s'inclina aussitôt. Il rejoignit les deux sœurs, puis le trio s'éloigna dans la foule.

Si Emma avait espéré ne pas croiser le jeune Jonathan, ce fut peine perdue. Au détour d'un étal de petits outils agricoles et d'un stand de fruits et légumes, elle l'aperçut en compagnie d'un grand homme qu'elle avait déjà vu au magasin et qui devait, selon toutes probabilités, être son père. Un court instant, elle espéra qu'il ne l'avait pas remarquée. Elle amorça aussitôt un demi-tour radical après avoir bafouillé une vague explication à ses deux compagnons.

— Mademoiselle Lajeunesse ! entendit-elle.

Nellie s'était déjà retournée. Emma n'avait plus d'autre choix, maintenant, que de saluer le jeune homme qui s'approchait.

— Je suis ravi de vous voir, dit Jonathan en saluant les deux sœurs avec un large sourire. Vous aviez quitté l'église avant que j'aie eu le temps de vous parler, dimanche dernier. Aussi je me demandais quel jour j'aurais le plaisir de vous retrouver ici.

Emma parvint à rester imperturbable, mais Nellie ne put s'empêcher de jeter un coup d'œil amusé au commis. Le dimanche précédent, sa sœur aînée avait effectivement insisté pour que la famille quitte l'église le plus rapidement possible, prétextant un mal de tête. Nellie n'avait pas été dupe et maintenant elle riait sous cape de voir Emma ainsi prise au piège.

— Votre père est-il avec vous ? demanda Jonathan en lançant un regard curieux en direction de Ferdinand qui, pour une fois, n'était pas en retrait mais se tenait tout près d'Emma, la dominant de sa haute taille.

— Oui, répondit la jeune femme. Nous sommes venus avec plusieurs amis.

— Oh, fit Jonathan, alors peut-être pourrais-je demander à votre père l'autorisation de vous emmener voir la course d'obstacles. Aimez-vous les chevaux, mademoiselle Emma ?

— Oui, beaucoup.

— Vous plairait-il de voir la course ? Elle commence dans une heure, en arrière de la grange où sont exposées les houes et les herses.

Emma, pourtant loin d'être timide, ne parvenait pas, face à Jonathan, à placer plus de quelques mots et elle avait la fâcheuse impression de se laisser diriger sans rien pouvoir y faire. Mais par ailleurs, l'assurance du jeune homme le rendait aussi irrésistible. Sans même se demander s'il était invité, il se joignit au trio et l'accompagna dans sa recherche d'un vendeur de boissons pour madame Laperrière. Ferdinand, méfiant, lui jetait par moments des regards noirs, mais Jonathan ne semblait pas s'en rendre compte. Il prit les choses en main avec un naturel désarmant, menant le petit groupe parmi la foule comme s'il en connaissait les moindres recoins. Il interpella un porteur d'eau et repartit aussitôt avec les autres vers la prairie où les dames attendaient.

Si Emma avait espéré que Jonathan les quitterait après cela pour retourner au stand de son père, elle se trompait. Très à l'aise, il se présenta de lui-même, reconnut madame Laperrière comme une des dames qui assistait régulièrement aux performances vocales d'Emma à l'église et lui présenta ses respects. En quelques minutes, le jeune homme fit connaissance avec toutes les femmes. Son tempérament agréable et sa bonne humeur, agrémentés d'un franc sourire, jouèrent fortement en sa faveur. Lorsque les hommes revinrent enfin de leur visite des machines agricoles et s'installèrent dans l'herbe auprès de leurs épouses, Jonathan, là encore, salua profondément Joseph Lajeunesse comme s'il le connaissait de longue date. Il se présenta aux autres et se fit définitivement adopter en se joignant au débat que les hommes entretenaient encore sur les machines.

Emma observait ce petit manège avec circonspection. Elle ne pouvait s'empêcher de remarquer la totale opposition de caractère qu'il y avait entre Jonathan et Ferdinand. Plus Jonathan se montrait volubile, plaisant et de bonne compagnie, et plus Ferdinand semblait terne et absent. Il ne tarda d'ailleurs pas à s'enfermer dans son silence habituel, ne répondant que du bout des lèvres aux quelques remarques que sa mère lui adressa avant que celle-ci ne se tourne pour de bon vers Jonathan, plus patient et réceptif à son bavardage.

Au bout d'un moment, le jeune Blythe sortit une jolie montre de son gilet pour regarder l'heure. Puis il se tourna vers Joseph :

— Monsieur Lajeunesse, il va y avoir une course d'obstacles dans peu de temps et je crois savoir que mademoiselle Emma serait intéressée à y assister. Me permettez-vous de l'y inviter ?

Joseph haussa un sourcil avant de s'adresser à sa fille.

— Vraiment, Emma ?

— Oui, cela pourrait être amusant, répondit la jeune femme qui, malgré l'insistance agaçante de Jonathan, avait réellement envie de voir les courses de chevaux.

— Après tout, nous sommes ici pour nous amuser, alors pourquoi pas ? opina Joseph. Mais ne laissez pas Nellie s'ennuyer ici toute seule et emmenez-la avec vous.

— Avec grand plaisir, monsieur, répondit Jonathan. Je vous ramènerai vos filles dans une heure.

— Très bien. Je compte sur vous, jeune homme.

Les trois jeunes gens s'éloignèrent ; Emma fit mine de ne pas remarquer le regard sombre que Ferdinand leur jeta. Elle se laissa entraîner malgré elle par la conversation et l'attitude charmante de Jonathan, qui se montra cultivé et distrayant. Pendant le trajet, il bavarda avec entrain en expliquant des tas de choses sur les animaux et les instruments exposés.

— La famille de ma mère possède plusieurs fermes, raconta-t-il. J'ai d'ailleurs longtemps hésité entre une vie à la campagne ou à la ville. Mais lorsque mon frère aîné est mort, mon père attendait de moi que je reprenne sa suite au magasin.

— J'ignorais que vous aviez un frère aîné.

— J'ai aussi une sœur et deux frères plus jeunes. Mon père envisage d'ouvrir un deuxième magasin prochainement, alors il les forme eux aussi pour prendre la relève.

— Lorsque nous vous avons croisé la première fois, nous pensions que vous étiez un simple commis, dit Nellie.

— C'est le cas, en tout cas pour le moment, répondit Jonathan avec un sourire. Mon père exige que nous travaillions au magasin pendant quelques années pour apprendre à bien servir la clientèle. Mais en ce qui me concerne, j'en aurai bientôt terminé avec la blouse de commis. Ce qui m'intéresse le plus, c'est le travail avec les négociants…

En arrivant près du champ de course, Jonathan donna une piécette à Nellie et l'envoya acheter des gâteaux qu'ils pourraient manger pendant le spectacle. Emma resta donc seule quelques minutes avec le jeune homme.

— M'autorisez-vous à vous revoir, mademoiselle Emma ? demanda soudain Jonathan. Je veux dire… autrement qu'en vous voyant passer devant la boutique tous les matins ?

Il allait un peu vite en affaire, mais Emma s'attendait à une demande de ce genre. Jonathan était trop franc pour éluder longtemps le sujet. Et même s'il se montrait un peu sans-gêne et s'il lui donnait la sensation de s'inviter sans lui demander son avis, elle devait reconnaître qu'il avait de la conversation. En dépit de son air trop sûr de lui, il savait se rendre agréable et elle aimait bien sa compagnie.

— La musique me prend beaucoup de temps, monsieur Blythe, répondit-elle toutefois avec une certaine prudence.

— Oh, je vous en prie, appelez-moi Jonathan, tout simplement. Bien sûr, je ne voudrais surtout pas gêner vos répétitions de musique, mais je suppose que vous devez tout de même disposer de temps libre, non ? Nous pourrions aller nous promener sur le bord de l'Hudson ; il y a de très jolis sentiers !

— Peut-être, finit par répondre Emma. Pourquoi pas…

Alors que Nellie revenait avec les gâteaux, Jonathan, visiblement satisfait de la réponse qu'il avait reçue, joua des coudes dans la foule pour trouver à ses jeunes amies une bonne place.

Et tandis qu'elle regardait la course, Emma se demandait encore si elle avait bien fait de laisser entrer ce jeune homme dans sa vie.

4

Nellie regarda dans son porte-monnaie et compta soigneusement les quelques sous que son père lui accordait pour ses
dépenses personnelles. Il n'y avait pas grand-chose. Tout juste
de quoi s'offrir un ruban ou un de ces petits gâteaux saupoudrés
de sucre dont elle raffolait. Elle n'avait certainement pas assez
d'argent pour acheter le catalogue de gravures de mode qu'elle
feuilletait depuis quelques minutes. Avec un soupir, la jeune fille
reposa le livre sur le comptoir et sortit de la boutique pour
rejoindre sa sœur et son père qui l'attendaient à l'extérieur.

Les gravures de mode étaient la seule fantaisie que la sage
Nellie s'autorisait. Depuis quelques années, à force de réclamer
les vieux catalogues de ses amies, elle en avait accumulé par
douzaines, qu'elle rangeait soigneusement sur une étagère de sa
chambre. Le soir, quand elle avait enfin quelques moments rien
que pour elle, elle s'asseyait sur son lit, éparpillait autour d'elle
les gravures colorées. Alors, pendant des heures, elle se projetait
sur les trottoirs de Paris, imaginant de belles citadines évoluant
sur les trottoirs et dans les théâtres, vêtues de robes chatoyantes
aux plis compliqués. Il y avait parfois de jeunes enfants, aussi
bien vêtus que leurs mères, ou bien un petit chien, et de temps
en temps de galants compagnons aux cravates bouffantes, avec
une fine canne ou un chapeau à la main.

Étrangement, Nellie ne s'imaginait jamais en train de porter
elle-même de telles robes. C'était un fait : elle n'aimait pas
attirer les regards. D'ailleurs, les seules fois où Emma avait
voulu la mettre en avant lors des concerts, Nellie était devenue
rouge pivoine et en avait perdu tous ses moyens. Joseph avait
vite compris que la timidité de sa cadette l'empêcherait toujours
de s'offrir en pleine lumière, comme c'était le cas pour Emma,
et il ne chercha pas à la forcer. Nellie aimait éperdument la

musique, mais elle était d'une personnalité trop fragile pour oser s'imposer aux regards du public, et cela valait tout autant sur une scène de théâtre que dans ses rêves de jeune femme. Vouée à vivre dans l'ombre de sa sœur, elle se contentait d'admirer en silence les ruchés et les bouillonnés des grandes toilettes parisiennes qu'elle ne porterait probablement jamais.

— Eh bien, Cornélia, que faisiez-vous ? dit Joseph en fronçant les sourcils. Nous vous attendions !

— Je m'excuse…

— J'espère que vous n'étiez pas encore en train de perdre votre temps avec toutes ces tenues et ces robes…

— Oh, papa, si vous saviez ! s'exclama la jeune femme avec innocence. Les dames de Paris sont si bien habillées !

— Ne vous préoccupez donc pas tant de toutes ces robes, ma chère. Concentrez-vous plutôt sur votre musique. Ce ne sont pas les chiffons qui font la qualité d'une musicienne.

Joseph Lajeunesse voyait d'un mauvais œil la passion de sa fille pour ce qu'il considérait comme des futilités sans intérêt. Il n'avait pas consacré tant de temps et d'énergie à l'éducation de ses enfants, ni consenti à tant de sacrifices pour leurs futures études à Paris, pour qu'Emma et Nellie deviennent des jeunes femmes frivoles.

Marchant en tête, ses enfants derrière lui, Joseph passa devant la boutique Blythe and Sons que les Lajeunesse connaissaient bien. Monsieur Blythe père était sur le trottoir, devant la vitrine. Il parlait avec animation à deux individus qui semblaient être des hommes d'affaires, tandis qu'à l'intérieur Jonathan était occupé derrière le comptoir à consulter un gros livre. Il était visiblement absorbé par sa tâche. Quand une cliente entra dans la boutique, le jeune homme leva machinalement la tête pour la saluer et aperçut alors la famille Lajeunesse qui passait son chemin sans s'arrêter. Laissant la cliente aux mains du nouveau commis qui le remplaçait depuis quelque temps, Jonathan sortit en courant et rejoignit le trio juste avant qu'il ne tourne au coin de la rue.

— Monsieur Lajeunesse ! appela-t-il.

Dans un bel ensemble, Joseph et ses filles se retournèrent pour saluer l'arrivant.

— Monsieur Blythe, je vous souhaite le bonjour.

— Je voulais justement vous voir, répondit Jonathan. J'aimerais proposer à mesdemoiselles Emma et Cornélia une sortie au parc, dimanche prochain. J'y rejoindrai quelques cousins et amis pour y faire un pique-nique et je me demandais si elles aimeraient se joindre à nous.

Jonathan Blythe était de bonne famille, de bonne éducation, et sa belle humeur le faisait apprécier de tous. Il n'avait pas fallu beaucoup de temps avant qu'il soit considéré comme un ami de la famille, et Joseph ne voyait aucun inconvénient à l'inviter de temps en temps lorsqu'on organisait des après-midi de jeu ou des sorties en ville. Il ne fut donc pas surpris de sa demande. Par ailleurs, depuis qu'il savait pouvoir compter sur monseigneur Conroy pour faire avancer ses projets, il se comportait de façon plus détendue avec ses filles.

— Ma foi… Qu'en dites-vous, mesdemoiselles ?

— Oh, ce serait merveilleux, papa ! répondit Nellie en battant des mains.

Pour Emma, la perspective d'une journée au soleil en compagnie de jeunes gens de son âge lui paraissait plus qu'alléchante. Elle allait pouvoir rire et s'amuser en toute liberté, loin des regards affectueux et condescendants des amis de son père, loin aussi des dames exprimant bruyamment leur inépuisable ravissement devant la qualité de sa voix ou la délicatesse du doigté de sa sœur, ce qui composait habituellement le menu de leurs dimanches après-midi. Les loisirs, chez les Lajeunesse, se résumaient souvent à divertir leurs voisins, aussi Emma sauta-t-elle sur l'occasion de pouvoir enfin se distraire un peu elle-même.

Toutefois, depuis le temps qu'elle connaissait Jonathan, elle avait appris à tempérer les élans du jeune homme ; c'est pourquoi elle ne répondait jamais avec l'enthousiasme candide de Nellie. Bien qu'elle appréciât les belles qualités de Jonathan, ce dernier avait la fâcheuse tendance à décider de tout. La jeune femme ne voulait surtout pas ajouter encore au regard victorieux qu'il lui jetait. Elle serra donc la bride une fois de plus en se montrant beaucoup plus pondérée que sa sœur.

— Oui, dit-elle simplement, d'une voix juste assez intéressée. C'est une charmante idée.

— Alors, pourquoi pas ? dit Joseph. Je suppose que pour une fois cela vous fera du bien de voir de nouveaux visages.

— Merci, monsieur ! s'écria Jonathan, les yeux brillants. Dans ce cas, je passerai chercher ces demoiselles dimanche midi, après le service.

Il en fut donc ainsi. Quelques jours plus tard, une fois la messe terminée, Jonathan se présenta pour emmener les deux sœurs.

— Ainsi, cher ami, vous laissez vos filles sans surveillance ? s'étonna une voisine en regardant Emma s'éloigner au bras du jeune homme, suivie de près par Nellie. Savez-vous au moins où elles se rendent et avec qui ?

— Le jeune Blythe les emmène au parc rejoindre un groupe d'amis et de cousins. Je crois que mes enfants ont bien mérité un peu de divertissement.

— Tout de même, ne sont-elles pas un peu jeunes pour sortir seules ? Et ce jeune homme…

— Ce garçon a toute ma confiance, chère madame. Et puis, Emma aura bientôt vingt ans. Je pense qu'à cet âge elle est maintenant tout à fait sage et raisonnable.

Emma se tenait en effet bien sage dans la voiture qui se dirigeait vers le parc, tout comme sa sœur qui observait en silence les maisons défiler au rythme du pas des chevaux. Depuis le temps qu'Emma et Jonathan se fréquentaient, Nellie avait cessé de jeter à sa sœur des regards amusés dès que le jeune homme lui adressait la parole ou lui prenait le bras. Il faisait sa cour dans les règles de l'art, ne cherchant pas à s'en cacher, mais n'essayant pas non plus de précipiter les choses. Même la présence de Nellie comme chaperon ne semblait pas l'ennuyer outre mesure. Il se comportait envers elle de façon agréable et charmante, de sorte que les après-midi passés en sa compagnie étaient pour les deux sœurs un plaisir partagé.

Toutefois, Emma se laissait courtiser sans jamais donner le moindre signe que l'attraction qu'elle exerçait sur le jeune homme était réciproque. Bien sûr, elle appréciait sa compagnie, mais elle aimait peut-être plus encore se sentir ainsi entourée d'attentions. Même si elle le trouvait attrayant et joli garçon, certains traits de son caractère l'agaçaient et lui faisaient conserver une certaine réserve, presque une réticence.

Et puis… Une partie de son esprit était déjà attirée vers l'Europe, les projets d'études à Paris prenaient de plus en plus forme et il lui semblait qu'Albany ne serait qu'une étape où elle ne s'attarderait pas. Alors à quoi bon s'attacher ?

Lorsque la voiture s'arrêta, Jonathan, aidé du cocher, descendit les paniers remplis de victuailles. On rejoignit ensuite un groupe d'une douzaine de jeunes gens et de jeunes filles qui avaient déjà étendu des nappes dans l'herbe, près d'un lac. Introduites par Jonathan, les sœurs Lajeunesse furent accueillies et intégrées au groupe sans plus de manières et tout ce petit monde se mit bientôt à bavarder avec animation. La vaisselle et la nourriture furent éparpillées sur les nappes, les bouteilles de vin léger circulèrent de main en main et les demoiselles sortirent leurs ombrelles pour se protéger du soleil. Jonathan se montrait empressé avec tous, mais il ne quittait pas Emma plus de quelques minutes, attentif à ses moindres besoins, lui remplissant son verre avant qu'il ne soit vide et s'essayant parfois à bafouiller quelques mots en français pour la faire rire. Et elle riait de bon cœur, tout comme ses compagnons. À force de chahuter et de s'amuser, ils s'attirèrent même plusieurs fois les regards suspicieux ou agacés des passants.

Après le repas, quelques-uns des jeunes hommes sortirent des raquettes et des volants et improvisèrent un jeu sur les pelouses du parc. Emma, à qui le vin et la chaleur faisaient légèrement tourner la tête, préféra décliner l'invitation. Sagement assise dans l'herbe, elle regarderait ses compagnons s'amuser. Mais contre toute attente, la timide Nellie se laissa convaincre et se joignit aux joueurs. Jonathan, lui, resta auprès d'Emma.

— Voudriez-vous vous promener un peu ? lui demanda-t-il après un moment passé à applaudir les joueurs. Cela fait longtemps que vous êtes assise, vous avez peut-être envie de vous dégourdir les jambes ?

La jeune femme acquiesça. Elle prit la main qu'il lui tendait pour l'aider à se relever. Ils s'éloignèrent sur les pelouses et rejoignirent le sentier qui faisait le tour du lac.

— Où en êtes-vous dans vos projets d'opéra, Emma ? dit Jonathan.

— Papa continue de rassembler des fonds pour que Nellie et moi puissions partir à Paris. Je pense que cela pourra se faire d'ici un an environ. Monseigneur Conroy nous aide beaucoup, je dois dire, en invitant des personnes vraiment généreuses aux concerts que nous donnons.

— Ne m'aviez-vous pas dit, à ce propos, qu'un autre concert était prévu bientôt ? Encore un concert-bénéfice, je suppose ?

— Tout à fait. Il aura lieu le jour de la Saint-Jean. Nous n'avons pas encore lancé les invitations, mais il va sans dire que vous y serez convié, répondit Emma avec un sourire.

Ils marchèrent en silence pendant un moment. Légèrement grisée par le vin, la jeune femme s'accrochait fermement au bras de son compagnon, qui ne semblait pas peu fier de se promener ainsi avec une jolie demoiselle. Alors qu'ils arrivaient sur le sentier, Emma mit un temps à reconnaître la silhouette qui se dirigeait vers eux. Ses yeux s'agrandirent de surprise.

— Ferdinand ? s'exclama-t-elle.

— Mademoiselle Emma, dit celui-ci en s'arrêtant devant elle et en s'inclinant pour la saluer. J'ignorais que j'aurais le plaisir de vous croiser ici… Êtes-vous venue avec votre père ?

— Non, je suis avec monsieur Blythe, que vous connaissez. Et ma sœur Nellie joue là-bas avec les autres.

— Ah.

— Comment se portent vos parents ? demanda-t-elle. Cela fait plusieurs semaines que nous ne nous sommes vus.

— Ils vont bien, merci.

Un silence un peu gêné tomba entre les trois jeunes gens. Connaissant le peu d'attrait qu'avait Ferdinand pour la conversation en général, et les banalités en particulier, Emma cherchait désespérément une autre phrase agréable à dire pour relancer la conversation. Jonathan ne lui en laissa pas l'occasion.

— Monsieur, cela a été un plaisir… commença-t-il.

— Voudriez-vous m'accompagner à l'opéra, mademoiselle Emma ? coupa Ferdinand.

Il avait parlé si vite qu'un instant de stupéfaction suivit la déclaration. Emma, qui avait déjà trouvé surprenant que le fils des Laperrière vienne spontanément à sa rencontre pour la saluer, au lieu de passer son chemin en faisant mine de ne pas l'avoir vue, ne parvint pas à cacher son trouble. Quant à Jonathan, il avait encore la bouche entrouverte ; l'on ne savait trop si cela était attribuable à sa phrase inachevée ou bien s'il s'offusquait de se voir déjà voler sa belle.

— Euh… je ne sais si… bafouilla Emma, ne sachant quoi répondre.

— On donne *La reine de Chypre* en ville, ces temps-ci, et je me disais que cela vous intéresserait sûrement.

— Je ne crois pas que le père de mademoiselle Emma accepterait que sa fille sorte seule le soir, dit Jonathan qui reprenait déjà ses esprits et cherchait à s'interposer.

— Monsieur Lajeunesse souhaite que sa fille fasse carrière dans l'opéra, monsieur, répondit aussitôt Ferdinand d'un ton sec. Il serait naturel qu'elle commence à s'y rendre à titre de spectatrice, en attendant d'avoir l'occasion de s'y produire en personne. Je doute fort qu'il s'oppose à un tel projet.

C'était probablement l'une des phrases les plus longues qu'Emma lui ait jamais entendu prononcer.

Mais elle n'eut pas le temps de s'attarder sur ce comportement pour le moins inhabituel. Depuis leur rencontre à la foire de Slingerlands, deux ans auparavant, Jonathan et Ferdinand faisaient partie du cercle d'amis réguliers de la famille Lajeunesse ; ils avaient eu l'occasion de se voir à plusieurs reprises. Néanmoins, si les deux jeunes hommes usaient l'un envers l'autre des politesses de rigueur, Emma savait depuis longtemps qu'ils ne s'appréciaient guère. Elle mit donc fin à ce qui allait bientôt ressembler à une confrontation.

— Vous avez raison, monsieur, répondit-elle gentiment. C'est une excellente idée que vous avez eue là, et je vous en remercie. Si mon père m'y autorise, je serais ravie de vous y accompagner.

— Vraiment ? dit Ferdinand, une lumière éclairant soudain ses yeux noirs.

— Si vous le voulez bien, je vous enverrai un mot avec ma réponse dès demain.

— Bien entendu, mademoiselle. Alors… il ne me reste qu'à vous souhaiter une agréable journée.

Et en saluant de nouveau, avec quelque chose qui ressemblait furieusement à un sourire, Ferdinand tourna les talons. Emma et Jonathan se remirent eux aussi en route, mais la promenade semblait soudain avoir perdu de son charme pour le jeune homme.

— Puis-je vous demander pourquoi vous avez accepté, Emma ? demanda Jonathan au bout d'un moment.

— Mais parce que je rêve d'aller à l'opéra depuis des années et que, jusqu'ici, on m'a toujours considérée comme trop jeune.

— Est-ce là la seule raison ?

— Bien entendu ! fit Emma avant de rire franchement. Mon Dieu, Jonathan, seriez-vous jaloux ?

Elle prenait un plaisir d'autant plus vif à le taquiner qu'elle le savait de nature assez orgueilleuse. Devant les démentis enflammés du jeune homme, elle se mit à rire encore plus.

* * *

Grâce à l'influence de monseigneur Conroy, qui avait pris les filles Lajeunesse sous son aile et réclamait régulièrement des récitals privés, les projets d'études à Paris allaient bon train. Depuis l'arrivée de sa famille aux États-Unis, Joseph avait vu ses finances s'étoffer considérablement d'une année à l'autre grâce aux contributions généreuses des habitants de la ville. Les noms d'Emma et de Cornélia Lajeunesse faisaient désormais leur petit effet dans les rues d'Albany. Il n'était d'ailleurs pas rare que l'une ou l'autre soit reconnue et félicitée par quelque passant qui avait assisté à l'une des nombreuses prestations des jeunes filles. Les mentalités américaines semblaient décidément bien différentes de celles de Montréal, car jamais on ne fit aux demoiselles le moindre commentaire quand à leur choix de carrière. Bien au contraire, on les encourageait, on les admirait, on les félicitait pour leur talent et leur ténacité, et la ville tout entière semblait s'enorgueillir de posséder en son sein deux jeunes artistes prometteuses.

À Albany, l'opéra n'était pas aussi développé qu'à New York ou Boston, mais des spectacles de moyenne envergure étaient tout de même présentés régulièrement, et la bourgeoisie locale en profitait largement. Joseph n'y avait pourtant jamais emmené ses filles, que jusqu'à présent il trouvait trop jeunes.

— Avec Ferdinand Laperrière ? s'exclama-t-il, incapable de cacher sa stupéfaction après qu'Emma lui eut fait part de la proposition qu'elle avait reçue.

— Oui. Je l'ai croisé hier, pendant le pique-nique.

Joseph se frotta la barbe d'une main, comme il le faisait toujours lorsqu'il réfléchissait. La surprise disparut pour laisser place à un pli soucieux sur son front.

— Je n'aime pas trop que tous ces jeunes gens vous tournent autour, Emma, dit-il enfin. D'abord le jeune Blythe, maintenant le fils des Laperrière… J'espère qu'avec tout cela vous ne perdez pas de vue vos projets de carrière !

— Bien sûr que non ! répliqua aussitôt la jeune femme en rougissant malgré elle, piquée au vif. C'est justement parce que je pense à ma carrière que je voudrais aller à l'opéra. Après tout, vous exigez de moi que je chante mes rôles avec intensité, poésie et sentiment, mais je n'ai encore jamais entendu qui que ce soit chanter un véritable opéra…

— Ce n'est pas tout à fait juste. Lors de vos concerts, il y a quelques années, vous avez pu entendre d'autres interprètes.

— Mais vous savez bien que ce n'est pas pareil ! Des extraits d'opéras ne font pas un opéra entier. Il n'y a ni les décors, ni les costumes, ni l'orchestre et encore moins un chanteur pour chaque rôle…

— C'est vrai. Je reconnais que j'aurais peut-être dû vous emmener au théâtre plus tôt pour que vous puissiez vous faire une idée. Mais cette fois, le contexte est particulier. Au moins, monsieur et madame Laperrière seront-ils présents?

Un instant, la tentation de mentir effleura l'esprit de la musicienne. Mais elle savait qu'elle ne pouvait pas cacher grand-chose à son père.

— Je ne crois pas, non, répondit-elle. En tout cas, il ne m'en a pas parlé.

— Voilà pourquoi je me demande s'il est bien sage que je vous laisse aller à l'opéra seule avec ce jeune homme. Vous êtes encore bien jeune, ma fille.

— Papa, j'aurai bientôt vingt ans! Ophélie, elle, va à l'opéra depuis déjà deux ans! Elle m'en parle sans arrêt dans ses lettres! C'est quand même un comble qu'elle connaisse mieux que moi ce milieu, alors que c'est celui auquel je me destine depuis si longtemps!

— Votre amie Ophélie est mariée, ce qui change tout.

— Je ne vois pas en quoi cela serait dangereux pour moi de me rendre à l'opéra avec Ferdinand, rétorqua Emma en se renfrognant. De toute façon, cet homme est si… si…

— Si quoi? dit Joseph en haussant un sourcil.

— Si ennuyant!

Il y eut un silence, puis Joseph éclata de rire. Emma ne tarda pas à le suivre.

— Il est vrai que ce pauvre Ferdinand n'a ni le discours ni la joyeuse humeur de votre ami Jonathan, dit Joseph en reprenant son sérieux. Simplement, vous êtes maintenant en âge de vous marier, Emma, et je n'aimerais pas vous voir abandonner tous les projets que nous avons simplement parce que vous vous serez laissée tourner la tête par un gentil garçon.

— Je sais, papa. Mais, croyez-moi, il n'est pas encore né celui qui serait capable de me faire renoncer à mon envie de monter sur les planches !

Joseph eut un petit sourire. Il ne savait que trop bien que ses filles commençaient à attirer les convoitises. C'était en partie pour éviter cela qu'il les avait volontairement soustraites au monde et à ses distractions, faisant toujours de leurs leçons de musique une priorité absolue. Bien sûr, la cour que Jonathan faisait à Emma n'était un secret pour personne, mais Joseph ne tolérait la situation que parce qu'il en gardait le contrôle et se tenait prêt à intervenir si les choses allaient plus loin. Il n'aurait pas supporté de voir ses filles lui échapper au dernier moment après tous les efforts qu'il avait faits pour elles. Toutefois, Emma semblait bien consciente des enjeux et continuait à faire passer sa carrière musicale avant toute autre considération. Son commentaire montrait qu'elle ne risquait pas de tomber sous le charme de Ferdinand. C'est pourquoi Joseph donna finalement son consentement.

La jeune femme se prépara longuement pour son premier soir à l'opéra. Chassant sa sœur, qui ne cessait de pleurer et de geindre que l'on n'avait pas voulu d'elle pour ce grand soir, Emma se concentra sur sa toilette. Contrairement à son père, pour qui seule la beauté de la musique comptait et qui ne se souciait guère du paraître, elle savait que le spectacle se déroulait tout autant dans la salle que sur la scène et qu'elle se devait de briller autant que son statut de jeune femme le lui permettait. C'était la première fois qu'elle sortait le soir sans le parrainage de son père. Puisqu'on l'autorisait enfin à s'éloigner du milieu protégé qui était le sien pour faire son entrée officielle dans le monde, elle voulait en profiter jusqu'à la dernière minute.

Même si Emma avait perdu sa mère très jeune – elle avait à peine huit ans à l'époque –, elle avait un sens de l'observation aigu et avait fait elle-même son éducation en ce qui avait trait à la féminité et aux chiffons. Sans être excessivement coquette, elle savait instinctivement se mettre en valeur : elle releva donc ses longs cheveux noirs en de savantes tresses nouées tout autour de sa tête, accrocha à ses oreilles deux petites perles discrètes – le seul bijou de valeur qu'elle possédât – et se permit d'ajouter un rang de dentelle sur le devant de sa robe. Son père regardait ces préparatifs avec un œil critique, mais il ne revint pas sur sa parole et se chargea de fournir un nouveau catalogue de mode à Nellie pour la consoler de ne pas avoir été invitée.

Ce soir-là, Ferdinand se présenta à l'heure dite. Il échangea quelques mots avec Joseph pendant qu'Emma passait autour de ses épaules un léger manteau, puis il offrit son bras à la jeune femme pour la mener vers la voiture qui attendait dans la rue. Emma s'attendait à quelques compliments et politesses sur sa tenue, du genre de ceux dont Jonathan l'abreuvait copieusement chaque fois qu'il la voyait et auxquels elle avait fini par prendre goût. Mais elle fut déçue. Sur le chemin de l'opéra, Ferdinand se montra aussi muet qu'à son habitude, faisant presque regretter à Emma l'absence de madame Laperrière qui – pour aussi envahissante qu'elle fût – avait au moins le mérite de savoir couper court aux silences gênés avec une aisance remarquable.

Le voyage fut si calme qu'il contrasta terriblement avec le spectacle qui les attendait à leur arrivée. Lorsque les claquements des sabots des chevaux cessèrent enfin et que le cocher descendit ouvrir la portière, Emma eut l'impression de plonger dans une de ces gravures que sa sœur aimait tant. Sur le trottoir, devant l'opéra, se trouvait une foule bigarrée et bruyante. Partout, on descendait de voiture, on donnait des instructions aux cochers, on cherchait les chapeaux, les cannes, on tendait la main aux dames pour les aider à extirper leurs larges jupes des voitures et des fiacres, et l'on se frayait un chemin tant bien que mal vers l'entrée.

Dans le hall, la situation était identique. La grande volée de marches qui menait aux étages était recouverte de soies, de brocarts et de dentelles multicolores. Les femmes éventaient largement leurs poitrines pour tenter d'apaiser un peu la chaleur de la foule, provoquant de petits courants d'air qui faisaient trembler les plumes et les rubans de leurs coiffures. Des rires et des interpellations fusaient de toutes parts.

Accrochée au bras de Ferdinand, dont la maigre silhouette se faufilait facilement parmi les gens, Emma regardait autour d'elle avec de grands yeux émerveillés.

— Mademoiselle Lajeunesse! Mademoiselle Lajeunesse!

La jeune femme regarda autour d'elle, cherchant la personne dont elle avait déjà reconnu la voix. C'était celle de monsieur Davis, dont le timbre de basse vibrait dans la foule comme un tambour.

— Monsieur Davis, je suis ravie de vous voir ici! dit Emma après que ce dernier l'eut rejointe, sincèrement heureuse de croiser un visage qu'elle connaissait.

— Ainsi, vous voilà dans le public, à défaut d'être sur scène, mademoiselle! Et à ce que je vois, vous êtes en bonne compagnie. Monsieur Laperrière, c'est une bien charmante cavalière que vous avez là… J'ignorais que vous vous fréquentiez, ajouta-t-il avant de lancer un gros rire.

Ferdinand, qui n'avait toujours pas ouvert la bouche et se tenait tout raide dans son habit noir, se mit à rougir violemment. Le ton badin, presque irrévérencieux, de monsieur Davis n'avait rien de surprenant lorsqu'on connaissait le personnage – encore moins lorsqu'on savait que monsieur Davis connaissait Ferdinand depuis la petite enfance – mais visiblement le fils des Laperrière aurait souhaité un peu moins de sous-entendus. Habituée au tempérament flamboyant de monsieur Davis, Emma ne se laissa pas démonter.

— Vous n'imaginez pas à quel point je suis enchantée d'être ici ce soir, répondit-elle. Figurez-vous que c'est la première fois que j'assiste à un véritable opéra !

— Vraiment ? Mon Dieu, ma chère enfant, mais à quoi pensait donc votre père ? Puisque vous vous destinez à devenir cantatrice, il est grand temps pour vous de découvrir ce qu'est un véritable opéra !

— Je suis bien d'accord avec vous ! dit la jeune femme en riant.

Monsieur Davis se mit aussi à rire. Ferdinand reprit peu à peu sa couleur habituelle. La foule avança, ce qui permit de grimper quelques marches de plus en direction de la salle.

Lorsqu'elle fut enfin assise, perdue au milieu d'une rangée de belles dames et de messieurs formellement vêtus, Emma profita de la conversation inexistante de son compagnon pour se laisser envahir par l'atmosphère du théâtre. Les gens parlaient à voix basse, échappant parfois un éclat de rire ou une apostrophe. Ils se faisaient de petits signes de la main, d'une loge à une autre, se plongeaient dans la lecture du programme ou bien sortaient des lunettes pour mieux voir la scène.

Tout ce brouhaha disparut pourtant en un clin d'œil. Lorsque les lumières de la salle s'éteignirent et que le rideau se leva, un silence impressionnant se fit.

La reine de Chypre était un opéra dramatique et sombre, où il n'était question que de complots, d'empoisonnements et d'amours contrariées. Il était chanté en français, ce qui représentait un exotisme certain pour les Américains venus y assister. Mais cela faisait surtout le bonheur d'Emma qui pouvait suivre l'intrigue plus facilement. Bien qu'elle ait très souvent travaillé ou interprété des extraits d'opéras, elle ne connaissait pas celui-ci. Elle put donc se laisser charmer tout à loisir par la qualité des artistes ainsi que par la beauté des décors et des costumes.

L'héroïne, Catarina, future reine de Chypre, évoluait sur la scène avec une grâce infinie dans de longues robes chargées de perles qui ressemblaient à celles des gravures de Nellie. Emma réalisa qu'elle aussi pourrait parader sur scène un jour. Elle aussi pourrait envoyer vers le plafond peint d'un théâtre des chants si beaux qu'ils feraient frémir le public, réveillant les assoupis et interrompant dans un geste inachevé, suspendu le temps de quelques notes, les éventails. Et alors que le chevalier Gérard tentait de reconquérir sa belle, Emma se laissait éblouir avec un émerveillement d'enfant.

Oui, c'était cela qu'elle voulait : sentir sur elle des centaines d'yeux, deviner ces gens pendus à ses lèvres et les emporter, par la magie de la musique, en des lieux irréels.

C'était cela, l'opéra.

Ferdinand n'avait presque pas dit un mot de toute la représentation, se contentant de balbutier quelques commentaires pendant l'entracte. Il laissa à monsieur Davis – qui ne les avait pas perdus de vue, Emma et lui – le soin de distraire et faire rire la jeune femme.

Sur le chemin du retour, en revanche, sur une question d'Emma qui n'avait pas compris pourquoi les Vénitiens complotaient contre le roi de Chypre, il abandonna pour la première fois son air imperturbable. Pour la plus grande surprise de la jeune femme, il fit soudain preuve d'une volubilité surprenante. Elle ne s'était attendue qu'à quelques mots lâchés du bout des lèvres, mais il se lança dans de longues explications illustrées de métaphores et de comparaisons. Son visage s'anima ; ses yeux noirs luisaient doucement et ses mains s'envolaient dans les airs pendant qu'il parlait.

D'abord surprise et un peu moqueuse, Emma se laissa peu à peu fasciner par la profondeur du savoir de l'homme, n'ayant jamais soupçonné que lui, qui lui avait paru si renfermé et désintéressé de tout, puisse en réalité être si cultivé et avoir un avis aussi pointu sur les politiques antiques. La discussion finit par s'élargir tellement et par devenir si intéressante que, lorsque la voiture s'arrêta devant la maison des Lajeunesse, Emma en fut réellement frustrée. Elle aurait aimé poursuivre, parler encore et encore, écouter la voix de ce Ferdinand qu'elle ne connaissait pas, qu'elle n'entendait pour ainsi dire jamais et qui, pourtant, savait prendre toute la place lorsqu'il se lançait dans des débats qui le passionnaient.

Mais la soirée touchait à sa fin. En entendant la voiture, Joseph était sorti sur le pas de la porte pour accueillir sa fille. Ferdinand se refermait déjà sur lui-même. Emma dut donc se contenter de le remercier avec toute la chaleur et l'enthousiasme donc elle était capable pour l'agréable soirée qu'il lui avait offerte, avant de rentrer chez elle.

Ce soir-là, en s'endormant, elle se demanda encore comment elle n'avait pas vu, depuis le temps qu'elle le connaissait, que Ferdinand pouvait être – à sa manière – un aussi agréable compagnon.

* * *

— Emma! Nellie! Venez ici, j'ai à vous parler…

Lorsque Joseph utilisait ce ton, c'était généralement pour annoncer des choses importantes, aussi ses filles ne firent-elles aucune difficulté pour quitter leurs chambres et descendre les escaliers en courant.

— Mes enfants, commença-t-il, je suis heureux de vous annoncer que Montréal ne vous a pas oubliées.

— Que voulez-vous dire, papa? demanda Emma.

— Je n'osais pas vous parler de quoi que ce soit encore, car j'ignorais si ce projet allait aboutir. Je viens de recevoir la confirmation que j'attendais…

Devant ses filles, immobiles et les yeux grands ouverts, qui attendaient avec impatience qu'il veuille bien poursuivre, Joseph montra une lettre décachetée qu'il tenait à la main.

— Ceci est une lettre de votre ancienne directrice, mère Trincano.

— Mère Trincano ? s'étonna Emma. J'ignorais que vous étiez toujours en contact avec elle, papa, ajouta-t-elle juste avant que Nellie ne lui pince le bras pour qu'elle se taise et laisse leur père poursuivre.

— Ce que vous ignorez aussi, c'est que mère Trincano a des contacts en France. Elle m'écrit pour me dire qu'elle a trouvé une dame prête à vous accueillir chez elle, à Paris, aussi longtemps que nécessaire. Mes enfants, la date est fixée, tout est enfin prêt !

Joseph ne put retenir plus longtemps un large sourire, qui lui fendit le visage.

— Vous partez pour Paris dans deux mois !

Un instant, les sœurs restèrent immobiles, indécises. Puis elles se regardèrent et comprirent d'un seul coup.

— Nous partons ! Nous partons à Paris ! crièrent-elles en se jetant au cou de leur père.

Le souper, ce soir-là, fut des plus animés. Les filles ne réalisaient pas encore tout à fait qu'elles allaient partir et abreuvaient Joseph de questions auxquelles il répondait comme il le pouvait.

Depuis quelques mois, les concerts que les deux sœurs avaient donné à Albany avaient, grâce à l'influence notable de monseigneur Conroy, engranger des bénéfices nettement plus conséquents que tout ce que Joseph avait pu entreprendre à Montréal. La cagnotte qu'il remplissait consciencieusement depuis des années était maintenant suffisamment pleine pour que ses deux filles puissent aller étudier à Paris pendant deux ou trois ans.

Mère Trincano, qui ne s'était pas remise de sa déception devant la maigre réussite du concert donné à la salle des Artisans plusieurs années auparavant, n'avait jamais cessé de

La jeunesse d'Emma Albani

faire jouer ses contacts pour aider les deux filles Lajeunesse, même après que celles-ci furent parties pour les États-Unis. Lorsque Joseph lui avait fait part de l'imminence d'un départ, elle s'était alors tournée vers les Dames du Sacré-Cœur de Paris, qui lui avaient recommandé une de leurs bienfaitrices, la veuve Lafitte, une passionnée de musique prête à accueillir Emma et Nellie chez elle. Joseph avait déjà acheté les billets ; les filles voyageraient sur un des grands paquebots qui traversaient l'océan au départ de New York. La lettre de mère Trincano ne faisait que confirmer que tout était en ordre pour le grand départ.

Toutefois, cette nouvelle ne fit pas le bonheur de tous autour des Lajeunesse. Lorsque Emma lui annonça son départ prochain, un dimanche après la messe, Jonathan fut bien loin de se réjouir.

— Déjà ? s'exclama-t-il. Mais quand ?

Dans sa voix perçait une inquiétude presque palpable. Emma lui prit le bras et ils s'éloignèrent de la petite foule de fidèles qui s'écoulait sur le parvis pour aller faire quelques pas en direction des jardins du presbytère.

— Dans quelques semaines, expliqua-t-elle. Papa attend encore de trouver quelqu'un qui puisse nous accompagner, Nellie et moi, pendant le voyage.

— Mais j'ignorais que vous deviez partir si vite, Emma…

— Si vite ? Jonathan, ne vous moquez pas de moi, cela fait déjà deux ans que nous préparons ce voyage !

— Tout de même, c'est bien tôt. Je ne pensais pas… Enfin, j'espérais… Je me disais que finalement…

— Eh bien ?

Jonathan piqua un fard, mal à l'aise. À son regard, Emma comprit aussitôt. Elle se renfrogna.

117

— Vous n'avez jamais réellement cru à mon départ en Europe, n'est-ce pas? dit-elle un peu sèchement, vexée de n'avoir pas été prise au sérieux.

— J'espérais seulement que vous iriez étudier à New York. Cela aurait été moins loin. J'aurais pu vous rendre visite de temps en temps.

— Les écoles de New York n'ont pas le prestige de celles de Paris. C'est en Europe que l'opéra est le plus développé, Jonathan, vous le savez bien. C'est là-bas que je dois aller chanter!

— Mais vous reviendrez, n'est-ce pas? Vous reviendrez?

Soudain, Emma manqua de mots. Elle n'avait jamais songé à cela. Elle comprit tout à coup que Jonathan avait espéré que ses ambitions de cantatrice se dilueraient avec le temps et qu'elle finirait par rester aux États-Unis, à New York ou à Albany.

Avec lui.

Elle, en revanche, ne se voyait nulle part ailleurs qu'à Paris, ou peut-être à Londres, chantant même – dans ses rêves les plus fous – dans le prestigieux opéra parisien de monsieur Garnier. Elle rêvait de briller sur les plus grandes scènes européennes et savait qu'elle ne reviendrait probablement jamais à Albany.

— Je l'ignore, Jonathan, mentit-elle.

— Alors fiançons-nous! s'écria-t-il en lui prenant les mains. Épousez-moi, Emma, et vous pourrez chanter à New York! J'ouvrirai un commerce là-bas, comme mon père en rêve depuis des années, et vous serez la plus grande cantatrice de la ville! Les États-Unis seront à vos pieds!

Voilà. Elle était ferrée. Mise en face de la réalité.

Elle aimait la compagnie de Jonathan, bien sûr, il avait le don de faire passer le temps de la façon la plus agréable qui soit et de la distraire merveilleusement de ses leçons de musique répétitives en lui faisant respirer un air nouveau. Mais si elle s'était laissé courtiser sans rien dire, elle devait bien reconnaître qu'elle avait négligé le point de vue de Jonathan. Elle ne devait donc pas s'étonner, maintenant, d'être demandée en mariage.

Dans sa tête, pourtant, résonnait la promesse qu'elle avait faite à son père de ne pas s'engager. Cette promesse, elle se l'était d'abord faite à elle-même depuis longtemps : elle voulait chanter, elle ferait donc tout ce qui était en son pouvoir pour arriver à ses fins et ensuite – mais seulement ensuite ! – elle envisagerait de se marier.

— Je ne peux pas faire cela, répondit-elle d'une petite voix. J'ignore si je reviendrai ici.

— Justement ! Que dois-je donc faire pour vous retenir ?

La jeune fille n'eut pas le temps de lui répondre. Nellie, à la demande de Joseph, venait de les rejoindre pour les ramener sur le parvis de l'église avec les autres.

* * *

Emma se doutait que l'épisode ne finirait pas là. Elle connaissait le caractère opiniâtre et décidé de Jonathan : lorsqu'il désirait quelque chose, il finissait par l'obtenir. Elle s'attendait donc à ce qu'il revienne à la charge, mais il ne fut plus question de rien pendant plusieurs semaines. Jonathan semblait vouloir éviter le sujet et se montrait de belle humeur, entreprenant et agréable, comme à son habitude.

Un soir, pourtant, alors qu'Emma achevait de débarrasser la table après le souper, on frappa un coup à la porte. Habituée à ses devoirs de maîtresse de maison, elle alla ouvrir sans attendre l'ordre de son père. Sur le pas de la porte se tenait Jonathan, son chapeau à la main et vêtu d'un élégant costume orné d'une cravate de soie blanche.

Même pour les messes de l'église Saint-Joseph, Emma ne l'avait encore jamais vu si bien apprêté.

— Mademoiselle, je suis venu parler à votre père, dit Jonathan dès qu'il la vit.

Emma pâlit, mais son trouble fut heureusement masqué par la pénombre du dehors. Le ton cérémonieux du jeune homme n'annonçait rien de bon, et elle comprit en un instant de quoi il allait être question.

— Que voulez-vous…? commença-t-elle.

— Je suis venu lui demander votre main.

Aussitôt, la jeune femme sortit sur le perron et ferma précipitamment la porte derrière elle. Puis, réalisant que son père allait se demander qui était le visiteur, elle rouvrit la porte et lança un «C'est Jonathan Blythe, papa, je sors bavarder un moment!» avant de la refermer de nouveau.

— Avez-vous perdu la tête? dit-elle au jeune homme en l'entraînant par le bras dans le jardin tout en essayant de ne pas hausser la voix malgré l'anxiété qui lui avait envahi le ventre. Je vous ai dit que cela n'était pas possible!

— Emma, je ne veux pas vous laisser partir sans que nous soyons au moins fiancés. C'est la seule certitude que je puis avoir que vous me reviendrez.

— Mais je ne peux pas!

— Avez-vous peur de la réaction de votre père?

— Non! Non, je pense qu'il serait ravi de vous avoir comme gendre, mentit-elle en cherchant une excuse pour se dérober. Il tient simplement à ce que je termine mes études de musique avant de songer à me marier.

— Je comprends, répondit Jonathan d'un air résigné. Et je suis d'accord. Je vous attendrai, Emma, aussi longtemps qu'il le faudra.

La jeune femme tenta de le raisonner. Elle sortit son ultime argument.

— Jonathan, vous ne voudriez certainement pas d'une épouse telle que moi. Même si je vous épousais, je voudrais tout de même chanter à l'opéra. C'est une condition non négociable. Personne ne me fera jamais renoncer à ma carrière !

— Je n'en ai pas l'intention, Emma. Je vous désire telle que vous êtes. Alors… acceptez-vous des fiançailles ?

Devant l'air déterminé et plein d'espoir de Jonathan, Emma chercha une échappatoire.

— Des fiançailles ? dit-elle comme si elle n'avait pas bien compris, embarrassée par la ténacité du jeune homme contre laquelle elle ne savait plus comment lutter.

— Oui.

— Ce soir ?

— Oui !

— Mais… je vous l'ai dit, Jonathan, je ne peux pas ! Que vais-je dire à mon père ? Je suis sur le point de partir pour la France !

— Justement, je ne vous laisserai pas partir sans une promesse solennelle.

— Mais…

Un lourd silence tomba. Emma avait l'impression de frapper un mur de pierre, un mur simple et buté, qui lui rendait ses coups en écho avec un bruit sourd, mais qui ne bougeait pas d'un pouce.

Le visage de Jonathan se décomposait au fur et à mesure que les secondes s'écoulaient. Il avait visiblement espéré des instants plus glorieux pour sa demande en mariage.

— Accepteriez-vous au moins des fiançailles secrètes? demanda-t-il finalement, d'une voix incertaine. Je ne pourrai pas vous voir partir sans nous savoir fiancés…

Il se répétait, encore et encore, se raccrochant à cet unique objectif. Un instant de plus, Emma hésita, mais elle était à court d'arguments.

— D'accord, souffla-t-elle enfin, abandonnant la bataille. Mais promettez-moi que mon père n'en saura rien.

— J'attendrai votre retour avant de parler officiellement à votre père, je vous le promets.

Jonathan semblait déçu, tandis qu'Emma soupirait de soulagement. Au moins, c'était un compromis qui n'entraverait pas ses projets à court terme, et son père ne saurait jamais qu'elle avait manqué à ses engagements. Toutefois, le jeune homme n'avait pas dit son dernier mot.

— Je tiens à ce que nous ayons au moins un témoin, ajouta-t-il. Votre sœur pourrait-elle être mise dans la confidence?

— Euh… je suppose…

C'est ainsi qu'Emma se fiança sans s'en rendre vraiment compte. Nellie, lorsqu'elle eut compris la situation, jeta à sa sœur des regards effarés. Mais elle eut la gentillesse de garder ses commentaires pour elle, même après que Jonathan fut rentré chez lui.

En remontant l'escalier qui menait à l'étage, Emma glissa dans son corsage la bague que le jeune homme venait de lui offrir. Cela avait quelque chose d'infiniment flatteur de se faire ainsi offrir un bijou, mais elle se sentait tout de même un peu misérable de n'avoir pas su résister au désir de Jonathan. Une fois de plus, il s'était imposé dans sa vie et elle avait eu la faiblesse de le laisser faire.

Elle était à peu près certaine qu'elle ne devait pas s'en réjouir.

* * *

À Albany, on sortit les grandes malles et on commença à les remplir. Ce fut d'ailleurs un casse-tête imprévu. Le moindre peigne, le moindre mouchoir brodé paraissait soudain indispensable, car Emma et sa sœur partaient pour l'inconnu. Elles ignoraient à quoi aboutiraient leurs études et plus encore si elles reviendraient vivre un jour à Albany. Alors que des années durant elles avaient été protégées par leur père, il était maintenant temps de quitter la maison familiale pour de bon. Cela avait quelque chose d'infiniment angoissant qui les poussait à se rassurer comme elles le pouvaient en s'entourant de leurs objets familiers.

Joseph, qui ne pouvait accompagner ses filles en Europe, leur fit promettre de lui écrire souvent, de rester ensemble et de ne pas prendre de décisions malheureuses sans lui en avoir d'abord fait part. Maintenant que l'éducation qu'il leur avait donnée arrivait à son terme et qu'Emma et Nellie allaient devoir se débrouiller sans lui, il ressentait une sorte d'urgence à prodiguer conseils et leçons de savoir-vivre. Chaque petit détail du quotidien à Albany devint bientôt prétexte à d'interminables recommandations sur leur future vie à Paris. Lui-même n'ayant jamais eu l'occasion de se rendre en Europe, il répondit à leurs questions tant bien que mal et ne put que leur conseiller de s'en remettre à leur bon jugement et de ne jamais oublier l'éducation qu'elles avaient reçue, où qu'elles se trouvent et quelle que soit la situation.

Les jours qui précédèrent le départ furent ceux des adieux. Lors de la dernière messe de Saint-Joseph à laquelle elle participa, Emma chanta avec une émotion réelle, parcourant une dernière fois du regard ces visages qui la suivaient fidèlement depuis des années. La nouvelle de son départ était connue de tous et, lorsqu'elle sortit de l'église, de nombreux paroissiens vinrent lui serrer la main et la féliciter. Les autres choristes, à l'initiative de monsieur Davis, avaient organisé un repas qu'ils prirent tous ensemble dans les jardins du presbytère. Monseigneur Conroy, qui avait fait le déplacement pour entendre Emma une dernière fois, fit même un discours. La jeune femme, reconnaissante de tout ce qu'il avait fait pour elle, lui chanta une jolie chanson irlandaise qui faisait honneur à la terre qu'il avait quittée plusieurs dizaines d'années auparavant. L'évêque écrasa une larme sans pouvoir s'en cacher.

Il y eut aussi un ultime souper chez les Laperrière, en compagnie de plusieurs de leurs amis qu'Emma et Nellie connaissaient bien. Là encore, Emma fit plaisir à l'assemblée en chantant, accompagnée par sa sœur sur le grand piano du salon qu'elles avaient si souvent utilisé. Au cours de la soirée, madame Laperrière ne put s'empêcher de serrer les jeunes filles dans ses bras plusieurs fois sans retenir ses sanglots, tandis que son mari les assommait de questions sur leur avenir à Paris.

Ferdinand, de son côté, se montra aussi imperturbable et silencieux que d'ordinaire, mais son regard ne quittait pas Emma. Loin des effusions de sa mère, il se montra très sobre dans ses adieux. Dans la confusion du départ, entre les portes qui s'ouvraient et les domestiques qui sortaient pour aller chercher la voiture, et alors qu'on enfilait manteaux et chapeaux tout en serrant au hasard les mains qui se tendaient, il parvint à s'approcher d'Emma un court instant. En s'inclinant vers elle, il lui prit la main et y déposa un imperceptible baiser.

— Brillez, mademoiselle, lui murmura-t-il simplement. Brillez et ne vous retournez jamais.

L'instant d'après, Emma, encore surprise par ces paroles, était emportée par le tourbillon des invités. Elle monta en voiture. Elle n'eut que le temps de croiser une dernière fois le regard noir de Ferdinand avant que les chevaux l'éloignent de la maison.

Le temps se mit alors soudain à s'accélérer. Les journées paraissaient trop courtes pour régler les derniers préparatifs. Les filles Lajeunesse ne sortirent plus guère de chez elles, trop occupées à finir de boucler leurs valises. Quelques jours après le souper chez les Laperrière, la veille du départ pour New York, Emma, qui s'était réservé du temps libre à cet effet, se rendit une dernière fois à la boutique Blythe and Sons pour faire ses adieux à Jonathan.

Celui-ci se montra d'une humeur exécrable qui ne lui ressemblait pas.

— Je n'aime pas ce voyage, Emma, dit-il, la mâchoire serrée, alors qu'ils s'éloignaient sur le trottoir bras dessus, bras dessous, pour se soustraire aux oreilles indiscrètes. Vous partez si loin, et si longtemps…

— Ne soyez pas inquiet, ce sera vite passé. Et puis, je vous promets de vous écrire chaque semaine.

— Portez-vous toujours mon anneau, au moins ?

— Oui, dit la jeune femme, en montrant à son cou une fine chaîne dorée qui disparaissait sous son corsage. Elle ne me quitte jamais.

Jonathan eut un faible sourire qui égaya un peu son visage. Ils déambulèrent encore un moment, dans les rues, en silence, puis le jeune homme raccompagna Emma jusque chez elle. C'est dans le petit jardin, sous le jeune peuplier où ils s'étaient fiancés, qu'ils se firent leurs adieux.

* * *

Le lendemain, il y eut un branle-bas de combat dans la maison. Les lourdes malles avaient déjà été envoyées pour être chargées dans les cales du bateau, mais les deux sœurs disposaient encore de valises bien remplies pour les accompagner tout le long de leur périple. On chargea donc les bagages tant bien que mal sur un fiacre, puis on se dirigea vers la gare, où Emma et Nellie prendraient le train qui reliait Albany à New York.

En fin de journée, Joseph fit descendre ses filles dans un hôtel de New York où il avait déjà réservé. C'est là que tous trois rencontrèrent la famille Morel, des Français qui rentraient au pays et que Joseph avait contactés peu de temps auparavant. Ils avaient cinq enfants, dont deux encore en bas âge, et semblaient ravis de recevoir un peu d'aide de la part d'Emma et de Nellie pour s'occuper des petits pendant la traversée, en échange de quoi ils s'engageaient à les mener en personne jusque chez madame Lafitte afin que les jeunes filles ne soient jamais livrées à elles-mêmes. Joseph n'avait eu d'autre choix que de se remettre entièrement au jugement de madame Laperrière – qui avait fait courir l'information parmi son large cercle d'amies, jusqu'à ce que l'une d'elles déniche les Morel. Mais la rencontre qui eut lieu autour d'un bon souper lui fit une heureuse impression. Il savait ses filles en bonnes mains pour les prochaines semaines. Le reste n'appartenait plus qu'à Dieu.

Ce soir-là, Emma ne dormit pas plus que Nellie. Les deux sœurs ne se quittaient pas une seconde, conscientes qu'elles s'engageaient dans une aventure certes excitante, mais aussi très effrayante. En entendant les bruits du port, en apercevant de loin l'immense *Washington* sur lequel elles allaient s'embarquer, en surprenant les regards anxieux que leur père leur jetait parfois, elles se rendaient soudain compte des sacrifices qu'elles faisaient. Elles ne verraient plus leurs amis d'Albany, s'éloigneraient encore un peu plus de ceux de Montréal, et, surtout, elles ne verraient plus leur père.

Elles allaient désormais ne plus pouvoir compter que l'une sur l'autre.

* * *

Enfin, le grand jour arriva.

Le vent marin, le matin du départ, portait un petit quelque chose d'indéchiffrable. Il y avait une cohue indescriptible sur les quais. Madame Morel ne tarda pas à planter dans la main d'Emma la menotte d'un de ses enfants, pour s'assurer qu'il ne se perde pas dans la foule pendant qu'on s'occupait des valises. Le *Washington*, lui aussi, était bondé : les gens se dépêchaient sur tous les ponts, le ventre du paquebot était troué de passerelles et partout on chargeait des marchandises ou des bagages en criant et en s'agitant. L'un des petits, effrayé par tout ce remue-ménage, se mit à pleurer. Emma ne parvint à le calmer qu'en le prenant dans ses bras.

Joseph monta à bord afin de s'assurer que ses filles seraient bien installées pour les jours à venir. Elles partageraient une cabine avec trois des enfants, tandis que le couple Morel occuperait la cabine voisine avec les deux plus jeunes. On déposa les valises, on s'éparpilla un peu dans les couloirs pour trouver ses repères et surveiller les enfants surexcités, puis Joseph attrapa le chapeau qu'il avait posé sur une couchette en entrant.

Ce fut le signal.

— Mes enfants, je ne puis plus rien d'autre pour vous, dit Joseph d'une voix cassée par l'émotion. Je pense vous avoir donné tout ce que je pouvais, c'est à vous maintenant de faire vos preuves et de vous lancer dans le monde. Je n'ai plus qu'un conseil à vous donner, que vous connaissez déjà : ne vous laissez jamais décourager et n'hésitez pas à aller jusqu'au bout de vos rêves.

Nellie pleurait déjà à chaudes larmes et Emma, malgré ses efforts, ne parvint pas non plus à cacher son chagrin. Elles serrè-rent leur père dans leurs bras et l'embrassèrent longuement. Joseph s'arracha doucement à leur étreinte. Il serra la main de monsieur Morel en le remerciant, puis il disparut dans la foule qui allait et venait dans le couloir.

Un peu plus tard, lorsque le *Washington* lança dans le ciel les longs hurlements de vapeur qui annonçaient le départ, les voyageurs sortirent sur les ponts pour dire adieu, une dernière fois, à la terre, à la ville et aux familles.

Mais Emma et Nellie eurent beau sonder du regard la foule qui se pressait sur les quais en criant et en agitant des mouchoirs, elles ne réussirent pas à apercevoir leur père.

5

Après avoir passé des années à rêver de l'Europe, Emma s'était imaginé que la découverte de la côte française serait extraordinaire et mémorable. La réalité fut tout autre. Le Havre était une ville assez banale et monotone, uniquement tournée vers le grand port qui était la source de toute son économie. La jeune femme n'eut le temps d'en apercevoir que des quais surpeuplés et quelques murailles tristes sous un ciel brouillé. Les falaises blanches de la Normandie qu'on lui avait tant vantées n'existaient pas ici, et l'embouchure de la Seine lui parut bien ridicule en comparaison de la majesté du Saint-Laurent.

Heureusement, la famille Morel ne s'arrêta au Havre que le temps d'une nuit avant de continuer son voyage par le train pour rejoindre Paris, ce qui devait prendre encore une journée complète. La déception ne dura pas. Dès le lendemain, l'excitation du voyage et des nouvelles découvertes avait repris le dessus. Au moins, le train avait l'avantage de briser la monotonie des derniers jours passés en mer en déroulant le long de ses rails des paysages changeants et colorés. Emma se laissa volontiers charmer par les fermes aux toits de chaume et aux colombages noirs et blancs, ou par les valons verdoyants ponctués çà et là de troupeaux de vaches. La campagne normande était décidément bien différente des étendues d'Amérique du Nord. Lorsqu'on arriva enfin à Paris, à la nuit tombée, et que toute la petite famille s'engouffra dans un hôtel proche de la gare Saint-Lazare, la jeune femme s'endormit avec des milliers d'images en tête.

— Emma ! Emma, réveille-toi ! chuchota Nellie à son oreille alors que le soleil ne passait pas encore les persiennes qui fermaient les fenêtres de la chambre. Emma… On est à Paris !

Trop excitée par le voyage, Nellie s'était réveillée à l'aube. Dans la chambre, les enfants Morel dormaient encore, mais au dehors on percevait déjà l'agitation sur les trottoirs, les ouvriers qui s'interpellaient, les chevaux qui faisaient claquer leurs sabots sur les pavés et les petits pas pressés des commerçants se rendant à leurs échoppes. Emma sauta hors de son lit pour rejoindre sa sœur à la fenêtre. Toutes deux ouvrirent ensemble les volets. Un frais soleil vint leur caresser les joues.

Devant elles s'étendaient les hautes arches de la gare Saint-Lazare, flanquée d'immeubles élégants. Une foule bigarrée s'agitait en tous sens sur les pavés de la place.

Elles se regardèrent et pouffèrent de rire.

C'était Paris.

* * *

Après avoir mené son épouse et ses enfants chez les cousins qui les hébergeraient, monsieur Morel fit appeler une voiture pour conduire les deux filles Lajeunesse chez madame Lafitte.

Cette veuve avait été mariée en premières noces à un chanteur d'opéra, un baryton qui avait eu ses heures de gloire avant de décéder d'une longue maladie, plusieurs dizaines d'années auparavant. Madame Lafitte s'était ensuite remariée – elle avait récemment enterré son second mari – mais elle avait toujours gardé un attrait particulier pour la musique et n'avait jamais coupé ses liens avec le milieu de l'opéra. Elle organisait encore de temps à autre des soupers auxquels elle conviait des chanteurs en vogue ainsi que plusieurs anciens artistes qui avaient connu son mari lors de sa grande époque. Mais à près de soixante-quinze ans maintenant, la vieille dame se fatiguait vite. Elle se déplaçait peu, recevait de moins en moins, et ne sortait de chez elle que pour se rendre parfois au théâtre ou dans sa famille. Elle avait donc accepté avec joie la compagnie à domicile de ces deux jeunes musiciennes, fraîchement débarquées en ville, qui allaient pouvoir égayer à leur façon ses journées. Devant l'impatience de la dame à recevoir ses nouvelles protégées, la lettre d'introduction écrite par mère Trincano ne semblait qu'une formalité inutile.

Les premiers jours chez madame Lafitte furent un bouleversement perpétuel. Curieuse et avide de compagnie, la vieille dame posait beaucoup de questions sur l'Amérique et le Canada, qu'elle ne connaissait pas. Elle voulait tout savoir et se montrait intarissable, clouant les deux sœurs sur leurs chaises pendant de longues heures. Puis les malles ayant été livrées, il fallut les défaire pour remplir les armoires, s'adapter au rythme de la maison, se familiariser avec les domestiques, s'inscrire aux cours de chant, de piano et d'harmonie, sans oublier d'écrire de longues lettres à Joseph pour l'assurer du bon déroulement du voyage et de l'installation à Paris. Emma n'oublia pas non plus Jonathan ni ses amies Justine et Ophélie, à qui elle fit une description détaillée et enjouée de toutes ses découvertes dans la capitale.

Madame Lafitte vivait non loin de la Sorbonne et des jardins du Luxembourg. Une fois les filles bien habituées au quartier, on les autorisa à sortir seules, à condition qu'elles restent ensemble. Elles goûtèrent cette nouvelle liberté avec un plaisir non dissimulé. Chaque jour devint une vraie fête : les sœurs se préparaient pendant un long moment, puis elles s'en allaient bras dessus, bras dessous, arpenter les allées ombragées de grands arbres ou les rues des environs, sous un timide printemps qui réchauffait peu à peu l'atmosphère. Nellie se laissait aller sans complexe à sa passion pour les gravures de mode. Elle pouvait admirer pendant des heures le spectacle des dames élégantes évoluant sur les sentiers sablonneux en bavardant, suivies de gouvernantes et d'enfants. Tous les prétextes étaient bons pour s'évader de la maison quelques heures et découvrir Paris, ses belles façades de pierres taillées, ses jolies Parisiennes habillées à la dernière mode, ses promenades le long de la Seine et ses boulangeries aux irrésistibles parfums.

Deux semaines s'écoulèrent ainsi avant que les cours de musique ne commencent. Les horaires des deux sœurs se trouvèrent être sensiblement les mêmes : pendant que Nellie travaillerait son piano avec un professeur particulier qui donnait ses cours à domicile, Emma se rendrait à l'école de Duprez. Généreuse, madame Lafitte avait mis à la disposition de l'aînée sa voiture particulière, de sorte que la jeune femme put se déplacer librement dans Paris. Sans sa sœur, Emma se trouva livrée à elle-même et dut, pour le premier jour de cours comme pour tous ceux qui allaient suivre, se rendre seule à l'école.

Après avoir convenu avec le cocher qu'il repasserait la chercher quelques heures plus tard, la chanteuse, un peu impressionnée, poussa la lourde porte cochère de la rue Turgot. Une concierge, qui balayait la cour intérieure, lui indiqua poliment la direction pour se rendre jusqu'à la bonne porte, au premier étage.

Ce fut une femme d'une quarantaine d'années qui lui ouvrit.

— Je suis Emma Lajeunesse, se présenta la jeune femme. Je dois voir monsieur Duprez à onze heures.

— Oh, bien sûr, vous êtes la nouvelle élève. Entrez, mademoiselle, le maître va vous recevoir dans une minute.

Emma attendit dans un petit hall étroit pendant que la femme s'éloignait dans le corridor et disparaissait par l'une des portes. Un moment, elle admira les gravures accrochées aux murs qui représentaient visiblement Duprez dans ses rôles les plus célèbres. Elle ne put retenir un sourire en découvrant parmi les cadres, bien en évidence, une représentation du maître dans le rôle du chevalier Gérard. Le visage de Ferdinand fit une fugitive apparition dans la mémoire d'Emma tandis qu'elle se remémorait son premier soir à l'opéra, où elle avait vu un Gérard à fine barbiche et costume de velours apparaître sur scène pour déclarer sa flamme à la belle Catarina, future reine de Chypre. En comparaison, Duprez, dans son cadre, tout auréolé de ses jeunes années et d'une épaisse chevelure frisée, avait l'air encore plus imposant et majestueux.

Gilbert Duprez avait été premier ténor à l'Opéra de Paris pendant une douzaine d'années, il y avait de cela plus de vingt ans. Il avait connu à l'époque un succès retentissant. Après une carrière flamboyante pendant laquelle il avait fait l'erreur d'abuser de ses capacités, sa voix s'était considérablement abîmée et il avait été contraint de quitter la scène bien plus tôt qu'il ne l'aurait souhaité. Se tournant vers l'enseignement, il avait alors donné des cours de chant au Conservatoire et, devant le nouveau succès qu'il avait obtenu en tant que professeur, il avait finalement ouvert sa propre école. Une quinzaine de jeunes élèves prometteurs y faisaient maintenant leurs premières armes. C'était chez lui qu'Emma allait pour la première fois mettre à l'épreuve les connaissances qu'elle avait acquises au Canada et aux États-Unis.

Alors qu'elle s'apprêtait à s'asseoir sur une petite banquette pour attendre, la porte du couloir s'ouvrit à nouveau. Une dame sortit de la pièce, suivie d'une jeune femme qui pouvait avoir l'âge de Nellie et d'un homme d'un certain âge, aux cheveux gris frisés et à la moustache généreuse.

— Votre fille est très douée, madame, dit-il. Comme vous avez pu l'entendre, nous progressons bien.

— Jeanne tient tellement de son père, répondit la dame. C'est si triste qu'il ne puisse la voir, il serait si fier d'elle !

— Oh, mais je suis certain que, de là où il se trouve, il ne manque rien des progrès de votre fille.

La dame sourit et s'inclina devant celui qui devait vraisemblablement être Gilbert Duprez, avant de s'engager dans le corridor en direction de la sortie.

— Nous nous verrons demain, mademoiselle, comme d'habitude, lança Duprez à l'intention de la jeune femme. N'oubliez pas de me travailler ce triolet, aujourd'hui. Je vous écouterai demain pour voir si vous l'avez enfin correctement acquis.

— Je m'exercerai avec assiduité, maître, vous pouvez en être certain, répondit cette dernière en saluant avec une déférence exagérée qui agaça un peu Emma.

Emma se questionna. Allait-elle devoir, elle aussi, se prêter à une dévotion aussi absolue – et aussi absolument hypocrite – face au maître qu'était Duprez ?

Alors que les deux femmes quittaient l'appartement, Duprez s'avança enfin vers le petit hall. Il se tourna vers Emma qui attendait, toujours debout, que l'on veuille bien se soucier d'elle.

— Eh bien, fit Duprez, voici donc notre petite Canadienne française. Approchez-vous, mademoiselle, et venez me faire écouter cette jolie voix que vous avez.

Lorsqu'elle franchit la porte de la rue Turgot dans l'autre sens, quelques heures plus tard, Emma poussa un soupir de soulagement. Cette première rencontre l'avait rassurée. Elle s'était beaucoup inquiétée à l'idée de se trouver pour la première fois devant un véritable chanteur d'opéra professionnel – un Français, qui plus est ! Mais malgré quelques remarques un peu sèches sur sa posture et sa diction, le professeur avait paru satisfait de son niveau. Au cours d'une brève conversation avec la femme qui lui avait ouvert la porte, et qui se trouvait être la pianiste, Emma avait compris que la réputation de Gilbert Duprez lui valait aussi de recevoir comme élèves bon nombre de jeunes héritiers sans grand talent à la recherche d'une simple distraction. Il se réjouissait qu'on lui ait envoyé, cette fois, une jeune chanteuse pleine de promesses et dont l'éducation musicale ne laissait pas à désirer.

L'inquiétude d'Emma avait fondu comme neige au soleil. Elle envisageait maintenant ses leçons à venir avec curiosité et impatience.

* * *

Les journées de la jeune femme s'organisèrent autour de ses cours. Chaque matin, cinq jours par semaine, elle se rendait chez le maître de onze à treize heures pour travailler sous sa direction et avec l'aide de la pianiste. Emma développa d'ailleurs rapidement une certaine complicité avec cette dernière car, contrairement aux autres élèves qui, lors de leurs entraînements, s'accompagnaient eux-mêmes au piano pendant qu'ils chantaient, elle avait toujours eu l'habitude de chanter en duo avec sa sœur. Joseph avait insisté pendant de longues années sur la nécessité de créer une complicité entre le chanteur et le musicien. Emma put mettre à profit les bons réflexes qu'elle avait développés.

Au bout de quelques semaines, après avoir fait le tour du répertoire vocal d'Emma et évalué avec précision l'éventail de ses possibilités, le maître accentua le rythme des leçons. Il exigea qu'Emma vienne aussi les mercredis et les samedis en fin d'après-midi, pour quelques heures supplémentaires. Alors que les cours habituels se déroulaient uniquement entre l'élève, Duprez et la pianiste, ces heures-là étaient données en groupe et réunissaient tous les bons éléments de l'école pour préparer un récital. Si Emma fut flattée d'être aussi rapidement considérée comme apte à se produire sur scène avec les autres, elle ne s'attendait pas à la compétition qui régnait entre les élèves.

— Il paraît que vous êtes la Canadienne française qui vient étudier chez nous ? Que pensez-vous de Paris, mademoiselle ? Cela doit vous changer beaucoup de l'Amérique, non ?

Emma, qui échauffait sa voix depuis un moment en compagnie des autres, se retourna. Celle qui l'interpellait était la jeune femme qu'elle avait aperçue avec sa mère, lors de son premier jour de cours.

— Oui, en effet, répondit-elle poliment. Quoique New York soit une ville au moins aussi grande que Paris.

La jeune inconnue haussa un sourcil, cachant mal un soudain intérêt.

— Vous connaissez New York ?

— Je viens d'Albany… C'est une ville assez proche de New York, précisa Emma en voyant que son interlocutrice ne savait absolument pas de quoi elle parlait.

— Tous ces nouveaux pays ne valent pas le prestige et la magnificence de Paris, je crois, reprit cette dernière en retrouvant son assurance. N'êtes-vous pas de mon avis ?

Son petit ton suffisant irrita Emma, qui riposta aussitôt.

— C'est possible, mais je ne peux pas en juger. Pour ma part, je n'en connais que les chantiers et les travaux dans toutes les rues, comme si la ville était sens dessus dessous…

Emma n'avait pas tort. Chaque matin, le cocher qui l'amenait à l'école était contraint de faire des détours divers, car bon nombre de rues étaient effectivement en travaux et celles qui ne l'étaient pas étaient tout simplement engorgées. C'était particulièrement vrai lorsqu'il s'agissait de traverser l'île de la Cité, dans un sens ou dans l'autre. Madame Lafitte avait expliqué à ses pensionnaires que la préfecture de Paris, sous les ordres du baron Haussmann, était en train de réorganiser entièrement la ville et que les travaux avaient été engagés à grande échelle depuis plusieurs années déjà. La situation était pénible pour tous et les Parisiens la supportaient comme ils le pouvaient.

La jeune femme fronça les sourcils, ne s'attendant visiblement pas à ce qu'Emma se permette de répliquer. Elle était sur le point de rétorquer à son tour quand Gilbert Duprez frappa dans ses mains pour attirer l'attention de ses élèves et annoncer le début de la répétition. Les lèvres pincées, elle renonça donc à répondre et s'éloigna pour regagner sa place.

— C'est Jeanne Faure, chuchota une voix, la meilleure élève de monsieur Duprez. Ne vous en faites pas si elle vous regarde de haut, c'est ce qu'elle fait avec tout le monde.

Emma se tourna vers sa voisine, une demoiselle qui devait avoir à peu près son âge.

— Je m'appelle Marie-Eugénie, ajouta cette dernière.

— Et moi, Emma.

— Je vous ai entendue chanter, mercredi dernier. Vous avez vraiment une très belle voix. Chantez-vous depuis longtemps?

— Quelques années, oui. Je donnais des spectacles à Montréal et à Albany, et…

En entendant sa propre voix résonner dans le silence alentour, Emma se tut brusquement. Elle tourna enfin son attention vers Duprez, qui la regardait d'un air sévère.

— Puis-je commencer, mademoiselle? demanda-t-il en insistant lourdement pour bien lui faire comprendre qu'il attendait après elle.

— Oui. Excusez-moi, maître, répondit Emma, le rouge aux joues.

Jeanne Faure, de l'autre côté de la pièce, lui jeta un regard moqueur. La leçon commença.

Cette petite discussion fut pour Emma l'occasion de se faire une adversaire déclarée, mais aussi une amie. Si Marie-Eugénie était de nature effacée et timide, les gentils sourires d'Emma l'avaient mise à l'aise et lui donnèrent le courage d'engager de nouveau la conversation une fois le cours terminé. Elle aussi était soprano, elle travaillait avec Duprez depuis déjà trois ans. Malheureusement, elle n'avait que peu d'estime pour son propre talent musical, préférant de loin admirer celui des autres, ce qui faisait d'elle une chanteuse consciencieuse et appliquée, mais assez terne. Le maître avait beau lui dire qu'elle devait prendre confiance en elle pour briller à son tour – car elle avait un potentiel réel dont tout le monde était convaincu –, c'était peine perdue. La jeune femme se dévalorisait avant même de commencer quoi que ce soit, et son caractère studieux n'était plus suffisant pour compenser, ce qui l'empêchait de progresser aussi vite que les autres.

Au fil des semaines, les deux filles s'apprivoisèrent mutuellement et commencèrent à se fréquenter en dehors de l'école. Marie-Eugénie vivait à Paris depuis longtemps. Elle se fit un plaisir de faire découvrir à sa nouvelle amie les rues les plus charmantes et les bonnes adresses connues seulement des initiés. À plusieurs reprises, elle invita Emma à venir prendre le thé chez elle, ou bien à répéter les passages délicats que Duprez leur donnait à travailler, ou tout simplement à passer ensemble la journée dans les jardins du Luxembourg. Emma l'aimait bien.

Cornélia, accaparée par ses leçons de piano, restait la plupart du temps chez madame Lafitte, de sorte qu'Emma profitait de véritables moments de liberté. Elle s'adonnait d'ailleurs sans vergogne aux petites joies parisiennes. Si elle n'était pas aussi sensible que sa sœur aux délicates toilettes des dames qui passaient sur les trottoirs, elle ne se lassait pas, en revanche, des façades sculptées des maisons et de la majesté des grandes avenues fraîchement inaugurées par le baron Haussmann. C'était pour elle une vie légère et enrichissante où, hormis ses cours avec Duprez, elle n'avait à se soucier de rien.

Elle n'oubliait pas ses autres amies, Justine et Ophélie, à qui, malgré la distance et les années, elle n'avait jamais cessé d'écrire. Ophélie, désormais maman d'une petite fille et confortablement installée en banlieue de Montréal, s'émerveillait toujours autant de la vie active que menait Emma et du faste que représentait la vie à Paris. Fidèle à elle-même, Justine était nettement plus avare en compliments, mais elle encourageait Emma à se gorger au maximum de tout ce qu'elle pourrait voir ou apprendre, où qu'elle aille. Elle parlait peu de Montréal et de la vie qu'elle y menait. À peine laissait-elle sous-entendre à Emma que sa famille lui présentait régulièrement des prétendants dont elle n'avait que faire, et qu'elle aurait bien aimé être à sa place et partir, comme elle, pour découvrir l'Europe.

Jonathan non plus n'était pas en reste. Maintenant qu'il ne s'imposait plus dans la vie d'Emma comme il avait eu tendance à le faire à Albany, celle-ci trouvait bien agréables les longues heures qu'elle passait à lui écrire. Il lui manquait parfois, et elle caressait régulièrement la bague qu'il lui avait offerte et qu'elle portait toujours à son cou, mais elle n'envisageait certainement pas d'écourter son séjour à Paris pour pouvoir le retrouver plus vite. Elle avait bien trop à faire avec ses études, et cette relation épistolaire lui convenait très bien.

Les semaines, puis les mois passèrent, et Emma apprit progressivement à composer avec le caractère de son professeur. Au début, Gilbert Duprez s'était montré patient et agréable avec la nouvelle arrivante, mais au fil du temps il avait intégré Emma à ses autres élèves et reprit son caractère habituel. C'était un personnage plutôt sanguin. Il parlait d'une voix forte et il avait gardé de sa carrière au théâtre l'habitude des grands gestes dramatiques. Contrairement à Joseph Lajeunesse, qui s'était toujours montré ouvert avec ses filles, Duprez était un professeur avec qui il était difficile de parler : généralement, il n'écoutait que le début de la phrase avant de s'embarquer dans de grandes envolées lyriques qui déviaient immanquablement du sujet. Ce comportement agaçait Emma, mais elle finit par s'y habituer, comme tous les autres élèves.

Bien qu'il ait quitté la scène depuis longtemps déjà, Duprez semblait ne s'être jamais vraiment remis de la fin prématurée de sa carrière. Il agissait comme s'il était encore le ténor capricieux et grandiloquent de ses années de gloire. Avec ses élèves, il se comportait de façon extrême, encensant une performance un jour et la ruinant le lendemain, là où il n'y avait pourtant que les maladresses bien naturelles de jeunes personnes en train d'apprendre. Il avait déjà félicité chaudement Emma devant tout le monde, la hissant presque au rôle d'élève modèle, à la plus grande fureur de Jeanne Faure, avant de se rabattre sur elle quelques jours plus tard en la traitant presque comme une moins que rien. Les apprentis semblaient habitués à ces sautes d'humeur. Profondément blessée au début, Emma finit par comprendre qu'il ne s'agissait là que du tempérament colérique d'un professeur qui ne mesurait pas ses paroles.

Malgré tout, la jeune femme trouvait avec lui un enseignement précieux pour sa carrière naissante. Elle savait bien, en faisant une moyenne de tous les commentaires qu'elle recevait du maître, que celui-ci était globalement satisfait d'elle et qu'elle progressait. Mais la rapidité avec laquelle il passait des compliments aux reproches sur une même musique, pourtant parfaitement maîtrisée, lui fit comprendre à quel point il était difficile de livrer une performance régulière. C'était pourtant ce qu'on allait exiger d'elle sur toutes les scènes des théâtres. Emma comprit que ce qu'elle réussissait un jour ne comptait pas si elle échouait le lendemain ; il lui fallut donc apprendre la constance tout en restant excellente. À aucun moment elle ne pourrait se permettre de répéter plus faiblement afin de préserver ses forces pour une prochaine représentation plus importante : rien n'était jamais plus important que le moment présent et elle se devait d'être parfaite chaque jour, y compris lors d'une simple répétition.

— Mademoiselle Lajeunesse, ce trille était merveilleux ! s'extasia Duprez en levant les bras au ciel. Cela faisait bien longtemps que j'attendais de l'entendre dans votre bouche, mais j'étais visiblement le seul ici à être convaincu que vous en étiez capable. Je suis heureux de voir que vous partagez enfin mon point de vue. Oui, vous en étiez capable, vous venez de nous le prouver à l'instant, et de belle façon. Voudriez-vous recommencer, je vous prie ?

Emma s'exécuta. Sa voix grimpa au plafond et redescendit en cascades mélodieuses et souples, avec la même maîtrise et la même implacable justesse. Après avoir longtemps répété cet exercice sans y parvenir tout à fait, elle avait, ces derniers temps, la sensation d'avoir déverrouillé quelque chose au fond de sa gorge qui lui permettait de faire vibrer les notes de façon égale et sans effort.

— Bravo! Bravo! s'exclama encore le maître avant de se tourner vers les autres jeunes chanteuses. Mesdemoiselles, prenez exemple sur ce que vous venez d'entendre. Ce trille était admirablement exécuté et j'en attends de même de votre part. En particulier de vous, mademoiselle Faure, car je vous crois capable d'égaler cette performance.

Jeanne Faure n'aurait pas réagi autrement si le maître l'avait giflée en public. Blanche de colère, elle lança à Emma un regard furieux et se mordit les lèvres pour retenir ses mots. Elle ne les ravala pas si longtemps, car à peine le cours fut-il terminé qu'elle se dirigea droit vers Emma.

— D'où croyez-vous venir, mademoiselle?

— Je vous demande pardon?

— J'étudie avec monsieur Duprez depuis plus de cinq ans. Ne croyez pas que parce que vous nous tombez subitement du ciel, arrivée de Dieu sait où, vous allez pouvoir m'apprendre ce que je dois faire!

— Mais…

Emma n'eut pas l'occasion de finir sa phrase. Jeanne s'était déjà éloignée, toujours bouillonnante de colère.

— Tu l'as vexée, dit Marie-Eugénie.

— Mais je n'ai rien fait! Je ne suis pas responsable des commentaires de monsieur Duprez!

— Non, bien entendu. Mais d'ordinaire, c'est Jeanne qui est donnée en exemple aux autres élèves. Elle n'aime pas la concurrence, voilà tout!

* * *

Comme ses leçons avec Gilbert Duprez lui prenaient dorénavant la majeure partie de son temps, Emma en avait peu à peu négligé son piano et ne pinçait plus beaucoup les cordes de sa harpe. Toutefois, un allié de poids veillait étroitement sur elle malgré la distance : son père. À force de se faire poser des questions sur le déroulement de sa vie à Paris, Emma finit par lui avouer qu'elle ne touchait plus souvent à ses instruments, invoquant, pour s'excuser, les difficiles exigences de Gilbert Duprez et le temps qu'elle passait à travailler pour lui afin de maintenir son niveau et de continuer à progresser. Si elle avait pensé amadouer son père avec de tels arguments, ce fut peine perdue. Il lui répondit aussitôt qu'il était hors de question pour elle de négliger son piano et sa harpe, et qu'elle ne deviendrait la grande cantatrice qu'elle aspirait à être un jour qu'à condition de travailler dur. Emma n'eut même pas l'occasion de répondre à ce message : Joseph avait également écrit à madame Lafitte pour lui demander si elle pouvait recommander un ou deux professeurs de musique à Emma afin que celle-ci ne perde pas ses acquis.

En plus de ses cours de chant habituels, la jeune femme commença alors des leçons d'orgue et d'harmonie avec un certain monsieur Benoist. Son temps libre diminua encore considérablement. Ce nouveau professeur était un charmant vieux monsieur qui connaissait madame Lafitte depuis de longues années. Il avait été organiste du roi et, tout comme Duprez, il avait aussi enseigné un bon moment au Conservatoire. Il se contentait maintenant d'une demi-douzaine d'élèves seulement qui se rendaient à son domicile quelques heures par semaine.

Emma n'eut d'autre choix que de s'habituer tant bien que mal à ce nouvel emploi du temps. Les premiers jours furent les plus difficiles – elle devait traverser Paris d'est en ouest pour se rendre chez Benoist, puis chez Duprez. Sa routine n'était pas encore établie, et il lui arriva une fois de se présenter en retard à un de ses cours de chant. Lorsqu'elle entra dans la grande salle où se trouvaient déjà les autres élèves et qu'elle dut s'excuser en public, elle s'imagina un instant que Duprez allait accepter son explication et lui sommer simplement de rejoindre les rangs. Elle se trompait.

— Mademoiselle, lança Duprez d'un ton sec, je me fiche comme d'une guigne de vos autres cours. Arrangez-vous pour arriver à l'heure à celui-ci, voilà tout. Je ne tolérerai aucun retard.

Par chance, il n'insista pas et se détourna aussitôt de la jeune femme pour reprendre son cours. Mais alors qu'elle regagnait sa place, Emma surprit le regard hautain et méprisant que lui jeta Jeanne Faure. Cette dernière se comportait d'une façon ouvertement déplaisante et hautaine avec tout le monde, mais Emma avait l'impression qu'elle se montrait encore plus hostile avec elle.

— Est-ce que je me fais des idées, ou bien Jeanne est encore plus désagréable avec moi qu'avec les autres? dit Emma à Marie-Eugénie, un après-midi où elles rentraient ensemble après leur cours. Je ne peux pas lui parler sans qu'elle cherche à me faire passer pour une sotte !

— Je sais que Jeanne a très peur de la concurrence. Elle veut devenir cantatrice et elle ne supporte pas que quelqu'un d'autre lui fasse de l'ombre.

— Mais nous voulons toutes être cantatrices, non? À ce compte-là, je comprends qu'elle déteste tout le monde.

— Ce n'est pas si simple…

— Que veux-tu dire?

— Que nous sommes plusieurs, parmi les élèves, à savoir que nous ne ferons jamais carrière. Les places sont limitées et seules les élèves qui se démarquent réellement des autres auront une chance de chanter un jour sur les scènes des théâtres. Jeanne fait partie de ces élèves-là, elle a tout le potentiel. Toi aussi, d'ailleurs, et c'est probablement pour cela qu'elle cherche à te ridiculiser. Moi, je ne suis pas une menace pour elle.

Sachant que les ambitions de Marie-Eugénie n'allaient pas plus loin que le simple fait de satisfaire sa famille, Emma ne trouva rien à répondre. Elle-même n'avait pas oublié la promesse qu'elle s'était faite de réussir à tout prix. Non pas pour rendre justice à son père ni à ceux qui l'avait aidée, mais pour elle-même, parce qu'elle découvrait chaque jour des sensations de plus en plus folles lui traverser le ventre lorsqu'elle chantait, et qu'elle ne demandait qu'à recommencer, encore et encore. Si Nellie se plaignait parfois que ses doigts, à force de concentrer une énergie extrême sur son clavier, devenaient de plus en plus malhabiles dans les tâches les plus simples de la vie quotidienne, Emma sentait au contraire que sa voix ne se développait pas que dans le cadre de ses cours, mais enrichissait peu à peu chaque aspect de sa vie. Lorsqu'elle quittait l'immeuble de la rue Turgot après ses cours avec Duprez, elle bondissait sur les trottoirs, comme remplie d'une énergie et d'une chaleur bienfaisantes qui mettaient de longues heures à s'estomper.

Elle avait toujours aimé chanter, mais elle se rendait compte qu'elle avait souvent gardé une certaine réserve, presque une distance par rapport à la musique, qu'elle avait compensée grâce à une excellente technique. Elle était bien plus expressive que la pauvre Marie-Eugénie – cela ne faisait aucun doute – mais ce n'était pas suffisant pour Duprez, qui lui apprenait à ressentir des émotions subtiles et à les exprimer comme si chaque note était la plus belle de tout le morceau. Cela avait sur la jeune femme un effet libérateur et profondément dynamisant qu'elle n'avait jamais, jusque-là, ressenti à un tel point.

Un jour qu'elle était en cours privé avec lui, le maître lui donna en exemple une anecdote qui lui était arrivée dans ses jeunes années, à propos d'un passage difficile alors qu'il chantait le chevalier Gérard dans *La reine de Chypre*. Emma, aussitôt, réagit avec une certaine fierté en lui annonçant qu'elle voyait bien de quoi il parlait puisqu'elle avait justement assisté à une représentation de cet opéra à Albany. Le commentaire de Gilbert la laissa sans voix.

— Et combien d'autres opéras avez-vous vus depuis, mademoiselle ?

Mortifiée, Emma dut avouer que le seul opéra auquel elle avait assisté était celui-ci – ce fameux soir qu'elle avait passé en tête-à-tête avec Ferdinand Laperrière. Gilbert Duprez eut alors un de ces petits mouvements de moustache qui étaient chez lui l'expression d'un pincement des lèvres dédaigneux.

— Vous vous destinez à chanter sur les scènes européennes et vous n'avez assisté qu'à une seule représentation ? Dans ce cas, pouvez-vous me dire comment vous comptez apprendre votre métier ? N'est-ce pas en imitant les grands qui les ont précédés que les peintres commencent à peindre ?

La jeune femme rougit jusqu'aux oreilles et laissa son professeur décréter avec emphase que c'était là le lot des pauvres artistes comme lui : enseigner à des ignorants qui ne voulaient pas réellement apprendre.

Mais Emma retint la leçon. La semaine suivante, elle prenait Marie-Eugénie par le bras et elles entraient pour la première fois à l'Opéra-Comique.

* * *

Monsieur Duprez possédait un petit théâtre de quelques centaines de places, près de son école, où il présentait des extraits d'opéras avec ses meilleurs étudiants. Emma, cette année-là, était du nombre. Comme à son habitude, il avait réparti les rôles selon le niveau et la qualité de voix de chaque élève, ce qui avait donné lieu à certaines tensions – chacun avait ses préférences et cherchait à obtenir les rôles les plus prestigieux. Néanmoins, le maître était exigeant et l'on ne contestait pas ses décisions. Aussi les élèves mécontents ne tardèrent-ils pas à travailler deux fois plus fort pour se montrer à la hauteur de ses attentes.

Après de longs mois de travail, il fut enfin temps de se produire sur scène. Les élèves attendaient ce jour avec impatience, car il arrivait qu'en plus des amis et des familles certains directeurs de théâtre assistent aux représentations. Chacun voyait dans ces soirées l'occasion de peut-être démarrer une carrière.

* * *

— Non, non, ma chère, dit madame Lafitte en donnant une tape sur la main d'Emma qui se tendait vers un gâteau. Vous êtes trop gourmande, expliqua-t-elle sans plus de manières. Si cela vous donne de ces ravissantes rondeurs qui feront sans nul doute tourner la tête des hommes, cela peut aussi vous jouer des tours sur scène. Croyez-moi : mon mari, dans ses belles années, avait une hygiène très stricte et ne s'autorisait aucun écart !

Habituée aux petites remontrances de madame Lafitte qui régissait tout dans sa maison et tenait à ce qu'on lui obéisse promptement, Emma ne s'offusqua pas. Elle se consola de son gâteau perdu en sirotant quelques gorgées de thé supplémentaires. Le spectacle devait avoir lieu ce soir-là, et la nervosité avait toujours eu tendance à lui ouvrir l'appétit.

Monsieur Pacini, le frère de madame Lafitte, qui était en visite chez elle depuis déjà plusieurs semaines, fit un geste pour écarter l'assiette de gourmandises hors de portée de la jeune femme. C'était un charmant vieux monsieur qu'Emma aimait bien. Lui aussi avait le goût des sucreries, mais il devait se restreindre à cause de sa santé. Il lui lança un sourire de connivence qui semblait dire à quel point il comprenait sa frustration. Nellie, cependant, n'eut pas la même délicatesse. Elle ne se gêna pas pour prendre le gâteau convoité et croquer dedans à pleines dents, sans un regard pour sa sœur.

— Chaque soir, continua madame Lafitte, avant de chanter, il soupait très tôt et très légèrement – généralement pas plus de quelques tranches de pain et un peu de soupe – et il ne parlait pas de toute la journée afin de préserver sa voix. Il ne commençait ses vocalises qu'une heure ou deux avant de monter sur scène. Il exigeait aussi que la maison soit bien aérée, afin que l'air soit toujours frais et renouvelé.

— Papa disait la même chose, dit Nellie.

— Les chanteurs lyriques ne doivent pas oublier que leur voix est fragile et sensible à leur environnement, dit monsieur Pacini. Et tout artiste se doit de prendre bien soin de son outil de travail.

— C'est vrai, renchérit madame Lafitte avec vigueur. Il est important de toujours vivre sobrement. C'est ce qu'a fait mon cher Martin, et c'est pourquoi il a pu chanter pendant près de quarante ans.

Bien qu'elle n'ait jamais chanté elle-même, la vieille dame ne manquait pas de soumettre de multiples recommandations sur la façon de bien chanter. Emma devait bien avouer que sa logeuse avait une oreille très sûre et qu'elle était de bon conseil. Suivant donc une autre des recommandations de madame Lafitte – à savoir se présenter toujours largement en avance les soirs de spectacle –, Emma arriva au théâtre plus de deux heures avant le lever du rideau. Elle se croyait en avance, mais elle était pourtant loin d'être la première sur place. Alors qu'elle se faufilait dans les coulisses étroites du théâtre, elle croisa une dizaine d'autres élèves qui, déjà habillés, répétaient leur gestuelle tout en échauffant leur voix.

Elle se dirigea sans la moindre hésitation vers son amie Marie-Eugénie, dont elle avait reconnu les vocalises bien avant d'en apercevoir la frêle silhouette.

— Je suis tellement nerveuse ! avoua cette dernière. Toute ma famille va venir m'écouter ! Même ma grand-mère sera là !

Emma mesura la nouvelle dans toute sa gravité et rassura son amie comme elle le put. Elle savait que la grand-mère de Marie-Eugénie était une grande amatrice d'opéra, particulièrement fière d'avoir une petite-fille douée en chant, mais elle était aussi extrêmement critique et exigeante. Chaque fois qu'elle avait entendu Marie-Eugénie chanter, elle n'avait pas manqué de pointer toutes ses erreurs et ses faiblesses, au point de la faire fondre en larmes. Avec les commentaires de Duprez qui lui reprochait régulièrement son manque de confiance en elle, les remarques sèches et sans pitié de son aïeule ne faisaient qu'envenimer les choses.

— Oh, Emma, j'aimerais tellement être comme toi ! Tu chantes si bien, et puis tu n'as de comptes à rendre à personne !

— C'est vrai, mais je t'avoue que je donnerais cher pour que mon père assiste au récital ce soir, répondit doucement la jeune femme.

C'était la première fois que Joseph manquait une soirée importante pour la carrière de sa fille. Toutefois, Emma n'eut pas le temps de s'appesantir sur le sujet. Il y avait bien trop de choses à faire : passer son costume de scène, arranger ses cheveux et surtout préparer longuement sa voix pour être à la hauteur de la Marguerite de *Faust* qu'elle allait interpréter.

Jeanne Faure passa près des deux amies en enchaînant des cascades musicales avec la facilité d'un rossignol. Duprez l'avait désignée pour interpréter Lucia di Lammermoor dans la célèbre scène de la folie et, depuis, toutes les autres jeunes femmes lui jetaient des regards envieux. Emma n'échappait pas à la règle. Elle aurait volontiers échangé sa Marguerite contre la superbe Lucia. Mais elle avait dû, comme les autres, accepter sans broncher le rôle que le maître lui avait attribué. En voyant la fierté que Jeanne portait sur son visage et le petit sourire narquois qui ne la quittait plus, Emma n'avait qu'une envie : se montrer époustouflante dans son rôle de Marguerite pour briller sur scène et l'évincer devant tout le monde.

De son côté, Gilbert Duprez évoluait parmi ses élèves. Il dispensait à chacun quelques ultimes conseils et s'assurait du même coup que tout le monde était prêt. Plusieurs fois, il passa devant Emma sans s'arrêter ; celle-ci soupira d'aise en se disant que le maître était visiblement satisfait de son travail.

Le récital commença. Les étudiants qui n'étaient pas encore montés sur scène attendaient en silence dans les coulisses, écoutant les prestations de leurs camarades et se tordant les mains devant les applaudissements que ceux-ci recevaient. Au dernier moment, lorsque Emma se dirigea vers le rideau, Duprez la retint par le bras.

— Mademoiselle Lajeunesse, rappelez-vous ce que je vous dis souvent, dit-il de son habituel ton sec. Tâchez donc d'oublier une fois pour toutes ce vilain accent que vous nous avez rapporté du Canada et concentrez-vous sur votre diction ! Le rôle de Marguerite ne mérite rien de moins qu'une diction parfaite !

Emma savait qu'elle n'était pas excellente en diction. Cela n'était pas qu'une question de prononciation. Ses notes étaient parfaitement justes, mais quelle que soit la langue dans laquelle elle chantait, elle avait une fâcheuse tendance à déformer les syllabes, en particulier lorsque les notes étaient trop hautes ; la compréhension des textes devenait plus difficile pour l'auditoire. Elle avait aussi de la difficulté avec les langues germaniques, ce qui rendait ses interprétations moins énergiques. Monsieur Duprez l'avait reprise plusieurs fois à ce sujet : sa dernière remarque ne fit que piquer l'orgueil de la chanteuse.

Plus encore, ce fut la prestation de Jeanne, juste avant la sienne, qui fouetta les sangs d'Emma. Toute à sa concentration, la jeune femme ne prêta pas la moindre attention à la quantité d'applaudissements que Jeanne reçut. Elle s'en remettait à son propre jugement et elle savait que sa rivale avait réellement fourni une performance magnifique. Pourtant, loin de se sentir aussi abattue que Marie-Eugénie, qui avait de grands yeux effrayés dans un visage blanc comme de la cire, Emma sentit au contraire un bouillonnement intérieur la remplir et la brûler profondément.

Oui, Jeanne avait été excellente…

Eh bien, elle le serait encore plus !

Les joues rouges d'excitation, Emma monta enfin sur scène, accompagnée de Marie-Eugénie et des deux autres jeunes gens qui chanteraient avec elle l'air des bijoux de *Faust*. Dans la lumière tamisée, elle sentit aussitôt la présence du public ; mais au lieu de la faire paniquer, cela lui apporta au contraire une grande sérénité. Elle était en terrain familier. Prenant place sur le fauteuil qui meublait la scène avec quelques autres accessoires, elle respira profondément deux ou trois fois, en attendant que les violonistes lèvent leur archet.

Puis elle chanta.

Lorsque la scène fut achevée et que les quatre élèves redescendirent dans les coulisses, Emma reprit pied dans la réalité. C'était comme si, pendant toute la durée du morceau, elle avait été ailleurs, perdue dans les émotions de Marguerite. Le public avait disparu, et même Marie-Eugénie, qui avait interprété le rôle de Marthe, n'avait plus rien à voir avec la jeune femme timide et un peu terne qu'elle était d'ordinaire. Emma n'avait vu que la musique, les notes, le ravissement de Marguerite devant la cassette de bijoux, la prudence de Marthe, les chassés-croisés de Faust et de Méphisto. Qu'importait la performance de Jeanne ! Elle lui paraissait soudain bien ridicule en comparaison de tout ce qui s'agitait encore dans son ventre.

Toujours en coulisse pour suivre les entrées et les sorties de ses élèves, Duprez adressa à Emma un hochement de tête satisfait. Encore bouleversée, elle le remercia d'un pauvre sourire absent et fila comme un automate rejoindre ses camarades qui, une fois leur performance terminée, patientaient dans une petite pièce attenante à la salle. Jeanne, qui était parmi eux, jeta un regard mauvais à la jeune femme. Mais Emma, accrochée au bras de Marie-Eugénie, ne le remarqua même pas.

Enfin, le spectacle s'acheva. Tous furent invités à remonter sur scène pour un salut général devant le public, après quoi ils purent s'éparpiller dans la salle pour rejoindre leurs familles. Madame Lafitte s'était déplacée exprès pour entendre Emma et elle la serra contre elle en la félicitant et en la remerciant pour le plaisir qu'elle lui avait donné. Nellie, elle aussi, prit sa sœur dans ses bras et lui chuchota à l'oreille qu'elle ne l'avait jamais entendue chanter si bien et qu'elle reconnaissait les progrès incroyables qu'Emma avait faits grâce à ses cours avec Duprez. Quant à monsieur Pacini, il manquait de mots, mais il serra longuement les mains de la chanteuse et ses yeux brillants parlèrent pour lui.

Peu à peu, le théâtre commença à se vider et, dans les coulisses, ce fut un remue-ménage indescriptible. Les étudiants se changeaient, cherchaient leurs affaires, pressés d'aller retrouver leurs familles et de s'en aller. Emma, bras dessus, bras dessous avec Marie-Eugénie, repartit elle aussi derrière les rideaux pendant un moment. Lorsqu'elle revint, elle trouva son professeur en compagnie de monsieur Pacini. Ils se tenaient à l'entrée des coulisses, regardant passer le flot d'étudiants qui allaient et venaient en tous sens. Ils ne virent pas tout de suite qu'Emma s'approchait. En les entendant parler d'elle, la jeune femme, curieuse, ralentit aussitôt le pas et s'arrêta près d'une tenture qui la cachait à moitié.

— Vous avez un bon cru, cette année, mon cher Duprez, disait monsieur Pacini. Certains de vos élèves se démarquent nettement des autres.

— Je n'en suis pas mécontent, c'est vrai.

— Cette petite demoiselle Lajeunesse… Je sais que ma sœur la considère véritablement comme sa protégée. Mais croyez-moi impartial si je vous dis qu'elle est, selon moi, l'une des plus prometteuses. Elle était une magnifique Marguerite et je tremble encore de son Air des bijoux !

— Oui, répondit le maître d'un ton tranquille, elle a une belle voix et le feu sacré. Elle est du bois dont on fait les grandes flûtes.

En entendant cela, Emma se sentit rougir de plaisir et la jalousie qui lui avait réchauffé le ventre lorsqu'elle avait entendu Jeanne chanter disparut aussitôt. Ainsi, le public d'Albany ne s'y était pas trompé, pas plus que Joseph lui-même : monsieur Duprez, en professionnel renommé qu'il était, reconnaissait lui aussi qu'elle avait du talent. C'était pour la jeune femme un compliment dont elle mesurait tout le poids.

— J'ai remarqué aussi ce jeune de Verneuil, reprit Pacini, qui ferait, je crois, un assez bon ténor. Et puis cette petite Jeanne Faure. Sa Lucia di Lammermoor était excellente, ma foi !

— Elle fait indéniablement partie de mes meilleurs éléments, mais cela n'a que peu d'importance. Cette jeune fille ne montera jamais sur scène.

— Vraiment ? Mais pourquoi ? Ce serait un tel gâchis !

— Il semble que sa mère juge préférable de la marier. Elle me quitte à la fin de cette année.

— Oh…

Monsieur Pacini n'en dit pas plus. Il savait qu'en dehors des grandes divas la plupart des chanteuses quittaient la scène lorsqu'elles se mariaient. Il n'était pas surpris que nombre d'entre elles ne se rendent même pas jusque-là et n'exploitent finalement jamais leur talent au-delà de quelques leçons de musique et du cercle de leurs familles.

Pour Emma, par contre, ce fut un choc. Elle qui s'attendait à devoir se battre fermement pour se faire valoir en comparaison de Jeanne, elle venait soudain de perdre sa rivale.

Sans même avoir eu l'occasion de la mettre au défi.

* * *

Un après-midi, alors qu'Emma s'apprêtait à aller au parc avec Nellie, un porteur sonna chez madame Lafitte pour déposer une lettre expresse de la part de Gilbert Duprez. Intriguée, Emma décacheta vite l'enveloppe. Elle parcourut rapidement le message sans même prendre le temps de retirer le manteau qu'elle avait déjà sur les épaules.

— Que se passe-t-il ? demanda Nellie en voyant sa sœur changer de couleur. Emma ! Tu es toute blanche !

— C'est… monsieur Duprez.

— Eh bien, parle !

— Il est malade. Il ne peut plus poursuivre ses cours. Il a tout annulé.

— Annulé ?

Effectivement, la santé de Gilbert Duprez venait subitement de se détériorer au point qu'il ne pouvait plus assurer les cours. Il était sur le point de quitter Paris pour faire une cure dans le sud de la France afin de se remettre sur pied.

Pour Emma, c'était un désastre. Toute sa carrière dépendait de Duprez, et cet incident la faisait paniquer. Elle ne savait plus quoi faire.

— Écris à papa, lui suggéra Nellie, et demande-lui conseil !

C'est ce qu'elle fit, mais la réponse qu'il lui envoya ne lui fut d'aucune aide. Joseph répondit tout simplement qu'à cette distance il ne pouvait pas faire grand-chose et que la jeune femme allait devoir prendre les choses en main et s'en remettre à ceux qui l'entouraient.

En désespoir de cause, Emma se tourna donc vers madame Lafitte. Celle-ci, toujours prompte à prendre soin de ses protégées, organisa aussitôt un souper réunissant quelques-uns des plus grands éléments du milieu de l'opéra, afin de leur demander conseil sur la meilleure marche à suivre pour qu'Emma puisse continuer ses études. Autour de la table, ce soir-là, les invités se lancèrent dans des débats enflammés. Certains ne juraient que par l'école française, d'autres par l'école italienne. Finalement, on finit par s'entendre sur un fait : le grand Francesco Lamperti était l'un des meilleurs professeurs de chant du moment, et il acceptait encore parfois de nouveaux élèves. Bien sûr, il prenait sa décision sur audition uniquement, car il ne perdait pas son précieux temps avec de jeunes candidats sans talent. Mais il ne fallait pas s'inquiéter : Emma était bien assez douée pour franchir cette étape sans encombre.

Étrangement, les invités ne semblaient pas se formaliser le moins du monde du fait que ledit Lamperti vivait à Milan. Seul monsieur Pacini, devant les grands yeux effarés d'Emma qui n'avait jamais envisagé de partir en Italie, se pencha vers elle avec un air rassurant. L'Italie, après tout, ce n'était pas si loin maintenant qu'elle avait traversé l'océan, et ce serait probablement une excellente façon de se faire remarquer et de lancer sa carrière.

C'était tout de même une grande décision. Soudain, Emma se trouvait livrée à elle-même, sans pouvoir s'en remettre au jugement de son père. Elle ne devait pas non plus oublier qu'elle était responsable de sa sœur, qui la suivrait forcément, et qui devait elle aussi continuer ses études de piano.

L'indépendance relative et confortable dont elle jouissait avec plaisir depuis qu'elle vivait à Paris allait bientôt disparaître.

Elle prit quelques jours pour réfléchir, cherchant autour d'elle tous les conseils possibles. Puis elle se décida.

Elle irait à Milan, étudier avec Lamperti.

6

Profondément ébranlée, Emma fit ses adieux à Paris sous la contrainte. Pendant toute son adolescence, elle avait rêvé de s'y installer pour y lancer sa carrière, et voilà qu'après seulement six mois elle devait renoncer à ses projets et repartir. Bien sûr, il y avait d'autres grandes scènes en Europe pour de jeunes artistes en devenir comme elle, mais Paris était symbolique. Elle avait imaginé y vivre pendant des années ; et puis elle avait une sensation d'inachevé qui lui laissait un goût d'amertume. Après six mois, elle ne connaissait presque rien de la ville. C'était comme si on lui enlevait son rêve avant même qu'il ait eu le temps de se développer vraiment.

Quant à l'Italie, Emma n'en savait pas grand-chose en dehors de ses grands compositeurs et de ses opéras les plus célèbres. Elle ne parlait pas un mot d'italien, ne connaissait personne là-bas. Elle craignait par-dessus tout qu'une décision prise sans la supervision de son père puisse avoir des conséquences catastrophiques sur sa carrière. Dans toute cette agitation, Nellie ne fut pas d'un grand secours. Elle n'avait pas d'opinion. Malgré le fait qu'elle aimait bien son professeur de piano et regrettait de le quitter, elle ne semblait même pas frustrée que ses propres cours soient interrompus à cause du nécessaire départ de sa sœur. Elle se contentait de jouer toute la journée sur le grand piano de madame Lafitte, indifférente aux appréhensions de son aînée et au remue-ménage qui soulevait la maison, accordant une confiance aveugle à ceux qui étaient responsables de son sort.

Bon gré, mal gré, on commença à organiser le voyage. Cela ne ressemblait certainement pas à l'effervescence joyeuse qui avait précédé le départ des deux filles pour Paris. Cette fois, entre une madame Lafitte bien plus déçue de perdre ses demoiselles de compagnie que réellement inquiète pour leur avenir, et un monsieur Pacini qui ne se départait pas de son air bonhomme, Emma se demandait ce qui allait advenir d'elle et de sa sœur, ainsi que de leurs carrières musicales. Par chance, monsieur Pacini les avait déjà recommandées à l'une de ses amies qui vivait à Milan. Il lui avait envoyé une longue lettre pour laquelle il attendait une réponse, et il avait assuré à Emma que là-bas sa sœur et elle seraient entre bonnes mains.

Marie-Eugénie, qui s'était déjà beaucoup attachée à Emma, voyait ce départ d'un mauvais œil. Elle ne pouvait pas se résoudre à perdre la seule amie avec qui elle pouvait partager ses angoisses de la scène et sa peur de décevoir sa famille. Elle ne put même pas se réjouir de la fin des cours avec Duprez : après quelques semaines de répit, pendant lesquelles elle avait presque espéré qu'il ne soit plus question d'une carrière dans l'opéra, sa grand-mère lui avait finalement trouvé un autre professeur et l'avait renvoyée illico à ses études de musique. Résignée, Marie-Eugénie fit donc promettre à Emma de lui écrire régulièrement. Elle lui fit ses adieux en lui disant qu'elle ne doutait pas qu'Emma ferait un jour une carrière retentissante et reviendrait très vite à Paris pour y chanter. Elle ne manquerait pas, alors, de venir l'écouter.

* * *

Un petit matin de septembre, les deux sœurs montèrent donc dans un train trop grand pour tenir tout entier sous les verrières de la gare de Lyon et agitèrent leurs mouchoirs en direction de monsieur Pacini, resté sur le quai.

Le voyage prit plusieurs jours, qu'elles passèrent en allées et venues entre leurs couchettes et le wagon-restaurant. D'abord excitée par le départ, Nellie s'ennuya vite à regarder des paysages défiler derrière les vitres. Les journées s'étirèrent avec une lenteur infinie, et les quelques livres que les sœurs avaient apportés ne parvinrent pas à les distraire durablement. Le train s'arrêtait régulièrement dans des gares pendant une heure ou deux, ce qui permettait aux voyageurs de descendre prendre une petite collation au café de la gare ou encore de laisser les enfants et les chiens gambader un moment. Emma et Nellie, qui craignaient de voir le train repartir sans elles, n'osèrent jamais s'éloigner du quai et ne profitèrent donc que très peu de ces haltes.

Heureusement, dans les wagons, on liait facilement connaissance avec ses voisins. Les deux jeunes femmes firent assez vite sensation du fait qu'elles étaient étrangères et pouvaient raconter des anecdotes singulières sur la vie au Canada et aux États-Unis. Ce petit jeu dura un moment, jusqu'à ce qu'Emma se lasse de raconter sans cesse les mêmes histoires. Elle parvenait tant bien que mal à cacher son inquiétude à sa sœur, mais lorsque celle-ci s'absentait pour se dégourdir les jambes dans le couloir, Emma tirait immanquablement de sa poche la lettre de recommandation que monsieur Pacini lui avait donnée à l'intention de son amie de Milan, madame Giordano.

Cette dernière n'avait jamais répondu aux trois missives que le vieil homme lui avait envoyées ces dernières semaines. Bien que monsieur Pacini ne s'en inquiétât pas, Emma se demandait si elle aurait un toit une fois arrivée à Milan. En tant qu'aînée de la famille, elle était responsable du bien-être de sa sœur et se rendait compte que, pour la première fois, elle devrait compter sur ses propres moyens. Son père n'était plus là pour la guider ou décider à sa place de ce qui convenait le mieux, madame Lafitte n'offrait plus son toit accueillant, et les deux sœurs devaient désormais se contenter de deux couchettes inconfortables et de repas pris sur une table cahotante. En plus, elles devaient composer avec les regards parfois indiscrets de certains hommes qu'elles croisaient dans le train.

Il y eut cependant, pendant cet interminable voyage, une belle récompense : la traversée des Alpes. Emma et Nellie, qui n'avaient jamais vu de montagnes plus hautes que les Adirondacks qu'elles avaient franchies sur la route entre Montréal et Albany, passèrent des heures le nez à la vitre. Elles se remplirent les yeux des merveilleux sommets et des petits lacs perdus dans les vallons, jusqu'à ce que l'Italie s'offre enfin, verdoyante et lumineuse, encore chaude de ce soleil de fin d'été.

Elles débarquèrent à Milan.

Estompée par les splendeurs des Alpes, l'angoisse d'Emma réapparut, plus vive que jamais, dès qu'elle posa le pied sur le quai. Autour d'elle, les voix parlant français s'évanouirent au fur et à mesure que les voyageurs s'éparpillèrent. Des familles étaient là pour accueillir certains des arrivants ; d'autres s'en allaient du petit pas pressé des gens qui savent où ils vont. La jeune femme se sentit soudain désarmée. Nellie jetait autour d'elle de grands regards effrayés, déjà rougissante sous le salut goguenard de quelques manutentionnaires venus décharger les wagons de leurs bagages.

L'un d'eux s'approcha d'Emma et lui parla en désignant les valises que les sœurs avaient posées à leurs pieds. Comprenant qu'il lui proposait de les porter, la chanteuse préféra lui faire non de la tête. L'homme insista un peu, mais Emma resta ferme et l'individu finit par s'éloigner.

— Pourquoi lui as-tu dit non ? chuchota Nellie en soufflant sous le poids de la lourde valise au bout de son bras, alors qu'elles s'éloignaient toutes deux vers la sortie de la gare.

— Parce que je ne comprenais pas ce qu'il me demandait…

Nellie n'insista pas. Quant à Emma, elle se retint de lui dire qu'en réalité c'était surtout parce qu'elle n'avait pas la moindre idée de l'endroit où elles se rendaient. Elle ne tenait pas à ce que l'homme les voit tourner en rond dans la gare comme les deux demoiselles perdues qu'elles étaient.

Elles portèrent donc elles-mêmes leurs bagages – lourds, mais heureusement assez limités car les grosses malles étaient restées chez madame Lafitte en attendant qu'Emma puisse fournir une adresse de livraison certaine – et sortirent de la gare. Par chance, Emma aperçut aussitôt quelques fiacres qui attendaient sur le bord du trottoir. Elle se dirigea d'un pas assuré vers l'un d'eux, toujours suivie de sa sœur.

Le cocher abandonna le cigare qu'il tentait de rallumer et sauta immédiatement à terre pour charger les bagages. Il salua poliment les jeunes femmes et voulut commencer à bavarder, mais Emma lui répondit en français qu'elle ne le comprenait pas, ce qui coupa court à toute tentative de conversation. Elle se contenta de lui tendre une feuille de papier sur laquelle était inscrite l'adresse de madame Giordano. Le cocher hocha la tête, fourra dans sa bouche son morceau de cigare éteint et claqua de la langue pour lancer ses chevaux. Le trajet s'effectua dans un silence religieux.

Dans la voiture, Emma se détendit un peu et regarda autour d'elle. Milan n'avait décidément rien à voir avec Paris. Les façades aux couleurs plus chaudes, baignées de soleil, ornées de grilles ouvragées et de verdures grimpantes, faisaient la part belle aux sculptures de toutes sortes qui ornaient les plus riches maisons. Des dames en grand apparat se languissaient sur des terrasses de cafés ou bavardaient, assises sur un banc. La jeune femme saisit au passage le profil de quelques cavaliers aux bottes luisantes et aux fines moustaches, de chiens errants sur les trottoirs et de servantes avançant péniblement sous le poids de leurs paniers. Elle ne ressentait pas le fourmillement perpétuel de Paris : ici, la chaleur semblait étouffer dans l'œuf la vivacité des gens, les plongeant dans une langueur où chacun prenait le temps de songer au geste qu'il allait poser avant d'entreprendre quoi que ce soit.

La voiture s'arrêta devant une maison colorée, aux persiennes baissées. Lorsque le cocher annonça le prix de la course, Emma – qui avait eu la présence d'esprit de se rendre dans une banque lors d'une halte pour y obtenir des lires – parvint à comprendre et paya ce qui lui semblait juste. Le cocher observa les pièces d'un air méfiant pour vérifier que le compte y était, puis s'éloigna après un bref signe de tête.

— C'est là, tu crois ? demanda Nellie d'un air inquiet en observant la maison. On dirait que tout est fermé.

— C'est sans doute pour éviter la chaleur. J'ai vu d'autres maisons qui avaient les persiennes baissées.

— Je ne sais pas… On dirait pourtant…

— Eh bien, frappons ! Nous verrons bien ! répondit Emma avec un entrain qu'elle ne ressentait pas.

Alliant le geste à la parole, elle souleva le lourd heurtoir de cuivre et le laissa retomber plusieurs fois. Après un moment, elle entendit des pas derrière la porte. Celle-ci s'ouvrit enfin pour laisser place à un visage sévère.

— Bonjour… dit la jeune femme. Euh… Excusez-moi, parlez-vous français ?

— Que voulez-vous ? demanda la femme avec un fort accent italien.

— Je m'appelle Emma Lajeunesse, et voici ma sœur Cornélia. Nous voudrions voir madame Giordano.

— Est-ce qu'elle vous connaît ?

— Non, mais j'ai une lettre pour elle de la part d'un de ses amis, monsieur Pacini, répondit Emma avec empressement avant de tendre l'enveloppe vers la femme.

— Madame n'est pas là, répondit sèchement celle-ci, sans un regard pour la lettre.

— Ah ! Pouvez-vous me dire quand elle reviendra ?

— Madame ne reviendra pas. Madame est partie vivre au lac de Côme.

— Je vous demande pardon ?

Emma sentit ses jambes fléchir et ses doigts se crisper sur l'enveloppe qu'elle tenait encore à la main. Ainsi, le mauvais pressentiment qui l'animait depuis qu'elle et Nellie avaient quitté Paris se vérifiait : madame Giordano ne vivait plus chez elle. Voilà pourquoi elle n'avait pas répondu aux lettres de monsieur Pacini ! Emma entendit distinctement, à ses côtés, le « Oh, mon Dieu ! » étouffé de sa sœur, mais elle se força à ne pas en tenir compte. Il fallait qu'elle les sorte de cette situation.

— Excusez-moi, j'ignore où se trouve le lac de Côme, murmura-t-elle.

— Loin d'ici, au nord, répondit la femme sans se départir de son air maussade. Madame est partie s'y installer au printemps.

— C'est que nous arrivons de Paris. Monsieur Pacini nous avait recommandé de nous adresser à madame Giordano.

— Elle ne peut pas vous aider. Elle est en train de vendre la maison.

— Vraiment ? Elle ne compte donc pas revenir à Milan ?

— Non.

— Oh…

La femme, probablement une sorte de gardienne, détaillait les deux sœurs d'un œil acéré et sans pitié. Puis elle secoua machinalement la tête, comme si elle était déjà en train de sortir cet épisode de sa mémoire. Elle s'apprêtait à refermer la porte lorsque Emma réagit.

— Je vous demande pardon encore une fois, mais pourriez-vous nous indiquer un endroit où l'on parle français ?

— Quel genre ?

— Je ne sais pas, un hôtel ou une pension, par exemple. Nous descendons du train et nous ne savons pas où aller, nous ne connaissons personne ici.

La situation des demoiselles ne parut pas émouvoir le moins du monde la gardienne.

— Au coin de la rue, à droite, demandez *il Francese*. Il tient un café pas très loin, je crois qu'il loue une chambre ou deux.

Et sur ces mots, elle referma la porte.

* * *

Il faisait très noir dans cette chambre. La faible lueur de la bougie posée sur la petite table ne parvenait pas à se rendre jusqu'aux murs, s'interrompant au milieu du tapis en un arc-de-cercle flou qui révélait quelques motifs de laine et plongeait le reste dans une obscurité un peu sale. De l'autre côté de la table, sous des couvertures agitées de tremblements, Nellie sanglotait.

Elle avait pleuré une bonne partie de la soirée, sans paraître se rendre compte qu'elle se donnait en spectacle et que les quelques rares clients du café lui jetaient des coups d'œil en biais. Emma, elle, n'avait pas faibli. Même maintenant qu'elle avait remonté ses draps jusqu'au menton, dans ce petit lit simple mais somme toute confortable, elle ne sentait pas la moindre larme lui monter aux yeux. Seul son ventre noué et les quelques bouchées qu'elle avait été à peine capable d'avaler trahissaient l'angoisse qui l'animait.

Elles étaient seules, dans une ville inconnue et un pays étranger. Il fallait pourtant bien qu'elles se débrouillent pour trouver un toit et de quoi manger, car ce n'était pas le fait de s'asseoir dans la rue et de fondre en larmes – comme l'avait fait Nellie après que la gouvernante de madame Giordano les eut abandonnées à leur sort – qui pouvait faire avancer la situation. Emma avait donc tiré sa sœur par le bras, la laissant pleurer sans chercher à la consoler de peur que ses larmes ne soient contagieuses, et elles étaient allées demandé *il Francese*, le Français, qui tenait boutique un peu plus loin.

Après qu'Emma lui eut expliqué toute l'affaire, l'homme avait aussitôt proposé une des chambres qu'il louait au-dessus de son café. Les deux sœurs avaient enfin pu se reposer un peu de leur voyage et de leurs émotions. Nellie, qui s'en était entièrement remise à monsieur Pacini et à sa sœur pour l'organisation de cette nouvelle vie, avait été frappée de plein fouet par ce qu'Emma avait soupçonné avant leur départ. Alors qu'elle était couvée et protégée depuis des années, elle comprenait enfin les enjeux qui pesaient sur deux jeunes femmes étrangères et seules dans une ville inconnue dont elles ne parlaient même pas la langue. Le plaisir de la musique semblait bien loin de ses pensées à cet instant. Nellie ne rêvait que de retrouver le cocon protecteur et sécurisé auquel on l'avait habituée, et qui était bien autre chose que cette petite chambre d'hôtel qui sentait le renfermé.

Laissant Nellie à ses sanglots, Emma, plus pratique, repassait dans sa tête les différents aspects de la situation. Sa sœur et elle avaient un peu d'argent, ce n'était donc pas un problème, du moins dans un premier temps. En revanche, elles n'avaient aucune relation, personne vers qui se tourner pour chercher aide et conseils. Et ce qui leur manquait le plus, bien entendu, était de n'avoir aucune connaissance, même approximative, de l'italien. Les quelques phrases que monsieur Pacini avait apprises à Emma avant le départ – plus par amusement, d'ailleurs, que pour la préparer véritablement à la vie milanaise – ne sauraient suffire.

Par chance, le Français était un ancien Lyonnais installé en Italie depuis plusieurs dizaines d'années, qui parlait couramment les deux langues. Quoique commerçant dans l'âme et fort intéressé à l'idée de louer pour une longue période sa chambre, il semblait de bonne nature et disposé à aider ses deux clientes si cela ne lui demandait pas trop d'efforts. Emma avait déjà profité d'un moment dans la soirée pour lui demander s'il savait où se trouvait le Conservatoire de musique et comment s'y rendre, ce à quoi le Français avait répondu qu'il allait se renseigner.

Le regard de la jeune femme, qui allait et venait dans la faible lumière de la bougie tandis qu'elle réfléchissait, s'arrêta sur la table de nuit. Emma tendit les doigts en dehors de ses draps et saisit l'enveloppe qu'elle avait posée là.

Cette enveloppe, elle l'avait tournée et retournée entre ses doigts. Elle ignorait ce qu'elle contenait. Ce ne devait probablement être que quelques formules de convenance pour demander à madame Giordano de bien vouloir accueillir chez elle les sœurs Lajeunesse et de veiller à leur bien-être. Le destin en avait voulu autrement, et madame Giordano n'aurait probablement jamais l'occasion de faire leur connaissance.

Si le lac de Côme se trouvait si loin de Milan, il était inutile pour Emma de chercher à contacter cette dame. La Milanaise ne pouvait être d'aucune aide.

Mieux valait se débrouiller par soi-même.

Emma, machinalement, approcha l'enveloppe de la bougie et la regarda s'enflammer.

* * *

— Nous devons rentrer à Paris, dit Nellie alors que les deux sœurs s'attablaient autour d'un copieux petit-déjeuner pour lequel ni l'une ni l'autre ne se sentaient un grand appétit. Nos bagages sont encore là-bas et je suis sûre que madame Lafitte trouvera une autre solution pour nous. Il y a d'autres professeurs de chant à Paris. Regarde ce qu'a fait ton amie Marie-Eugénie !

— Non.

— Mais… Emma !

— Non, insista cette dernière. Ce ne serait pas une bonne idée.

— Alors, qu'allons-nous faire ici ? Nous ne connaissons personne !

Un trémolo pointait déjà dans la gorge de Nellie, mais Emma resta impassible.

«N'en faites qu'à votre tête», lui avait dit mère Trincano plusieurs années auparavant. Elle n'avait pas oublié, et le fait de brûler la lettre de monsieur Pacini avait eu sur elle un effet extraordinairement apaisant. Pour une fois, elle ne devait compter que sur elle-même, sans attendre quoi que ce soit de la part de quiconque. Elle tenait enfin les rênes de sa propre vie. Puisqu'elle était venue à Milan pour suivre des cours avec Francesco Lamperti, elle ferait ce qu'il faudrait pour parvenir à ses fins sans l'aide de personne.

Après le repas, elle demanda au Français de lui dicter quelques phrases simples en italien qu'elle rédigea soigneusement sur une feuille de papier afin de pouvoir se débrouiller dans les rues de la ville. Comme Nellie, de nouveau en larmes, ne voulait pas s'éloigner de leur petite chambre, Emma la laissa là et fit appeler un fiacre pour se rendre seule au Conservatoire de musique. Il n'était pas question pour elle de perdre son temps en jérémiades inutiles, car elle voulait rencontrer Lamperti au plus vite.

Bien qu'elle ne soit pas aussi grande que Paris, la ville de Milan était tout de même imposante et avait une circulation quelque peu anarchique. Emma mit donc un moment à se rendre jusqu'au Conservatoire, bien obligée de s'en remettre totalement au cocher à qui elle avait simplement remis l'adresse que le Français était parvenu à dénicher. Une fois rendue, la jeune femme serra sous son bras son petit sac et grimpa les quelques marches.

Le grand hall l'accueillit avec une fraîcheur agréable. Une dame d'un certain âge, qui se tenait derrière un grand comptoir de bois lustré et orné de cuivres, leva les yeux vers la nouvelle arrivante.

— *Buongiorno*, salua-t-elle.

— Pardon, madame, parlez-vous français ?

— Oui, dit la dame en changeant aussitôt de langue. Puis-je vous aider ?

— Je souhaiterais voir monsieur Lamperti.

— À quel propos ?

— Je voudrais prendre des cours de chant, s'il accepte encore des élèves.

La dame réfléchit un instant tout en dévisageant la jeune femme.

— Avez-vous une expérience musicale, mademoiselle ?

— Oui. Je chante depuis que je suis très jeune et j'ai déjà donné plusieurs concerts. J'ai aussi pris des cours avec monsieur Gilbert Duprez, à Paris. D'ailleurs, j'ai une lettre de sa part.

— Vous n'êtes pas Française, je me trompe ?

— Non. Je suis Canadienne française. Je viens de Montréal.

— Vous voilà bien loin de chez vous.

Emma sourit, mais ne sut que répondre à ce commentaire qui n'attendait pas vraiment de réponse. La dame s'était penchée sur un gros registre dont elle tournait frénétiquement les pages.

— Votre nom ?

— Emma Lajeunesse.

— Alors, mademoiselle Lajeunesse, sachez que seul monsieur Lamperti décidera s'il souhaite vous prendre comme élève ou non. Je peux vous proposer une rencontre avec lui dans deux semaines.

— Dans deux semaines !

— Est-ce que cela pose un problème ?

— Euh… non. C'est seulement que j'avais espéré le rencontrer aujourd'hui.

— *Signor* Lamperti est très demandé, mademoiselle, dit la dame avec un sourire, comme si elle s'amusait de la naïveté d'Emma. Revenez dans deux semaines, lundi matin, à dix heures.

La jeune femme remercia, salua et se retrouva dehors à peine quelques minutes après être entrée, bien consciente que la dame avait lourdement insisté sur le *«signor»* qui donnait à lui seul une idée du prestige dont bénéficiait Lamperti. Il ne lui restait donc plus qu'à rentrer retrouver Nellie et à ravaler sa frustration.

Malgré tout, ces journées perdues furent bénéfiques aux deux sœurs. Elles les passèrent à explorer les rues aux alentours du café et Nellie put constater que la vie indépendante comportait certains avantages. Puisque personne ne les attendait, elles pouvaient rentrer plus tard et s'arrêter une heure sur une terrasse pour déguster quelques pâtisseries au soleil si l'envie leur en prenait. Elles n'avaient d'autres tâches que d'écrire à leur père et à madame Lafitte que tout se passait bien. Pour Emma, Milan recelait aussi de nouveaux trésors à découvrir : il y avait une multitude de musées et de palais somptueux à visiter. Au moins, même si monsieur Lamperti ne la prenait pas pour élève, elle ne regretterait pas ce voyage en Italie.

Au jour dit, Emma se présenta de nouveau au Conservatoire. Elle fut reçue par la même dame, qui la reconnut aussitôt.

— Monsieur Lamperti vous attend, mademoiselle.

Elle conduisit la jeune femme à l'étage, lui fit traverser un long corridor où une enfilade de portes donnaient sur des salles de classe d'où l'on entendait chants et instruments.

— Voici mademoiselle Lajeunesse, monsieur, dit-elle en faisant entrer Emma dans l'une de ces classes avant de refermer la porte derrière elle et de s'éloigner.

Francesco Lamperti se tenait près du piano, le dos tourné, occupé à lire une partition en battant machinalement la mesure du bout des doigts. Il resta concentré un moment sur sa lecture et Emma dut patienter jusqu'à ce qu'il veuille bien s'intéresser à elle. Enfin, il se retourna.

— Approchez. Montrez-moi donc ce que dit de vous votre professeur, ce cher monsieur Duprez.

Il parlait un français impeccable et seuls ses «r» un peu trop roulés trahissaient ses origines. Ses cheveux encore noirs grisonnaient à peine sur les tempes, lui donnant l'air de porter une fringante quarantaine, mais son regard trahissait un âge plus avancé. Il avait des yeux très clairs, presque gris, qui contrastaient fortement avec son teint hâlé d'Italien. Il n'y avait ni bienveillance ni agressivité dans ces yeux-là, juste une énergie terrible et un professionnalisme froidement inquisiteur. Monsieur Lamperti détaillait la jeune femme des pieds à la tête comme s'il voyait en elle. Emma sentit instinctivement que ce professeur-là serait probablement plus sévère encore que ne l'avait été Duprez.

Elle lui tendit la lettre de recommandation et attendit sagement, essayant de ne pas trop s'inquiéter des rictus dont Lamperti ponctuait sa lecture.

— Bien, dit-il après un moment. Voyons maintenant ce que vous savez faire, continua-t-il en feuilletant distraitement quelques partitions avant de lui tendre un *Stabat Mater*.

Dès le lendemain, Emma était convoquée pour son premier cours de chant.

* * *

Emma ne s'était pas trompée, Lamperti était un professeur sec, autoritaire et extrêmement rigoureux, qui exigeait de ses élèves une attention sans faille et une humilité absolue devant ce qu'il leur enseignait. Emma, qui était tout même loin d'être une débutante, voulut rapidement montrer quel niveau elle avait atteint, mais elle fut rabrouée sans la moindre pitié et renvoyée au bas de l'échelle. Lamperti semblait ne tenir aucunement compte de ses acquis. Il recommença sa formation depuis le début, allant même jusqu'à lui faire faire des exercices qu'elle effectuait avec aisance depuis l'âge de huit ans.

Les premières semaines furent décourageantes. Emma ne voyait pas où Lamperti voulait en venir. Elle avait la pénible sensation de ne pas être à la hauteur. Autour d'elle, au hasard des heures de cours, elle croisait d'autres étudiants et les entendait chanter des pièces compliquées et techniques, alors que Lamperti ne la faisait travailler que des morceaux d'une simplicité enfantine. Pourtant, si la jeune femme osait montrer le moindre signe de mépris envers ces musiques, Lamperti la rappelait sévèrement à l'ordre. Il exigeait d'elle qu'elle accorde le même soin à chanter toute musique, que ce soit une comptine pour enfants ou la scène de la folie de *Lucia Di Lammermoor*, sans jamais montrer le moindre ennui ou désintérêt.

Pour Nellie, la situation était pire. Après s'être faite à l'idée que sa sœur ne quitterait pas Milan et qu'elles allaient s'y installer pour quelque temps, elle avait commencé à chercher un endroit où se donnaient des cours de piano. Mais la cadette était timide, ce qui ne favorisait pas ses démarches. Elle demandait sans cesse à Emma de l'accompagner, ce que cette dernière ne pouvait pas toujours faire car ses cours avec Lamperti lui prenaient de plus en plus de temps. Lorsqu'elle se retrouvait seule dans leur petite chambre au-dessus du café, Nellie ne faisait alors rien d'autre qu'attendre le retour de sa sœur, des heures durant, en regrettant amèrement son professeur parisien et la petite vie bien réglée qu'elle menait là-bas.

— Emma, dis-moi ce que nous faisons ici, se lamentait-elle. Je veux rentrer à Paris! Nous étions si bien, chez madame Lafitte. Pourquoi ne pas y retourner?

— Nellie, nous en avons déjà parlé, soupirait Emma en retour.

— Oui, c'est sûr, tu t'en fiches puisque tu as trouvé tes cours de chant! Mais moi? Qu'est-ce que je fais, moi? Je n'ai même pas de piano pour m'exercer!

C'était vrai, le petit café du Français n'était pas fait pour accueillir deux musiciennes, comme la maison de madame Lafitte l'avait été, et Nellie avait réellement besoin de s'entraîner régulièrement pour conserver la souplesse de ses doigts. Devant cet obstacle, Emma dut faire preuve d'imagination : puisqu'elle et sa sœur n'avaient pas de meilleure solution pour le moment pour se loger à moindres frais, il fallait bien se débrouiller. Un soir que Nellie se plaignait une fois de plus de ne pouvoir jouer, Emma prit des feuilles de papier qu'elle colla l'une à côté de l'autre et y dessina une rangée de touches.

— Voilà, dit-elle à sa sœur en déroulant la bande de papier sur le bord de la table. Maintenant, tu as un piano.

— Mais…

— Nellie, je fais ce que je peux, tu comprends?

Cornélia ne broncha pas, mais elle regarda son piano de papier d'un air dédaigneux. Il resta sur la table toute la journée sans qu'elle y touche, de même que le lendemain et le surlendemain. Quoique l'envie soit visiblement forte de jeter le tout à la poubelle, Nellie n'osa pourtant pas s'en débarrasser. Elle se contenta de ne plus aborder le sujet, ce qui, en soi, était suffisant pour qu'Emma sache bien ce qu'elle en pensait.

Malgré tout, quelques jours plus tard, alors que l'aînée rentrait de son cours de chant, elle entendit sa sœur pianoter du bout des doigts sur la table en chantonnant une de ses musiques d'exercice. Emma ne put retenir un sourire triomphant. Si le piano de papier ne réapparut pas dans les conversations des deux filles, au moins, il ne semblait plus si inutile.

Peu à peu, la vie s'organisa autour du petit café du Français. Emma avait prévenu madame Lafitte de ne pas envoyer les malles, car leur adresse était encore temporaire. Les deux filles se contentaient des quelques vêtements qu'elles avaient apportés avec elles dans le train et de ceux qu'elles avaient achetés sur place. Emma écrivait aussi régulièrement à son père pour le tenir au courant du bon déroulement des cours, l'assurant que ce n'était qu'une question de temps avant que Nellie reprenne définitivement le piano. Elle passait sous silence le fait que les sœurs n'avaient pour le moment aucun instrument sous la main. Quant à Jonathan, qu'elle n'oubliait pas, il avait droit à de longues lettres enflammées sur la beauté de l'Italie, l'effervescence de Milan et la chaleur des habitants, bien loin des soucis quotidiens de la jeune femme.

Pour Emma, une petite routine s'installait. Elle partait chaque matin pour ses cours avec Lamperti qui, comme Duprez, en donnait certains en privé et d'autres en groupe. Elle se rendit d'ailleurs rapidement compte que d'autres étudiantes étaient nettement plus avancées qu'elle : non pas qu'elles aient des voix plus belles ou mieux travaillées, mais elles connaissaient parfaitement les exigences de leur maître et disposaient d'une capacité d'écoute et de concentration qu'Emma n'avait pas encore intégrée. Là où Duprez avait été, malgré ses sautes d'humeur, relativement souple et tolérant, Lamperti, lui, se montrait implacable.

Par ailleurs, ce dernier ne tarda pas à pointer ce que son prédécesseur avait déjà vu : la faiblesse d'Emma se situait toujours dans la diction. Le fait de se trouver plongée dans un environnement italien n'aidait pas à corriger la situation, et la chanteuse avait tendance à mélanger les prononciations. Après avoir plusieurs fois repris sévèrement son élève, Lamperti tenta une approche plus radicale.

— Mademoiselle, cessez donc de mâchouiller vos mots ! Je veux des notes et des syllabes, pas des bredouillis incompréhensibles !

Et le lendemain même de cette ultime remarque, alors que la jeune femme s'apprêtait à quitter le cours, Lamperti lui lança en toute simplicité :

— Oh, mademoiselle Lajeunesse, j'allais oublier. Je vous ai inscrite au cours de monsieur Delorenzi, notre professeur d'élocution, ici, au Conservatoire. Vous vous présenterez chaque samedi à dix heures, jusqu'à ce que je juge que vous aurez convenablement corrigé cette fâcheuse prononciation que vous avez.

Interloquée, la jeune femme ouvrit la bouche. Elle fut sur le point de protester qu'on ne lui avait même pas demandé son avis ou ses disponibilités, mais Lamperti jetait déjà sur elle son regard perçant.

— Cela vous pose-t-il problème?

— Non, monsieur, murmura Emma en baissant aussitôt la tête. Ce sera parfait, je vous remercie.

Plus encore que la nécessité de se plier totalement aux volontés du maître, par simple obéissance, c'était le caractère entier de Lamperti qui l'avait fait fléchir sans chercher à discuter. Lamperti, qui semblait engagé corps et âme dans la recherche d'une musique parfaite et idéale, attendait le même engagement sans faille de la part de ses élèves et se moquait bien de savoir quelle était leur vie en dehors de ses cours. C'était au prix d'un dévouement absolu envers la musique qu'Emma pouvait s'attendre, peut-être, à monter un jour sur les scènes européennes. En cela, Lamperti ne pouvait être un meilleur mentor.

* * *

Dans les semaines qui suivirent, la jeune femme finit peu à peu par se plier et se dévouer totalement. Cela ne se fit pas sans heurt, car c'était pour elle un revirement de situation pour le moins radical : d'abord encouragée par son père dont elle avait toujours deviné la fierté malgré ses innombrables remarques, puis encensée par le public d'Albany qui venait, toujours plus nombreux, l'écouter et la soutenir, puis, encore, approuvée par le célèbre Gilbert Duprez, elle se retrouvait maintenant parmi les élèves «débutantes» du Conservatoire. Après avoir revu toutes les bases de la musique, la chanteuse avait rapidement gravi les échelons, mais sans jamais parvenir à faire sortir des lèvres de Lamperti le moindre encouragement ou la moindre petite note de satisfaction. En dehors de ses corrections, Lamperti était froid et muet comme une tombe. Lorsqu'il écoutait Emma chanter, la jeune femme pouvait s'estimer chanceuse qu'il ne l'interrompe pas, car c'était le seul signe qui indiquait que la performance de l'élève satisfaisait les exigences du maître.

Ce qui ressemblait à une baisse de performance de la part d'Emma n'était en réalité que le passage à un niveau d'exigence bien supérieur. Cela n'empêchait pas son amour-propre d'en souffrir.

Mais Emma s'était promis de réussir et l'entêtement prit finalement le pas sur sa fierté. Elle s'obstinait. Pour ces quelques minutes d'écoute attentive et silencieuse de la part de son professeur, elle se mit à travailler très dur. Elle se levait tôt et réveillait le commerce au son de ses vocalises, pour que sa voix soit déjà suffisamment échauffée lorsqu'elle arriverait à son cours. Elle travaillait ensuite de longues heures avec Lamperti, calmant peu à peu les frustrations de son orgueil blessé au fur et à mesure qu'elle apprenait à décoder les attitudes du maître et à entrevoir une approbation dans un regard tranquille ou dans un pincement de lèvres. Elle apprenait l'humilité, écoutait les autres élèves – non pas pour se poser en concurrente et se jauger par rapport aux autres, mais pour apprendre de leurs erreurs et s'inspirer de leurs réussites. Une fois le cours terminé, elle rentrait au café et tâchait d'éloigner comme elle le pouvait Nellie – qui l'attendait toute la journée et se précipitait sur elle dès son retour – afin de continuer à répéter les exercices que Lamperti ne manquait pas de lui donner chaque jour.

Par ailleurs, un client régulier de l'établissement était, par chance, un ancien instituteur. Il se mit donc à leur donner, à sa sœur et à elle, des cours d'italien. Emma s'asseyait avec lui chaque soir dans un coin de la salle à manger pour bavarder en italien et tenter d'apprendre cette nouvelle langue en disposant pour cela de la moitié moins de temps que Nellie qui, maîtresse de ses journées, pouvait y consacrer plus de temps et progressait sans mal. Quant aux dimanches, où Emma bénéficiait enfin d'un congé, elle continuait à faire ses vocalises quotidiennes, puis entraînait sa sœur à sa suite et partait à la découverte de Milan, de musée en jardin, en passant par les églises et autres splendeurs architecturales de la ville.

De l'autre côté de l'océan, Joseph Lajeunesse s'inquiétait. Sa fille et lui jouaient, au moyen de leurs lettres, à un jeu de dupes. Emma écrivait toujours à son père de longues missives rassurantes et pleines d'entrain, expliquant que la vie à Milan se déroulait bien et que les projets suivaient leurs cours. De son côté, Joseph s'inquiétait sans le dire de savoir ses filles seules dans une ville étrangère. Il avait admiré la volonté d'Emma de partir étudier à Milan, tout à sa fierté de constater qu'elle ne s'était pas laissée démonter par la maladie subite de Gilbert Duprez et qu'elle était rapidement retombée sur ses pieds. Mais il se demandait à présent si ce séjour en Italie était une bonne chose pour la carrière de ses enfants.

Il s'était, de son côté, renseigné sur Francesco Lamperti. Il avait appris qu'Emma était effectivement entre les mains du meilleur professeur qui soit, mais ses filles étaient seules et sans relations. Il craignait non pas pour leurs études, mais pour leur protection. Emma avait vingt et un an, elle n'était pas mariée et elle avait la charge de sa cadette. Dans un pays dont elle ne connaissait pas la langue, sans personne pour la parrainer, ne risquait-elle pas de tomber sous l'influence néfaste d'une personne malintentionnée ? Joseph connaissait Cornélia : de l'or dans les doigts, mais trop peu de personnalité pour s'affirmer dans le monde. Il la savait trop timide pour se prendre en charge toute seule. Bien qu'Emma ne lui écrivît que des choses rassurantes à son égard, il ne pouvait s'empêcher de songer que tout cela représentait bien trop de responsabilités pour elle. Il se sentait bien impuissant, si loin de ses enfants.

La suite allait prouver que Joseph n'avait pas tort de s'inquiéter ainsi. Si les premiers temps Emma se sentait animée d'une énergie débordante, le rythme effréné de sa vie milanaise finit par l'épuiser. Lorsque l'hiver arriva deux mois plus tard, la jeune femme était éreintée. Portée par une volonté à toute épreuve, elle continuait consciencieusement à suivre le rythme qu'elle s'était imposé, mais ses nuits ne lui suffisaient plus pour récupérer de la fatigue accumulée. Elle devait aussi soutenir à tout moment Nellie, devenue pénible et capricieuse à force de tourner en rond. Tout cela finit par se ressentir sur sa voix et sur son niveau d'attention pendant ses cours.

— Mademoiselle Lajeunesse! s'écria un jour Lamperti, exaspéré. Que me faites-vous là? Vous connaissiez ce morceau sur le bout des doigts. Il a suffi que nous le laissions de côté pendant trois jours pour que vous vous permettiez de le massacrer de la sorte!

— Je vous demande pardon, maître. Je vais le retravailler...

— Le retravailler? Et à quoi cela servirait-il? Nous l'avons déjà suffisamment travaillé. Vous le connaissez par cœur et je ne vois pas ce que vous pourriez faire de plus, à part me revenir demain matin en pleine forme et en pleine possession de votre voix! Qu'est-ce que c'est que ce petit filet vocal tout maigrichon que vous m'avez chanté là?

Emma baissa la tête et attendit que la furie du maître passe. Elle savait que, depuis quelque temps, sa voix souffrait de trop de travail et de trop peu de repos. Les commentaires de Lamperti étaient justifiés. Elle faisait de son mieux, mais cela n'était visiblement pas suffisant. Elle retint le tremblement nerveux qui agitait ses lèvres. Non, elle ne pleurerait jamais devant quiconque, encore moins devant le terrible Lamperti.

— Voyons, regardez-vous, continuait celui-ci. Vous êtes toute pâle et faible! Quand avez-vous pris votre dernier repas?

Emma ne répondit pas.

— Ne me dites pas que vous n'avez pas déjeuné avant de venir ?

— Non, maître. Je n'ai pas eu le temps, avoua la jeune femme.

— Comment, vous n'avez pas eu le temps ! Et que fait donc votre père ? Je crois savoir qu'il est musicien, lui aussi, non ? Il devrait savoir que vous avez besoin d'une hygiène de vie irréprochable pour être toujours en état de chanter lorsqu'on vous le demande !

— Mais… mon père n'est pas ici, répondit doucement Emma, peu habituée à voir Lamperti montrer quelque intérêt pour sa vie privée.

— Alors ce commentaire vaut pour la personne qui s'occupe de vous ! répondit ce dernier sans se démonter.

Emma ne répondit pas. Ce fut son silence qui mit la puce à l'oreille du maître. Il fronça les sourcils.

— Car il y a bien quelqu'un qui s'occupe de vous, n'est-ce pas ?

— À vrai dire… non.

— Comment cela ? Où vivez-vous ?

— À l'hôtel, avec ma sœur.

Cette fois, l'imperturbable Lamperti sembla franchement interloqué.

— Vous êtes seules à Milan ? Mais je l'ignorais ! Pourquoi ne l'avez-vous pas dit ?

— Cela ne concerne pas mes cours de chant, répondit Emma, ne sachant plus trop, devant la réaction de son professeur, si elle avait bien agi.

— Certes, certes, mais tout de même… Depuis combien de temps cela dure-t-il ?

— Depuis mon arrivée à Milan, il y a un peu plus de deux mois.

Lamperti abaissa enfin le sourcil perplexe qui ornait son front et resta songeur un moment. Emma n'osait plus bouger.

— Vous ne pouvez continuer ainsi, mademoiselle, dit-il enfin en reprenant son habituelle autorité. Il existe des pensions familiales pour certains des étudiants étrangers qui suivent des cours au Conservatoire. Suivez-moi, nous allons exposer tout cela à madame Costa.

Docile, Emma suivit Lamperti jusque dans le hall d'entrée où se trouvait la gérante des élèves, qui l'avait accueillie à son arrivée.

— Madame, dit Lamperti, je vous amène une petite bécasse qui voulait tellement suivre des cours dans ce Conservatoire qu'elle en a oublié de se loger convenablement. Bien entendu, tant de responsabilités et de fatigue sur les épaules d'une si jeune personne n'ont pas manqué de se faire ressentir sur sa voix. Je vous prierais donc de bien vouloir lui trouver un asile plus approprié et de me rendre l'élève que je suis en train de perdre…

La gérante répondit à la tirade de monsieur Lamperti par le petit sourire de celle qui est habituée aux emportements du maître et qui ne s'étonne plus de rien.

— Expliquez-moi donc votre situation, mademoiselle, dit-elle gentiment à Emma.

Et pour la première fois, Emma put enfin déposer dans le giron de quelqu'un d'autre les responsabilités qu'elle portait seule depuis son arrivée en Italie.

En quelques jours, la gérante du Conservatoire trouva une place pour les filles Lajeunesse dans une maison d'hôtes tenue par madame Morelli, une vieille Italienne un peu bigote et toute ratatinée. Cette dernière disposait d'une petite maison de deux étages située à environ une demi-heure de marche du Conservatoire, où elle pouvait recevoir jusqu'à quatre étudiants. Le loyer revenait à peu près aussi cher que les nuits au café du Français, mais les soupers étaient compris et préparés avec soin par madame Morelli en personne. Enfin, la maison disposait d'un piano droit de bonne facture. Lorsque la vieille dame apprit qu'Emma jouait aussi de la harpe, elle parvint même à s'en faire prêter une.

Les deux sœurs emménagèrent dans leur nouvelle résidence avec un véritable soulagement. Madame Morelli ne parlait qu'italien, mais les jeunes femmes – en particulier Nellie – se débrouillaient déjà suffisamment bien dans cette langue pour pouvoir communiquer facilement. En revanche, avec les deux autres étudiants qui logeaient eux aussi dans la maison, ce fut leur anglais qui les aida : Fanny était une Américaine originaire de Boston qui approchait déjà de la trentaine et étudiait le violon, et Russel, un jeune Anglais cherchant à percer dans l'art lyrique en tant que baryton.

La vie sous le toit de madame Morelli se déroulait toujours selon un emploi du temps bien établi. L'Italienne était pétrie de petites manies qu'il fallait respecter à la lettre sous peine de se faire taper sur les doigts, du moins en paroles. Mis à part la véranda, qui contenait le piano et qui était accessible en permanence, le reste de la maison obéissait à des règles très strictes. On n'accédait à la salle à manger qu'aux heures des repas – madame Morelli n'ouvrait les portes de la pièce qu'une fois la table parfaitement dressée –, on était prié de changer les chandelles uniquement lorsque la flamme était sur le point de s'éteindre, on parlait italien en présence de la maîtresse de maison, et la tolérance aux objets oubliés sur les tables du rez-de-chaussée était assez limitée. En ce qui avait trait aux chambres, madame Morelli laissait toute liberté à ses locataires et se contentait d'y passer une fois par semaine pour un ménage des plus minutieux. Trop heureuses de laisser enfin la gestion de leur intendance à la vieille dame, les deux sœurs s'adaptèrent rapidement à leur nouveau foyer.

Nellie voyait venir des jours meilleurs. À peine installée, elle fit main basse sur le piano et se mit à jouer toute la journée, ravie d'échanger enfin son clavier de papier contre de véritables touches. Quant à Emma, elle était contente de disposer d'une chambre juste pour elle. Ainsi, Nellie pouvait s'occuper de ses propres affaires et lui laisser tout le loisir d'exercer sa voix. Rassurée d'avoir enfin trouvé une véritable maison, Nellie se montrait d'une humeur nettement plus agréable. Profitant dorénavant d'un piano, les sœurs Lajeunesse ne tardèrent pas à reprendre les exercices qu'elles avaient l'habitude de faire ensemble et retrouvèrent leur complicité.

On put faire venir les bagages de Paris. Les malles furent ouvertes avec une joie enfantine, amplifiée par le fait que les jeunes femmes avaient été privées si longtemps de leurs objets personnels. La maison de madame Morelli ressembla un peu plus à un véritable foyer. La vieille dame n'était pas très causante, parfois même revêche, mais elle ne se plaignait pas d'entendre de la musique toute la journée, et Emma appréciait le luxe de ne plus avoir à se soucier des repas. Elle se détendit donc progressivement. Ses nuit furent meilleures, et peu à peu elle rattrapa le retard qu'elle avait pris dans ses cours avec Lamperti. Les temps de loisir et de détente s'allongèrent, de sorte qu'Emma put à nouveau trouver l'énergie nécessaire pour s'investir entièrement dans son travail.

La gérante du Conservatoire, non contente d'avoir obéi à Lamperti et logé les deux filles Lajeunesse, ne s'arrêta pas en si bon chemin. Puisque Nellie ne pouvait suivre de cours au Conservatoire pour le moment, par manque de places, elle la dirigea vers un professeur privé qui avait une excellente réputation. Il accepta de prendre Nellie comme élève à partir du mois de janvier suivant. Emma, soulagée, fut éternellement reconnaissante envers la gérante, son aimable sourire et ses services. Alors qu'elle avait appréhendé de passer la veillée de Noël au café du Français seule avec sa sœur, toutes deux la passèrent dans leur nouvelle maison, en compagnie de leur hôtesse et de leurs colocataires, dans une ambiance bon enfant qui fit le bonheur de tous. Madame Morelli se permit même de souper avec ses hôtes, ce qu'elle ne faisait d'ordinaire jamais. Après quelques petits verres de chianti, elle se montra même d'humeur plutôt affable.

Lorsque Emma écrivit à son père, peu après, ce fut avec la satisfaction de ne lui annoncer que de bonnes nouvelles. Malgré une arrivée à Milan un peu chaotique, tout était maintenant rentré dans l'ordre.

* * *

Monsieur Delorenzi, professeur d'élocution depuis de nombreuses années, parlait cinq langues sans la moindre trace d'accent. Lorsqu'il s'adressait à Emma, c'était toujours dans un français distingué digne des Parisiens les plus éduqués. Le soin qu'il mettait à composer ses phrases parfaites avait tendance à le faire passer pour quelqu'un de légèrement maniéré.

— Avez-vous jamais songé à changer votre nom, mademoiselle ? demanda-t-il un jour à Emma, alors que le cours s'achevait.

— Changer mon nom ? Que voulez-vous dire ?

— Vous savez que la plupart des artistes se produisent sous un nom de scène. Si vous désirez être connue et aimée sur toutes les scènes d'Europe, il vous faut un nom que les gens pourront prononcer et mémoriser facilement, quel que soit le pays dans lequel vous vous trouverez.

— Oh… Je n'avais pas songé à cela.

— Laissez-moi y réfléchir un moment, voulez-vous ?

De fait, il se passa quelques semaines avant que Delorenzi ne reparle de ce changement de nom. Puis, un matin, apercevant Emma dans les couloirs du Conservatoire qui se rendait à son cours habituel avec Lamperti, il s'avança vers elle, la prit par le bras et l'entraîna à l'écart, dans une salle de classe vide.

— Mademoiselle, je crois avoir trouvé le nom de scène parfait pour vous ! Que dites-vous d'Albani ? « Emma Albani », cela sonne plutôt agréablement aux oreilles, ne trouvez-vous pas ?

— Albany ? dit Emma, déjà ravie par la proposition de Delorenzi. Mais oui, c'est une excellente idée ! Les gens de cette ville ont tellement fait pour moi que ce serait leur rendre un bel hommage. Sans leur aide, je ne me trouverais pas ici aujourd'hui, alors je serais fière de porter ce nom.

— De quoi parlez-vous donc, mademoiselle ?

Emma remarqua alors le sourcil perplexe de son professeur. Elle expliqua doucement :

— Vous savez sûrement que j'ai vécu à Albany plusieurs années, monsieur. Mon père vit encore là-bas, d'ailleurs, et…

— Mais je ne vous parlais pas de la ville d'Albany, mademoiselle, la coupa Delorenzi. Je faisais allusion à la famille Albani, de Bergame. C'est un nom très respecté, ici, en Italie, et je songeais tout simplement à la belle sonorité qu'il compose avec votre prénom. J'ignorais même que vous aviez vécu aux États-Unis !

Emma, qui venait enfin de comprendre la confusion, pouffa de rire.

— Alors c'est un hasard, que je prendrai pour un bon augure !

En laissant Delorenzi choisir un nom pour elle, Emma avait eu peur que celui-ci ne lui plaise pas et qu'elle se sente obligée de l'accepter tout de même et de le traîner ensuite sa vie durant. Mais avec ce nom d'Albani, et l'anecdote qui s'y rattachait, la jeune femme fut rassurée. Le nom lui plaisait et ses rêves allaient pouvoir changer.

Elle n'imaginerait plus voir « Emma Lajeunesse » écrit en gros caractères en haut des affiches d'opéras.

Désormais, elle serait Emma Albani.

7

— Nellie, as-tu vu mes gants en peau ? Tu sais bien, les gris perle, avec des boutons nacrés ?

Chez madame Morelli, à l'étage où logeaient les sœurs Lajeunesse depuis maintenant plus de six mois, c'était l'effervescence. Emma faisait des allées et venues entre sa chambre et celle de sa sœur, tandis que cette dernière passait son temps dans l'escalier, entre les partitions qui se trouvaient sur le piano du rez-de-chaussée et qu'elle voulait à tout prix emporter et les peignes en écaille qu'elle avait oubliés dans la véranda quelques jours plus tôt.

— Ah, la barbe ! fit Emma, agacée. Je n'arrive pas à mettre la main dessus… Je ne veux pas partir sans ces gants, alors il faudra bien que je les trouve !

La jeune femme avait payé ces gants une petite fortune dans une boutique milanaise quelques semaines auparavant. Ils étaient du dernier chic et elle ne les portait pas sans une certaine fierté. Avec eux, elle était à la mode et faisait concurrence aux belles Italiennes qu'elle croisait sur les trottoirs.

— Ils sont là ! s'écria Cornélia un moment plus tard en remontant une fois encore du rez-de-chaussée, un peu essoufflée par tant d'allers et retours dans l'escalier. Tu les avais laissés sur la console, dans l'entrée.

— Nellie, tu es la meilleure sœur du monde ! dit Emma en embrassant sa cadette avec un emportement exagéré, avant de lui prendre les précieux gants et de les fourrer dans son petit sac.

Les deux jeunes femmes achevaient de remplir leurs valises. Ce nouveau départ avait quelque chose d'infiniment excitant car, pour la première fois depuis leur arrivée en Europe, elles allaient s'offrir de véritables vacances : le Conservatoire leur donnait trois semaines de congé et elles en profitaient pour aller en Toscane.

Le seul à ne pas se réjouir avait été Francesco Lamperti, qui n'avait pas manqué de souligner que tout cela n'était qu'une précieuse perte de temps et d'énergie. Pour lui, les futurs artistes lyriques qu'il formait étaient pareils à de grands athlètes : il n'était pas question de se relâcher ! Il avait donc copieusement abreuvés ses élèves de recommandations pour entretenir leur voix et les avait engagés à ne pas se laisser aller à la paresse, même pour une semaine. Tous les élèves avaient quitté le Conservatoire avec en poche une longue liste d'exercices et la perspective d'un suivi pour le moins rigoureux à leur retour.

Mais rien n'aurait pu entacher l'enthousiasme d'Emma et de Nellie pour ces vacances, car elles ne partaient pas seules.

En effet, depuis son arrivée à Milan, Emma s'était liée d'amitié avec quelques étudiants de son cours, ainsi qu'avec Russel, le jeune baryton qui vivait chez madame Morelli. Les membres de cette joyeuse bande se retrouvaient régulièrement à la sortie du Conservatoire pour finir la soirée tous ensemble dans un restaurant, ou bien pour improviser des sorties. Sous l'impulsion de quelques-uns, ces vacances qui auraient dû ressembler à quelques gentilles activités dans les parcs de Milan se transformèrent bien vite en un voyage de trois semaines à Florence et dans les alentours, pour visiter la Toscane.

Trois semaines de liberté totale en compagnie de garçons et de filles de son âge, Emma n'en demandait pas tant ! Et comme ses amis n'avaient fait aucune difficulté pour qu'elle emmène sa sœur avec elle, les deux femmes se retrouvaient maintenant avec des bagages par-dessus la tête, ne sachant plus si elles devaient emporter ce joli chapeau de paille tressée ou cette ombrelle de soie, et incapables de décider quels souliers seraient les plus appropriés pour arpenter les rues de Florence et les petits sentiers poussiéreux des vignobles environnants.

Pendant qu'elles s'agitaient, Fanny, la violoniste qui était un peu plus âgée et ne se mêlait jamais au groupe, faisait résonner son instrument derrière la porte de sa chambre, sans se préoccuper de ce qui se passait chez ses voisines de palier. Elle allait certainement profiter de ces trois semaines pour étudier son violon en toute tranquillité, et elle agissait comme si ses colocataires étaient déjà partis.

À l'étage du dessous, Russel faisait ses vocalises. Il semblait, lui aussi, insensible au remue-ménage qui se déroulait au-dessus de sa tête. C'était un jeune homme tranquille et plein d'aplomb, qui avait déjà bouclé ses deux petites valises depuis un bon moment. Il attendait qu'on vienne le chercher en passant le temps de façon efficace. Bien qu'il ne soit pas un élève de Lamperti, son propre professeur de chant avait lui aussi exigé un entraînement vocal quotidien, ce à quoi il s'employait pour le moment avec docilité.

Dans les chambres des filles Lajeunesse, les vêtements prirent lentement place dans les bagages après avoir été maintes fois pliés, rangés, ressortis, examinés, puis rangés à nouveau. Nellie finit par restreindre le nombre de partitions de piano qu'elle voulait emporter et plia parmi elles le clavier de papier que sa sœur lui avait dessiné et dont elle ne s'était finalement jamais séparée. De son côté, Emma résolut enfin son épineux problème en arrêtant son choix sur une paire de bottines de cuir brun assez épais qu'elle avait portées tout l'hiver. Elles étaient probablement un peu chaudes, mais elles avaient au moins l'avantage de résister à tout.

Contre toute attente, vers la fin de la matinée, les deux sœurs furent prêtes et descendirent enfin leurs bagages pour attendre dans la véranda, en compagnie de Russel, qu'on vienne les chercher. À l'heure dite, on sonna effectivement à la porte et madame Morelli alla ouvrir. Depuis quelques mois, la vieille femme voyait d'un mauvais œil cette bande de jeunes gens et de jolies demoiselles qui débarquaient chez elle sans trop de manières, en riant et en s'agitant, pour inviter ses locataires à sortir. Aujourd'hui ne fit pas exception. Elle se sentait responsable du bien-être de ceux qui vivaient sous son toit, et elle n'appréciait pas de les voir partir si loin et si longtemps sans adultes pour les superviser. Néanmoins, n'étant que leur logeuse, elle n'avait pas assez d'autorité sur eux pour les empêcher d'agir à leur guise : elle se contenta donc d'afficher sa désapprobation en se montrant plus revêche encore qu'à l'habitude.

Dès qu'il aperçut ses camarades, Antonio, un jeune Italien de bonne famille qui semblait s'être autoproclamé capitaine du groupe, s'exclama avec un grand sourire :

— Êtes-vous prêts ? En route pour la Toscane, mes amis ! Les autres sont déjà à la gare et nous attendent avec impatience !

— Allons-y, mesdemoiselles, dit Russel en écho.

Sous le regard soupçonneux de la vieille madame Morelli, et sans troubler le moins du monde le son du violon qui résonnait toujours à l'étage, les sœurs Lajeunesse furent escortées par leurs deux amis jusqu'à la voiture dans la rue.

Ils étaient une douzaine, en tout. Tous entre dix-huit et vingt-quatre ans, et ravis de profiter de leur statut de jeunes adultes pour partir ensemble sans, pour une fois, être chaperonnés par leurs familles. Exception faite de Nellie qui était pianiste, tous les autres chantaient, dans différents pupitres, et étudiaient au Conservatoire pour tenter leur chance sur les planches des opéras. La plupart étaient des élèves de Lamperti avec qui Emma chantait régulièrement lors des cours en groupe. Avec le temps, une joyeuse équipe s'était formée, à laquelle Nellie puis Russel avaient été progressivement intégrés.

Sur le quai de la gare, une nouvelle pièce rapportée attendait timidement qu'on veuille bien la présenter aux autres. François, un étudiant français, avait prévenu qu'il emmènerait sa sœur avec lui.

— Voici Sophie, présenta-t-il lorsque les derniers arrivants eurent rejoint la petite troupe qui s'était formée sur le quai. Sophie, tu connais déjà Antonio. Voici Russel Holmes, et Emma et Nellie Lajeunesse.

— Albani, répondit spontanément Emma. Je suis Emma Albani.

François se tourna vers la jeune femme.

— Comment, Albani ? dit-il.

— C'est mon nom, désormais. Mon nom de scène.

— Oh ! J'ignorais que toi aussi tu te lançais dans cette mode de changer de nom. Albani, dis-tu ? C'est assez joli…

— Joli ? s'écria Antonio qui venait en renfort avec sa gestuelle envahissante. Joli ? Mais ce n'est pas joli, c'est superbe, tu veux dire ! Emma Albani ! Pense à ce nom, inscrit en lettres d'or en haut d'une des affiches de vos théâtres parisiens, en très gros caractères… Quelle élégance ! Emma, tu as parfaitement raison de changer de patronyme, et c'est un excellent choix que tu as fait là. C'est le nom d'une famille très respectée ici, en Italie, et tu nous feras honneur en chantant dans tous les théâtres du monde avec ce nom-là ! Après tout, qu'est-ce que c'est que ce pauvre petit nom de Lajeunesse en comparaison du superbe Albani ! Les gens oublieront bien vite ce nom obscur et sans intérêt pour se laisser éblouir par Albani. Avec Albani, tu pourrais tout aussi bien passer pour une Italienne, et le succès ne pourra rien faire d'autre que t'ouvrir les bras !

L'enthousiasme excessif et théâtral du jeune homme fit rire les autres. Emma, qui s'était un peu crispée en l'entendant dénigrer son nom d'origine, choisit de ne pas se froisser et de rire avec ses amis. Oui, elle avait décidé de devenir Emma Albani et ce ne serait sans doute pas la dernière fois qu'on la féliciterait de camoufler ses origines en faveur d'un nom plus glorieux. Nellie, qui avait visiblement eu la même réaction qu'elle, lui lança un coup d'œil sévère, mais les deux sœurs furent vite emportées par la frénésie du départ et l'on en resta là. Quant à la pauvre Sophie, quoiqu'elle fût plus âgée que son frère de presque deux ans, elle était nettement plus réservée. Dans toute cette agitation, elle se montrait plutôt gênée et avait bien du mal à mettre un nom sur tous les visages qui virevoltaient autour d'elle en parlant dans toutes les langues et avec tous les accents. Emma la rassura gentiment :

— Ne t'en fais pas, lui dit-elle, nous avons tous l'air un peu fous, mais nous ne sommes pas méchants !

Elle parvint à arracher un sourire à sa timide compagne, puis elles montèrent toutes les deux dans le train.

* * *

Le voyage se déroula dans la bonne humeur. Chaque fois que le train s'arrêtait en gare, toute la petite troupe descendait se dégourdir les jambes sur le quai. Une fois, il s'arrêta même suffisamment longtemps pour que les voyageurs puissent prendre un café : les demoiselles s'assirent alors sur une terrasse en bavardant, tandis que leurs compagnons, tout en galanterie, s'éparpillèrent autour d'elles comme des moineaux effarouchés pour trouver un serveur et faire apporter des rafraîchissements. Du côté des jeunes femmes, la conversation tourna bientôt autour des jupons et autres fanfreluches.

— Lorsque je suis allée à Paris, raconta Inès, j'ai fait confectionner une robe de moire identique à celle que portait Ophélie, dans *Hamlet*, que j'ai vu au théâtre cet hiver. Dès que j'ai aperçu cette robe sur scène, j'ai tout de suite su que je voulais la même pour mon portrait !

— Et finalement, as-tu été faire créer tes cartes comme tu le voulais ?

— Oui, bien sûr ! Avec ma robe de moire, l'effet est tout simplement merveilleux. Attendez que je vous montre…

Visiblement très fière du petit effet qu'elle produisait parmi ses amies, la jeune femme sortit de son sac un paquet de tirages photographiques imprimés sur des cartons et les fit circuler dans les mains curieuses qui se tendaient. Les commentaires allèrent bon train. *Hamlet* était le dernier opéra à la mode et, bien que la plupart des élèves n'aient pas encore eu l'occasion de le voir, ils en parlaient pourtant en experts.

— Oh, comme c'est joli! Je suis certaine que tu ferais une Ophélie fabuleuse, Inès!

— T'es-tu maquillée toi-même?

— Montre donc!

— J'aimerais tellement avoir mon portrait, moi aussi! Quand je pense que mes parents refusent de m'y emmener.

— C'est si pratique d'avoir une carte à proposer aux nouvelles personnes que l'on rencontre!

— Oui, appuya Inès. D'ailleurs, j'ai fait inscrire mon nom et mon adresse au verso.

— Tu aurais dû indiquer que tu chantes à l'opéra. Mon oncle, qui est professeur de dessin, a fait mettre sa profession au verso et il a toujours une demi-douzaine de cartes sur lui pour les distribuer.

— C'est vrai, mais après tout je suis bien vêtue en Ophélie, non? Qui serait assez nigaud pour ne pas comprendre de quoi il s'agit?

— Voyons voir… moi, par exemple? dit Antonio dont le commentaire fit éclater de rire toute l'assemblée.

Les photographies circulèrent alors parmi les jeunes hommes, chacun admirant avec un enthousiasme poli la qualité de la photo et la beauté du modèle. Inès, ravie d'être au centre de l'attention, rougissait délicieusement.

— Ella a raison, dit Sophie en s'adressant à Emma. C'est une excellente idée de se faire photographier. De plus en plus de gens utilisent ces cartes pour s'introduire en société. Tu pourrais sans doute faire la même chose, Emma, non ?

— Pourquoi pas ? répondit cette dernière en observant, admirative, le portrait d'Inès qu'elle tenait encore entre ses doigts.

On ne profita pas plus longtemps de la terrasse du café, car le train repartait déjà. Brusquement rappelés par les coups de sifflet du chef de gare, les jeunes gens abandonnèrent la table dans un grand fracas de chaises pour se précipiter en courant et en riant vers leur wagon. Ce ne fut qu'après que le train se fut ébranlé qu'Emma s'inquiéta de savoir si sa sœur se trouvait dans le train. Nellie n'était pas loin. Elle était en grande conversation avec Inès, en qui elle avait trouvé une interlocutrice idéale pour discuter des dernières toilettes à la mode. Emma se détendit. Toute à sa conversation avec Sophie et à l'excitation du voyage, elle en perdait presque ses réflexes de grande sœur responsable.

Comme le train ne contenait pas de couchettes, les voyageurs descendirent à Bologne pour y passer la nuit. L'ambiance était déjà à la fête et, bien qu'ils n'aient pas le temps de réellement profiter de la ville, ils passèrent la soirée dans un charmant restaurant où Antonio se chargea d'animer les conversations.

Ce ne fut qu'avec le premier train du matin qu'ils arrivèrent enfin à Florence. Dans le groupe, aucun des jeunes étudiants ne connaissait la ville, pas même ceux d'entre eux qui étaient Italiens. Ils s'étaient donc renseignés d'avance pour savoir dans quel hôtel il serait bon de séjourner et quelles activités ils pourraient faire une fois en ville. Mais il sembla qu'à la descente du train tout était déjà oublié. Dans un véritable capharnaüm où chacun s'interpellait, vérifiait ses bagages, s'inquiétait de la direction à prendre et cherchait l'adresse qui semblait avoir mystérieusement disparu, la petite troupe finit par se diriger vers la sortie de la gare. Antonio héla plusieurs voitures. Au bout d'un moment, tout le monde put se détendre : on était en route vers l'hôtel.

Après avoir ouvert leurs valises, éparpillé leurs affaires sur les tablettes des armoires et demandé de l'eau pour se rafraîchir, les jeunes femmes descendirent enfin de leurs chambres. L'après-midi s'achevait. Leurs compagnons les attendaient à l'extérieur, en buvant une bière légère sur une terrasse ombragée par une tonnelle, et ils les accueillirent avec de grands cris et des exclamations à n'en plus finir sur leurs jolies toilettes et le temps qu'elles avaient mis à se préparer. À leur tour, les demoiselles s'installèrent sur la terrasse en attendant que l'on décide du programme de la soirée.

Pour Emma, comme pour les autres, l'heure était au plaisir. Il faisait délicieusement frais, sous cette tonnelle, et la grenadine que lui apporta Russel était exquise. Nellie, qui connaissait bien les amis de sa sœur et avait été adoptée par la petite troupe depuis longtemps déjà, prenait de l'indépendance et pour une fois s'éloignait de son aînée pour bavarder avec d'autres. Emma, dès lors, n'avait plus à se soucier que d'elle-même et à profiter pleinement de son temps libre. Tout en écoutant d'une oreille le bavardage de Sophie et d'Inès, elle regardait d'un œil amusé le comportement de ses amis autour d'elle. Les garçons s'empressaient auprès de leurs compagnes avec une galanterie excessive, prenant leur devoir très au sérieux et s'assurant à tout instant qu'elles ne manquaient de rien. Antonio, quant à lui, ne cessait de faire le pitre pour amuser tout le monde. Les rires fusaient autour des tables ; l'ambiance était à la fête.

Emma sortit brusquement de ses rêveries quand Sophie quitta la table pour remonter un moment dans sa chambre. En se levant, ses jupes avaient frôlé le bord de la table et fait tomber à terre les jolis gants gris perle qu'Emma avait posés là, avec son petit sac, en attendant la sortie du soir. La chanteuse se pencha pour les ramasser.

— Un instant, je vais t'aider…

Russel avait surgi de nulle part et s'était déjà agenouillé au pied de la table pour ramasser les gants, alors qu'Emma se penchait sur l'accoudoir de son fauteuil pour faire de même.

— Voilà, dit-il avec un sourire en lui tendant les gants.

— Merci, répondit-elle.

— C'est une bien jolie bague, que tu as là. Un bijou de famille ?

Emma se raidit brusquement. Quand elle s'était baissée, la bague s'était échappée de son corsage où elle la maintenait toujours, et le bijou pendait sur sa poitrine au bout de sa chaîne dorée.

La jeune femme ne put s'empêcher de rougir légèrement.

— Euh… oui, un bijou de famille, répondit-elle en bredouillant.

Russel n'insista pas, mais il ne détourna pas les yeux lorsque Emma rentra vivement la bague sous son corsage.

Emma en arrivait à oublier totalement qu'elle était fiancée ; ce n'était que lorsqu'elle voyait cette bague qu'elle se souvenait de Jonathan. La vie à Paris, puis à Milan, ne lui avait laissé aucun répit. Si, au début, elle avait été assez régulière dans sa correspondance, ce n'était plus le cas désormais. Elle avait de moins en moins de temps à consacrer à cette relation à distance qu'elle sentait s'étioler au fur et à mesure que le temps passait, sans qu'elle ait la moindre envie de rectifier la situation. Avec le recul, elle se disait que ces fiançailles-là n'avaient été qu'une mascarade à laquelle elle s'était prêtée pour négocier un peu de liberté face à un Jonathan trop envahissant.

Elle n'avait fait que gagner du temps. Il lui faudrait bien, un jour, régler cette malheureuse affaire pour de bon.

* * *

Durant la semaine, le petit groupe partit à la découverte de la ville. On passa des heures dans les musées ou à arpenter les rues en admirant les superbes façades sculptées, on visita les églises et les théâtres, on se rafraîchit à l'ombre des arbres et au bord des fontaines. Il faisait chaud, à Florence, aussi ne sortait-on le plus souvent qu'en fin de journée, après avoir consacré la matinée à bavarder tranquillement à l'hôtel ou à profiter des jardins. Dans la salle du restaurant se dressait un piano où Nellie et plusieurs amis jouaient et chantaient pendant des heures, pour le plus grand plaisir des autres clients. Le soir, après avoir passé quelques heures en ville, on cherchait un restaurant et on s'attablait de bon cœur en faisant circuler les plaisanteries et les bouteilles de rosé.

Quelques couples ne tardèrent pas à se former. Ce n'était un secret pour personne qu'Antonio ne résistait pas aux charmes d'Inès. Mais pour le moment, la jeune femme se laissait désirer, alimentant les rires étouffés de ses amies dès que le bel Italien s'approchait d'elle. François eut plus de chance avec Adèle qui, après quelques jours, ne lâcha plus son bras. Emma surprit même les amoureux au détour d'un couloir en train d'échanger un discret baiser.

Nellie lui fit aussi des confidences, un soir dans leur chambre d'hôtel. Elle lui avoua, rougissante, que Gilbert avait tenté de lui prendre la main, sous les arcades d'un vieux marché qu'ils avaient visité dans le courant de la journée. En imaginant la scène, Emma avait éclaté de rire et provoqué la fureur de sa sœur qui n'avait pas prévu qu'on se moquerait d'elle. Cela ne changea rien à l'affaire : la timide Nellie n'était pas prête à se laisser approcher et le pauvre Gilbert en fut pour ses frais. Quant à Emma, elle papillonnait ici et là, agréable et souriante. Elle laissait Russel lui ouvrir la porte, ou bien elle prenait le bras d'un autre pour franchir une rue mal pavée, mais toujours avec une franchise et une politesse irréprochables, et sans jamais faire preuve de favoritisme à l'égard de quiconque.

Après une dizaine de jours passés en ville, Antonio proposa une excursion un peu plus loin dans les terres, pour visiter les villages et les vignobles. Comme tous approuvèrent, on envoya des messages aux auberges qui pourraient les héberger, puis on loua deux voitures pour transporter toute la bande en Toscane.

Loin de la ville et de ses musées, les journées furent bientôt remplies par de longues promenades dans la campagne. Emma bénit les solides bottines qu'elle avait emportées : alors qu'elle profitait largement des superbes paysages que ses pas lui faisaient découvrir, les autres demoiselles, visiblement moins bien équipées, se plaignaient beaucoup des cailloux des chemins et de l'impitoyable soleil. Emma soupçonnait même certaines d'entre elles d'en faire beaucoup pour le simple plaisir de voir leurs cavaliers se dévouer à tout moment. Une fois, lors d'une de ces promenades, Inès se trouva si mal qu'Antonio dut arrêter la charrette d'un paysan pour la raccompagner jusqu'à l'auberge. Mais en voyant le demi-sourire de la jeune femme, Emma comprit qu'elle n'avait cherché qu'à créer une occasion de plus de se trouver en tête à tête avec son prétendant.

Heureusement, les filles n'étaient pas toutes dans cet état d'esprit. Sophie, avec qui Emma s'entendait très bien et passait la plupart de son temps, n'était pas du genre à minauder pour attirer l'attention des garçons. Lorsqu'un jour elle se plaignit sincèrement de la chaleur et d'une douleur au pied, Emma n'hésita pas.

— Arrêtons-nous ici ! proposa-t-elle en désignant un petit monticule herbeux près du ruisseau que le groupe suivait depuis un moment.

Sans attendre le consentement des autres, qui s'étaient éparpillés un peu plus loin sur le chemin, elle prit Sophie par le bras et l'emmena s'asseoir à l'ombre des arbres. La fraîcheur bienfaisante du ruisseau se fit aussitôt sentir et Sophie remercia son amie d'un sourire.

— Tu devrais mettre tes pieds dans l'eau, dit Emma. Cela te ferait du bien.

— Ici? Mais… je n'oserais jamais. Cela ne se fait pas, voyons!

— Vraiment? répondit Emma en riant.

Elle se mit aussitôt en devoir d'enlever ses bottines. Et c'est solidement plantée sur ses deux jambes en plein milieu du ruisseau, ses jupes relevées sur ses mollets, qu'elle appela le reste de la bande en faisant de grands gestes.

— L'eau est délicieuse! Venez!

Les jeunes femmes qui arrivaient sur le chemin ouvrirent de grands yeux en la voyant: Emma osait ce qu'aucune d'entre elles ne se serait permis. Elles hésitèrent à la suivre. Plus pragmatiques, les garçons ne virent là qu'une occasion de se rafraîchir de façon agréable. Ils rejoignirent Emma en quelques bonds, relevant déjà les manches de leurs chemises et le bas de leurs pantalons. En peu de temps, Nellie suivit sa sœur. Elle vint rafraîchir ses pieds et ses bras dans le ruisseau sans plus de manières, tandis que Sophie, plus réservée, se contenta de s'asseoir au bord et de faire tremper ses pieds douloureux dans l'eau. Les autres demoiselles s'installèrent sagement dans l'herbe et observèrent leurs amis d'un œil circonspect.

— Ces Canadiennes, tout de même! dit Adèle en pinçant les lèvres. Ce n'est pas très correct de relever ses jupes comme ça, surtout en compagnie des hommes!

— C'est possible, mais il fait une telle chaleur, après tout, répliqua Inès. Je crois bien que je vais suivre leur exemple!

Si Adèle ressemblait déjà à la matrone sévère qu'elle deviendrait certainement un jour, Inès, au contraire, avait l'âme aventureuse. Elle retira donc ses bas et ses bottines, agrippa ses jupes d'une main et descendit dans le ruisseau en cherchant son équilibre. Avec une participante de plus, ce qui n'était au départ

qu'un rafraîchissement devint vite un jeu : on cherchait d'hypo-
thétiques poissons et écrevisses, on ramassait des cailloux
brillants, les garçons aspergeaient les filles pour les faire rire et
crier, et les demoiselles trop sages qui étaient restées assises sur
la berge regardaient tout cela avec envie.

Finalement, Antonio sortit les gourmandises et les deux
bouteilles de vin léger qu'on avait apportées. Tout le monde
s'installa sur les rochers ou dans l'herbe pour improviser un
petit goûter. Les jupons mouillés et les pieds nus s'étalèrent au
soleil sans la moindre décence. Les filles avaient les cheveux
humides et les joues roses d'avoir tant ri, et les garçons avaient
depuis longtemps abandonné leurs cravates et ouvert leurs cols
de chemise. On oublia d'un commun accord cette petite
chapelle romanesque de l'autre côté de la colline qui était, au
départ, le but de la randonnée. Ils étaient si bien, sous les arbres,
bercés par le bruit du ruisseau, que personne n'avait envie de se
rendre plus loin.

Au fur et à mesure qu'il tournait, le soleil encore chaud
grignotait progressivement le peu d'ombre qui restait sous les
arbres. Lorsque les demoiselles se furent recroquevillées dans
un coin à force d'éviter les rayons, Antonio décida qu'il se faisait
tard et qu'il était temps de retourner au village. Avec un regret
évident, les jeunes femmes qui s'étaient mouillées entreprirent
de remettre leurs bottines. Elles se heurtèrent alors à un
problème délicat : comment remonter discrètement leurs jupons
sur leurs genoux pour pouvoir renouer leurs bas sans paraître
provocantes aux yeux des jeunes hommes qui les accompagnaient ? Heureusement, après un instant de malaise, ces
derniers comprirent qu'il serait plus galant de leur part de bien
vouloir s'occuper à autre chose pendant que les demoiselles se
rhabillaient. Ils se mirent tous à préparer le départ et à tourner
ostensiblement le dos. Cela n'empêchait pas, malgré tout, les
coups d'œil discrets. Et tandis qu'Emma déroulait un de ses bas
le long de sa jambe nue et le nouait adroitement au-dessus du
genou, elle surprit le regard furtif de Russel sur elle. La seconde
d'après, le jeune homme s'était détourné, mais Emma se

demanda depuis quand il profitait du spectacle. Gênée, elle préféra éviter sa compagnie pour le restant de la journée.

Ils passèrent encore une semaine dans la campagne toscane avant de songer à redescendre vers Florence. Ils firent plusieurs autres promenades – quoique de moins en moins longues, car Inès se plaignait toujours aussi souvent, vite secondée par Adèle – et visitèrent quelques vignobles et quelques lieux pittoresques. Quand ils virent les environs de leur auberge se décorer de fleurs et de guirlandes pour la fête du village qui devait avoir lieu prochainement, ils s'organisèrent pour faire de cette soirée la conclusion de leur excursion avant de rentrer à Florence, puis à Milan.

On fêtait le saint patron du village, représenté par une statue de bois peint qui ne sortait de son église qu'à de rares occasions. La fête annuelle du village en était une : on célébra la messe, puis une procession d'enfants et de paysans promena la statue du saint dans les ruelles avant de l'exposer pour la journée sur la place principale. On avait décoré les maisons de guirlandes de papier et de fleurs, et préparé des bougies que l'on allumerait sur le bord des fenêtres le soir venu. Un grand repas fut servi sur la place du village. Pendant tout l'après-midi, les hommes se livrèrent à des jeux rustiques qui rappelaient à Emma son Canada natal, tandis que les femmes sortaient leurs aiguilles et s'attelaient à la broderie d'une immense banderole commune. Des enfants couraient en tous sens, quelques vieux faisaient la sieste sous les arbres, une ou deux matrones donnaient des ordres et veillaient à ce que tout se déroule selon les traditions du village. Les visiteurs, comme Emma et ses amis, étaient accueillis avec bienveillance pourvu qu'ils respectent les habitudes. Mais les paysans gardaient une certaine réserve ; aussi les jeunes gens restèrent-ils entre eux, un peu à l'écart.

Le soir, une fois la nuit complètement tombée, on alluma les bougies aux fenêtres, ainsi que des lanternes de papier qu'on avait accrochées dans les arbres autour de la place principale. Une petite foule s'attroupa et un groupe de danseurs, leurs belles à leur bras, se lança au centre de la place. Voyant cela, Antonio entraîna aussitôt Inès. Les festivités reprirent de plus belle, le vin se mit à couler dans les verres sans même qu'on s'en rende compte. Assise sur la terrasse de l'auberge en compagnie de ses amis, Emma ne refusa pas l'invitation à danser d'un jeune paysan, tout fringant dans ses beaux habits de fête. Elle dansa longtemps, tantôt avec ses compagnons, tantôt avec des cavaliers improvisés qui, une fois sur la piste de danse, se montraient nettement moins réservés envers les étrangers qu'ils ne l'avaient été pendant l'après-midi.

— Mon Dieu, je n'en peux plus! s'exclama-t-elle en se jetant sur sa chaise après une autre danse. La tête me tourne!

— C'est à cause de ce vin, dit Adèle. Il me donne mal à la tête depuis un moment!

— Tu n'en as pas bu assez, voilà tout, répliqua Antonio avec un sourire. Ou alors tu n'as pas assez dansé! Regarde ton pauvre François, obligé d'aller chercher une partenaire ailleurs!

— C'est elle qui est venue le chercher! grinça Adèle en regardant son prétendant faire valser une jeune et jolie Italienne du village. Voilà une chose que je ne comprends pas, d'ailleurs. Les jeunes femmes n'invitent pas les jeunes gens, chez moi. Mais je suppose que ce sont les habitudes du village, et François aurait été bien malpoli de refuser. C'était tout à fait impossible.

— Cela va sans dire, dit Antonio avec un sourire. Tout à fait impossible.

L'ironie de sa remarque n'échappa ni à Emma ni à Russel, et ils se retinrent tous les deux de rire. Antonio mettait un malin plaisir à taquiner ses amis, en particulier ceux qui, comme Adèle, n'avaient pas d'humour. Effectivement, la partenaire de danse de François était vraiment ravissante. Piquée au vif, Adèle se leva instantanément. Elle se dirigea droit sur les deux danseurs pour revendiquer son droit à danser avec François. Ce ne fut que lorsqu'ils la virent renvoyer la villageoise sans ménagement qu'Emma et Russel éclatèrent de rire.

— Oh! fit Emma, que le rire étourdissait encore plus. J'ai réellement la tête qui tourne…

— Peut-être devrais-tu aller prendre un peu d'air frais, loin de la musique? dit Russel. Viens, je t'accompagne.

De fait, Russel la dirigea plutôt qu'il ne l'accompagna. Accrochée à son bras, Emma luttait contre le mal de tête qui la guettait. L'air de la nuit lui fit du bien. Ils déambulèrent un moment dans les rues du village en bavardant. Les bougies aux fenêtres éclairaient faiblement les pavés, mais hormis cela les maisons étaient plongées dans le noir et semblaient vides. La plupart des villageois étaient à la fête.

Soudain, alors qu'ils tournaient un coin de rue pour repartir en direction du village, Russel attrapa Emma par la taille et l'attira contre lui, sous une porte cochère. La jeune femme n'eut pas le temps de pousser un cri: Russel avait déjà posé ses lèvres sur les siennes.

Sur le coup, Emma, stupéfaite, réagit sans penser à ce qu'elle faisait et lui rendit son baiser. C'était la première fois qu'un homme la tenait ainsi par la taille, la serrant contre lui de si près qu'elle sentait son souffle lui chatouiller le visage. Après avoir vu tant de ses amies se laisser embrasser discrètement sous les feuilles ou au détour d'un couloir, elle se sentait satisfaite, comme si elle était en train de passer une étape décisive.

C'était enfin son tour.

L'instant d'après, pourtant, elle réalisa ce qui se passait. Sans un mot, elle se dégagea et s'enfuit en courant.

* * *

Le retour à Milan se fit avec la même bonne humeur que s'était effectuée l'allée, même si tous étaient déçus que leur congé soit terminé. Ils revenaient, éclatants de vie et de santé, avec de belles couleurs aux joues, remplis de ce grand air et de ce beau soleil qui les avaient accompagnés sur les sentiers. Même Emma, dont la peau laiteuse rougissait facilement, avait fini par prendre quelques teintes dorées. Le grand air et l'exercice semblaient avoir eu sur elle le plus bel effet car, dans le miroir, sa silhouette s'était affinée. Ses épaules et ses joues restaient encore potelées, mais sa taille semblait plus mince et ses poignets, plus délicats. À vingt et un ans, elle devenait tranquillement une belle jeune femme.

Les cours reprirent, la petite monotonie de la vie de tous les jours aussi. Malgré les exercices cent fois répétés et les perpétuels commentaires de Lamperti qui semblait n'être jamais totalement satisfait, Emma savait qu'elle avait considérablement progressé depuis qu'elle était entrée au Conservatoire. Si Duprez avait été une réelle porte d'entrée vers le monde de l'opéra, habituant son élève à un travail assidu et lui faisant entrevoir les rigueurs d'une vie de chanteuse professionnelle, Lamperti, de son côté, était l'épreuve ultime. Avec lui, Emma gagnait des sommets jamais atteints auparavant. Elle sentait sa voix vibrer dans sa poitrine avec une intensité inégalée. D'ailleurs, elle parvenait maintenant à reconnaître l'approbation non avouée du maître dans certains tics qu'il avait, dans certaines attitudes qu'il adoptait. Au hasard d'un morceau, elle le voyait parfois quitter son rôle de professeur attentif pour se laisser emporter par la musique, comme un connaisseur qui savourerait avec un plaisir solennel et silencieux quelques gorgées d'un grand vin. Emma ne vivait plus que pour ces instants-là.

Les vacances semblaient avoir détendu tous les élèves, aussi Lamperti s'était-il emporté plusieurs fois, pestant contre le relâchement général. Emma avait échappé aux représailles : elle savait que le maître attendait de pied ferme le retour de congé de ses étudiants. Et malgré les quelques jours de paresse qu'elle s'était permis en Toscane, elle avait su maintenir son niveau et s'était montrée irréprochable. Le plus surprenant pour elle fut sans doute quand elle constata l'incidence notable que trois semaines de repos complet avaient eu sur la qualité du chant des autres élèves. Lamperti n'avait pas tort et Emma retint la leçon.

Dans la maison de madame Morelli, toutefois, un malaise s'était installé. Fanny semblait ne pas y être sensible, mais Nellie se doutait bien que quelque chose n'allait pas. Elle insistait pour que sa sœur accepte de la mettre dans la confidence, sans y parvenir. Emma gardait pour elle le souvenir du baiser volé. Elle se contentait d'agir de la façon la plus neutre possible avec Russel et ne lui adressait la parole que lorsqu'elle y était obligée.

Le jeune homme n'insista pas. Sans se départir de son humeur tranquille et enjouée, il se mit à éviter de se retrouver seul dans la véranda avec Emma. Ce changement d'attitude de la part des deux jeunes gens, s'il était assez discret pour qu'on le remarque vraiment, eut pour effet de modifier l'atmosphère dans les pièces communes. Après quelque temps, lorsqu'on eut enfin épuisé le sujet des souvenirs de vacances et l'enthousiasme qui les accompagnait, les soupers devinrent plus mornes. Même madame Morelli se rendit compte qu'on les expédiait de plus en plus rapidement.

Quant à Emma, cet épisode l'avait fait redoubler d'assiduité dans les lettres qu'elle écrivait à Jonathan depuis son départ des États-Unis, comme si elle se sentait coupable. Après tout, même si elle le regrettait maintenant, elle avait donné sa parole et devait la respecter tant et aussi longtemps que le contrat tacite aurait cours. Incapable de se défaire du malaise qui l'avait suivie à son retour de Toscane, elle retira la bague de fiançailles qu'elle portait au cou pour la laisser dans sa chambre, avec ses quelques bijoux.

Elle n'avait pas l'impression d'avoir laissé entendre à Russel qu'il lui plaisait. Ce n'était d'ailleurs pas le cas. C'était un garçon sympathique et tranquille, mais il était bien loin de l'enthousiasme débordant de Jonathan qui, s'il agaçait Emma, ne la laissait pas insensible. Par chance, le lendemain de la fête et du baiser volé avait été le jour du départ pour Florence, où les attendait le train qui allait les ramener à Milan. Dans la frénésie des bagages que l'on boucle une fois de plus et des dernières emplettes à effectuer, Emma n'avait eu que très peu d'occasions de se retrouver en présence de Russel. Ni l'un ni l'autre n'avaient souhaité revenir sur ce qui s'était passé. Visiblement, le fait qu'Emma se soit enfuie et ait cherché à l'éviter avait été un message clair pour le jeune homme.

Emma avait rêvé de tout autre chose pour son premier baiser. À une certaine époque, elle aurait bien laissé faire Jonathan, mais ce dernier n'avait jamais rien tenté d'autre que de lui caresser doucement la main. Et voilà que c'était Russel, sans crier gare, qui l'avait serrée contre lui et était parvenu à lui voler un baiser ! La jeune femme ne savait trop si elle devait trouver l'anecdote flatteuse. S'ils n'avaient pas vécu dans la même maison, elle aurait probablement cessé de le fréquenter, mais ils étaient bien obligés, maintenant, de vivre avec ce souvenir commun et de s'en accommoder.

* * *

Peu de temps après le retour de Toscane, Emma prit rendez-vous avec le photographe qu'Inès lui avait recommandé pour une séance de portraits. Elle s'y rendit en compagnie de Cornélia. Le photographe était un homme peu bavard, mais son regard attentif était rassurant. Il connaissait visiblement bien son métier. Après avoir détaillé les deux sœurs des pieds à la tête, il donna quelques indications à la femme qui l'accompagnait. Celle-ci se chargea de proposer aux clientes différentes tenues avant de les coiffer et de les maquiller. Emma n'avait pas, comme Inès, les moyens de se faire confectionner une robe sur mesure pour l'occasion, mais elle fut soulagée de constater que les costumes qu'on lui prêtait étaient tout à fait élégants. Ses photographies seraient sans doute aussi réussies que celles d'Inès en Ophélie.

Pendant que les jeunes femmes se préparaient, le photographe arrangea un décor composé de quelques accessoires d'intérieur disposés devant une lourde tenture de velours sombre. Il invita ensuite Emma et Nellie à prendre place. Quelques consignes par-ci, par-là, auxquelles les modèles obéirent docilement, furent suffisantes pour prendre plusieurs bons clichés. Le photographe fit des portraits des sœurs ensemble, puis de chacune séparément. Et même si Nellie se tenait de façon un peu raide, il semblait satisfait des résultats. À la fin de l'après-midi, les filles Lajeunesse quittèrent le studio ravies et impatientes de venir chercher la semaine suivante la cinquantaine de tirages qu'elles avaient commandés.

La journée avait été agréable, mais ce fut pourtant l'élément déclencheur d'une période qu'Emma, plus tard, ne se rappellerait jamais sans une certaine angoisse.

Pour régler le paiement des photographies, la jeune femme dut se rendre à la banque afin de retirer de l'argent. Elle constata alors que les économies que leur père leur avait fournies avaient considérablement baissé. Cela faisait plus d'un an qu'elle et sa sœur avaient quitté Albany, et la vie à Paris, puis le voyage et l'installation à Milan, avaient progressivement grugé leur pécule. Les vacances en Toscane venaient d'y porter un coup fatal. Pendant tout le séjour dans les environs de Florence, Emma n'avait pas voulu compter et s'était facilement laissée entraîner dans les activités que ses amis avaient proposées, ce qui multipliait chaque fois par deux les repas au restaurant, les frais de transport et les petits plaisirs.

Face au commis de la banque, stoïque et concentré sur son travail, Emma avait maintenu une expression tranquille et calme. Mais ce soir-là, de retour dans sa chambre chez madame Morelli, elle fit ses comptes. Elle se mit à compter soigneusement les quelques billets et la menue monnaie qu'il restait dans sa petite bourse, et elle griffonna sur un papier les dépenses qu'il fallait encore assumer au jour le jour pour continuer d'étudier au Conservatoire. Aux États-Unis, son père lui avait toujours laissé la responsabilité du ménage ; elle était donc habituée à tenir les comptes et à anticiper les dépenses. Mais depuis qu'elle était arrivée en Europe, elle n'avait plus ses repères habituels. Son appréciation de la valeur matérielle des choses s'était modifiée, et elle ne savait plus vraiment ce qui était abordable ou trop cher. À force de se dire qu'elle ne pouvait pas échapper à certaines dépenses si elle voulait arriver à son but, elle avait fini par débourser nettement plus que ce qu'elle aurait dû.

Le résultat de ses calculs fut sans appel : si sa décision de partir pour Milan au lieu de rester à Paris avait été coûteuse mais nécessaire – ses cours avec Lamperti portaient incontestablement leurs fruits –, le voyage à Florence, lui, avait été un véritable gouffre financier. Atterrée, Emma réalisait la magistrale erreur de jugement qu'elle avait faite en s'offrant ces vacances. Elle avait mis en danger ses objectifs pour ces quelques jours, certes très agréables, mais parfaitement inutiles pour la progression de sa carrière.

Elle ne pouvait même pas accuser sa sœur d'être plus dépensière qu'elle-même, car Nellie, toujours timide, avait d'abord craint la folie d'un tel voyage sans chaperon, ce qu'elle n'avait pas manqué de souligner. Devant ce résultat déplorable, le premier réflexe d'Emma fut de se tourner vers son père. Mais lorsqu'elle eut sorti une feuille blanche pour se préparer à lui écrire, elle se sentit brusquement honteuse. Le rouge aux joues, elle reposa sa plume. Joseph, qui avait tellement insisté sur la nécessité de la parcimonie et des dépenses bien justifiées, n'était pas au courant de ce fameux voyage en Toscane. Il ne manquerait pas de le reprocher à sa fille, et avec raison.

Pendant plusieurs semaines, Emma garda tout cela pour elle. Elle n'en parla pas à Nellie qui s'en remettait totalement à elle et ne cherchait pas à prendre sa part de responsabilités dans leur vie commune. Lorsque Emma, du jour au lendemain, décida qu'il fallait se serrer la ceinture et ne se permettre que l'indispensable, Nellie, toujours soumise, grimaça un peu mais se plia aux nouvelles règles. Sans personne avec qui partager ses tracas, Emma se laissa peu à peu distraire de ses études. Elle n'avait aucun revenu et, au train où allaient les choses, elle et

Nellie devraient quitter Milan dans quelques mois. Toutes les économies possibles sur le budget des deux sœurs devinrent carrément indispensables afin de payer le plus longtemps possible les cours du Conservatoire et la pension chez madame Morelli. Lorsqu'un jour la jeune femme, pressée par le temps, dut sauter un repas avant de se rendre au Conservatoire, elle vit là une nouvelle façon d'économiser.

Dès lors, Emma se mit à ne prendre que deux repas par jour. Malgré les avertissements de Lamperti lorsqu'il l'avait surprise au bord de l'épuisement, à l'époque où les deux filles Lajeunesse vivaient en haut du petit café du Français, Emma avait continué à sauter des repas de temps à autre quand son horaire chargé ne lui permettait pas de s'arrêter. Cette fois, elle en fit un véritable mode de vie. Elle commença par sauter le repas du midi, qu'en raison de ses horaires de cours elle avait toujours pris seule ou en compagnie d'amies du Conservatoire, et pour lequel il était facile de se cacher de sa sœur.

Les premiers temps, la faim la tenaillait terriblement, mais à la longue elle finit presque par s'y habituer, se sentant toute légère lorsqu'elle se rendait à son cours avec Lamperti. Elle songeait aux conseils de feu monsieur Martin, le regretté époux de madame Lafitte, qui mangeait toujours très peu avant de chanter. Toutefois, une fois les cours terminés, la jeune femme – affamée et épuisée par les efforts de concentration que lui demandait Lamperti – ingurgitait de grands verres d'eau pour tromper sa faim tandis qu'elle attendait le souper du soir de madame Morelli. Après quelques semaines, constatant avec soulagement que ses efforts n'étaient pas inutiles et qu'elle était parvenue à réaliser des économies conséquentes, Emma accentua la cadence et se mit aussi à manquer le petit-déjeuner.

Le souper, qui était le seul repas compris dans le prix de la pension et qu'elle prenait toujours sagement chez madame Morelli avec les autres locataires, devint dès lors son unique repas de la journée. Elle se mit à manger en plus grandes quantités pour tenter de compenser les manques. Elle parvenait parfois à glisser discrètement un morceau de pain dans son mouchoir qu'elle emportait pour le lendemain, mais les assiettes ne se faisaient pas pour autant plus grandes et Emma devait bien se contenter de ce qu'elle trouvait sur la table.

Quant aux cours du Conservatoire, ils n'en étaient pas moins exigeants. Bien que la jeune femme soit parvenue à faire illusion pendant quelques semaines, les conséquences ne tardèrent pas à se faire sentir : elle maigrit, devint plus pâle et plus fatiguée de jour en jour. Elle se mit aussi à avoir des étourdissements, notamment lorsqu'elle chantait trop longtemps. Plus grave encore, sa voix perdit en force et en clarté, ce que Lamperti ne manqua pas de remarquer ; il exigea dès lors un travail plus assidu. Emma tenta alors de compenser son malaise en buvant un peu d'eau sucrée avant chaque cours, ce qui lui donnait parfois assez d'énergie pour continuer à se montrer à la hauteur des attentes du maître.

Mais pas toujours.

Elle chantait, ce jour-là, le regard fixé sur la petite frise en relief qui courait le long des murs de la salle de classe pour garder sa concentration, lorsqu'en arrivant au bout d'une note difficile, qui exigeait beaucoup de souffle, elle fut prise d'étourdissements. Emma ne se laissa pourtant pas distraire ; elle se contenta de crisper ses doigts sur le piano près d'elle pour maintenir son équilibre et de pousser sa voix jusqu'au bout. Elle ne se rendit pas à la fin de la mesure. Sans remarquer le regard acéré de Lamperti qui s'était tourné vers elle dès qu'il avait entendu sa voix faiblir et qui l'avait ensuite vue devenir aussi blanche que son corsage, la jeune femme sentit les murs autour d'elle se mettre à tourner. Sans qu'elle s'en rende compte, ses jambes cessèrent soudain de la porter et elle s'effondra.

Pendant une minute étrange, Emma oublia tout du chant, de la salle du Conservatoire, de Lamperti et de la pianiste à ses côtés. Elle était transportée dans un rêve, identique à ceux qu'elle faisait quand elle rêvait profondément, et se laissait mener dans une aventure rocambolesque, contemplative et totalement irréelle.

Un petit pincement aux joues la fit pourtant revenir à elle, comme si elle s'éveillait le plus naturellement du monde après une nuit de sommeil. Elle était allongée près du piano, là où elle s'était effondrée. Quelques secondes après son réveil, le tournis la reprit.

— Non, n'essayez pas de vous redresser, mademoiselle, restez allongée, lui dit la pianiste agenouillée près d'elle.

— Mais enfin, quelle idée de se sangler aussi étroitement! tempêta Lamperti. Comment peut-elle respirer, et encore moins chanter, avec tout cet attirail? ajouta-t-il, pensant avoir trouvé là une occasion de plus de médire contre les corsets qui étouffaient les femmes.

La pianiste, qui avait elle aussi cherché à dénouer les lacets de la robe d'Emma pour lui donner de l'air, fronça les sourcils. Elle s'était attendue à trouver une jeune femme engoncée dans de multiples couches de vêtements – comme le voulait la nouvelle mode des tournures qui, si elle avait enfin abandonné les lourdes crinolines, avait allongé les corsets vers le haut. Mais Emma n'était pas à l'étroit dans ses vêtements. La pianiste trouva même le corsage plutôt lâche autour de la poitrine.

— Je ne crois pas que le problème vienne de sa respiration, dit-elle en se tournant vers Lamperti. Maître, pouvez-vous me passer ces petits bonbons au miel que j'apporte toujours avec moi?

Soucieux à son tour, Lamperti obéit. Emma ne fut autorisée à se relever que pour se laisser tomber dans un fauteuil et croquer dans un ou deux bonbons accompagnés d'un verre d'eau.

— Eh bien, mademoiselle, quelle peur vous nous avez faite! dit Lamperti en voyant les couleurs revenir peu à peu sur les joues de son élève. Je pense que la leçon est terminée pour aujourd'hui.

— Votre sœur suit-elle ses cours au Conservatoire aujourd'hui ? demanda la pianiste. Elle devrait venir vous chercher.

Emma hocha la tête en guise de réponse.

— C'est une bonne chose, répliqua Lamperti. Je vais la faire appeler pour qu'elle vous raccompagne chez vous. Je vous engage, mademoiselle, à voir un médecin dès ce soir et à ne vous présenter à ce cours que lorsque vous aurez retrouvé assez de forces pour chanter convenablement.

Nellie arriva peu après, affolée par la mésaventure de son aînée. Après avoir englouti une poignée de bonbons au miel sur l'insistance de la pianiste, Emma se sentit un peu mieux et put quitter le Conservatoire au bras de sa sœur pour se faire ramener en voiture chez madame Morelli. En apprenant la raison de ce retour, la vieille dame mena ses deux pensionnaires dans la véranda où elle leur servit un thé bien chaud et sucré, accompagné de petits gâteaux qui achevèrent de dissiper les brumes dans l'esprit d'Emma.

Cette fois, Nellie comprit que quelque chose n'allait pas. Elle ne laissa pas sa sœur en paix avant d'avoir tout découvert. Elle ouvrit des yeux horrifiés en comprenant qu'Emma se privait de manger.

— Mais pourquoi fais-tu ça ? Tu ne te souviens pas de la période d'épuisement que tu as traversée quand nous étions au café ? Tu m'avais raconté que Lamperti t'avait disputée parce que tu avais sauté un repas et que tu manquais de forces pour chanter ! Alors pourquoi recommencer ?

— Parce que nous n'aurons bientôt plus d'argent, Nellie.

C'est en formulant cette simple phrase qu'Emma se rendit compte du grotesque de sa situation. Elle avait fait une sottise plus grande encore que lorsqu'elle avait décidé sur un coup de tête de suivre ses amis en Toscane, et elle s'était ridiculisée devant Lamperti en personne. Mise au pied du mur devant sa propre bêtise, Emma raconta toute l'histoire à sa sœur ; elle accepta de bonne grâce que cette dernière se moque d'elle et lui reproche de ne pas lui avoir fait part plus tôt de la situation.

— Tu as fait une erreur de jugement, et alors ? La belle affaire ! Écrivons à papa pour lui expliquer ce qui se passe, voilà tout ! Il pourra certainement nous envoyer un peu d'argent. Après avoir fait maints efforts pour arriver où nous en sommes toutes les deux, ce serait bête de tout remettre en question maintenant, non ?

Habituée à toujours s'en remettre à l'autorité la plus proche, Nellie n'eut aucune difficulté à écrire à son père pour lui expliquer qu'Emma et elle commençaient à manquer d'argent, sans s'appesantir toutefois sur la façon dont elles l'avaient gaspillé. De plus, elle eut la délicatesse de passer sous silence le stupide régime forcé de son aînée.

Emma recommença à se nourrir convenablement ; elle reprit rapidement le poids qu'elle avait perdu. Elle ne garda de cette aventure que la satisfaction d'avoir définitivement perdu ses joues de bébé : son visage s'était affiné et les jolies pommettes qui s'étaient dessinées restèrent intactes lorsque ses épaules, ses bras et ses hanches se furent de nouveau doucement arrondis. Quand à Joseph, il ne fit aucune difficulté pour envoyer quelques semaines plus tard les économies qu'il avait réalisées depuis le départ de ses filles.

8

À Milan, l'automne n'était arrivé que sur les calendriers. Le soleil toujours aussi chaud et les feuilles des arbres qui refusaient de changer de couleur indiquaient encore un été florissant bien que l'on fût déjà à la fin de septembre.

Pour les sœurs Lajeunesse, la vie s'écoulait avec douceur et confort. L'indépendance d'Emma et de Cornélia ne faisait que s'affirmer avec le temps. Elles se promenaient de longues heures dans la ville et rendaient des visites de courtoisie à l'une ou l'autre de leurs amies. Parfois, elles descendaient prendre le thé sur une terrasse au bas de la rue – le seul vrai luxe qu'elles s'accordaient depuis qu'elles avaient dû serrer les cordons de leur bourse –, passant des heures à bavarder de choses et d'autres et à se conduire en dames. Cela se voyait autant dans leur façon de s'habiller que dans l'attitude que les serveurs et les commis adoptaient lorsqu'ils s'adressaient à elles.

Si Nellie sortait de sa timidité lorsqu'elle se mêlait aux camarades de sa sœur, elle n'avait toujours pas d'amis à elle, habituée qu'elle était à se laisser guider sans réussir à aller spontanément vers les autres. Emma, en revanche, laissait s'épanouir sa confiance en elle. En suivant l'exemple de certains étudiants de Lamperti qui cherchaient toutes les occasions pour lancer leur carrière, elle avait chanté lors de quelques concerts organisés par des théâtres de la ville. À la longue, elle s'était créé un petit réseau de connaissances et d'habitués. Elle avait désormais quelques engagements réguliers dans deux salles de spectacles et elle se produisait sur scène aussi souvent que ses cours au Conservatoire le lui permettaient. Lamperti le répétait souvent : toutes les occasions étaient bonnes pour monter sur les planches et chanter devant un public. Car s'il leur enseignait la technique, c'était en se produisant sur scène que ses élèves apprendraient réellement leur métier.

Le reste des loisirs des sœurs Lajeunesse se déroulait dans les musées. Depuis les quelques mois qu'elle avait passés à Paris, Emma se passionnait pour toutes les formes d'art. Elle ne se lassait pas d'arpenter les musées et les galeries, admirative devant les statues, les peintures, l'architecture. Contrairement à Nellie, qui ne vivait que par et pour une musique impalpable, Emma se destinait à une carrière théâtrale, là où les artistes portaient des costumes, évoluaient dans des décors, interprétaient des rôles parfois historiques ou mythologiques. Elle savait que sur une scène d'opéra tous les arts se mêlaient les uns aux autres. Elle observait donc les statues antiques, étudiait la beauté des postures des corps ou l'émotion exprimée dans la délicatesse d'une main, et s'en inspirait pour ses concerts. Elle cherchait la douceur ou la violence dans les couleurs des tableaux, les drapés des vêtements de femme. Elle faisait face à la grandeur des lieux, des coupoles, des tonnelles, pour sentir l'espace autour d'elle et apprendre à s'y déplacer. Tous les arts lui semblaient soudain de formidables alliés, venus soutenir sa voix et amplifier les émotions qu'elle y transmettait.

Avec Lamperti, la jeune femme n'avait jamais aussi bien chanté. Elle connaissait maintenant précisément ce que le maître attendait d'elle et se soumettait avec bonne volonté à tous les commentaires qu'il émettait sur son travail. Elle se rendait compte que la qualité de son chant s'était considérablement améliorée depuis la chorale d'Albany ou les quelques concerts qu'elle avait donnés à Montréal. Ses amis disaient tous qu'en Italie le public était particulièrement exigeant et méfiant vis-à-vis des chanteurs étrangers, préférant de loin ses artistes nationaux. Aussi Emma mesurait-elle toute l'importance des hommages qu'elle recevait de la part des Italiens.

Ses cours d'élocution avec Delorenzi portaient eux aussi tranquillement leurs fruits. Lamperti avait lui-même constaté ses progrès sur ce plan : non seulement la qualité de son italien – qu'elle parlait maintenant presque couramment – s'améliorait, mais son élocution se faisait plus claire, quelle que soit la langue dans laquelle elle chantait. Même si elle ne comprenait toujours rien à l'allemand, cela ne l'empêchait plus de chanter correctement et distinctement, là où auparavant elle avalait toujours les consonnes.

En ce qui avait trait à Russel, le malaise notable du retour de Toscane avait, à la longue, fini par se dissiper. Lui et Emma n'avaient jamais reparlé de l'épisode du baiser, préférant agir comme si rien ne s'était passé. Lorsqu'il avait annoncé à la fin de l'été qu'il venait de se fiancer avec une jeune musicienne du Conservatoire, Emma l'avait félicité comme les autres. Elle avait même réussi à garder une expression impassible.

* * *

— Il paraît que Marta a décroché un contrat d'opéra ! Elle part chanter à Rome dans un mois !

Inès ne parvenait pas à cacher le pli amer de sa bouche tandis qu'elle faisait circuler la nouvelle parmi les jeunes sopranos, un matin où les élèves attendaient sagement devant la porte de leur classe.

— Quoi ? Si tôt ? Mais elle n'a pas la moitié de ton talent ou celui d'Emma !

— Est-ce que c'est un vrai contrat ? Quand l'a-t-elle obtenu ?

— Ce n'est pas un contrat qui circulait à Milan, tout de même ? Nous en aurions entendu parler, nous aussi !

— A-t-elle un premier rôle ?

Les questions fusaient de toute part dans le petit groupe d'étudiantes réunies en rangs serrés.

— Raconte, Inès ! finit-on par insister.

— Il semblerait qu'elle soit allée passer une audition à Rome, il y a plusieurs semaines, raconta alors Inès. Je ne crois pas qu'elle chante dans un grand opéra, je n'ai même pas retenu le nom, mais je sais qu'elle a décroché un premier rôle…

L'information, en survolant les têtes rassemblées et soudain silencieuses, laissait derrière elle la même âpreté qui durcissait le visage d'Inès. Les bouches se raidirent, les yeux papillonnèrent d'une fille à l'autre, et il se passa une seconde avant que l'une des élèves ne reprenne la parole.

— La petite cachait bien son jeu. Elle n'en a soufflé mot à personne !

— C'est vrai, mais à sa place j'aurais sûrement fait la même chose.

— À Rome ! Vous rendez-vous compte ?

— Moi, si j'avais entendu parler d'une audition pour un contrat à Rome, j'aurais…

— Oh, attention ! La voilà qui arrive !

Marta venait effectivement de faire son apparition au bout du couloir et se dirigeait vers la salle de classe avec le même naturel tranquille qu'elle avait toujours eu. Elle ne se doutait visiblement pas que ses camarades étaient désormais au courant de l'affaire. Les jeunes femmes, de leur côté, affichèrent toutes un air détaché, mais elles ne purent s'empêcher de jeter à Marta des regards en coin lorsque celle-ci s'arrêta auprès d'elles pour attendre, comme les autres, l'arrivée du maître et le début du cours. Dans le petit groupe, les conversations se turent brusquement et un malaise tangible s'installa.

Décrocher un contrat, c'était ce à quoi tous les élèves de Lamperti aspiraient, sans pour autant savoir comment y parvenir. Que l'une ait enfin réussi rappelait à toutes les autres qu'elles étudiaient avec acharnement sans avoir la certitude de plaire un jour à un directeur de théâtre et de monter sur scène.

Les novices devaient faire preuve d'un grand talent et participer au plus grand nombre de représentations possible afin d'acquérir l'expérience qui leur manquait et se faire remarquer.

Lamperti, ce jour-là, fut d'une humeur exécrable. Il faut dire que ses jeunes sopranos, troublées par l'annonce qu'elles avaient reçues, se montrèrent pour le moins inégales et distraites. Alors qu'il régnait habituellement entre elles une atmosphère agréable et détendue, le fait de savoir que l'une d'elles avait décroché un contrat et pas les autres avait soudain fouetté les sangs. Elles contenaient mal leur jalousie.

Cela empira avec les semaines. D'abord piquées dans leur orgueil, la plupart des artistes en herbe avaient redoublé d'ardeur pour trouver de petites scènes milanaises où se produire. Elles se disaient que si Marta avait réussi, elles pouvaient réussir tout autant, mais la réalité fut malheureusement différente. Si Inès, Emma et quelques autres obtinrent effectivement quelques engagements supplémentaires – quoique sans grande envergure –, la plupart des élèves n'eurent pas d'autres occasions de chanter que pendant leurs cours au Conservatoire, sous l'œil aigu de Lamperti. Lorsque la nouvelle s'ébruita enfin, notamment auprès des jeunes barytons et ténors de la classe, et que Marta comprit que ses efforts de discrétion étaient vains, la dynamique de groupe changea ostensiblement. Marta allait bientôt partir pour honorer son contrat à Rome et la jalousie entre les jeunes chanteuses se fit de plus en plus pesante.

Lamperti ne tenta rien pour apaiser l'ambiance.

— Ainsi vous nous quittez, mademoiselle ? demanda-t-il à Marta, à la fin d'un cours. Je suppose que je ne vous verrai plus.

— C'est exact, monsieur. Je pars m'installer à Rome.

— J'ai entendu dire que votre contrat vaut pour toute la saison. Je vous félicite, j'espère que vous ferez honneur à notre cher Conservatoire.

— Oui, monsieur, je ferai tout mon possible.

— N'oubliez pas que rien n'est acquis. Votre carrière sera sans arrêt remise en question. Si vous voulez rester longtemps sur les planches, il vous faudra prouver en permanence que vous êtes la meilleure.

Personne n'était dupe. Le maître s'adressait à Marta, mais le commentaire valait pour toutes les élèves. Emma, qui considérait Lamperti bien plus comme un mentor que comme un simple professeur, se promit de ne pas oublier ce qu'il venait de dire.

* * *

— Mademoiselle, vous avez eu de la visite, dit madame Morelli un soir, alors qu'Emma rentrait du Conservatoire.

— De la visite ?

— Un jeune homme.

— A-t-il laissé un message ?

— Non. Je n'ai pas bien compris ce qu'il voulait, il ne parlait pas italien. Il vous cherchait.

— Avez-vous prévenu Nellie ?

— Mademoiselle Cornélia n'est pas là, ce soir. Elle a son cours de piano.

— Oh, c'est vrai, nous sommes mercredi.

Emma était perplexe. Si l'un de ses amis du Conservatoire était passé la voir, il aurait certainement laissé un message. Et puis madame Morelli, sous ses airs revêches, connaissait tous les amis réguliers d'Emma – elle passait bien assez de temps à faire des commentaires désagréables sur leur compte, répétant à l'envi que les jeunes de ce temps ne savaient pas se tenir.

— A-t-il dit qu'il repasserait ?

— Il n'a rien dit.

La vieille Italienne, satisfaite d'avoir livré l'information, n'était visiblement pas disposée à en dire davantage. D'ailleurs, elle retournait déjà à l'époussetage des babioles qui ornaient la console de l'entrée, agitant son chiffon sur le pas de la porte pour le débarrasser de poussières inexistantes. Elle passait ses journées à astiquer la maison et ne leur laissait de toute façon jamais le temps de se poser.

Emma se demanda donc toute la soirée qui était ce jeune homme qui l'avait fait demander sans pour autant dire qui il était ni ce qu'il désirait. Elle n'allait pas tarder à avoir la réponse.

Le lendemain, à la même heure, alors qu'elle rentrait après son habituel cours au Conservatoire, elle aperçut une silhouette en face de la maison de madame Morelli qui semblait faire les cent pas. Incertaine, la jeune femme continua son chemin le plus naturellement possible et se dirigea d'un pas ferme vers la grille du jardin, sans jeter le moindre regard à l'individu. Si c'était elle qu'il cherchait, il la trouverait.

Alors qu'elle posait la main sur la poignée de la grille, on l'appela.

— Jonathan ?

Elle était stupéfaite. Il lui fallut quelques instants pour se réhabituer à ce visage agréable, cette mèche de cheveux châtains et ces yeux bleus pétillants qu'elle n'avait pas revus depuis maintenant près d'un an et demi.

— Mon Dieu, Jonathan, que faites-vous ici ? s'écria-t-elle en italien.

Il n'avait pas changé, hormis ce petit collier de barbe fine qu'il portait désormais et qui lui donnait un air plus âgé. Il portait un costume clair, un peu trop chaud pour la température douce de cet automne italien, et il souriait de toutes ses dents.

— Emma, je suis tellement content de vous revoir ! Je n'en pouvais plus d'attendre !

En l'entendant parler en anglais, Emma se réajusta et changea aussitôt de langue, abandonnant l'italien qu'elle utilisait le plus souvent ici. Jonathan l'avait déjà embrassée sur les deux joues avant qu'elle ait pu réagir, encore sous le coup de la surprise.

— Mais pourquoi ne m'avez-vous pas prévenue que vous arriviez ? demanda-t-elle. Depuis combien de temps êtes-vous à Milan ?

— Trois jours. Je n'arrivais pas à vous trouver ! J'ai voulu parler à votre logeuse hier, mais je ne comprenais rien à ce qu'elle me disait. J'ai pensé que vous étiez encore au Conservatoire, mais comme je ne connais pas votre horaire…

— Je suis rentrée un peu plus tard que d'habitude. Et madame Morelli ignorait votre nom. Mon Dieu, Jonathan, je n'en reviens pas de vous voir ici !

Les rideaux d'une des fenêtres du rez-de-chaussée bougeaient légèrement et Emma préféra faire entrer Jonathan plutôt que de laisser madame Morelli s'imaginer toutes sortes de choses. Elle présenta le jeune homme comme un ami de la famille venu des États-Unis et la vieille dame fit taire ses questions pour adopter plutôt son rôle d'hôtesse irréprochable. Tandis qu'Emma et son compagnon s'asseyaient dans la véranda, elle leur apporta des rafraîchissements.

— Où logez-vous ? demanda Emma.

— Dans un petit hôtel, près de la gare. Je ne savais pas où aller, alors j'ai pris ce que j'ai trouvé.

— Avez-vous prévu rester longtemps ?

— Je dois repartir à la fin du mois. C'est tout ce que j'ai pu négocier avec mon père, car il a besoin de moi au magasin.

Vous savez que nous avons ouvert une deuxième boutique à Albany ? Les affaires vont bien…

Tandis qu'elle écoutait Jonathan décrire, avec un débit nettement plus important que celui qu'il avait dans ses lettres, le menu détail de sa vie à Albany depuis un an et demi, Emma tentait toujours de revenir de sa surprise.

Un peu plus tard, en découvrant Jonathan, Nellie lui sauta au cou sans faire de manières, trop heureuse de retrouver quelqu'un de familier. Les trois jeunes gens passèrent de longues heures à échanger des informations sur Albany, Joseph, la famille Laperrière et tous les amis que les jeunes femmes avaient là-bas et que Jonathan connaissait plus ou moins. Lui parlait surtout de son commerce – il dirigeait maintenant seul le magasin bien rodé de son père pendant que ce dernier s'occupait de lancer les affaires de la nouvelle boutique – tandis qu'Emma et Nellie lui réclamaient le plus de détails possible sur leur père et ses amis. Jonathan leur raconta que les Laperrière et toute la communauté francophone d'Albany invitait toujours régulièrement Joseph, pour ne pas qu'il reste isolé. Ses filles lui manquaient, bien sûr, mais à sa façon il contribuait encore à leur carrière, en entretenant leur mémoire et en continuant d'économiser pour elles.

Bien entendu, Emma ne pouvait s'absenter du Conservatoire sous prétexte qu'un ami de longue date était en visite. Elle ne changea donc rien à son emploi du temps quotidien, mais chaque jour Jonathan vint l'attendre à la sortie des cours.

Les amis de la jeune femme remarquèrent bien vite le nouveau venu et ils ne firent aucune difficulté pour l'accepter dans leur petit cercle. Antonio, avec sa verve habituelle, s'amusait beaucoup de ce jeune Américain fraîchement débarqué et complètement désorienté. Jonathan ne connaissait rien à l'Italie, sa connaissance de la géographie européenne laissait nettement à désirer, et Antonio se faisait un malin plaisir de le taquiner, riant plus encore des regards noirs que lui lançait Emma. Heureusement, les autres se montrèrent plus courtois.

Comme plusieurs d'entre eux parlaient parfaitement anglais, ce fut pour un moment la langue utilisée par-dessus les tables des cafés où ils allaient passer les fins d'après-midi.

— Je vous présente Jonathan Blythe, avait dit Emma. C'est un ami d'Albany.

— Je suis son fiancé, avait aussitôt ajouté Jonathan en tendant sa poigne énergique pour serrer les mains qui l'accueillaient.

— Fiancé! s'étaient aussitôt écriées Inès et Adèle, dans un bel ensemble. Emma, tu ne nous avais jamais dit que tu étais fiancée!

En voyant ces visages éberlués, Jonathan, arborant son aplomb et son assurance habituels, avait affiché un grand sourire tandis qu'Emma rougissait jusqu'aux oreilles. Elle ne se considérait pas comme une fiancée, encore moins depuis qu'elle vivait en Europe, et elle aurait préféré que les choses restent plus discrètes. Mais le jeune Blythe semblait décidé à ne laisser planer aucun doute. Pour bien marquer son territoire, il se permit même de prendre Emma par la taille et de raconter quelques détails sur leurs fiançailles, expliquant bien qu'il n'avait pas l'intention de laisser Emma en Europe très longtemps et que leurs fiançailles se concluraient par un mariage immédiatement après la fin des études de la jeune femme.

Adèle avait ponctué la nouvelle de grandes exclamations et de félicitations enthousiastes, mais Inès, plus fine, n'avait rien dit. Elle s'était contentée de jeter un regard oblique à Emma qui ne parvenait pas à masquer son malaise. Heureusement, Antonio et François étaient venus à son secours en changeant de sujet et l'on n'avait plus reparlé des fiançailles. Si Russel, qui se trouvait là en compagnie de sa propre fiancée, était resté parfaitement imperturbable, la chanteuse évita tout de même de croiser son regard de toute la soirée.

La bague ressortit aussitôt de la petite boîte où Emma l'avait rangée, et réapparut sur la chaîne pendue à son cou. Par chance, Jonathan n'insista pas pour qu'elle la porte à son doigt.

Comme le jeune homme ne repartait pas avant plusieurs semaines, il eut tout le temps de découvrir la vie que menait Emma à Milan. Il l'accompagnait le matin jusqu'au Conservatoire, puis l'attendait en flânant dans les rues pendant qu'elle tâchait de se concentrer sur ses cours, et la retrouvait ensuite pour l'emmener déjeuner quelque part. L'après-midi ou le soir, en fonction de l'horaire de la jeune femme, les fiancés rejoignaient un ou plusieurs des membres du groupe, avec lesquels ils passaient la soirée. Après quoi, Jonathan raccompagnait Emma chez madame Morelli et s'éclipsait jusqu'au lendemain dans le petit hôtel où il logeait.

Les premiers temps, Emma apprécia la compagnie de son compagnon avec un réel plaisir. Jonathan était bavard et il savait toujours mettre les gens à l'aise. Et puis il s'intéressait facilement à ce qu'il voyait dans la rue, demandant à Emma de lui expliquer à quoi ressemblait la vie en Italie, n'hésitant pas à lui faire répéter encore et encore ce qu'elle lui avait pourtant déjà écrit dans ses lettres. Malgré tout, il arrivait aussi parfois que la jeune femme songe à Albany avec une sorte de dédain, comme si sa vie d'avant lui paraissait étriquée en comparaison de tout ce qu'elle avait découvert à Paris puis à Milan. Dans ces moments-là, Jonathan ne lui semblait plus aussi attirant qu'il l'avait paru à l'époque.

Une fois passés son émerveillement naïf et sa curiosité des anecdotes milanaises, le jeune homme ne savait parler que du nouveau magasin général que son père avait ouvert à Albany, ainsi que de ses projets d'ouvrir encore une autre boutique – à New York cette fois – plus tard, lorsque ses affaires auraient suffisamment prospéré. Quand Jonathan parlait de New York, ses yeux brillaient et le débit de sa voix trahissait son excitation. Mais pour Emma, une boutique sur l'île de Manhattan avec une douzaine de commis et peut-être même un salon de thé n'avait pas autant de charme que les opéras de Paris ou le palais Médicis qu'elle avait vu à Florence. Elle sentait alors se creuser un écart évident entre ses propres ambitions et celles de son fiancé.

— Lorsque nous serons installés à New York, disait Jonathan, vous pourrez bien sûr chanter de temps en temps dans les opéras. Après tout, il ne faut pas renier tout le travail que vous avez accompli jusqu'ici. Mais en réalité, cela sera selon votre bon plaisir, car je peux vous assurer que je gagnerai tout ce qu'il faut pour vous faire vivre confortablement !

À cela, la jeune femme répondait par quelques sourires muets et préférait changer de discours. Ce n'était pas là l'enthousiasme et l'ambition dévorante que son père avait eus pour elle, ni le soutien discret mais inconditionnel de sa sœur avec qui elle partageait un même amour de la musique. Jonathan était certes charmant à bien des égards, mais il se contentait de quelques petites représentations à l'occasion. Il ignorait tout du rythme de vie des chanteuses lyriques, des contrats, des saisons, des répétitions… La musique n'avait pas pour lui cet aspect grandiose, pas plus que cette dimension de rêve éveillé que ressentait Emma lorsqu'elle écoutait ou chantait un opéra.

— Comment, vous voudriez aller chanter à Assise ? s'était exclamé Jonathan, un jour qu'il l'accompagnait au Conservatoire.

— Oui. Il y a un petit opéra qui se prépare là-bas. Nous sommes plusieurs, dans mon cours, à avoir postulé pour passer une audition. Inès, par exemple…

— Mais n'est-ce pas un peu loin ? coupa-t-il. Qu'iriez-vous faire là-bas ?

— C'est un petit contrat rémunéré, et c'est ainsi que l'on commence une carrière, avait répondu Emma avec un sourire, amusée de la naïveté du jeune homme.

— Mais, Emma, vous n'avez pas besoin de travailler, voyons ! Ne pouvez-vous pas vous contenter des prestations que vous donnez ici, à Milan ? Au moins, vous êtes dans votre ville ! Quand vous étiez à Albany, vous étiez reconnue simplement pour vos prestations à l'église et vos petits concerts, n'était-ce pas suffisant ?

— Non.

Elle n'avait rien trouvé d'autre à répondre.

* * *

— Et ce soir ? Allons-nous souper au restaurant ? demanda François, alors que le soleil déclinant allongeait les ombres des tasses vides, sur la terrasse où le petit groupe d'amis s'était une fois de plus réuni.

— Messieurs, choisissez vos cavalières ! lança aussitôt Antonio avec entrain.

C'était une phrase qui faisait toujours rire Emma et qui datait du voyage en Toscane. Chaque soir, Antonio l'avait clamée sur tous les tons, donnant ainsi le signal du départ vers le restaurant où se terminerait la soirée. Chaque jeune homme invitait alors galamment une ou deux demoiselles, et l'on avait ainsi partagé les frais des repas durant le voyage. L'habitude était restée. Emma, qui tenait toujours bien serrés les cordons de sa bourse depuis les mésaventures survenues quelques mois auparavant, appréciait de pouvoir ainsi continuer à profiter de charmantes sorties en ville à moindres frais.

Autour des tables, on s'agita et on débattit du choix du restaurant.

— Allons au Meridiano, proposa François.

— Oh, non, leur potage avait un détestable arrière-goût de brûlé la dernière fois ! s'exclama Emma en grimaçant.

— Vraiment ? Je ne m'en suis pas rendu compte.

— Emma a raison, moi aussi j'ai été déçue par ce que l'on nous a servi, répliqua Adèle. C'était très ordinaire et le potage avait effectivement un drôle de goût.

— Allons plutôt chez Amélia, proposa Emma. Ses desserts sont divins !

On alla donc chez Amélia.

La patronne vit arriver la petite équipe avec un large sourire. Il arrivait souvent que les élèves s'amusent à chanter dans les restaurants où ils allaient manger, mais la plupart du temps un serveur finissait par les prier poliment de laisser les clients dîner en paix. Seule Amélia, accoutumée à leur joyeux chahut, leur laissait une aussi grande liberté. Il arrivait que certains clients leur jettent des regards sévères par-dessus leurs épaules lorsque les jeunes gens riaient trop fort, mais la majorité des habitués levaient plutôt leur verre à leur santé et leur demandaient des chansons. En cela, les amis d'Emma ne se faisaient jamais prier.

C'était souvent Antonio qui partait le bal, se levant de sa chaise et utilisant le premier accessoire à sa portée – un chapeau, un verre de vin, la canne de son voisin de table posée contre un mur – pour improviser un extrait d'opéra comique qui lui valait à coup sûr les applaudissements de la salle. Tel un monsieur Loyal, Antonio invitait ensuite ses compagnons à se lever à leur tour pour chanter quelque chose. Il ne manquait jamais de bons mots pour commenter la prestation, féliciter le chanteur ou la chanteuse, ou encore raconter une anecdote pour faire rire les clients, et il n'était pas rare que quelques passants, dans la rue, s'arrêtent, intrigués, pour regarder à travers la vitre. Le sourire d'Amélia s'élargissait encore plus lorsque ces mêmes passants finissaient par entrer pour s'asseoir et commander quelque chose en écoutant la suite des prestations improvisées.

Ce soir-là, Antonio, visiblement motivé par la présence de Jonathan avec eux, mit Emma en valeur tout le long du repas.

— Chante-nous ceci ! Et cela ! Oh, tu devrais vraiment faire écouter à ton fiancé cette magnifique aria que tu nous as chantée la dernière fois…

Taquin et se permettant souvent des commentaires piquants sur les deux « fiancés » – il s'attirait alors immanquablement les foudres d'Emma –, Antonio avait l'affront de ne parler qu'en italien. Cela laissait le pauvre Jonathan interdit, car il ne comprenait rien à la conversation et était obligé de se faire tout traduire par Russel. Jonathan ne se départait pas de ses sourires polis, mais autour de cette table, environné de tous ces gens qui ne parlaient pas sa langue, il semblait nettement moins à son aise. Les sourires se pinçaient parfois. Lui qui était habitué à attirer l'attention, il se faisait voler ce rôle par Antonio et acceptait comme il le pouvait d'être relégué au rôle de l'étranger.

Malgré tout, Emma se fit plaisir en chantant librement devant tous les clients du restaurant. Il y avait, quelque part en elle, le désir d'impressionner Jonathan qui ne l'avait pas entendue chanter depuis ses solos à l'église Saint-Joseph, il y avait une éternité de cela. Elle voulait lui montrer ce qu'elle était devenue, ce qu'elle aimait, et lui faire comprendre qu'il fallait bien qu'il l'accepte telle qu'elle était. Ce désir d'éblouir devait transparaître dans son chant, car elle récolta des applaudissements monstres. Un client vint même lui offrir une rose, volée dans l'un des vases d'Amélia.

Finalement, en fin de soirée, le groupe se sépara sur le trottoir et chacun rentra chez soi par ses propres moyens. Jonathan, toujours galant, voulut raccompagner Emma et sa sœur chez elles et héla une voiture. Pendant que le cocher descendait de son siège pour ouvrir la portière, Russel s'approcha d'eux.

— Puis-je me joindre à vous ? demanda-t-il.

— Bien entendu, répondit Emma avec un sourire.

Cela avait toujours été une évidence pour les trois colocataires de rentrer ensemble chez madame Morelli lorsqu'ils passaient la soirée en ville. Ce soir, pourtant, Russel semblait avoir compris que Jonathan s'était proclamé le cavalier attitré des deux sœurs Lajeunesse, et il avait poliment demandé la permission de les accompagner. Les quatre jeunes gens montèrent dans la voiture. Jonathan s'assit près d'Emma, serrant fermement sa main dans la sienne, tandis que Nellie et Russel, en face d'eux, regardaient distraitement par une fenêtre. Le voyage du retour se fit en silence.

Après que le cocher eut déposé ses passagers devant chez madame Morelli, les fiancés restèrent un moment à bavarder sur le trottoir.

— Depuis quand Russel Holmes vit-il avec vous ? demanda soudain Jonathan.

— Il était ici avant notre arrivée, répondit Emma. Cela fait deux ans qu'il étudie au Conservatoire, je crois.

— Je trouve cela étrange que cette pension soit mixte.

Emma fronça les sourcils.

— Que voulez-vous dire ?

— Votre logeuse est une dame bien gentille, mais elle n'est plus très jeune. J'ai vu qu'elle vivait au rez-de-chaussée. Ce jeune homme pourrait fort bien venir vous rejoindre dans votre chambre si l'envie lui en prenait…

La jeune femme ouvrit la bouche ; il se passa quelques secondes avant qu'elle soit capable de répondre. Elle était stupéfaite que Jonathan, toujours si prude avec elle, puisse avoir des idées aussi déplacées, mais surtout elle repensa instantanément au baiser que Russel avait réussi à lui voler en Toscane. L'espace d'un instant, elle se demanda ce qu'il serait advenu d'elle si elle avait accepté ses avances.

Elle rougit. Heureusement, cela passa inaperçu à cause de la noirceur de la nuit que les rares lumières de la rue ne parvenaient pas à percer tout à fait.

— Jonathan ! À quoi pensez-vous donc ? Russel est un garçon tout à fait fréquentable…

— Il vous regarde souvent.

— Mais il est fiancé !

— Des fiançailles se brisent.

Malgré les sous-entendus de Jonathan, Emma ne pensait pas un seul instant que Russel se soit fiancé par dépit. Ce qui s'était passé entre eux en Toscane n'était qu'un jeu innocent qui n'avait pas eu d'autre conséquence qu'un léger malaise lorsqu'ils se retrouvaient en tête à tête, ce que le temps aplanissait peu à peu. Si Jonathan avait surpris des regards entre Emma et Russel, c'était essentiellement attribuable au fait que la jeune femme avait caché l'existence de son fiancé et que cela expliquait sa fuite après le baiser. Il n'y avait rien d'autre là-dedans qu'une sorte de curiosité et une connivence à l'égard d'un moment secret qui n'appartenait qu'à eux.

— Seriez-vous jaloux ? demanda-t-elle d'un ton déterminé.

Ce fut au tour de Jonathan de sourciller.

— Je n'aime pas qu'un jeune homme non marié vive sous le même toit que vous. Cela n'est pas convenable pour une demoiselle de votre classe. Votre père n'approuverait certainement pas cette situation.

— Mais c'est ma vie, ici ! Et croyez-moi, je suis bien heureuse d'avoir trouvé cette maison, ces amis et tout ce qui fait mon quotidien à Milan.

— Alors je n'aime pas votre vie à Milan, Emma.

Cette fois, l'attaque était plus directe. Emma avait quitté Montréal parce que les mentalités y étaient trop étroites et qu'elle ne voulait pas être jugée sur la façon dont elle menait sa vie. Que son père et ses proches l'encouragent et la soutiennent était la seule chose importante à ses yeux. Elle ne tolérerait pas que Jonathan se permette de lui dicter sa conduite.

Ce dernier insista, espérant porter le coup de grâce qui ferait fléchir Emma.

— Rentrez avec moi à Albany !

— Mais je n'ai pas fini mes études !

— Quelle importance ? Dans trois ans, tout au plus, nous irons vivre à New York et vous pourrez chanter tous les opéras que vous voudrez ! Vous pourrez redevenir la charmante Emma que je connais et que je ne retrouve plus ici.

— Ai-je changé à ce point ?

— Oui. Pardonnez-moi, mais c'est mon opinion. Quand je vous ai rencontrée à Albany, vous étiez… vous étiez si gentille, si tranquille !

— Et maintenant ?

— Vous n'êtes plus la même. Vous décidez de tout, vous ne laissez plus quiconque prendre soin de vous, vous vous faites remarquer, vous agissez comme si vous étiez seule au monde… Improvisez-vous souvent des démonstrations publiques comme celle de ce soir ?

— Je ne pensais pas vous avoir choqué.

— Enfin, Emma ! Raisonnez-vous ! Trouvez-vous naturel que de parfaits inconnus vous offrent des fleurs dans un restaurant ?

— Vous attendez de moi que je me soumette à votre avis, n'est-ce pas ?

Jonathan ne répondit pas. Il venait de comprendre, au ton mordant de la jeune femme, qu'il ne l'avait certainement pas fait fléchir. Au contraire.

En voyant la colère dans le regard de sa fiancée, il voulut aussitôt reprendre les paroles qu'il avait prononcées. C'était trop tard.

Emma préparait ses armes.

— Ainsi, c'est tout ce que vous attendez de moi. Une gentille fille tranquille qui ne se fait pas remarquer.

Jonathan recula légèrement. Ce geste exprima de manière éloquente l'écart qui venait de se creuser entre eux.

— Jonathan, continua Emma, vous parlez bien, mais vous parlez trop et vous n'avez jamais écouté ce que j'avais réellement à dire. Je ne veux pas d'une vie bien rangée, je ne veux pas me contenter de quelques opéras, même à New York. Ma vie est ici, désormais. C'est en Europe que tout se passe et je ne rentrerai pas en Amérique.

— Taisez-vous, Emma, je ne veux pas entendre cela. Je ne veux pas…

La chanteuse haussa un sourcil, prête à répliquer. Mais les épaules du jeune homme venaient brusquement de s'affaisser et elle n'eut pas le courage d'insister.

Jonathan la quitta rapidement, la saluant d'un simple geste de la main avant de s'éloigner dans la noirceur de la rue.

Le lendemain, il n'était pas au rendez-vous à la sortie du Conservatoire. En rentrant chez madame Morelli après ses cours, Emma trouva une lettre qu'il avait déposée pour elle afin de l'informer qu'il rentrait chez lui plus tôt que prévu. Il souhaitait lui laisser du temps pour qu'elle ne prenne pas de décision irréfléchie et lui rappelait qu'il l'attendait toujours à Albany.

Pendant plusieurs semaines, Emma hésita. Confuse, elle tournait autour du pot, laissant ses souvenirs la troubler. Elle regrettait de s'être montrée aussi dure avec Jonathan, mais par ailleurs elle s'était libérée d'un poids qui lui pesait. Lorsqu'elle vivait à Albany, elle avait ressenti l'influence perpétuelle de

Jonathan sur les décisions qu'elle prenait. Elle se souvenait de la façon dont il s'était invité dans sa vie et de tous ces petits détails qui lui avaient donné l'impression qu'il la prenait en charge, comme si c'était son rôle naturel. Elle avait détesté l'attitude paternaliste qu'il avait envers elle, mais il savait se montrer si charmant qu'elle lui avait souvent pardonné.

Seulement, aujourd'hui, les choses étaient différentes. Après un an et demi loin de chez elle, Emma avait changé de continent, de pays. Elle avait appris à ne s'en remettre qu'à elle-même et à se sortir seule des situations embarrassantes. Ayant goûté à la liberté, elle n'avait plus l'intention de laisser qui que ce soit décider pour elle.

Un matin, alors qu'elle s'habillait pour se rendre au Conservatoire et brossait très méthodiquement ses longs cheveux, comme elle le faisait toujours, la jeune femme s'interrompit. Elle reposa la brosse et s'assit à sa table de travail, l'air concentré. Quelques minutes plus tard, elle pliait soigneusement la lettre qu'elle venait d'écrire, glissait dans l'enveloppe la bague que lui avait offerte Jonathan et cachetait soigneusement le tout.

Sur le chemin du Conservatoire, elle déposa la lettre au bureau de poste.

En sortant, elle jeta machinalement un regard autour d'elle et poussa un profond soupir.

Elle venait de rompre ses fiançailles.

* * *

Ce jour-là, pendant le cours général avec Lamperti, Emma s'était montrée plus fatiguée que d'ordinaire. Tracassée par sa rupture avec Jonathan, la jeune femme dormait mal et cela se ressentait sur son souffle. Les notes sortaient avec moins de force qu'habituellement et le maître n'avait pas manqué de lui en faire la remarque. Lorsqu'à la fin du cours il lui demanda de lui accorder quelques minutes, Emma était persuadée qu'il lui servirait un autre de ses discours sur la performance.

Elle fut surprise.

— Mademoiselle Lajeunesse, connaissez-vous la Sicile ? lui demanda le professeur après que les autres étudiantes eurent quitté la classe, alors que la pianiste rangeait ses partitions avant de s'éclipser.

— La Sicile ? Non, maître, répondit docilement Emma en attendant de savoir où il voulait en venir.

— Alors vous la connaîtrez bientôt. On donne *La sonnambula* à Messine, au mois de mars prochain, et vous en serez.

— Je vous demande pardon ? dit la jeune femme, stupéfaite.

— J'ai des amis, en Sicile, et je leur ai parlé de vous. Le directeur du théâtre de Messine est en ville cette semaine ; il voudrait vous entendre chanter. Il cherche une soprano pour le rôle d'Amina.

Emma resta bouche bée.

— Mais… je ne connais pas le rôle, je ne sais pas si je serai prête !

— Voyons, mademoiselle, c'est une audition que je vous offre, pas un soir de première. Vous chanterez des extraits de *Lucia Di Lammermoor,* ce sera très bien. Quant à Amina, vous aurez quelques mois devant vous pour vous y préparer.

Ainsi, Lamperti l'avait lui-même recommandée à un directeur de théâtre. Il la considérait donc, malgré ses nombreuses corrections et ses rares compliments, comme une chanteuse lyrique suffisamment solide pour interpréter tout un opéra, et non plus seulement les récitals limités qu'elle donnait de temps à autre. Pour Emma, c'était enfin la validation de toutes ses années d'études et de tous les sacrifices auxquels elle avait consenti. Car Amina, ce n'était pas rien, c'était un premier rôle ! Bien sûr, *La sonnambula* n'était pas un grand opéra, il n'avait que deux actes, mais tout de même ! La grande Jenny

Lind elle-même avait chanté Amina. Quel magnifique début de carrière elle pourrait faire avec un tel rôle !

Lamperti était le meilleur professeur qu'elle ait connu, et Lamperti jugeait qu'elle était prête.

Effectivement, l'audition avec le directeur de Messine se passa extrêmement bien. Lamperti, qui était un de ses bons amis, l'avait invité à venir entendre Emma dans sa salle de cours, après une de ses leçons habituelles. Le maître s'était ensuite absenté, laissant la jeune femme donner le meilleur d'elle-même face à un employeur potentiel.

Quelques jours après, le directeur du théâtre lui faisait signer son premier contrat d'opéra. En tête de la première page figurait le nom d'Emma.

Il était aussi mentionné qu'elle chanterait sous le nom d'Emma Albani.

9

Messine était une ville ensoleillée qui sentait le vent marin et le voyage. On croisait dans ses rues un nombre incalculable d'étrangers : de riches Anglais venus profiter des charmes méditerranéens, des Turcs ou des Grecs qui tenaient de petites échoppes aux environs du port, des négociants orientaux, quelques Français. Parmi eux, les Siciliens, noirs de peau et de poil, évoluaient en pinçant les lèvres, méfiants, ne se mélangeant pas et ne répondant que du bout des lèvres si d'aventure un inconnu leur demandait un renseignement. Le port semblait le centre de tout. Chaque instant de la journée y était lié d'une façon ou d'une autre, que ce soit par les marins qui partaient tôt le matin en chantant dans les rues, le soleil plombant qui amenait vers midi de vagues odeurs marines, ou les bateaux qui rentraient le soir, chargés comme des outres de poissons brillants que les pêcheurs étalaient ensuite sur les quais pour les vendre à la criée.

Le mois de mars tirait à sa fin, le temps était doux, le soleil lumineux, et le vol des oiseaux au-dessus de l'île annonçait déjà le retour du printemps. Arrivée depuis peu à Messine, Emma n'avait pas encore eu l'occasion de découvrir la ville. Pour elle, l'image du port se résumait à ces Siciliennes maigres et grinçantes comme des sorcières qu'elle voyait rentrer le soir avec des paniers remplis de harengs ou de sardines – et parfois avec un poulpe, quelques dorades ou une poignée d'anchois enveloppés dans du papier – et qu'elle croisait dans la rue alors qu'elle-même quittait le théâtre après une épuisante journée de répétitions. Logée avec sa sœur, qui l'avait accompagnée, dans un joli petit hôtel aux frais du directeur du théâtre, Emma se levait aux premières lueurs du jour. Elle avalait un gargantuesque déjeuner, se gavant sans complexe des oranges, des pêches et des prunes délicieuses qui poussaient à foison dans les environs, puis elle se rendait à pied au théâtre et y passait la journée, loin du soleil, à répéter son rôle.

C'était son premier contrat professionnel important et la jeune femme en tirait une incroyable fierté. Non seulement elle avait laissé derrière elle ses compagnes du Conservatoire, mais en plus elle avait obtenu un premier rôle, un rôle-titre, une véritable héroïne autour de laquelle s'articulait toute l'histoire. Ce n'était peut-être qu'un petit opéra de deux actes, mais Amina en était le centre absolu, et elle était Amina.

Pourtant, rien n'était facile dans ce théâtre de Messine. Emma se donnait beaucoup de mal pour se montrer à la hauteur. Elle n'était pas naïve ; elle savait que, dans le monde de l'opéra, les relations entre les artistes étaient parfois houleuses, et elle ne fut pas surprise de la froideur de l'accueil que lui réservèrent les autres chanteurs de la troupe. Son partenaire, Giovanni, qui avait le rôle du jeune premier, amoureux d'Amina, fut le seul à se montrer assez gentil – peut-être parce qu'il était à peine plus âgé qu'elle et débutait lui aussi dans le métier. Les autres furent sans pitié. La plupart, Siciliens ou Italiens, se connaissaient déjà et ils considérèrent aussitôt Emma comme une étrangère. Dans les loges, la jeune femme dut se faire elle-même une place parmi les accessoires étalés des autres chanteuses, que ses sourires agréables ne parvenaient visiblement pas à attendrir. Heureusement, sur scène, ces tensions permanentes disparaissaient au profit d'un professionnalisme efficace, et Emma, transportée par la beauté des airs que Bellini avait composés pour son personnage, oubliait les tracas des coulisses pour se laisser porter par la magie de l'opéra.

Consciente qu'elle était considérée comme une novice n'ayant encore aucune véritable carrière derrière elle pour valider son talent, et soucieuse de se faire accepter à tout prix, Emma tâchait de ne pas faire de vagues. Elle se montrait appliquée et consciencieuse, et soumise aux désirs du metteur en scène. Elle arrivait toujours un peu en avance, ne rechignait pas à rester plus tard le soir, et ne partageait jamais sa fatigue ni ses craintes avec ses compagnons de scène. Elle s'acquittait de son travail du mieux qu'elle le pouvait et soignait sa voix. Bien qu'elle soit fermement décidée à briller sur scène et à éblouir le public de Messine, elle se montrait extrêmement respectueuse envers les chanteuses plus âgées et plus expérimentées, dont elle sentait la jalousie à fleur de peau. Bien sûr, elle ne possédait pas leur connaissance de la scène, mais elle avait pour elle la fraîcheur de la jeunesse et une voix intacte de n'avoir pas encore trop travaillé. Emma sentait qu'il ne faudrait pas grand-chose pour qu'elle s'attire les foudres de ses aînées.

Cela arriva pourtant, bien malgré elle.

Depuis son arrivée, Emma observait attentivement, l'air de rien, le comportement des autres chanteurs de la troupe. Il y avait parmi eux quelques noms qui, sans être connus de par le monde, bénéficiaient tout de même d'une certaine notoriété en Italie. Emma se rendit rapidement compte que, pour ces chanteurs-là, rien n'était plus important que la reconnaissance du public. Les femmes, en particulier, dès qu'elles mettaient un pied en dehors du théâtre, minaudaient, prenaient des poses étudiées, surveillaient leurs gestes et leurs paroles. Elles n'étaient jamais aussi heureuses que lorsqu'un admirateur les reconnaissait dans la rue et venait les saluer et les féliciter. Aussi s'arrangeaient-elles toujours pour paraître à leur avantage, comme si les attitudes, les costumes et les maquillages de la scène s'étendaient aussi à Messine tout entière.

Ce fut donc, dès les premières séances d'essayage des costumes, une petite guerre déclarée entre les artistes. C'était à qui se montrerait la plus gourmande en accessoires, en dentelles, en petites perles de verre pour rehausser les costumes ou les coiffures, chacune observant attentivement les tenues de ses consœurs pour déterminer qui serait la plus belle sur scène. Il flotta bientôt dans l'air de ces jalousies en demi-teintes, adroitement dissimulées sous des dehors aimables. Emma, de son côté, un peu perdue dans ces débauches de tissus qui lui semblaient exorbitants à cause du budget modeste du théâtre, se laissa habiller comme une poupée, sans mot dire. Le seul écart qu'elle commit fut lorsque la couturière, qui lui faisait essayer la tenue d'Amina, serra brutalement les lacets du corset qu'elle portait.

— Ouf! ne put-elle s'empêcher de s'exclamer tandis qu'elle cherchait à reprendre son souffle. Cela doit-il vraiment être aussi serré?

Sa remarque provoqua aussitôt un haussement de sourcils dédaigneux chez mademoiselle Béatrice, qui jouait le rôle de Lisa l'aubergiste et qui, de son côté, essayait depuis quelques minutes de convaincre l'assistante de la couturière d'ajouter un ruban à sa taille pour mieux la souligner.

— C'est ainsi si vous voulez bien paraître, mademoiselle, répondit la couturière d'un ton neutre, visiblement habituée aux commentaires aigres des cantatrices.

— Mais… je me moque de bien paraître, répondit Emma avec candeur. Je veux surtout être capable de bien chanter! Comment voulez-vous que je chante si je ne peux pas respirer?

Mademoiselle Béatrice se tourna alors vers la nouvelle et la toisa du regard.

— Voyons, ma petite, il est inutile de faire tant d'histoires. Vous croyez-vous donc au-dessus de tout cela? Vous avez peut-être la taille encore assez fine, à vingt-deux ans, pour vous passer de corset, mais attendez quelques années et vous nous chanterez un autre refrain, croyez-moi!

Cette simple anecdote – bien innocente, en vérité – fut rapidement montée en épingle par Béatrice, qui ne se gêna pas pour répéter aux autres cantatrices que la petite Emma faisait des manières et se montrait capricieuse. Le simple commentaire de la jeune femme attira sur elle des foudres disproportionnées, comme si ses aînées n'attendaient qu'une occasion pour se faire une rivale d'elle, l'étrangère, jeune, jolie et talentueuse, qui avait décroché le premier rôle et qui se montrait irréprochable depuis son arrivée. En peu de temps, on ne sut plus trop si Emma était montrée du doigt parce qu'elle se considérait plus jeune et plus belle que les autres, ou bien si c'était parce qu'elle avait soupçonné les autres cantatrices de se sangler trop étroitement dans leurs costumes et de manquer de souffle.

Heureusement, la fille de Joseph eut la présence d'esprit de ne pas réagir aux attaques plus ou moins subtiles qu'on lui lançait. Les commentaires ridicules à son sujet s'éteignirent d'eux-mêmes assez rapidement. Elle s'entêta pourtant au sujet de son costume de scène et finit par obtenir gain de cause : la couturière desserra le corset de la robe pour que la chanteuse ne perde pas une précieuse énergie à lutter contre le vêtement pour chercher son souffle. Plus à l'aise, respirant librement, elle fit abstraction des réactions des autres artistes et se concentra sur sa seule performance.

Les journées lui paraissaient tout de même bien longues. Elle rentrait souvent le soir complètement épuisée, n'avalant qu'un léger repas avant de s'effondrer sur son lit. Laissée à elle-même pendant la journée, Nellie ne voyait quasiment pas sa sœur et, dans cette nouvelle ville inconnue, dut apprendre à se débrouiller seule. Heureusement, l'âge – ainsi que la joyeuse bande d'amis du Conservatoire de Milan – lui faisait peu à peu prendre confiance en elle et elle parvint à s'occuper sans attendre systématiquement après sa sœur aînée. Emma eut même la surprise, un matin, de trouver Nellie en grande conversation avec plusieurs des pensionnaires qui logeaient avec eux, visiblement adoptée par la maisonnée, tandis qu'elle-même les connaissait à peine. Elle regrettait d'ailleurs beaucoup le peu de temps libre qu'on lui accordait ; elle aurait adoré arpenter les rues de Messine pour découvrir ses petits commerces et ses musées. Mais lorsqu'elle avait quelques heures de repos devant elle, elle les mettait à profit pour répéter son rôle avec sa sœur au piano, ou bien pour se coucher tôt.

Et à force de répéter, encore et encore, les jours s'écoulèrent et la date de la première représentation arriva.

* * *

— Alors ? murmura mademoiselle Béatrice en se risquant sur la pointe des pieds pour ne pas faire résonner le plancher de la scène. Y a-t-il beaucoup de monde ? Monsieur Da Fonseca est-il là ?

Emma ne put retenir un sourire en percevant toute l'excitation dans la voix de la chanteuse, alors qu'elle s'approchait du rideau fermé pour jeter un œil dans la salle. Rien ne semblait très différent de cette autre soirée, à la salle des Artisans, où elle s'était faufilée en silence jusqu'au rideau, sa sœur sur les talons. Bien sûr, les costumes étaient autrement plus grandioses que les sages petites robes que Joseph avait pu payer à ses filles en ce temps-là, mais la tradition restait. Même mademoiselle Béatrice, avec ses airs méprisants et désabusés, se laissait prendre au jeu et semblait redevenir une enfant, les mains crispées sur le tablier qu'elle portait pour son rôle d'aubergiste, tandis qu'elle jetait un œil dans la salle.

— Oh oui, il est là ! Il est là ! s'extasia-t-elle tout bas à l'intention d'Emma qui l'avait rejointe, mais qui se souciait fort peu de ce monsieur Da Fonseca.

La jeune femme risqua elle aussi un œil par la mince fente du rideau de la scène, chassant de sa place Béatrice, qui avait elle-même chassé Giovanni. On aurait dit que tous les acteurs de l'opéra s'étaient donné rendez-vous sur les planches avant l'heure. Tous les artistes évoluaient en silence, chuchotant et froufroutant dans leurs costumes empesés, prenant bien soin de ne jamais couvrir le brouhaha de la salle.

Car il y avait du bruit dans la salle. Si à Paris n'allaient à l'opéra que les grandes dames et les beaux messieurs très distingués, à Messine – et de façon plus générale dans toute l'Italie –, ce genre de spectacle n'était pas réservé qu'à une élite. Les rangées les plus hautes, moins chères, semblaient plus chargées que les loges ou le parterre, et tous ces gens s'interpellaient d'un bout à l'autre de la salle aussi fort que s'ils s'étaient trouvés sur le port. L'ouverture du rideau fut d'ailleurs accueillie avec des hourras siciliens d'autant plus enflammés que les rangs des riches étrangers, en comparaison, n'offraient que des applaudissements polis mais réservés. En entendant cela, Emma sentit son estomac se nouer. Elle réalisa que, pour la première fois, elle allait monter sur une scène de théâtre pour interpréter non pas un petit récital devant un public restreint, mais un opéra complet tout ce qu'il y avait de plus professionnel.

Alors qu'elle attendait, dans les coulisses, son entrée en scène, elle songea brusquement à mère Trincano. Pendant ses années à Albany, le visage de la mère supérieure s'était progressivement estompé dans sa mémoire, ne réapparaissant furtivement que lorsque Emma s'était rendue à Paris, avec en main une lettre de recommandation de sa part pour madame Lafitte. Maintenant qu'elle s'apprêtait à monter sur scène, le visage de la Révérende Mère lui revenait en tête avec une netteté surprenante, encadré de son voile noir et de sa collerette plissée. Et mère Trincano était fière. Elle souriait.

Derrière la supérieure venait le cortège des gens qui avaient aidé Emma à arriver là, ceux sans qui elle serait restée la petite Lajeunesse promise à un avenir aussi modeste que ses origines. Il y avait Justine et Ophélie, ingénues et innocentes, qui l'avaient toujours encouragée sans se douter du travail considérable qu'exigeait une carrière à l'opéra. Il y avait également sœur Pélagie avec sa façon de tester la volonté d'Emma, et puis monseigneur Conroy avec ses pommettes osseuses, et tous les amis d'Albany. Il y avait les rêves de Marie-Eugénie qui aimait tellement la musique, mais détestait se produire sur scène, et qui ne ferait probablement jamais carrière. Il y avait les tempêtes de Gilbert Duprez, et plus encore les silences impressionnants de Lamperti. En quittant Milan, la jeune femme avait emporté avec elle le regard gris perçant de son maître.

Enfin, plus que tout, il y avait Joseph, son père, qui suivait son évolution de loin et qu'elle n'avait pas revu depuis deux ans. Joseph, qui avait enduré ses accès de colère et d'impatience lorsqu'elle était enfant, et qui avait usé d'autorité aussi bien que de persuasion pour l'obliger à travailler son chant, son piano et sa harpe avec régularité.

Elle lui devait tout. Elle aurait tellement aimé qu'il soit présent, ce soir.

— Emma, c'est à nous, chuchota Giovanni à ses côtés, en prenant sa main.

Voilà, elle y était. Ce pour quoi elle avait travaillé si fort pendant tant d'années, c'était cela. Dans une seconde, elle serait sur scène pour chanter le bonheur d'Amina s'apprêtant à épouser son tendre Elvino.

Au moment où elle s'avançait, quittant l'ombre des coulisses pour entrer dans un rayon de lumière dorée, une phrase de Ferdinand Laperrière résonna tout bas à son oreille.

— Brillez, mademoiselle, avait-il murmuré. Brillez et ne vous retournez jamais.

* * *

La première de Messine fut un succès honorable. Les chanteurs furent copieusement applaudis. Lorsque Emma retourna dans la loge des femmes, ce fut pour y découvrir une quantité de bouquets de fleurs, aussi bien sur sa table que sur celles de ses camarades. Toutefois, tous les billets n'avaient pas été vendus et le comportement de Béatrice et des autres chanteuses jeta une ombre sur le déroulement de la soirée. Légèrement méprisante, critiquant la petitesse des bouquets ou le manque d'enthousiasme du public, Béatrice conclut en rappelant que les opéras de Rome étaient autrement plus vivants et qu'elle ne tarderait pas à y retourner pour s'y produire.

Au bout de la troisième représentation, par contre, on fit salle comble. On commença même à vendre des billets surnuméraires, et les spectateurs s'entassèrent dans les dernières rangées, tout en haut. Le directeur du théâtre arborait un large sourire.

Il prit même le temps de féliciter personnellement Emma et de l'assurer qu'il était ravi de sa performance. Enchantée mais un peu surprise, la jeune femme apprit un peu plus tard que le bouche à oreille avait bien fonctionné : nombreux étaient ceux qui avaient entendu parler de sa prestation et venaient découvrir cette toute nouvelle jeune chanteuse.

En quelques jours, Emma fut couverte de fleurs. Chaque soir, alors que le public quittait le théâtre dans un grand brouhaha de commentaires élogieux, elle trouvait dans sa loge des gerbes de fleurs de plus en plus grosses, accompagnées de messages d'admirateurs. On cherchait à la rencontrer. Il ne se passa bientôt plus un moment sans que le directeur du théâtre ou bien le régisseur viennent frapper à la porte en demandant si elle voulait bien accueillir des visiteurs venus la féliciter. Emma voyait alors défiler quantité de visages et de noms qu'elle n'arrivait pas à retenir, et acceptait les hommages de tous ces gens avec une grande fierté. Elle s'était donné beaucoup de mal pour en arriver là et ne boudait pas son plaisir.

Un soir, elle eut même la surprise de trouver, parmi les fleurs qui lui étaient adressées, un petit panier en osier. Béatrice, curieuse, tournait autour depuis un certain temps avant que la jeune chanteuse ne s'en approche.

— Avez-vous vu cette corbeille ? demanda la cantatrice sans discrétion. Je me demande ce que c'est…

Aussi curieuse que Béatrice, Emma ouvrit le panier. Au fond se trouvait, affolée par tout le remue-ménage qui régnait autour d'elle, une ravissante colombe que l'on avait teinte en rouge. En la voyant, Emma laissa échapper un cri de ravissement, ce qui eut pour effet d'effrayer définitivement la colombe, qui s'envola dans un grand frou-frou d'ailes rouges. Elle tournoya dans la pièce en cherchant une sortie, avant de se percher en haut d'une grande armoire. S'ensuivit un moment de fou rire lorsque tout le monde se mit à s'agiter pour tenter d'attraper le volatile.

Ce fut pour Emma un grand moment de plaisir. Elle n'avait pas autant ri depuis longtemps, en particulier avec la troupe de l'opéra où l'ambiance était assez difficile et où le travail exigeait une grande concentration. Cette fois, elle laissa échapper la tension accumulée ces dernières semaines et rit à n'en plus pouvoir en regardant toute cette agitation autour d'un oiseau rouge effaré.

* * *

— Monsieur Da Fonseca organise une réception privée demain soir ! annonça Béatrice en battant des mains comme une petite fille.

Tandis que, dans la loge des artistes, on s'enthousiasmait en apprenant la nouvelle – qui avait visiblement une certaine importance, bien qu'Emma n'en saisisse pas tout l'intérêt –, la jeune femme s'approcha de sa table. Elle y trouva, comme toutes les autres chanteuses, un gros bouquet de roses accompagné d'une carte. Elle aussi était conviée à cette fameuse soirée privée.

— Cela fait tellement longtemps que je ne me suis pas rendue chez monsieur Da Fonseca, continuait Béatrice. J'espère qu'il a fait effectuer les modifications que je lui ai conseillées pour son jardin d'intérieur. C'est une si belle maison ! Si le temps est beau, je suis certaine que nous organiserons de nouveau un jeu dans le jardin, comme la dernière fois…

Emma n'écoutait que d'une oreille, habituée qu'elle était aux babillages de Béatrice. Cette carte laissait la chanteuse perplexe. C'était la première fois qu'on l'invitait officiellement à une soirée privée, sa sœur ne pourrait pas l'accompagner, et elle ne connaissait même pas son hôte. Par chance, elle comprit rapidement que toute la troupe de l'opéra avait été invitée sans exception – Béatrice s'était d'ailleurs lancée dans un monologue enflammé sur les précédentes soirées qui avaient eu lieu chez ce monsieur Da Fonseca. Emma finit par en conclure qu'il s'agissait là d'une de ces réunions d'artistes comme il y en avait eu parfois chez madame Lafitte.

La question de la toilette la plus adéquate pour ce genre de soirée fut aussi résolue en entendant Béatrice décrire avec force détails la robe qu'elle porterait : il fallait se présenter en grand apparat. Emma passa aussitôt en revue les robes qu'elle avait emportées de Milan. Aucune n'était assez élégante, mais elle pouvait toujours demander à Nellie de l'aider à améliorer l'une d'elles avec quelques dentelles. Elle avait une confiance aveugle dans l'habileté des doigts de sa sœur.

Le lendemain soir, qui était jour de congé pour les chanteurs de la troupe, on s'entendit pour se retrouver tous dans le hall de l'hôtel et se rendre ensemble chez Da Fonseca. Emma enfila sa robe du dimanche, couleur ocre, qui était ce qu'elle avait de plus habillé à sa disposition et que Nellie avait eu le temps d'agrémenter d'un rang de dentelle et d'un long ruban blanc. Avec la peau laiteuse d'Emma, ses cheveux presque noirs et ses yeux bleus, cette couleur automnale étaient du plus bel effet et compensait le manque d'ornements de la toilette. Nellie se fit aussi un plaisir d'exécuter une de ces coiffures compliquées qu'elle avait vues sur une gravure de mode. Une fois le tout terminé, Emma était d'une élégance simple mais admirable.

En descendant dans le hall, Emma aperçut Béatrice dans une longue robe écarlate. Elle était couverte de bijoux et portait sur ses épaules une magnifique fourrure. Deux des ténors de la troupe l'accompagnaient. À l'instant même où Emma se dirigea vers eux, ils se mirent en route : ils passèrent leur chemin sans la voir, quittèrent l'hôtel et montèrent dans une voiture qui attendait au bord du trottoir. Emma les appela mais, entre les garçons portant des valises, les clients de l'hôtel qui entraient ou sortaient et les serveurs qui traversaient le hall presque en courant pour vaquer à leurs occupations, ils ne l'entendirent pas. La jeune femme n'osa pas hausser la voix ni se mettre à courir après eux, et elle regarda la voiture s'éloigner.

— Excusez-moi… Savez-vous si d'autres personnes du théâtre doivent descendre ? demanda-t-elle au concierge, derrière son comptoir lustré.

— Non, mademoiselle, répondit-il. Je viens tout juste de voir passer mademoiselle Béatrice et ces messieurs. Vos autres amis sont partis depuis un moment déjà.

— Ah… Et ont-ils laissé un message pour moi, ou cherché à me joindre ?

— Non, mademoiselle, pas que je sache.

— Je vous remercie.

Les lèvres d'Emma tremblaient tandis qu'elle quittait le comptoir. Non seulement ses compagnons, après s'être organisés entre eux pour effectuer le voyage, ne l'avaient-ils pas attendue, mais ils n'avaient même pas cherché à la prévenir de leur départ, comme si sa présence était négligeable. Personne ne semblait s'être soucié d'elle. C'était là une autre occasion de lui faire sentir – et de quelle façon ! – qu'elle n'appartenait pas à leur groupe.

Résolue pourtant à ne pas se laisser déstabiliser et à faire bonne figure, Emma remonta dans sa chambre en coup de vent, prenant Nellie par surprise, car cette dernière la croyait déjà partie. Elle ne voulut pas expliquer à sa sœur qu'elle avait été ignorée et préféra raconter qu'elle avait oublié l'adresse du lieu où elle se rendait. Le concierge se hâta de lui faire avancer une voiture et la jeune femme put enfin se mettre en route elle aussi. En chemin, elle remit de l'ordre dans ses pensées. Elle ravala les larmes de rage qui perlaient à ses yeux et fit un effort de volonté pour balayer tout ressentiment. Elle avait déjà décidé qu'elle ne se laisserait pas atteindre par la mesquinerie de ses compagnons.

Lorsqu'elle descendit de voiture, dans un quartier de Messine qui lui était totalement inconnu, elle découvrit une grande maison de pierre taillée. Contrairement à la plupart des hôtels particuliers des environs, l'édifice n'était pas construit le long de la rue, mais en retrait, au fond d'un joli jardin gardé par des grilles ouvragées et faiblement éclairé çà et là de quelques torchères. Les lumières brillaient à toutes les fenêtres de la maison et on pouvait entendre de la musique. Mais tous les invités semblaient déjà entrés à l'intérieur, car il n'y avait personne sur le perron.

Alors qu'Emma se demandait si elle allait devoir se présenter seule à la porte, elle entendit claquer les sabots d'un cheval. Un cavalier mit pied à terre devant la grille.

L'homme se tourna vers elle.

— Mademoiselle Albani, dit-il en s'inclinant avec respect.

— Vous êtes en retard, répondit-elle.

À peine avait-elle parlé que la jeune femme se sentit rougir jusqu'aux oreilles, bénissant la pénombre de la rue qui masquait son trouble. Intimidée par cette grande maison et ces inconnus qu'elle s'apprêtait à affronter, elle avait dit la première sottise qui lui était passée par la tête. Elle devait maintenant assumer le regard interloqué que l'inconnu posait sur elle.

— Tout… tout comme moi, bafouilla-t-elle pour se rattraper.

Amusé, l'homme lui répondit alors tranquillement, avec un charmant sourire :

— Ne vous en faites pas, mademoiselle. Monsieur Da Fonseca ne nous en tiendra pas rigueur.

Il n'y avait pas la moindre trace de moquerie dans sa voix, mais Emma aurait pu jurer qu'il lui avait fait un clin d'œil. Un peu réconfortée, elle n'eut pourtant pas le temps de préparer de réponse plus intelligente. Avec le plus grand naturel, l'homme laissa la bride de son cheval à un garçon d'écurie qui était arrivé en courant et tendit son bras à Emma pour la mener jusqu'au perron.

— Je ne savais pas que j'aurais le plaisir de faire votre connaissance ce soir, mademoiselle, poursuivit-il d'un ton aimable. J'ai assisté à *La sonnambula* il y a trois jours et je dois dire que vous m'avez impressionné.

— Merci, dit la jeune femme. Nous nous sommes tous beaucoup préparés pour cet opéra. J'espère qu'il était à la hauteur de vos attentes.

— Tout à fait, tout à fait. Mais, dites-moi, j'entends dans votre voix que vous n'êtes pas Italienne, n'est-ce pas ?

— Non, effectivement. Je suis née au Canada.

— Oh, une Canadienne française ! Je n'y aurais jamais songé…

Il était de taille moyenne, mais comme Emma n'était pas très grande, il la dépassait tout de même largement. Il pouvait avoir une trentaine d'années – c'était difficile à dire, dans une telle pénombre – et lui aussi avait dans sa voix un accent indéfinissable qu'Emma fut incapable de reconnaître.

Le jardin n'étant pas très profond, ils atteignirent rapidement le perron où l'homme laissa retomber le heurtoir sur la lourde porte de chêne. Aussitôt, un majordome les fit entrer et les aida à se débarrasser de leurs manteaux. À peine Emma avait-elle retiré son épingle à chapeau, prenant bien soin de ne pas défaire le travail de sa sœur, qu'un homme entra dans le hall. Il avait les cheveux noirs d'un Sicilien, mais son teint plus clair trahissait une autre origine.

— Von Heirchmann, vous voilà enfin arrivé ! s'exclama-t-il en apercevant les nouveaux visiteurs. Oh, mais c'est notre ravissante demoiselle Albani que je vois là ! Mademoiselle, je suis ravi de vous connaître. Je suis votre hôte de ce soir : Manuel Da Fonseca, ajouta-t-il en prenant sa main.

Rassurée par l'accueil jovial de son hôte, Emma lui répondit chaleureusement et le remercia pour son invitation.

— C'est un plaisir, mademoiselle, c'est un plaisir! Voyez-vous, je suis déjà allé vous entendre chanter deux fois cette semaine. Votre voix est un tel ravissement que je ne pouvais faire autrement que de désirer vous entendre ici.

— Vous souhaitez que je chante? demanda la jeune femme, qui ne s'attendait pas à devoir improviser un récital ce soir-là.

— Bien entendu, si vous voulez nous faire cet honneur! Mais vous êtes ici avant tout pour vous amuser. Puisque vous connaissez déjà mon ami von Heirchmann, laissez-moi vous présenter certains de vos illustres admirateurs...

Da Fonseca entraîna la cantatrice dans le salon principal où se tenaient une trentaine de personnes, dont Béatrice, confortablement assise sur un sofa et bien entourée. Pendant quelques minutes, Emma fut assaillie par des messieurs et des dames dont les visages lui étaient parfaitement inconnus, mais qui, eux, la connaissaient pour l'avoir vue sur scène. Certains se comportaient même de façon un peu familière, mais la jeune femme préférait de loin cet accueil empressé aux présentations officielles et guindées, et elle ne s'en offusqua pas. Béatrice, de son côté, dut patienter, le temps que chacun vienne saluer la nouvelle venue. Elle prit un air détaché, comme si elle ne comprenait pas qu'on fasse un tel événement de la présence d'Emma. Elle ne retrouva le sourire que lorsque la demi-douzaine de personnes avec qui elle s'entretenait fut revenue auprès d'elle.

Un serviteur offrit à Emma un verre de vin de Madère. Da Fonseca s'empressa de lui expliquer qu'il s'agissait là d'un de ses propres vins. Né au Portugal, il avait fait fortune dans le commerce des vins, important tout d'abord des vins portugais partout en Méditerranée, avant de s'intéresser aux vins italiens et siciliens. Installé à Messine depuis plusieurs années, et propriétaire d'une vingtaine de bateaux qui transportaient ses produits un peu partout entre Gibraltar et Istanbul, il se targuait d'être un grand amateur d'art et se faisait un honneur d'inviter à sa table les plus grands artistes d'Europe. En l'écoutant, Emma songea avec amusement que les «plus grands artistes d'Europe » devaient probablement se limiter aux quelques petites notoriétés des environs, mais au fur et à mesure qu'on lui présenta les invités, elle eut la surprise de constater qu'il y avait effectivement, parmi eux, plusieurs artistes reconnus.

Après un moment, on passa à table. Da Fonseca présidait une immense tablée d'une quarantaine de personnes, abondamment chargée de corbeilles de fleurs et de fruits. Béatrice, assise à sa droite, confirma ce qu'Emma avait deviné : elle avait clairement des vues sur le Portugais et elle ne cessait de minauder auprès de lui. La jeune femme, quant à elle, fut placée entre son partenaire d'opéra, Giovanni, et une dame bavarde qui se prétendait artiste peintre. Cette dernière se lança rapidement dans une diatribe où elle déplorait la déchéance de l'art ces dernières années, répétant avec entêtement les mêmes arguments et cherchant à prendre Emma à témoin. Cette dernière répondit aimablement, mais elle ne se risqua pas à entrer dans un débat aride avec une personne qui, de toute façon, cherchait seulement à attirer l'attention et n'écoutait qu'elle-même.

Heureusement, de l'autre côté de la table, par-dessus une corbeille de fleurs juste un peu trop haute pour qu'elle puisse le regarder sans hausser un peu le cou, se trouvait von Heirchmann. Lui aussi écoutait poliment les discours enflammés de la dame, mais il jetait de temps à autre des regards amusés et sans équivoque en direction d'Emma. Celle-ci se mettait alors à pouffer de rire en se cachant derrière sa serviette ou en plongeant le nez dans son verre. Leur complicité muette dura un moment, jusqu'à ce que la dame soit prise à partie par un autre invité, assis un peu plus loin, et que von Heirchmann n'engage la conversation avec sa voisine de gauche. Emma se tourna alors vers Giovanni. Contrairement aux autres membres de la troupe, ce dernier s'était toujours montré affable avec elle et ils passèrent le reste du souper à bavarder agréablement.

Après le repas, les invités s'éparpillèrent entre la terrasse, le grand salon et les différents petits boudoirs qui composaient les pièces du rez-de-chaussée. Emma prit place au salon en compagnie de son partenaire de scène. À peine fut-elle assise que Béatrice s'avança vers elle.

— Emma, ma chère amie, commença-t-elle d'un ton mielleux, ne voudriez-vous pas m'accompagner au piano ? J'ai promis à ce cher monsieur Da Fonseca que je lui chanterais un air de Brahms et vous le jouez tellement bien…

Pouvant difficilement refuser l'invitation, Emma se leva de bonne grâce et se rendit dans le petit salon de musique, où une dame jouait quelques chansons à la mode. Lorsque les deux cantatrices s'avancèrent, elle libéra aussitôt le banc du piano.

— Et monsieur Da Fonseca, où est-il ? interrogea Béatrice. Allons, que quelqu'un aille le chercher !

Il y eut une certaine agitation pendant laquelle on chercha le propriétaire des lieux et on apporta dans le salon quelques fauteuils supplémentaires pour les dames qui désiraient écouter la chanteuse. Enfin, tout fut prêt et Béatrice se tourna vers Emma pour lui donner le signal du départ. Docilement, la jeune femme obéit et se mit à jouer pendant que Béatrice chantait avec passion, toute à sa joie d'être sur le devant de la scène, fût-elle aussi petite qu'une vingtaine de personnes dans un salon particulier.

Vivement applaudie, Béatrice enchaîna aussitôt avec trois autres chants, se retournant vers Emma pour lui indiquer d'autorité ce qu'elle voulait, comme si la demoiselle n'était qu'une simple pianiste. Cette dernière, devant tous les invités, fit preuve de bonne grâce : elle rongea son frein avec le sourire et s'appliqua à jouer correctement.

— Assez, avec Brahms, fit une voix dans le brouhaha d'applaudissements qui suivit le dernier chant de Béatrice. Pourquoi ne pas nous jouer quelques pièces de votre dernier opéra ? Certains, ici, ne l'ont jamais entendu. Je crois bien que certains n'ont même jamais entendu la voix de notre charmante demoiselle Albani ! Chantez-nous donc l'air d'Amina !

Emma fut à peine surprise de constater que c'était von Heirchmann qui, encore une fois, la sortait d'une situation désagréable. Elle n'avait pas préparé sa voix pour chanter ce soir-là, mais elle préférait nettement cela au rôle de pianiste que sa rivale lui avait donné.

Devant les exclamations de joie qui accueillirent cette déclaration, Béatrice capitula avec un sourire exquis. Mais en se tournant vers Emma pour lui proposer de chanter, son regard était assassin. Elle ne tarda d'ailleurs pas à quitter le salon, prétextant que Da Fonseca voudrait certainement aller fumer un cigare avec les hommes qui s'étaient réunis dans la bibliothèque et qu'elle se ferait un plaisir de l'accompagner.

Bien que sa voix ne soit pas aussi échauffée que l'était celle de Béatrice – dont le petit récital n'était sûrement pas aussi improvisé qu'il en avait eu l'air –, Emma se leva donc pour chanter devant la petite assemblée. Accompagnée au piano par un des ténors de la troupe, elle se lança tout de même à l'assaut des notes de l'air d'Amina.

Ah, non credea mirarti, si presto estinto, o fiore…

C'était la pièce phare de tout l'opéra et elle ne voulait pas la gâcher. Même si sa voix ne vibrait pas avec la même intensité qu'à l'habitude, elle parvint tout de même à y transmettre beaucoup de chaleur. Bien sûr, elle dut forcer un peu plus pour atteindre les notes les plus hautes, mais elle ne fit aucun faux pas et se tira de l'exercice de façon très honorable. Là où Lamperti n'aurait pas manqué de souligner des défauts, elle avait compensé en ajoutant suffisamment d'émotion pour que les dames assises en face d'elle ouvrent de grands yeux émerveillés.

Elle refusa toutefois de chanter d'autres airs, préférant préserver sa voix. Étrangement, la frustration qu'elle imposait à son public, loin de lui causer du tort, la rendit plus populaire encore. Tout le monde s'extasia devant la conscience professionnelle d'une si jeune personne, et plusieurs déclarèrent que l'air d'Amina les avait convaincus et qu'ils ne manqueraient pas d'aller écouter l'opéra au théâtre, la semaine suivante. En quittant le salon de musique, Emma voulut remercier von Heirchmann pour son intervention, mais il était en grande conversation avec la femme qui avait été sa voisine à table. Elle n'osa pas le déranger.

Si elle s'était retournée, pourtant, elle aurait vu qu'il la suivait du regard.

* * *

Il y eut d'autres soirées similaires, tout le temps que durèrent les représentations au théâtre. Emma retrouvait souvent les mêmes invités, pour la plupart des étrangers de tous les horizons installés à Messine au hasard de leurs affaires, pour des périodes de temps plus ou moins longues, et unis par un même attrait pour les arts et la bonne société. Da Fonseca semblait partout et participait à la majorité de ces soirées, la plupart du temps accompagné de Béatrice. Emma eut aussi l'occasion de croiser von Heirchmann à quelques reprises ; il se montra toujours aussi aimable.

La jeune chanteuse avait vite compris que l'intérêt de ces soirées ne se situait pas seulement dans les plaisirs de la table ou de la compagnie. Elle rencontra plusieurs fois des imprésarios ou des directeurs de théâtre de moyenne envergure, dont certains étaient à la recherche de nouveaux talents. Alors que son contrat à Messine devait se terminer bientôt et qu'elle envisageait déjà son retour à Milan, elle décrocha trois autres contrats, d'abord à Malte, puis à Cento et à Florence. Certes, ce n'était que des contrats de deux ou trois soirées, mais il s'agissait tout de même de véritables engagements professionnels. Emma voyait pour la première fois de l'argent entrer dans sa bourse au lieu d'en sortir perpétuellement. Les montants n'étaient pas négligeables et assuraient à Nellie et à elle de pouvoir continuer leur vie à Milan. Pour le moment, Emma n'avait pas d'autres ambitions.

Elle quitta donc Messine un beau matin, accompagnée de Nellie, laissant derrière elle un directeur ravi du succès qu'il avait eu avec sa jeune recrue. Il promit à Emma de faire de nouveau appel à elle lorsqu'il en aurait besoin. La troupe fut divisée : certains rentraient à Rome, Turin ou Naples, d'autres restaient à Messine, d'autres encore partaient pour la France. Chacun avait ses propres engagements et s'en allait rejoindre une autre troupe, un autre théâtre. Béatrice, quant à elle, laissa ses chers opéras romains de côté pour un moment et partit s'installer dans un petit appartement cossu du centre de Messine, aux frais de Da Fonseca.

À Malte, Emma rencontra un nouveau succès, même si elle ne resta pas assez longtemps pour que son nom acquière la renommée qu'elle espérait. Elle chanta notamment pour un petit régiment de soldats anglais. Lors d'une soirée qu'elle passa en leur compagnie, elle fit la connaissance d'un imprésario qui lui recommanda de se rendre à Londres. Selon lui, c'était le meilleur endroit où elle pourrait décrocher un contrat permanent dans un opéra, chose que recherchaient la majorité des chanteurs.

Finalement, Emma rentra à Milan et retrouva – non sans un certain malaise – sa petite vie tranquille chez madame Morelli. Dans sa chambre, rien n'avait bougé. Les cours au Conservatoire reprirent et les arbres changèrent progressivement de couleur, annonçant l'hiver. Après le printemps et l'été qu'elle avait passés à Messine, puis à Malte, où elle avait goûté à une vie professionnelle indépendante, Milan lui semblait un étrange retour en arrière.

Lamperti ne lui avait pas demandé comment s'était déroulé l'opéra de Messine. Il était rare, une fois que ses élèves avaient obtenu un engagement professionnel temporaire, qu'ils reviennent ensuite continuer leurs cours au Conservatoire. La plupart du temps, ils s'en allaient pour démarrer leur carrière et ne revenaient plus. Emma s'était crue obligée de rassurer son maître sur le fait que le contrat de Messine s'était parfaitement bien déroulé, mais Lamperti l'avait aussitôt interrompue : il avait reçu des lettres de la part du directeur du théâtre et savait qu'Emma avait fait grande impression là-bas. Il ne lui parla d'ailleurs jamais du succès qu'elle avait remporté. Dès l'instant où elle remit les pieds au Conservatoire, il la traita de nouveau comme n'importe laquelle de ses élèves.

Quoiqu'elle se soit sentie un peu déstabilisée par ce retour, Emma accepta avec humilité le fait de n'être à nouveau qu'une simple étudiante parmi les autres. Adèle, Inès, François et quelques autres étaient toujours à Milan ; ils retrouvèrent leur amie avec plaisir. Mais d'autres membres du groupe étaient partis. Russel avait quitté la maison de madame Morelli, car il s'était marié dans le courant de l'été et vivait désormais à Bologne, dans la famille italienne de sa jeune épouse. Antonio était parti pour Rome où il avait obtenu un engagement pour la saison, au grand dam d'Inès qui lui écrivait presque tous les jours.

À l'hiver, Emma s'absenta deux fois pour honorer ses engagements à Cento et à Florence. Chaque fois, elle emmena Nellie pour ne pas avoir à voyager seule, mais cette dernière commençait à rechigner. Elle avait toujours eu l'habitude de suivre son aînée sans faire de commentaires, mais depuis qu'elle vivait à Milan elle s'émancipait peu à peu. Elle commençait à se soucier de ses propres intérêts. Interrompre ses cours de piano devenait de plus en plus difficile, en particulier maintenant qu'elle en était rendue à un tel niveau d'excellence. Toujours discrète, Nellie n'avait en effet jamais cessé de travailler avec acharnement et parvenait maintenant à des sommets de virtuosité lorsqu'elle avait un clavier sous les doigts. Elle appréciait tout particulièrement son professeur, dont elle avait de plus en plus de mal à se défaire pour suivre sa sœur dans ses déplacements. Emma sentait que le jour approchait où leurs chemins se sépareraient.

La jeune femme devait chaque fois s'absenter plus d'une quinzaine de jours, en particulier à Cento où le voyage s'était avéré plus long que prévu en raison du mauvais entretien des voies ferrées. Les autres élèves ne se formalisaient pas de ces absences prolongées et il n'y avait pas envers elle la même jalousie mal contenue qui avait plané au-dessus des têtes quelques mois auparavant, lorsque Marta était partie pour Rome. Bien sûr, elle faisait des envieux – après tout, la plupart des élèves n'avaient pas eu encore la chance de travailler. Mais alors que Marta s'était montrée discrète et isolée, Emma, au contraire, avait beaucoup d'amis affectueux. Ils se réjouissaient pour elle et s'assuraient que les mauvaises langues se tiendraient tranquilles.

Les deux sœurs retrouvèrent la ville de Florence avec un grand plaisir, près d'un an et demi après leur périple en Toscane. C'était l'hiver, mais la ville restait agréable. Emma et Nellie étaient logées dans un charmant hôtel près de l'opéra, qui se trouvait à quelques pas des musées et des vieilles églises qu'Emma aimait tant visiter. Les représentations se déroulèrent parfaitement bien et, là encore, comme à Messine et à Cento, il ne s'écoula que quelques jours avant que la salle se remplisse et que les journaux ne parlent du talent et du succès de la jeune chanteuse. La loge d'Emma se remplissait de fleurs chaque soir.

Une fois, pourtant, la cantatrice eut une mauvaise surprise. Un soir qu'elle rentrait dans sa loge après avoir longuement chanté, rappelée plusieurs fois par le public, elle trouva un mot d'un admirateur qui affirmait qu'il l'avait entendue le premier soir et que, depuis, fasciné par son talent et sa beauté, il ne pouvait s'empêcher de la revoir, encore et encore. Avec la longue lettre enflammée de cet admirateur inconnu, Emma trouva une cassette de bois ouvragé. En l'ouvrant, elle laissa échapper un cri qui ameuta les habilleuses et les deux autres chanteuses qui se trouvaient là. La cassette était remplie de bijoux magnifiques : des colliers de perles, de grosses améthystes et une émeraude montées en bagues, d'innombrables diamants et même un petit diadème composé de dizaines de minuscules saphirs.

Ne pouvant décemment pas accepter un tel cadeau, Emma, affolée, fit appeler le directeur de l'opéra. On fit enquête, on se renseigna sur l'admirateur passionné. L'homme était réputé pour n'avoir plus toute sa tête ; ce n'était pas la première fois qu'il agissait de manière inconsidérée. Marié, il avait offert à Emma rien de moins que la totalité des bijoux de sa femme. Heureusement, le directeur prit les choses en main : la jeune femme rédigea un mot d'excuse pour l'épouse flouée et l'on renvoya séance tenante la cassette et les bijoux à leur propriétaire.

L'aventure allait rester pour Emma une inoubliable leçon. Elle se comportait toujours de façon aimable avec ses admirateurs, essayant de se rendre disponible et de répondre à leurs hommages. La plupart du temps, ces gens ne cherchaient qu'à lui glisser un mot, la féliciter pour son talent ou la remercier pour le plaisir qu'ils avaient eu à l'écouter. Parfois, ils cherchaient à savoir d'où elle venait, où elle avait déjà chanté, qui étaient ses professeurs, ce à quoi Emma répondait toujours gentiment et avec une totale franchise. Cette histoire de bijoux, en revanche, était d'une autre mesure, et cela la perturba pendant plusieurs jours. Elle se promit de faire plus attention pour ne pas provoquer d'autres situations délicates de ce genre.

De retour à Milan pour le reste de l'hiver, Emma continua ses études. Mais la remarque de l'imprésario anglais rencontré à Malte faisait son chemin. Elle chercha à se renseigner sur Londres en discutant avec les autres étudiants du Conservatoire. Elle se permit même d'écrire à Russel pour lui demander plus d'informations sur sa ville d'origine. Le jeune homme répondit poliment que Londres était réputée pour ses opéras, qu'il y avait là-bas de grands théâtres, et qu'il retournerait probablement lui-même s'y établir d'ici quelques années.

Enfin, l'ultime avis qu'elle demanda fut celui de Francesco Lamperti. En raison de la nature sombre et taciturne du maître, les élèves étaient peu portés à se confier à lui, mais Emma savait qu'il se montrait toujours à l'écoute. Effectivement, lorsqu'elle lui demanda un entretien à la fin d'un cours, Lamperti rangea ses partitions, congédia la pianiste, puis tourna ses yeux gris perçants vers elle. Elle avait toute son attention.

— On m'a conseillé de me rendre à Londres, monsieur. Certaines personnes m'ont dit que ma voix et mon jeu intéresseraient beaucoup les Anglais.

— N'êtes-vous pas satisfaite des contrats que vous avez obtenus ici, en Italie ? demanda-t-il.

Lamperti était un professeur sévère, mais il n'usait jamais de sarcasme. Il avait posé sa question d'un air naturel et la jeune femme répondit de la même façon.

— Si, bien sûr, et le public italien est très réceptif. Mais il n'est pas facile pour moi de voyager autant et je préférerais tenter ma chance pour un engagement annuel dans un opéra.

Le maître pinça les lèvres et de fines petites rides apparurent au coin de ses yeux, signe qu'il réfléchissait.

— Vous avez sans doute raison. On ne peut nier que les Italiens soient très jaloux de leurs artistes nationaux. Bien que votre nom de scène puisse faire illusion un moment, vous resteriez étrangère à leurs yeux et auriez probablement du mal à vous faire une place à Rome ou à Turin. J'ignore qui vous a conseillée, mais l'avis est assez bon : Londres serait un bon choix pour vous. Connaissez-vous quelqu'un, là-bas ?

— Non. Je pensais organiser un voyage pour me présenter moi-même.

— Je doute qu'un directeur vous prenne au sérieux avec une telle démarche. Mais donnez-moi quelques semaines ; je connais quelqu'un à Londres qui pourrait vérifier pour vous s'il y a des auditions. Avec un peu de chance, vous pourriez peut-être obtenir un engagement pour la saison prochaine.

Le temps passa au point qu'Emma se demanda si Lamperti ne l'avait pas oubliée. Mais un jour, alors qu'il venait d'entrer dans la salle pour son cours privé avec la jeune femme, il déposa une lettre devant elle.

— Le Her Majesty's organise des auditions en juin, dit-il le plus naturellement du monde et sans la moindre transition. Je vous ai rédigé une lettre d'introduction pour son directeur, monsieur Mapleson.

Il n'en fallut pas plus. Quelques mois plus tard, Emma et Nellie prenaient le bateau et s'en allaient à Londres.

10

Le voyage fut assez long. Emma et Nellie refirent en sens inverse le chemin qu'elles avaient parcouru près de trois ans auparavant et s'arrêtèrent à Paris, profitant de l'occasion pour aller saluer madame Lafitte. La vieille dame, qui avait suivi avec attention la suite des études de ses protégées, les accueillit à bras ouverts. Malgré la guerre contre les Prussiens et le siège dont Paris se remettait à peine, sa maison avait été épargnée par les bombardements et elle y vivait toujours, comme dans un univers hors du temps. Quant à Marie-Eugénie, qu'Emma aurait tellement souhaité revoir, elle avait fui la capitale dès les premiers coups de canons. Visiblement déçue par le talent trop peu éblouissant de la jeune femme, son autoritaire grand-mère se consolait en lui cherchant le meilleur parti pour un bon mariage; elle l'emmenait partout avec elle à titre de demoiselle de compagnie. Emma sentait déjà, dans les lettres que son amie lui écrivait régulièrement, toute la résignation de l'ancienne élève de Duprez face à une destinée encore une fois décidée pour elle.

Après quelques jours dans la capitale, les deux sœurs prirent le train pour Dieppe, où les attendait un bateau qui allait les mener en Angleterre. La côte normande, cette fois, parut à Emma plus typique que ce qu'elle avait vu à son arrivée en Europe. Dieppe était une ville charmante, avec ses hautes falaises blanches, ses plages de galets et ses riches maisons bourgeoises qui s'alignaient sur le bord de mer pour offrir à leurs occupants une vue imprenable sur la Manche. C'était pour Emma le genre d'endroits où elle se sentait rapidement à l'aise. Elle fut déçue de ne pouvoir s'y attarder.

Parti de Dieppe tôt le matin, le bateau arriva à Newhaven, sur la côte anglaise, dans le courant de la journée. Les jeunes femmes achevèrent leur périple à Eastbourne, la ville voisine, où elles prirent une chambre dans une petite auberge. Eastbourne ressemblait beaucoup à Dieppe. C'était également une petite ville de villégiature, où les Londoniens se rendaient chaque année pendant plusieurs mois pour respirer le grand air. Ses falaises blanches faisaient écho aux falaises normandes. Par temps clair, du haut de la Beachy Head – une pointe rocheuse qui culminait à l'extérieur de la ville –, on pouvait même apercevoir la côte française, située à une centaine de kilomètres.

Les sœurs Lajeunesse ne restèrent à Eastbourne que deux jours et elles en profitèrent pour visiter la ville autant que possible. Elles se promenèrent longuement sur la plage, observant du coin de l'œil quelques jeunes hommes en costumes de bain qui se jetaient dans l'eau froide en criant, tandis que leurs compagnes, recouvertes de voilettes blanches pour éviter le soleil, le sable et le vent, les attendaient sagement sur le bord.

Il y avait aussi d'agréables moments à passer sur le môle, une longue et large jetée qui s'avançait dans la mer, d'où l'on pouvait observer les vagues pendant des heures. Le dimanche, peu de temps avant que les deux sœurs ne reprennent leur voyage, le môle fut pris d'assaut par des familles bourgeoises qui sortaient de l'église. Les parents tenaient par la main de jeunes enfants ravissants dans leurs beaux vêtements du dimanche et achetaient des sucreries ou des boissons aux petits commerces ambulants répartis tout le long de la jetée. Le bruit des talons sur le large plancher de bois, ajouté aux bruissements des jupes dans le vent et aux cris des mouettes au-dessus des têtes, donnait au môle un charme tout particulier. La construction, récente, attirait aussi tout un tas de curieux prêts à se laisser tenter par les activités offertes sous la grande coupole installée à son extrémité. Nellie retrouva vite sa passion pour les jolies robes en observant les dernières modes de Londres. Les dames défilaient en bavardant ou en s'éventant distraitement, avec l'intention évidente de se faire voir de tous, et Nellie ne boudait pas son plaisir. Emma, pour sa part, se laissait bien plus facilement captiver par le vol des mouettes et le fracas continu des vagues se brisant sur les piliers de la jetée. N'ayant jamais vécu au bord de la mer, c'était un spectacle qu'elle ne se lassait pas de contempler.

Finalement, le voyage reprit avec le départ du train qui allait emmener les deux jeunes femme jusqu'à la capitale.

Et ce fut Londres.

* * *

Le jour de l'audition, Emma se prépara longuement. Elle commença ses vocalises dès l'aube, sans tenir compte des protestations venant de la chambre voisine. Elle jouait aujourd'hui une de ses plus importantes cartes : si elle plaisait au directeur, elle pourrait décrocher un contrat d'une saison entière. Cela signifiait préparer des opéras et chanter pendant plusieurs mois dans cette grande capitale. En plus de lui permettre de gagner sa vie pendant un bon moment, cela signifiait aussi commencer à se faire un nom et à gagner un public de fidèles. Si Messine avait été la première étape, Emma se rendait compte que ce n'était qu'une introduction à sa carrière. C'était ici, peut-être, qu'allait se jouer le premier acte.

Elle avait fait envoyer un message indiquant qu'elle se trouvait disposée à passer une audition. Le groom ne lui avait apporté la réponse que la veille au soir : on l'attendait à dix heures et elle était libre de proposer ses propres musiques. Nerveuse, la cantatrice attendait maintenant en faisant les cent pas qu'il soit l'heure de se rendre à l'opéra.

Sa sœur et elle étaient descendues tout près du Leicester Square, dans un hôtel qu'un ami du Conservatoire leur avait recommandé. C'était une adresse idéale : les jeunes femmes se trouvaient à quelques rues seulement de la plupart des grands théâtres et des opéras. Toutefois, désorientée dans cette grande ville qui ressemblait à Paris du fait que les rues étaient parfois aussi anarchiques, Emma préféra faire appeler une voiture lorsqu'il lui fallut se présenter pour son audition.

— Mon Dieu, j'ai oublié la lettre de monsieur Lamperti ! s'exclama-t-elle, affolée, alors qu'elle inspectait une dernière fois le contenu de son petit sac, en attendant dans le hall de l'hôtel l'arrivée de la voiture. Je l'ai laissée sur le petit bureau !

— Ne bouge pas d'ici, je vais te la chercher, dit Nellie en bondissant de son fauteuil avant de remonter à la chambre.

Elle n'était pas encore redescendue quand le concierge de l'hôtel fit signe à Emma. La voiture était arrivée.

Emma sortit à la rencontre du cocher.

— Excusez-moi, j'ai besoin de quelques minutes, lui dit-elle alors que celui-ci sautait à terre pour la saluer avant de lui ouvrir la porte.

Il hocha la tête, puis il s'appuya contre la voiture et sortit une cigarette. Emma, elle, trépignait sur le parvis de l'hôtel en attendant que sa sœur redescende avec la précieuse lettre de recommandation. Le temps passait et elle craignait d'être en retard à son rendez-vous.

Enfin, Nellie arriva en courant.

— La voilà ! dit-elle en fourrant l'enveloppe dans le sac de sa sœur avant de l'embrasser. Je te souhaite bonne chance, Emma !

— Merci. J'espère que tout se passera bien…

Le cocher, qui était remonté sur son siège, se pencha vers sa cliente.

— Et où allons-nous, mademoiselle ?

— À l'opéra. Et le plus vite possible, si vous le pouvez. Je crois que je suis déjà en retard.

L'homme faisait ce qu'il pouvait, mais la circulation dans les rues de Londres était aussi pénible que ce qu'Emma avait connu à Paris, à l'époque où la ville était engloutie sous les travaux gigantesques du baron Haussmann. Dans la voiture, incapable de tenir en place sur la banquette de cuir fatigué, Emma se rongeait les sangs. Elle avait toujours mis un point d'honneur à être ponctuelle : pour une audition de cette importance, elle tenait à se montrer professionnelle et à faire bonne impression.

Enfin, la voiture s'arrêta devant une grosse bâtisse de craie, flanquée de six colonnes soutenant un large fronton. De part et d'autre se trouvaient deux statues, installées dans de petites niches décorées. Mais Emma avait bien d'autres choses en tête, à cet instant, pour s'arrêter à contempler la façade. Elle sauta de la voiture sans attendre que le cocher vienne lui ouvrir et lui glissa dans la main l'argent pour la course. Elle n'avait pas vérifié si le compte était bon, mais comme l'homme ne chercha pas à la rattraper, elle supposa qu'il était satisfait. Elle se mit alors à courir vers l'entrée avec autant de dignité que possible.

À l'intérieur, la jeune femme s'arrêta tout net. Il n'y avait personne dans l'immense hall, et la porte qui venait de se refermer derrière elle avait coupé les bruits de la rue. Dans ce silence ouaté et imposant, Emma entendit battre son cœur et tenta de calmer sa respiration. Elle s'avança vers le comptoir des billets, mais personne ne se trouvait derrière. Indécise, la chanteuse se mit à piétiner dans le hall, dans un sens puis dans l'autre. Devait-elle appeler ? Se rendre directement dans la grande salle ? Finalement, elle aperçut sur le comptoir une petite sonnette en cuivre. Comme elle se dirigeait dans cette direction, elle entendit des pas et se retourna.

Un homme d'un certain âge descendait le grand escalier de pierre. De taille moyenne, l'air respectable, il avait un crâne très lisse et une couronne de cheveux blancs qui se terminaient en favoris touffus sur ses joues. En voyant Emma, ses lèvres minces s'étirèrent en un sourire poli.

— Puis-je vous aider, mademoiselle ?

— Oui, s'il vous plaît. Je suis venue pour l'audition. Pouvez-vous me dire à qui je dois m'adresser ?

— L'audition ? J'ignorais qu'on donnait une audition aujourd'hui, dit l'homme en fronçant les sourcils.

— J'ai écrit il y a quelques jours, et on m'a répondu hier soir que je devais me présenter ce matin.

Emma omit volontairement de préciser à quelle heure elle était convoquée, car il devait bien être dix heures trente, maintenant. Fouillant dans son sac, elle présenta le billet qu'elle avait reçu.

— Oh, je vois, dit l'homme avec un sourire. Dites-moi, mademoiselle, d'où venez-vous donc ?

— Je suis née au Canada. Actuellement, j'étudie au Conservatoire de Milan.

— Vraiment ? Qui est votre professeur ?

— Monsieur Lamperti.

Les sourcils de l'homme se haussèrent très légèrement, comme s'il prenait le renseignement avec toute l'importance nécessaire. N'était pas élève de Lamperti qui voulait.

— Avez-vous déjà chanté, mademoiselle ? demanda-t-il. Je veux dire, avez-vous déjà obtenu des contrats ?

— Oui. J'étais Amina dans *La sonnambula*, à Messine, l'an passé, et j'ai aussi chanté à Malte, à Cento et à Florence.

Cette fois, l'homme la regarda en plissant légèrement les yeux, comme s'il réfléchissait. À cet instant, une dame apparut par une porte en arrière du comptoir et vint s'asseoir à la place qu'elle avait visiblement quittée depuis peu. Voyant la visiteuse, elle se tourna vers l'homme. Mais avant qu'elle ait pu proposer de s'occuper de la jeune femme, celui-ci lui fit un signe de la main pour la renvoyer à ses occupations.

— Alors peut-être pourriez-vous interpréter cet air d'Amina que je n'ai pas entendu depuis si longtemps ? répondit-il enfin à Emma, avec un sourire aimable.

— C'est donc avec vous que je dois passer l'audition ?

— C'est avec moi. Permettez-moi de me présenter : je suis Frédérick Gye. Je suis le directeur de cet opéra.

— Mais je croyais que…

— Si vous voulez bien me suivre, mademoiselle.

Emma se tut. Elle suivit l'homme le long d'un grand couloir assez sombre, mais très frais. Elle avait encore sur les tempes une légère sueur causée par sa course et la chaleur de ce mois de juin, et la fraîcheur des lieux lui fit du bien. Elle se détendit.

Frédérick Gye la fit entrer dans son bureau. C'était une large pièce, au plafond très haut, trouée de deux fenêtres immenses. Un grand bureau de chêne, orné de petits reliefs en bronze, trônait au centre. Deux tapisseries suspendues aux murs – une Diane au bain et un Apollon jouant de la lyre entouré de ses Muses – s'ajoutaient à l'épais tapis qui recouvrait le parquet pour étouffer les bruits et donner à cette pièce une acoustique honorable. Emma se rassura : elle pourrait chanter dans un environnement qui ferait honneur à sa voix, ce qui, pour une audition, était de première importance.

L'homme s'assit confortablement dans son fauteuil et se tourna vers elle.

— Je vous écoute, mademoiselle.

— Vous voulez que je chante *a cappella* ? demanda Emma, surprise du traitement un peu spartiate qu'on lui accordait.

— Si vous le voulez bien, oui. Je ne possède pas de piano dans ce bureau.

Il se comportait de manière mi-figue, mi-raisin, et Emma ne savait trop quoi en penser. Les précédentes auditions auxquelles elle avait participé avaient toujours été plus formelles. Mais elle ne se démonta pas. Ella avait fait tout ce chemin pour chanter, elle allait donc s'exécuter.

Et impressionner autant que possible son unique auditeur.

Elle chanta donc quelques extraits de *La sonnambula*, qu'elle maîtrisait maintenant à la perfection, ainsi que plusieurs morceaux qu'elle avait soigneusement choisis pour montrer l'étendue de ses capacités. Il y avait des pièces allemandes, un chant liturgique en latin, et même un chant traditionnel irlandais qu'elle avait chanté plusieurs années auparavant, en hommage à l'évêque d'Albany. Chaque fois, Gye lui faisait un léger signe de la main, lui indiquant qu'elle pouvait poursuivre, et la jeune femme enchaînait alors avec un nouveau chant.

Enfin, le directeur la remercia, sans émettre le moindre commentaire sur ce qu'il venait d'entendre.

— Qu'est-ce qui vous a incitée à venir chercher du travail à Londres, mademoiselle? demanda-t-il. Vous connaissez quelqu'un ici?

— Pas du tout. Simplement, j'ai entendu parler de la qualité des opéras de Londres. J'avais beaucoup d'amis anglais au Conservatoire. Et puis… monsieur Lamperti pensait que c'était une bonne idée, et je suis toujours ses conseils.

— Vous avez bien raison. Monsieur Lamperti est un grand homme et il vous a bien formée.

Il resta songeur un instant. Emma n'osa pas le tirer de ses pensées et attendit sagement, toujours debout au milieu du tapis. Finalement, l'homme jeta un œil à son bureau. Il fouilla dans une pile de papiers, en sortit une feuille et la parcourut des yeux.

— J'aurais une place pour vous, au printemps prochain, reprit-il enfin. Vous maîtrisez bien le rôle d'Amina, et c'est justement cet opéra que je m'apprête à produire ici.

Emma réprima le bondissement dans sa poitrine. Elle avait un contrat!

— Je vous remercie, monsieur, c'est un plaisir de…

— Ce n'est pas tout, la coupa-t-il, toujours plongé dans ses papiers. Je vous veux ici pour cinq ans.

— Je vous demande pardon?

Il releva la tête. Devant l'air stupéfait de la cantatrice, il ne put retenir un large sourire.

— Mais oui, c'est un contrat de cinq ans que je vous offre. Vous commencerez avec *La sonnambula*, mais ensuite je vous ferai chanter d'autres rôles. L'opéra ne manque pas de rôles intéressants pour les jeunes premières comme vous.

La bouche d'Emma s'ouvrait en «o» tandis que celle de Gye s'amincissait au fur et à mesure que son sourire grandissait.

— Vous avez une excellente voix, mademoiselle… euh…

— Albani, répondit celle-ci. Emma Albani.

— Emma Albani… Eh bien, vous avez une excellente voix, mademoiselle Albani. Même si vous êtes encore jeune et que j'attends de voir ce que vous valez réellement sur une scène, je suis confiant. Vous avez du potentiel.

Et il ajouta d'un ton amusé :

— Et croyez-moi, je suis bien heureux de m'en être rendu compte avant le Her Majesty's…

Emma, qui avait du mal à assimiler tout ce qui se passait, ne sut rien faire d'autre que bredouiller. Elle ne comprenait plus rien.

— Vous êtes ici au Covent Garden, mademoiselle, dit Gye d'un ton très doux.

* * *

Il y avait donc eu une erreur magistrale.

Emma se revoyait, disant distraitement au cocher : « À l'opéra ! » Et le cocher avait interprété la destination à sa manière, la menant devant le Covent Garden au lieu du Her Majesty's.

L'erreur était compréhensible. Depuis qu'il avait passé au feu, cinq ans auparavant, le Her Majesty's connaissait des difficultés et ne donnait plus autant de représentations que lors de ses années de gloire. L'essentiel de la troupe avait déménagé dans un autre théâtre. Le directeur, le colonel Mapleson, débattait régulièrement avec lord Dudley, qui avait financé la reconstruction des lieux ; leurs disputes étaient connues de tout le quartier. Le Her Majesty's n'était donc plus aussi actif que par le passé ; c'est pourquoi le cocher n'avait pas songé un seul instant à cet endroit lorsque sa cliente lui avait demandé de la conduire à l'opéra.

Frédérick Gye allait se souvenir longtemps de cet heureux hasard, et Emma, plus encore. Elle devait à un simple cocher le début de sa carrière londonienne ! Nellie rit à s'en tenir les côtes lorsque sa sœur lui raconta l'aventure, d'autant plus que ladite aventure s'était bien terminée.

Quelques jours plus tard, moins pressée et plus détendue, Emma se présenta au Covent Garden pour signer son contrat. Cette fois, elle arriva dans l'après-midi, et l'ambiance était toute différente. Des gens allaient et venaient dans les couloirs, on s'interpellait, on se dépêchait. La grande activité qui régnait partout contrastait avec le silence imposant des lieux lors de sa première visite.

Gye l'accueillit avec gentillesse et lui proposa de lui faire visiter les lieux avant qu'elle ne signe. Pour la première fois, Emma découvrit la grande salle, sa coupole opaline et ses fauteuils tendus de velours rouge, ainsi que le proscenium extrêmement haut qui encadrait la scène et la faisait, du coup, paraître nettement plus étroite. Des machinistes et des ouvriers s'agitaient en tous sens, s'apostrophaient entre les cintres, grimpaient et descendaient le long des cordages pour mettre en place les toiles peintes d'un décor. On aurait dit des matelots dans les voilures d'un grand mât. En voyant ce spectacle, la jeune femme eut un sourire qu'un des ouvriers, croyant sans doute qu'il lui était destiné, lui rendit aussitôt, agrémenté d'un clin d'œil.

Suivant toujours le directeur, Emma visita ensuite les baignoires des spectateurs – dont la majorité était louée à l'année – et les loges des artistes. Chaque fois qu'ils rencontraient quelqu'un, Gye la présentait comme la prochaine jeune chanteuse de la troupe, expliquant qu'elle se joindrait à eux dans quelques mois. Et chaque fois, la jeune femme était accueillie avec un sourire ou un mot de félicitations.

— Ah, voici mon fils ! dit Gye en apercevant un individu en train de parler avec l'un des ouvriers.

Interrompant sa conversation, le jeune homme se tourna vers eux.

— Ernest, je vous présente mademoiselle Emma Albani, qui sera des nôtres au printemps prochain. Rappelez-vous, je vous en ai parlé hier. Vous la reverrez souvent, je l'ai engagée pour les années à venir.

Ernest Gye esquissa un sourire poli et accueillit la nouvelle venue avec les formules d'usage.

— Mon fils reprendra ce théâtre quand je ne serai plus là pour m'en occuper, dit Frédérick Gye à Emma tandis qu'ils s'éloignaient, laissant Ernest et l'ouvrier à leurs occupations.

Enfin vint le moment un peu solennel où Emma apposa sa signature en bas d'un contrat comportant plusieurs pages, après que Gye lui en eut soigneusement expliqué tous les termes. Elle était engagée pour assurer les cinq prochaines saison, c'est-à-dire pour chanter chaque fois au Covent Garden pendant près de la moitié de l'année. Ses frais de résidence n'étaient pas pris en charge, mais on lui accorderait une avance sur ses gages pour qu'elle puisse s'installer convenablement à Londres au printemps suivant. Elle devait se présenter en février pour commencer les répétitions, afin d'assurer la première de *La sonnambula* au début d'avril. D'ici là, elle était libre de faire ce que bon lui semblait.

Emma, qui avait dorénavant plusieurs mois devant elle, ne voyait pas ce qu'elle pouvait faire d'autre à part rentrer à Milan et continuer ses cours avec Lamperti le plus longtemps possible. Comme il n'y avait pas, dans cet enseignement, de cursus établi, la jeune femme pouvait décider elle-même de poursuivre ou de cesser ses cours à n'importe quel moment. Contrairement aux autres étudiants qui cherchaient à voler de leurs propres ailes dès qu'ils avaient empoché leurs premiers cachets, Emma était consciente qu'elle ne cesserait jamais d'apprendre. Le fait d'être déjà montée sur scène et d'avoir été rémunérée ne la dispensait pas d'apprendre encore de nouvelles subtilités auprès de son maître. Et puis, elle devait songer à Cornélia qui, elle, continuait toujours ses cours de piano et suivait sa sœur par nécessité plutôt que par réel désir.

Toutefois, après avoir fait un si long voyage pour se rendre jusqu'à Londres, Emma n'était pas prête à repartir tout de suite. Elle écrivit donc à Lamperti pour lui annoncer qu'elle avait obtenu un engagement au Covent Garden et qu'elle comptait rentrer à Milan au début de l'automne pour poursuivre ses cours avec lui en attendant d'honorer son contrat. La réponse de Lamperti fut laconique : il se contenta de la féliciter pour le succès de son audition, mais ne glissa pas un mot sur sa fidélité d'étudiante.

Les deux sœurs Lajeunesse passèrent donc l'été à Londres. Profitant des revenus assez confortables dont elles disposaient maintenant grâce aux contrats qu'Emma avait déjà exécutés, elles ne se privèrent pas de visiter les musées et les théâtres. Sortie de son contexte d'élève studieuse et enfin maîtresse de sa bourse, Emma se remettait à jour en ce qui concernait les opéras à la mode que l'on jouait à Londres. L'hôtel où elle logeait avec Nellie était tellement bien situé qu'elle sortait à la première occasion : elle se promenait pendant des heures, passait de théâtre en théâtre, étudiait les affiches et les programmes, entrait parfois dans un musée sur un coup de tête, avant de revenir en fin de journée, éreintée, les pieds endoloris d'avoir tant marché, mais la tête pleine de tout ce qu'elle avait vu.

En outre, deux soirs par semaine, Nellie et elle mettaient leurs plus belles robes, accrochaient à l'occasion une aigrette de plumes à leurs cheveux, et allaient assister à un opéra, un concert ou une pièce de théâtre. Bien entendu, Emma privilégiait toujours les représentations du Covent Garden. Elle cherchait toutes les occasions pour se renseigner sur ce qu'on y jouait, sur les artistes lyriques les plus populaires qui y avaient fait leurs classes ou ceux qui s'y produisaient actuellement. Certains noms revenaient d'ailleurs plus souvent que d'autres. Emma se rendait peu à peu compte que les liens unissant les artistes aux différents théâtres où ils se produisaient étaient tissés serré.

* * *

Un soir, alors que Nellie et elle venaient d'assister à un opéra donné au Covent Garden, et qu'elles descendaient par le grand escalier en suivant la foule qui s'écoulait peu à peu dehors, Emma entendit appeler son nom.

En bas de l'escalier se tenait Frédérick Gye, entouré d'un petit groupe de gens. Emma n'avait pas revu le directeur du théâtre depuis la signature du contrat, et il semblait très fier de pouvoir la présenter aux personnes avec qui il s'entretenait.

— J'ignorais que vous étiez ici ce soir, mademoiselle. Mais venez, venez, que je vous présente au reste de la troupe. Vous serez probablement amenée à chanter avec la plupart d'entre eux...

Suivie de Nellie, qui parvenait à ne pas la lâcher d'une semelle malgré la foule, Emma emboîta le pas à Gye et se dirigea vers les coulisses. Dans le couloir menant aux loges, c'était un impressionnant défilé de spectateurs venus féliciter les artistes. Chacun saluait respectueusement le directeur avant de regarder d'un petit air curieux les deux demoiselles qui le suivaient. Des domestiques, dont certains étaient en livrée, portaient de gigantesques bouquets de fleurs, des lettres ou des paquets de toutes sortes, se heurtaient les uns les autres pendant qu'ils cherchaient l'artiste à qui les présents étaient destinés. Tout cela créait un brouhaha général, amplifié par l'étroitesse des couloirs. Cette effervescence rappela à Emma des souvenirs de fins de spectacle qu'elle avait déjà vécus. En voyant un domestique portant, dans un panier, un ravissant chaton blanc muni d'un gros ruban – et qui poussait des miaulements effrayés! –, elle songea à la jolie colombe teinte en rouge qu'on lui avait offerte. Elle se demanda avec curiosité quelles nouvelles surprises ses admirateurs lui offriraient lorsqu'elle les accueillerait l'an prochain.

Ouvrant tour à tour les portes – les chanteurs les plus connus, qui avaient les rôles principaux, disposaient de loges privées –, Frédérick Gye présenta sa jeune recrue aux membres de la troupe, n'hésitant pas pour cela à interrompre les conversations en cours. Quoique d'humeur affable, il était visiblement habitué à imposer son autorité et sa préséance. À ses côtés, Emma, qui n'oubliait pas la rivalité qui existait entre les artistes, se montrait souriante et humble, cherchant déjà à se faire accepter par ses futurs partenaires. Nellie, quant à elle, restait muette, tellement invisible que ce ne fut qu'au bout d'un long moment que Gye remarqua sa présence et se soucia de savoir qui elle était.

Enfin, on entra dans une loge nettement plus grande que les autres.

— Mademoiselle Patti, je voudrais, ma chère, vous présenter une future amie, dit Gye d'un ton mielleux.

Adelina Patti était une soprano à la carrière confirmée depuis plusieurs années déjà. Comme l'en attestait sa loge, remplie de fleurs au point qu'on ne savait plus où mettre les bouquets qui ne cessaient pourtant pas d'arriver, elle était la véritable vedette de la soirée. Emma se sentit soudain intimidée.

La Patti – comme on l'appelait déjà, ainsi qu'on le faisait pour les plus grandes chanteuses – était sans conteste l'exemple de ce qu'Emma voulait devenir.

Sur scène, elle était éblouissante. En coulisse, elle était reine. Assise dans un grand fauteuil, tout auréolée des centaines de fleurs qui encombraient la loge, elle prenait un air détaché et détendu pour accueillir ses visiteurs. Ses cheveux noirs étaient savamment dénoués sur une robe d'intérieur luxueuse, et elle tenait sur ses genoux un petit chien qui jappait nerveusement et qu'elle ne parvenait à calmer qu'en lui caressant les oreilles.

La jeune femme tourna ses yeux noirs vers Emma.

— Ainsi, voici donc la petite nouvelle dont vous m'avez parlé, monsieur le directeur ? Cette Emma… Emma…

— Albani, répondit Emma. C'est un grand honneur de vous rencontrer, mademoiselle. J'espère avoir un jour la chance de chanter avec vous.

— Nous verrons cela.

Adelina n'était pas, à proprement parler, une très jolie femme. Mais elle savait faire de ce regard noir son meilleur atout, et rien, dans la pièce, ne pouvait éclipser l'aura naturelle qui semblait émaner d'elle. Reine en son royaume, elle avait un rire léger et une apparente bonne humeur qui lui attiraient toutes les sympathies. Elle tendit négligemment sa main à Emma, comme un signe de paix, mais la jeune femme ne fut pas dupe. Si la voix était de velours, chaude, modulée par un accent italien, ses yeux, si doux et pétillants lorsqu'ils regardaient Frédérick Gye, étaient devenus implacables.

Emma, toutefois, s'avança pour serrer la main tendue avec autant d'affection qu'il lui était possible. Gye eut un sourire approbateur. Adelina, elle, avait déjà tourné la tête, balayant la présence d'Emma comme si celle-ci n'existait plus, et accueillait un couple de spectateurs en poussant des cris de ravissement. L'entretien était terminé.

En quittant les lieux, Emma se demanda à quoi ressemblerait sa prochaine saison au Covent Garden. Il ne s'agissait plus d'endurer des partenaires difficiles pendant quelques semaines seulement, comme ça avait été le cas à Messine : il s'agissait de travailler avec eux, année après année, pendant au moins cinq ans.

Adelina Patti serait-elle une nouvelle demoiselle Béatrice ?

* * *

Joseph ne cacha pas sa joie ni sa fierté lorsqu'il apprit que sa fille avait obtenu son premier contrat de longue durée. Il fit même si bien circuler la nouvelle que madame Laperrière en personne envoya aussitôt à Emma une longue lettre de félicitations, dans laquelle elle s'épanchait longuement sur ses convictions personnelles quant au succès de la jeune femme.

Pour Emma comme pour sa sœur, ces lettres étaient le seul lien qui les rattachait encore à leur ancienne existence – qui leur semblait désormais si lointaine. Bien sûr, les années avaient passé depuis leur départ d'Albany, mais elles avaient déjà vécu tant de choses que le temps leur paraissait avoir compté en double. Les jours tranquilles sous le toit de Joseph Lajeunesse n'étaient déjà plus qu'un paisible souvenir d'enfance auquel ne se comparait pas leur vie en Europe.

Avec la lettre de madame Laperrière, Emma trouva une petite carte, très simple, dans laquelle Ferdinand avait jeté quelques mots aussi arides que conventionnels. Mais Emma fut plus touchée par cette simple carte que par les longs épanchements littéraires de madame Laperrière. Connaissant le peu d'enthousiasme qu'avait cet homme pour l'expression, elle reconnaissait la valeur de l'effort qu'il avait fait pour elle. Elle n'avait pas oublié qu'elle lui devait sa première soirée à l'opéra. Un jour, elle l'espérait, elle retournerait chanter sur les scènes d'Albany, et Ferdinand ne serait pas loin derrière Joseph pour venir l'écouter.

Si les choses évoluaient considérablement pour Emma, il en était de même pour Nellie. À Londres, au détour d'une rencontre fortuite dans un théâtre où, contrainte par la politesse la plus élémentaire, elle avait dû échanger quelques mots avec sa voisine – une grosse dame enrubannée comme un gâteau de fête –, elle avait été engagée par cette dernière pour donner des cours particuliers de piano. Après avoir enseigné quelques leçons à la nièce de la grosse dame, une enfant d'une dizaine d'années, on lui avait confié l'autre nièce, puis la voisine, puis le fils d'une amie. En peu de temps, Nellie avait obtenu quelques engagements réguliers chez ceux qu'elle appelait fièrement ses «petits élèves», et elle participait à la hauteur de ses moyens au train de vie qu'elle menait avec sa sœur. Elle était, avec ces enfants parfois capricieux, d'une patience infinie. Sa timidité face aux adultes qu'elle côtoyait semblait disparaître au contact des plus jeunes.

Mais le plus important était sans doute le regard brillant de Cornélia lorsqu'elle rentrait à l'hôtel après avoir passé une heure ou deux chez l'un de ses élèves. Emma n'hésita pas à en parler à son père : depuis le temps que Nellie se consacrait à ses études sans se préoccuper de ce qu'elle pourrait en tirer, en dehors du plaisir de jouer, la carrière de professeur pourrait peut-être s'avérer une option intéressante pour elle. Malheureusement, lorsque Emma suggéra à Nellie de chercher d'autres contrats, cette dernière se montra fidèle à elle-même : elle se referma comme une huître en prétextant qu'elle n'oserait jamais et qu'elle n'était qu'une simple musicienne. On en resta donc là.

* * *

Londres ne manquait pas de surprises et Emma eut bientôt d'autres sujets de préoccupation en tête. Un soir, alors qu'elle et sa sœur quittaient le Covent Garden après avoir assisté à un nouvel opéra – où Emma s'éclipsa sans chercher à revoir ses futurs compagnons de troupe –, un homme la héla.

Sur le moment, Emma n'y prêta pas attention. Dans la foule bigarrée qui s'écoulait sur le trottoir, avec le charivari des voitures venues chercher leurs maîtres ou leurs clients et celui des hommes qui appelaient leurs compagnes ou leurs domestiques, les deux sœurs tentaient de s'éloigner un peu plus loin dans la rue pour être enfin capables d'arrêter une voiture et de se faire reconduire à leur hôtel.

— Mademoiselle Albani !

Cette fois, la jeune femme avait distinctement entendu son nom. Elle se retourna, cherchant des yeux celui qui l'appelait. C'était sans doute monsieur Gye, ou bien son fils qu'elle avait croisé quelques fois. Ou encore ce baryton qui lui avait fait les yeux doux quand ils avaient été présentés.

Elle se trompait.

Très élégant, dans un costume gris perle et une cravate bouffante d'un blanc immaculé, gants de peau et canne d'ivoire à la main, s'avançait von Heirchmann.

— Monsieur ! fit Emma avec une surprise évidente. Je ne pensais pas vous croiser à Londres.

— Et moi donc, mademoiselle ! Seulement, je suis ici depuis trois semaines et j'ai entendu dire que vous alliez bientôt chanter au Covent Garden. J'avoue que, depuis, j'espérais bien vous y retrouver.

Emma eut un sourire. Elle ne savait trop si c'était le plaisir de revoir un visage connu ou bien le fait de l'entendre parler en français, avec ce même accent indéfinissable qu'elle connaissait bien. À ses côtés, Nellie l'interrogeait du regard. Emma en profita pour la présenter.

— Voici ma sœur, Cornélia Lajeunesse. Vous n'avez pas eu l'occasion de la rencontrer, mais elle aussi se trouvait à Messine avec moi.

— Lajeunesse? Ainsi voilà votre véritable nom? Eh bien, je suis enchanté, mademoiselle Lajeunesse. Je suis Karl von Heirchmann.

Il s'inclina galamment devant Nellie et celle-ci répondit d'une rapide courbette. C'était pourtant Emma que von Heirchmann regardait tandis qu'il saluait sa sœur, et le «mademoiselle Lajeunesse» semblait ne s'adresser qu'à elle.

Emma ne se troubla pas. Depuis qu'elle avait commencé à chanter et à se faire un nom respectable sur les scènes italiennes, elle apprenait à ne pas s'offusquer des regards tendres que lui offraient certains de ses admirateurs masculins. Chez von Heirchmann, pourtant, ce charme tranquille semblait faire partie de sa personne et ne portait à aucun sous-entendu. Emma s'en était rendu compte, ce fameux soir où elle avait fait sa connaissance à Messine. Von Heirchmann était à n'en pas douter un séducteur qui ne devait pas avoir à se donner trop de peine pour conquérir le cœur des dames. Mais ce qui devenait parfois un vrai jeu de manipulation chez certains hommes n'était rien d'autre, chez lui, qu'une joie de vivre, simple et sans prétention.

— Je vous ai interrompues, continua-t-il. Vous alliez quitter l'opéra, je crois. Puis-je vous inviter à souper? Je connais un charmant restaurant, à deux coins de rue d'ici.

— Non merci, répondit Emma. Nous nous apprêtions à rentrer.

— Dans ce cas, permettez-moi de vous escorter. Vous pourrez me raconter en chemin par quelles péripéties vous vous êtes retrouvée à Londres…

Si cet homme avait été un autre Jonathan Blythe, Emma aurait refusé tout net. Mais von Heirchmann était charmant, galant, et savait s'arrêter quand il le fallait. Il se contenta donc de héler une voiture et de reconduire les deux jeunes femmes jusqu'à leur hôtel, sans chercher à imposer sa présence plus longtemps que nécessaire. Tout le long du trajet, il se montra agréable sans être trop bavard, préférant de loin écouter Emma raconter ce qui s'était passé depuis plus d'un an qu'ils ne s'étaient vus. Lorsqu'elle expliqua comment elle était arrivée par hasard au Covent Garden en se trompant tout simplement de destination, il éclata de rire.

— Le destin voulait décidément que vous chantiez à cet endroit. Vous ne pouvez pas lutter contre ces choses-là ! répondit-il.

Sur le parvis de l'hôtel, il descendit un instant pour dire au revoir aux deux sœurs, répétant à Emma le plaisir qu'il avait eu à la revoir. Il lui souhaita le meilleur pour la suite et l'assura qu'il ne manquerait pas de venir l'écouter au printemps suivant. Et alors qu'Emma s'attendait à ce qu'il lui propose de la revoir, il n'en fit rien. Von Heirchmann la quitta sans un mot de plus, ce qui la laissa surprise et vaguement déçue.

— Qui est-ce ? demanda Nellie lorsqu'elles traversèrent le hall pour remonter dans leur chambre. Tu ne m'as jamais parlé de lui !

— Oh, je l'ai rencontré en même temps que tant d'autres personnes ! banalisa sa sœur.

— Tout de même, je pensais qu'un si bel homme t'aurait laissé un souvenir un peu plus vif, rétorqua Nellie avec un demi-sourire.

Emma se braqua. Bel homme ? Oui, c'était vrai. Avec ses cheveux sombres, ses yeux noisette et sa fine moustache, Karl von Heirchmann était séduisant. La jeune femme se souvenait de leur complicité, à la table de Da Fonseca, alors qu'ils se lançaient des regards amusés en écoutant le discours éminemment ennuyeux de leur voisine d'alors.

Toutefois, depuis la triste fin de ses fiançailles – dont personne, hormis sa sœur, ne serait jamais au courant –, Emma se tenait sur la défensive vis-à-vis des hommes.

— Je ne veux pas me marier, répondit-elle tout net. J'ai bien d'autres choses à faire.

Elle avait failli ajouter « pour le moment », mais elle se retint. Plus elle avançait dans l'opéra et plus elle se disait qu'elle était prête à s'y donner corps et âme : un mari ne ferait que l'encombrer. Les chanteuses qu'elle voyait étaient presque toutes célibataires. Celles qui se mariaient quittaient le plus souvent la scène.

— Qui te parle de te marier ?

Nellie avait parlé si doucement qu'Emma se demanda si elle avait bien entendu. Que sa sœur, si timide, si effacée, presque inexistante en dehors de son piano et de son rôle de dame de compagnie, puisse imaginer un seul instant une relation amoureuse sans mariage la dépassait complètement. C'était le genre de sujet dont elles ne parlaient jamais entre elles, retenues par une inviolable pudeur.

La conversation s'arrêta là.

* * *

Il ne fut plus question de von Heirchmann et Emma, qui ne s'attendait pas à le revoir, le chassa finalement de ses pensées. Mais quelques semaines après cette rencontre, alors qu'elle déambulait, seule, dans un musée de Londres, elle aperçut sa silhouette au détour d'un couloir. Il bavardait avec un homme distingué, tout en pointant une superbe toile flamande accrochée au mur. Emma se sentit aussitôt rougir. Elle fit semblant de ne pas l'avoir vu mais, poussée par le flot de visiteurs qui venaient derrière elle, elle fut obligée de passer près de lui.

En la voyant, von Heirchmann l'accueillit avec un large sourire.

— Mademoiselle Albani, dit-il en prenant soin de l'appeler par son nom de scène, quel plaisir de vous revoir ! Ainsi, vous n'êtes pas encore repartie pour Milan ?

— Bientôt, monsieur. Nous partons au début de septembre, ma sœur et moi.

— Déjà ! Alors il ne me reste plus qu'à vous enlever et vous emmener dîner si je veux profiter de votre présence. Vous ne pouvez pas me refuser cette invitation, cette fois.

Le sourire était délicieux, plein de chaleur et de gentillesse. Emma n'eut pas le cœur de décliner l'offre. Après tout, n'étant pas encore intégrée à la troupe du Covent Garden et ne connaissant personne à Londres, elle était heureuse de pouvoir passer du temps avec quelqu'un d'autre que sa sœur.

Von Heirchmann s'excusa auprès de l'homme qui l'accompagnait.

— Je vous en prie, cher ami, dit ce dernier. Je ne saurais vous priver d'une si charmante compagnie. Je vous laisse donc. Comme convenu, je vous ferai prévenir quand j'aurai reçu les gravures de Bruegel que vous m'avez promises.

Alors que l'homme s'éloignait, Emma, curieuse, se tourna vers son compagnon.

— Vous vous intéressez à l'art flamand, monsieur von Heirchmann ? demanda-t-elle. Et s'agit-il de Bruegel l'Ancien ou le Jeune ?

— De l'Ancien…

— Oh, comme ce tableau que je vois là, dit-elle en désignant le paysage d'hiver devant lequel ils se tenaient.

Ce fut au tour de von Heirchmann de regarder la jeune femme avec curiosité, avant de lui sourire.

— Ce tableau n'est pas encore étiqueté, dit-il. Comment savez-vous que c'est un Bruegel ?

— Mais voyons, c'est évident ! Je n'ai pas besoin d'étiquette pour le reconnaître.

Le sourire s'élargit.

— Vous me surprenez, mademoiselle. Rares sont les jeunes personnes de votre âge qui ont ce genre de connaissances.

— C'est que je passe beaucoup de temps dans les musées, voyez-vous, répondit-elle avec assurance en lui rendant son sourire.

Elle avait réussi à capter son intérêt pour autre chose que pour sa voix d'artiste lyrique et ne cachait pas sa fierté d'avoir fait mouche. Von Heirchmann avait réellement l'air impressionné. Poussant l'audace, Emma prit elle-même le bras de l'homme pour quitter le musée, sans qu'il le lui propose. Il ne sembla pas s'en offusquer.

— Vous attendez donc l'arrivée d'autres œuvres de ce genre ? reprit-elle tandis qu'ils s'éloignaient.

— Des gravures, cette fois, pas des peintures. J'aime les œuvres anciennes. J'en achète beaucoup, pour mon plaisir, et il m'arrive d'en donner quelques-unes à de petits musées comme celui-ci, qui savent les apprécier à leur juste valeur.

— Vous êtes donc un mécène ?

— En quelque sorte.

Von Heirchmann changea de sujet.

— Et vous, mademoiselle, expliquez-moi donc d'où vous tenez ces connaissances si pointues. J'ai du mal à saisir le lien entre les opéras que vous chantez et l'art flamand du seizième siècle.

Quelques instants plus tard, ils s'assirent derrière les vitres d'un petit restaurant et commandèrent un déjeuner tout en bavardant paisiblement. Von Heirchmann, qui avait la conversation facile, lui fit même le plaisir de lui parler tout le long dans un français irréprochable, quoique teinté de son étrange accent. Le temps passa sans qu'Emma s'en rende compte. Le déjeuner fut vite avalé, mais comme la compagnie était agréable et que ni l'un ni l'autre ne semblait pressé de s'en aller, les cafés succédèrent aux digestifs. Au hasard des sujets de conversation, chacun se livrait progressivement en racontant des bribes de sa propre histoire. Von Heirchmann avait une façon de l'écouter parler avec attention qui mettait Emma en confiance. Alors que, jusqu'à présent, cet homme n'était qu'une simple connaissance, elle ne tarda pas à le considérer comme un ami.

— Vous vivez seule avec votre sœur ? s'étonna-t-il. Vous êtes décidément bien surprenante, mademoiselle. Il a dû vous en falloir, du courage, pour quitter votre père et partir à Paris, et plus encore pour décider de poursuivre vos études à Milan, sans connaître personne et sans certitude aucune.

— Les temps n'ont pas toujours été faciles, mais nous nous en sommes sorties, Nellie et moi, puisque nous sommes ici aujourd'hui, répondit Emma avec modestie.

— Tout de même, vous êtes encore bien jeune pour de si grandes décisions.

Emma ne répondit pas et laissa son regard se perdre au dehors, à travers la vitre. Un demi-sourire apparut sur ses lèvres en songeant à tous les tracas qui avaient été les siens ces dernières années. Von Heirchmann, discret, ne chercha pas à en savoir plus.

— Et vous-même, monsieur, racontez-moi un peu ce qui vous amène en Angleterre. Nous n'avons pas eu l'occasion de bavarder beaucoup, à Messine, et je ne sais pas grand-chose de vous.

Von Heirchmann raconta. Il était né en Istrie, de père autrichien et de mère croate, quelques années avant que le pays ne soit annexé par l'empereur François-Joseph. Fils unique, il ne lui restait plus que sa mère. Il voyageait beaucoup, principalement autour de la Méditerranée et de l'Adriatique, parfois à Londres – où sa famille possédait un petit hôtel particulier – ou à Paris.

En l'écoutant parler, la jeune femme retrouvait avec plaisir l'espèce de complicité qu'elle avait déjà ressentie à Messine, chez Da Fonseca. Von Heirchmann était un homme cultivé, intelligent, et qui avait la délicatesse de ne jamais s'imposer, préférant laisser sa compagne décider de ce qu'elle voulait bien lui livrer.

Le déjeuner – on avait débarrassé la table depuis bien longtemps – prit réellement fin lorsque sonnèrent trois heures de l'après-midi. Avant de raccompagner Emma à son hôtel, Von Heirchmann lui proposa de faire un petit détour par les rues de la ville, pour lui montrer une façade sculptée qu'il trouvait très belle et qui intéresserait certainement les goûts architecturaux de la jeune femme. Leur conversation se poursuivit donc le long des trottoirs, Emma se laissant guider aveuglément dans des endroits qu'elle découvrait pour la première fois.

Alors qu'ils prenaient finalement le chemin du retour et s'en revenaient vers l'hôtel, ils tournèrent dans une petite rue particulièrement étroite, comme il y en avait tant à Londres. Au moment où ils débouchaient du virage, une voiture attelée de quatre chevaux se précipita sur eux. Elle était lancée à toute vitesse et les cris d'avertissement du cocher se mêlaient aux protestations des passants qui avaient failli se faire renverser.

— Attention! cria von Heirchmann.

Réagissant instantanément, il attrapa Emma par la taille et la serra contre lui juste à temps pour libérer le chemin. La jeune femme sentit l'haleine des chevaux la frôler.

— Merci, dit-elle.

— Je vous en prie. Cette ville est extraordinaire, mais elle est aussi, malheureusement, complètement folle…

Il relâcha sa partenaire et tous deux reprirent leur chemin et leur conversation. Mais Emma était troublée. C'était la première fois que von Heirchmann la serrait de si près, et la force qu'elle avait sentie dans son bras et contre sa poitrine lui avait tourné la tête. Jonathan ne l'avait jamais approchée, Russel avait été impatient, gauche et maladroit, tandis que von Heirchmann… Aussi fugitive et naturelle qu'ait pu être son étreinte, elle laissait déjà des traces dans la mémoire de la cantatrice

Sans se douter du trouble qui agitait sa compagne, l'homme la raccompagna jusqu'à l'hôtel et lui dit au revoir sur le parvis.

Quelques jours plus tard, Emma quitta Londres pour rentrer à Milan sans l'avoir revu.

11

Ce fut, pour Emma, le dernier hiver en Italie. Elle savait que son prochain départ serait sans retour, et ce fut un pas qui s'avéra bien plus difficile à franchir qu'elle ne l'aurait cru. Elle avait aimé Paris, bien sûr, mais cela n'avait été qu'une transition entre l'Amérique et l'Europe ; c'était en Italie que se trouvaient ses amis, ses professeurs et ses souvenirs les plus touchants. Quitter tout cela lui serrait la gorge.

Mais alors qu'elle s'attendait à pouvoir profiter une dernière fois des jours heureux qu'elle coulait à Milan, Emma se rendit rapidement compte qu'elle n'était déjà plus tout à fait chez elle.

Chez madame Morelli, les choses avaient bien changé. Après Russel, la violoniste Fanny avait elle aussi quitté la maison pour aller vivre quelque part en Autriche. En l'absence des sœurs Lajeunesse, madame Morelli avait cherché de nouveaux locataires pour lui assurer ses revenus habituels, et trois nouvelles jeunes filles s'étaient installées dans la maison. Emma eut la surprise, à son retour de Londres, de trouver ses affaires grossièrement empaquetées et transportées dans la chambre de sa sœur : une locataire à temps plein valait mieux qu'une locataire qui s'absentait tous les trois mois, et sa chambre avait été donnée à une autre. Les deux sœurs durent donc cohabiter tout l'hiver dans une seule pièce – tout juste assez large et confortable pour deux. Emma ravala sa frustration comme elle le put.

Au Conservatoire, Lamperti était égal à lui-même, mais les étudiants de son cours avaient eux aussi changé, remplacés par de nouveaux visages. Antonio, Inès, Adèle, François et les autres s'absentaient souvent, voyageant d'une ville à l'autre au gré des contrats ou des auditions, et la synergie qui avait régné entre eux ne s'exprimait plus qu'en pointillés. Les soirées tous ensemble se faisaient rares, il y en avait toujours un ou deux qui manquaient à l'appel. Heureusement, Emma, dont la réputation commençait à se faire en Italie depuis Messine et Malte, offrit encore quelques représentations à Milan et à Florence qui la tinrent occupée pendant l'hiver et lui firent oublier un peu ses déceptions.

Elle vécut cette période comme si l'Italie la mettait à la porte. La belle époque de ses études était terminée, il fallait dorénavant passer à autre chose.

Mais la dernière épreuve était encore à venir.

Quelques semaines avant le départ définitif pour Londres, Cornélia annonça brutalement qu'elle ne partirait pas. Le chemin des deux sœurs allait se séparer.

Pour la première fois, Emma se sentit très seule. Ces dernières années, elle avait été maîtresse de son propre destin et responsable de celui de sa sœur, l'un n'allant pas sans l'autre. Il lui avait toujours paru naturel que Nellie l'accompagne partout – une jeune fille célibataire ne pouvait décemment pas voyager en solitaire – et à elles deux, elles formaient un duo inséparable et soudé. Que lui importait de quitter son père, son pays, que lui importait de quitter Paris ou Milan et de s'en aller vers l'inconnu, puisqu'elle avait toujours sa sœur auprès d'elle ! Bien sûr, Nellie avait parfois été une charge, se montrant incapable de prendre des initiatives, mais elle avait aussi été la confidente, l'amie, l'ombre silencieuse qui observait sans rien dire et recueillait les soupirs et les soucis.

Cette fois, contre toute attente, Cornélia semblait convaincue de son choix. Puisque la carrière d'Emma était lancée, la cantatrice n'avait plus besoin de soutien. Nellie avait donc la ferme intention de se consacrer à sa propre carrière et de faire ce qu'elle aimait : enseigner le piano.

— Mais pourquoi ne viens-tu pas enseigner à Londres, comme tu le faisais l'été passé ? Tu aimais tellement cela !

— Non. Je pars en Allemagne dans quelques mois. Ida, mon amie du Conservatoire, m'a promis de m'héberger dans sa famille, à Stuttgart. J'ai écrit à papa et il est d'accord.

Quoi que puisse dire sa sœur, Nellie resta ferme. À Londres, Emma ne serait pas seule, elle serait intégrée à la troupe du Covent Garden, et elle pouvait compter sur l'aide de Frédérick Gye. Nellie allait poursuivre ses études et enseigner où bon lui semblait. Après les années dévouées qu'elle avait passées auprès de sa sœur, celle-ci ne pouvait pas lui refuser cette liberté.

Vers la fin de l'hiver, Emma serra les dents. Elle fit ses adieux à Nellie, à Milan et à Lamperti, et elle partit pour Paris en compagnie de François et de sa sœur Sophie, qui rentraient dans leur famille. Après les avoir laissés à la gare de Lyon, elle continua seule, n'ayant pas d'autre choix. Elle refit le trajet vers Dieppe, puis Newhaven et enfin Londres, ne cherchant pas à faire d'escale. Sans sa sœur, le voyage perdait de son charme et elle n'avait plus envie de prendre son temps. Puisqu'il fallait franchir définitivement le pas, elle avait hâte d'arriver à Londres et de s'installer dans sa nouvelle vie.

* * *

Les premières semaines, Emma oublia le chagrin de la séparation en se jetant à corps perdu dans le travail. Rien d'autre ne comptait. Frédérick Gye veillait sur elle, s'assurait qu'elle prenait ses aises dans le théâtre et que la troupe l'intégrait dans ses rangs, lui permettant ainsi de se concentrer sur ses répétitions. La ville, pluvieuse et terne sous la pluie froide de cette fin d'hiver, n'offrait de toute façon aucun attrait et la petite pension de famille où elle logeait était d'un ennui profond. Pour Emma, tout semblait morne hormis la musique et la vie chaleureuse qui régnait au Covent Garden.

Toutefois, alors qu'elle s'attendait à quelque chose de facile – elle connaissait le rôle d'Amina par cœur, pour l'avoir déjà si souvent chanté –, elle fut profondément déstabilisée par la nouvelle mise en scène. Elle dut tout réapprendre. Ce n'était pas la première fois que le Covent Garden donnait *La sonnambula*, c'était même un opéra qui revenait de façon récurrente dans la programmation. Mais cette année, le metteur en scène avait voulu offrir quelque chose de réellement nouveau au public. Puisqu'il ne pouvait changer ni une note ni une parole à l'opéra de Bellini, il réinventa les costumes et les décors : à Messine, la somnambule Amina s'était promenée la nuit dans son village dans une tenue tout à fait chaste et décente, boutonnée jusqu'au cou, tandis qu'à Londres le metteur en scène la voulait en chemise et en cheveux. Loin des habituels décors surchargés, il avait l'intention d'émouvoir par un spectacle criant de vérité et de réalisme.

Au lieu de prendre des poses de statue, Emma dut apprendre à bouger avec naturel tout en chantant. Elle se sentait presque nue dans cette simple chemise sans ornements, sans même un bougeoir à la main pour lui donner une contenance. À cela s'ajoutait la scène délicate où Amina, perdue dans ses rêves, séduisait inconsciemment le comte Rodolfo, créant ainsi le quiproquo qui sous-tendait toute l'histoire. Rodolfo était joué par Francesco Graziani, un bel homme, engageant et charmeur, doté d'une chaude voix de baryton dont il savait user pour séduire. Le metteur en scène lui avait demandé d'exprimer une certaine convoitise face à la tendre Amina, ce qu'il s'employait à faire avec un réalisme qui mettait Emma mal à l'aise, se permettant des regards ambigus et des gestes à la limite de l'inconvenance.

En coulisse, les choses empiraient. Graziani s'entendait comme larron en foire avec un autre artiste de la troupe, Ernesto Nicolini, un ténor qui était arrivé en même temps qu'Emma. Amusé par le malaise de la jeune femme face à Graziani, Nicolini s'était mis de la partie et en rajoutait. Comme il n'était pas plus italien qu'Emma – Ernest Nicolas était né à Saint-Malo –, il profitait du fait qu'elle et lui partageaient la même langue maternelle pour lui glisser à l'oreille des mots tendres en français qui la faisaient rougir jusqu'aux oreilles et qui le faisaient, lui, éclater de rire.

— Voyez-vous cette pucelle, comme elle rougit! s'était-il exclamé un jour devant quelques membres de la troupe. Je n'aurais pas cru qu'il existât encore dans le monde de l'opéra des jolies femmes vraiment innocentes!

Tout le monde s'était mis à rire et Nicolini en avait profité pour caresser du bout des doigts quelques boucles échappées de la coiffure d'Emma. À force de se faire taquiner, cette dernière ne savait plus si le flirt se tenait sur scène ou dans les coulisses. Des plaisanteries circulaient même pour savoir lequel des deux chanteurs l'emporterait en premier.

— Et qu'en feriez-vous donc? avait aussitôt rétorqué Adelina Patti en jetant à Nicolini un regard furieux. Ce sont ces demoiselles-là qui se font dévorer en une bouchée et perdent aussitôt tout leur intérêt à vos yeux…

Emma avait rougi de plus belle et évité les yeux perçants que la cantatrice avait ensuite posés sur elle. Les autres avaient ri abondamment, en taquinant un peu plus cette petite nouvelle qui ne parvenait pas encore à distinguer le vrai du faux.

La jeune femme s'accoutuma tant bien que mal aux demandes hors norme du metteur en scène et à l'ambiance grivoise qui régnait dans les coulisses. Frédérick Gye, qui avait toujours du temps à lui consacrer pour s'assurer qu'elle se portait bien, la rassura. On vivait une période culturelle florissante que l'on copiait sur les salons de Paris, où l'innovation et la liberté d'esprit étaient les mots d'ordre. Tout n'était qu'apparence et provocation. Ainsi allait le petit monde du spectacle de Londres et il ne fallait pas trop s'en formaliser. D'ailleurs, Nicolini ne tarda pas à reporter son attention sur une jolie rousse, costumière de son état, et puisque Emma ne répondait jamais à ses provocations, Graziani finit lui aussi par se lasser. Il conserva ses regards charmeurs pour le rôle de Rodolfo uniquement.

Le soir de la première, revigorée par la présence du public, Emma abandonna totalement ses craintes et se laissa emporter par son rôle. Pour la scène du somnambulisme, Amina semblait à la limite de la folie : dans sa longue chemise de nuit immaculée, avec ses épaules nues et ses cheveux noirs tombant en épaisses vagues dans son dos, elle ressemblait à une apparition fantomatique… Comme en réponse, la voix d'Emma se fit plus claire, plus éthérée, et s'envola dans les airs comme jamais auparavant. S'il avait pu l'entendre, Lamperti aurait été fier d'elle.

Dans la salle, ce fut un triomphe ! Le public – dont une grande majorité était des habitués du Covent Garden, un peu poussifs et déjà acquis avant même que le rideau ne s'ouvre – fut agréablement secoué par ce spectacle inattendu. Les gens se levèrent de leurs sièges pour applaudir à en faire vibrer les murs. Le bouche à oreille se mit aussitôt en route avec une incroyable efficacité, relayé par d'élogieux articles dans les journaux de la ville. Soir après soir, le théâtre fit salle comble et l'on se mit à encenser la nouvelle recrue du Covent Garden. On venait de découvrir la prochaine diva : elle était jeune, ravissante, elle avait une voix d'ange, elle s'appelait Emma Albani.

Frédérick Gye ne cachait pas sa fierté. Il traitait la jeune femme avec un paternalisme jaloux. Il avait eu dès le départ l'intention d'en faire une vedette et il la traitait comme telle. Déjà, il filtrait la quantité d'admirateurs qui venaient la saluer à la fin des représentations, prétextant qu'Emma avait besoin de se reposer. Il n'avait pas tout à fait tort. À peine sortie de scène, la chanteuse rentrait dans sa loge pour se changer et se démaquiller avant de recevoir ses admirateurs. Elle n'avait pas le temps de laisser retomber l'énergie qui l'avait portée toute la soirée, elle n'avait pas un instant pour se reposer. Sa loge ne lui appartenait plus. Chaque soir, un impressionnant défilé attendait devant sa porte : elle devait faire entrer ses visiteurs, sourire, avoir un mot gentil pour chacun, serrer des mains et accepter avec humilité les quantités de fleurs et de cadeaux qu'on lui faisait porter. Emma faisait tout cela de bon cœur et avec un plaisir sincère, mais il lui arrivait d'être si épuisée qu'elle était reconnaissante envers Gye de lui écourter autant que possible ces interminables soirées.

Parmi ses admirateurs, des visages se faisaient de plus en plus réguliers, de plus en plus empressés. L'un d'eux, un certain Lawrence Shearmur, jeune homme délicat, fils d'un riche banquier, venait la voir soir après soir. Il parlait avec aisance, faisait facilement étalage de sa fortune et de sa naissance ; par certains côtés, il lui rappelait Jonathan. Depuis qu'elle le connaissait, il lui avait déjà offert un nombre incalculable de fleurs, et c'était à lui qu'elle devait de porter sa première étole de fourrure et sa première broche de diamant.

Profondément gênée, au début, par les cadeaux magnifiques qu'elle recevait – et Shearmur n'était pas le seul à lui en offrir – Emma en avait touché un mot à Frédérick Gye pour savoir si elle devait les accepter ou non. Ce dernier avait souri. Loin de se moquer de l'innocence de la jeune femme, il lui avait expliqué que ces cadeaux étaient une chose naturelle, et qu'à moins d'être réellement disproportionnés ou de mauvais goût, elle pouvait les accepter de bonne foi. Certaines actrices et chanteuses n'hésitaient pas, parfois, à échanger ces bijoux à la banque contre de l'argent. Emma, trop ravie de tous ces présents, gardait tout et portait les bijoux avec fierté. À partir de là, son confort quotidien prit vite une nouvelle tournure, qui n'avait rien à voir avec le montant de ses cachets.

Malgré tout, elle manquait d'amis à Londres, et le tourbillon permanent de ses soirées accentuait d'autant le vide qu'elle ressentait lorsqu'elle quittait le théâtre et rentrait dans la pension où elle logeait. Sa vie nocturne, qui la faisait toujours rentrer très tard le soir après les représentations, la coupait du rythme de la maison et l'empêchait de se lier avec les autres locataires. Dans cette ville où elle ne connaissait personne, elle aurait retrouvé la compagnie de von Heirchmann avec un grand plaisir. Depuis le repas qu'ils avaient partagé dans ce petit restaurant, l'automne passé, elle pensait souvent à lui avec un pincement au cœur. Elle se sentait bien en sa présence, elle aimait son rire, son petit air amusé et la façon qu'il avait de poser sur elle ce regard attentif. Avec lui, elle se sentait soudain intéressante, non pas seulement pour sa voix hors du commun, mais pour la simple jeune femme qu'elle était et pour les souvenirs qu'elle avait à raconter. Malheureusement, elle ignorait où il se trouvait et devait se contenter des connaissances – à défaut de véritables amis – qu'elle avait au Covent Garden.

D'abord éblouie, Emma ne tarda pas à se sentir franchement étourdie par cette vie fastueuse qu'elle menait désormais et à laquelle elle n'était pas habituée. Ce fut d'abord dans sa correspondance qu'elle trouva le soutien et les repères dont elle avait besoin pour ne pas se laisser tourner la tête. Nellie, qui venait d'arriver au Conservatoire de Stuttgart, lui écrivait plusieurs fois par semaine. Les deux sœurs n'avaient pas l'habitude d'être séparées longtemps et leurs premières lettres furent souvent mouillées de larmes. Joseph, lui aussi, se montrait toujours présent malgré l'océan qui les séparait. Il ne cachait pas sa fierté devant la réussite de ses filles, ayant toujours un conseil ou un encouragement à leur prodiguer.

Emma réussit aussi à trouver un autre refuge, plus concret, celui-là. À force d'arpenter le Covent Garden dans tous les sens, elle avait découvert un petit passage qui menait dans les combles, au-dessus des derniers rangs du paradis, là où même les ouvriers montaient rarement. L'endroit était poussiéreux, mais aucun rat ni aucun oiseau n'était parvenu à s'y faufiler et il y régnait une tranquillité qu'Emma ne trouvait nulle part ailleurs dans le théâtre. Des combles, elle avait une vue directe sur l'énorme coupole de verre opalin qui ornait le plafond du théâtre. Elle ne voyait rien de la scène, mais en revanche l'acoustique était merveilleuse : elle pouvait entendre les discussions des ouvriers ou des artistes, tout en bas, comme s'ils s'étaient tenus à côté d'elle.

Dès lors, au lieu de rester dans sa loge lorsqu'elle ne répétait pas mais qu'elle devait se tenir à la disposition du metteur en scène, elle se réfugia sous les combles. Elle se permit même d'y faire transporter, par un ouvrier dévoué, un vieux fauteuil déniché dans les greniers des costumes et des accessoires. Elle emmenait parfois un livre, parfois une partition à étudier, parfois rien du tout. De là-haut, elle savait exactement ce qui se passait dans la salle et redescendait dès que l'on avait besoin d'elle, au point qu'elle apparaissait toujours comme par enchantement avant même qu'on l'ait fait chercher. Elle trouvait dans ce petit repaire une ambiance paisible qui lui permettait de se réfugier dans les recoins de son esprit, ou de s'accouder au parapet qui surplombait la salle pour écouter ce qui s'y passait et se laisser porter par ses rêveries. Il lui arriva même d'assister à des représentations d'Adelina Patti et des autres membres de la troupe, rien que pour le plaisir d'observer les gens dans la salle. Avec les reflets changeants des lumières sur la coupole de verre et la musique qui montait vers elle comme un nuage, Emma se laissait doucement hypnotiser.

À la longue, les ouvriers finirent par révéler que la jeune femme se réfugiait sous les combles, mais, par chance, personne ne vint l'y déranger. Ce fut à peine si Gye envoya son fils la chercher une ou deux fois : le reste du temps, elle était maîtresse des lieux.

* * *

— Comment, vous vivez toujours dans cette ridicule petite pension ? s'exclama Adelina au détour d'un couloir, alors qu'Emma bavardait avec Ernest Gye au sujet d'un cadeau qu'un admirateur voulait lui faire livrer à son domicile.

— Mais oui. Je m'y trouve très bien, répondit Emma sans se démonter.

Adelina Patti était la vedette incontestée du Covent Garden : elle considérait le théâtre comme son territoire et tenait à ce que chacun le sache. Elle avait donc une façon bien à elle de s'immiscer dans les conversations, comme si tout ce qui se disait dans les lieux la concernait d'une façon ou d'une autre. Elle n'était pas aussi odieuse que l'avait parfois été Béatrice à Messine – elle n'avait plus rien à prouver pour sa carrière et

Emma n'était pas une menace – mais elle avait une opinion bien arrêtée sur tout, ce qui lui faisait la langue bien pendue. Elle voulait généralement montrer que son expérience faisait d'elle une référence. Puisqu'elle se permettait de contredire le metteur en scène, de décider elle-même de ses costumes ou de commenter les travaux que Gye faisait faire à l'arrière-scène, elle ne faisait aucune difficulté pour donner son opinion sur le style de vie de la « nouvelle Emma ».

— Allez-vous encore vivre sous le chaperonnage de votre logeuse pendant longtemps ? Vous avez… quoi… vingt-quatre ans, je crois ? À votre âge, j'étais déjà indépendante depuis longtemps.

Ernest Gye, qui avait la prudence de ne jamais se lancer dans un débat direct contre Adelina, murmura une excuse et s'éclipsa.

— Si vous voulez que l'on vous prenne au sérieux comme artiste, ma chère, il faut vivre comme une artiste ! Pas comme une petite fille !

— Que me conseillez-vous ?

Les yeux d'Adelina se mirent à briller ; Emma sut qu'elle avait grimpé dans son estime du simple fait de lui avoir demandé humblement conseil. Elle retint un sourire malicieux et prit l'air attentif de celle qui voulait écouter son aînée avec respect.

— Ma chérie, dit Adelina en se radoucissant et en prenant affectueusement Emma par le bras, ce qu'il vous faut, c'est un de ces trois pièces dont Londres regorge. Voyons, il vous faut un joli salon pour recevoir vos amis, un boudoir dont vous pourrez faire votre salon de musique et une chambre à coucher avec un petit cabinet de toilette. Et, bien entendu, il faut que cet appartement soit situé à proximité d'ici. Vous ne pourrez vous éloigner du quartier des théâtres que lorsque vous serez mariée, comme moi, et que vous souhaiterez vous installer dans une grande maison. Oh, et aussi, il faut absolument que vous ayez une femme de chambre à votre service, ainsi qu'un homme à tout faire. À deux, ils devraient pouvoir assurer l'intendance et le service. Vous prendrez des aides à la journée lorsque vous organiserez des soupers…

Emma fit un effort pour garder un air naturel, mais elle aurait ouvert les yeux tout grands si elle l'avait pu! Comment! Elle, la petite nouvelle à peine sortie du Conservatoire, voilà qu'elle était propulsée dans la situation de ces femmes célibataires et indépendantes, comme il y en avait si peu à Londres? Déjà, elle se raisonnait. Puisqu'elle n'était ni mariée ni veuve, et qu'elle n'aurait personne à domicile pour répondre de sa conduite, elle allait devoir se montrer irréprochable : la réputation des femmes de théâtre n'était pas volée, au moins pour certaines d'entre elles. Elles vivaient comme elles l'entendaient, prenaient des amants pour les entretenir et se retrouvaient bien souvent inscrites au registre des courtisanes. Tant que ces femmes étaient adulées, la vie était belle, mais une fois leur carrière sur le déclin, elles devenaient facilement des parias de la société, à moins de sauver la face par un bon mariage.

Emma était loin d'être naïve. Elle avait confiance en elle et se sentait capable de résister aux pressions de ses admirateurs, mais des ragots pouvaient se répandre facilement. Vivre dans une pension de famille lui imposait des contraintes, bien sûr, mais cela la plaçait au-dessus de tout soupçon. C'était sans doute plus raisonnable. Tandis que vivre seule, libre…

Partagée entre les avantages et les inconvénients, Emma réfléchit pendant plusieurs semaines. Puis, un jour, elle franchit le pas. L'occasion était trop tentante! En peu de temps, elle emménagea dans un charmant petit meublé, à quelques coins de rue du Covent Garden, et prit avec elle une femme de chambre française, Émeline, qui s'occuperait de tout en son absence. Lorsqu'il apprit la nouvelle dans une lettre de sa fille, Joseph ne dit rien, mais Emma sentit qu'il n'approuvait pas. Elle se consola en imaginant la tête de certaines autres personnes qui n'approuveraient pas non plus, mais dont elle se fichait éperdument: elle n'avait jamais oublié cette Joséphine Cartier, dont les insultes étaient restées profondément gravées dans sa mémoire. Que dirait-elle si elle apprenait qu'Emma était devenue cantatrice et qu'elle vivait seule, comme l'un de ces artistes prétendument infréquentables? Que dirait-elle, surtout, si elle voyait les fleurs, les fourrures, les bijoux ou encore ces ravissantes miniatures sculptées que l'on offrait à Emma presque chaque soir? La jeune femme imaginait Joséphine hausser les épaules et faire une petite moue remplie d'une fausse dignité, et cette provocation imaginaire la confortait dans son choix. Elle allait prouver à toutes les Joséphine Cartier de la terre que l'on pouvait être à la fois une cantatrice adulée et une femme respectable.

Au moins, sa réputation était sauve tant qu'elle n'invitait pas d'hommes seuls chez elle. Cela la faisait d'ailleurs beaucoup rire... Quels hommes, de toute façon? Elle ne connaissait personne ici, et ce n'était certainement pas ce Shearmur – qui n'était pas le moins du monde subtil dans ses intentions – qui parviendrait à se faire inviter, malgré toutes ses tentatives.

— J'aimerais vous emmener souper, mademoiselle Albani, déclara-t-il un soir qu'il s'était encore invité dans sa loge après une représentation de *La sonnambula*. Je connais un excellent restaurant près de la Tamise. Le soir, l'effet des lumières sur l'eau est absolument fantastique!

Emma prit son plus gentil sourire pour lui répondre.

— Je suis navrée, monsieur, mais mes journées sont tellement occupées que je n'ai pas un moment à moi.

— Vraiment? Vous m'en voyez très déçu, j'avais espéré...

— Je regrette, cela ne sera pas possible.

— Vais-je devoir me contenter de ne vous parler que quelques minutes à la fin de chacune de vos représentations? Car si tel devait être le cas, soyez assurée que je serais présent au rendez-vous chaque soir!

Shearmur ne semblait pas comprendre que la jeune femme n'était pas intéressée ; il employait tous les moyens pour l'approcher, la mettant le plus souvent dans l'embarras. Agacée, mais trop polie pour le repousser avec franchise, elle supportait patiemment sa présence et attendait qu'il se lasse de lui-même.

Emma sourit de nouveau pour montrer qu'elle acceptait ce qui semblait être un compliment, mais elle n'en dit pas plus. Elle préféra plonger son visage dans un bouquet de fleurs énorme qu'un domestique venait de lui apporter.

Ce fut un autre homme qui la tira d'embarras.

— Mademoiselle Albani…

Elle avait déjà reconnu le léger accent de l'Adriatique. Elle leva la tête.

Karl von Heirchmann, qui s'était faufilé par la porte entrouverte de la loge, s'inclina. Emma avait bien cru apercevoir sa silhouette un peu plus tôt, dans la file de gens qui attendaient dans le couloir pour la saluer, mais elle avait préféré croire à une illusion. Après avoir si ardemment souhaité le revoir, elle se sentait soudain mal à l'aise maintenant qu'il était là.

Il était toujours aussi bel homme et son regard n'avait pas changé.

— Monsieur von Heirchmann, j'ignorais que vous vous trouviez à Londres, répondit Emma, un peu raide.

— Vous m'aviez dit que vous seriez sur scène ce printemps, je ne pouvais donc manquer de venir vous entendre. Le temps a passé, depuis Messine, et votre voix me manquait.

Shearmur haussa un sourcil arrogant en entendant ces mots, mais il ne répliqua pas. Von Heirchmann lui faisait déjà la politesse de ne pas ignorer sa présence. Il se tourna vers lui pour s'excuser.

— Je vous demande pardon, monsieur. Je vous ai interrompu, je crois.

— Je vous présente monsieur Shearmur, un de mes fidèles admirateurs, précisa Emma. Monsieur Shearmur, voici monsieur von Heirchmann, un ami.

— Monsieur, dirent les deux hommes dans un bel ensemble en se saluant respectivement.

Les présentations faites, von Heirchmann considéra qu'il était intégré à la conversation et ne se gêna pas pour continuer.

— Je passais pour vous présenter mes respects, mademoiselle, et vous dire à quel point vous étiez superbe sur scène ce soir.

— Je vous remercie. Avez-vous trouvé l'opéra meilleur que la première fois ?

— Très différent, sans aucun doute. Cette mise en scène était criante de vérité et je la préfère de loin, mais Messine avait l'avantage de me faire découvrir votre voix pour la première fois. C'était un délice que je ne suis pas près d'oublier.

— Vous me flattez, monsieur, dit Emma avec une sincère modestie. Pourtant, j'espère que ma voix progressera et atteindra un jour la qualité et la maîtrise de celles de mes aînées, car je suis encore bien loin derrière elles.

— Nous pourrions avoir à ce sujet de longues conversations, car je ne suis pas certain que vous ayez encore tant de chemin à parcourir. Le public de Londres ne s'y est pas trompé, ce soir : c'est vous seule qu'il applaudissait.

— Effectivement, nous pourrions remettre à plus tard ce genre de débats, dit Emma en regardant Shearmur qui, de toute évidence, rongeait son frein en attendant que l'importun veuille bien lui rendre sa place dans la conversation.

— À ce propos, je me demandais si vous m'autoriseriez à vous inviter à souper prochainement ? Votre jour sera le mien.

Emma se braqua légèrement. Son premier réflexe avait été d'accepter, mais un autre coup d'œil vers Shearmur lui apprit que celui-ci attendait sa réponse avec impatience. Allait-elle avoir l'affront de donner à un autre ce qu'elle lui avait refusé à lui, et avec une si pauvre excuse ? La situation était délicate et la jeune femme n'avait qu'un seul moyen de s'en sortir.

— Je suis désolée, cela ne sera pas possible. Comme je le disais tantôt à monsieur Shearmur, il y a tant de choses à faire ici que je ne suis pas maîtresse de mon temps.

— Oh, je comprends, dit aussitôt von Heirchmann, bon joueur. Dans ce cas, j'espère que nous nous reverrons bientôt. Je vous souhaite une bonne soirée, mademoiselle.

Avec son élégance habituelle, agrémentée d'un regard pétillant dans lequel Emma vit qu'il avait compris la situation, il la salua, adressa un signe de tête poli à Shearmur et s'en alla.

— Pauvre mademoiselle Albani ! dit Shearmur en guise de conclusion. Votre carrière est à peine lancée et voilà que vous n'êtes déjà plus disponible pour vos amis…

Emma n'était pas certaine de comprendre s'il s'incluait lui-même dans ces amis.

* * *

Shearmur tint parole et revint, soir après soir, patientant dans le couloir parmi les autres spectateurs. Cela l'agaçait qu'on ne le considère pas comme un intime et qu'on ne lui offre pas de passe-droit pour aller saluer la chanteuse, mais Gye, à ce sujet, était intraitable. Emma devait être accessible à tous ses admirateurs et il n'y avait pas de raison pour que certains aient le droit de la voir plus souvent et plus longtemps que d'autres. Ernest Gye avait d'ailleurs repris le rôle de son père et faisait souvent des allées et venues dans le couloir qui menait à la loge, pour s'assurer que tout se déroulait dans l'ordre et que l'on ne fatiguait pas trop l'artiste.

— N'est-ce pas notre cher monsieur Shearmur qui vient de passer ? dit Adelina, qui avait assisté à la représentation pour la première fois et qui se faisait maintenant un devoir de venir embrasser l'héroïne du jour. Toujours aussi avenant, à ce que je vois. Vous a-t-il fait porter des fleurs, ma chère Emma ?

— Oui, répondit celle-ci, sur la défensive. Mais je suppose qu'il doit faire de même avec toutes les chanteuses, ajouta-t-elle.

— Non. Uniquement avec celles qui l'intéressent. Il les aime généralement très jolies, et de préférence jeunes et naïves.

— Que voulez-vous dire ?

— Vous feriez bien de vous méfier de ce beau monsieur, répondit Adelina avec un sourire entendu. Il parle bien, il faut le reconnaître, il a de l'éducation et des manières, et il prétend même appartenir à la famille des Cavendish – quoiqu'il ne fasse pas grande illusion. Mais si vous pouvez profiter de ses largesses sans remords, suivez mon conseil et évitez de vous y frotter de trop près.

Avant qu'Emma ait pu lui en demander davantage, Adelina avait tourné talons et jupons, et s'éloignait dans le couloir rempli de monde pour rejoindre un groupe d'amis qui l'attendait. En sortant, elle haussa la voix et jeta négligemment par-dessus son épaule :

— Oh, et en passant, bravo pour votre Amina ! Elle était presque aussi réussie que la mienne !

Des rires éclatèrent dans le couloir et chacun se mit à commenter le caractère impossible de la diva italienne. Personne n'ignorait que la Patti avait elle aussi connu son premier succès – aussi foudroyant que celui d'Emma – avec ce même rôle et dans ce même théâtre, dix ans plus tôt. Pour ceux qui avaient assisté aux deux opéras, la comparaison était inévitable et il y avait des partisans dans les deux camps. Les voix des deux cantatrices étaient différentes, celle d'Adelina étant légèrement plus chaude, mais elle n'avait que dix-huit ans lorsqu'elle avait joué Amina, tandis qu'Emma en avait déjà vingt-quatre. Si le visage de lune et les grands yeux bleus de la petite Canadienne jouaient en sa faveur, certains trouvaient au contraire que la brune Adelina s'était montrée bien plus piquante à son époque. L'attitude de l'une et de l'autre, en coulisse, accentuait ce parallèle : la Patti était aussi flamboyante qu'Emma se montrait douce et aimable.

Emma éclata de rire, sans se vexer le moins du monde. Elle était habituée aux esclandres publics de l'Italienne et avait suffisamment confiance en son propre succès pour ne pas s'en inquiéter. Après tout, n'était-ce pas sa loge qui était remplie de fleurs ce soir et celle devant laquelle la file d'admirateurs s'allongeait ?

En fait, elle était bien plus intriguée par ce qu'avait dit Adelina au sujet de Shearmur. Les chanteuses parlaient librement entre elles et s'échangeaient souvent des confidences sur certains admirateurs qu'elles avaient connus de près. Adelina était réputée pour avoir eu de nombreux amants avant son mariage – on disait même que la situation n'avait pas beaucoup changé et que le marquis de Caux n'était son époux que de nom. La diva se targuait même de se débarrasser des encombrants à la première occasion. Shearmur était-il l'un des admirateurs déçus de la diva ?

Emma n'était arrivée que depuis quelques mois, mais elle connaissait déjà toutes les intrigues qui se jouaient dans les alcôves du théâtre. Il s'agissait sans cesse de se faire voir, d'affirmer son prestige ou son rang, et cela valait autant pour les spectateurs – des lords ou de riches bourgeois qui s'affichaient en compagnie des vedettes – que pour les artistes eux-mêmes. On n'existait que par son poids social, qu'il fallait toujours entretenir par des relations et des apparences. Adelina était très forte à ce jeu-là et Emma était incapable de déterminer si elle agissait envers elle par intérêt ou par sympathie. Adelina se montrait insaisissable, trop impulsive pour que l'on puisse prévoir ses réactions. Extravertie, parlant fort, elle se donnait en spectacle de façon permanente et aimait surprendre par des coups de théâtre, quitte à se contredire ensuite : elle pouvait dire blanc un jour et noir le lendemain, et cela, avec toujours le même aplomb.

À la longue, à force de la voir s'afficher avec autant d'ostentation, Emma soupçonna bien vite que tout cela n'était qu'une façade. Lorsque la Patti se montrait en public avec une personnalité connue et que les ragots prétendaient aussitôt qu'il s'agissait d'une nouvelle liaison, elle riait et laissait planer le doute. Mais ce n'était là que quelques os à ronger qu'elle lançait à son public, car sa véritable vie privée était bien cachée…

Un jour, alors que les ouvriers installaient un nouvel élément de décor et que les chanteurs avaient été priés de se retirer jusqu'à ce qu'on les appelle pour des essais, Adelina – qui passait l'après-midi au théâtre pour encourager les répétitions d'un opéra auquel elle ne participait pas – était allée observer les changements depuis l'une des loges privées du premier étage, qui offrait un excellent point de vue sur la scène. Nicolini et quelques autres l'accompagnaient. De là-haut, tout ce petit monde commentait joyeusement le travail du metteur en scène et du décorateur.

Emma ne les avait pas suivis. Elle était retournée dans sa loge chercher une partition et elle se dirigeait maintenant vers le petit escalier qui menait aux combles. Dans le couloir du premier étage, elle croisa quelques personnes de la troupe qui redescendaient, puis elle passa devant la porte de la baignoire, restée entrouverte. En entendant la voix d'Adelina commenter un détail du décor, elle glissa machinalement un œil dans la loge.

Derrière les rideaux de velours qui encadraient la porte, la cantatrice, accoudée au rebord du balcon, lui tournait le dos.

Près d'elle se tenait Ernesto, qui bavardait lui aussi avec le metteur en scène, en bas dans la salle.

Tout en caressant doucement les hanches de sa compagne.

Emma continua sa route. Ce ne fut qu'au tournant du couloir, un peu plus loin, qu'elle réalisa subitement ce qu'elle venait de voir. Elle se mit à pouffer de rire tandis qu'elle grimpait deux à deux les marches qui menaient aux combles.

Ainsi, c'était cela, le secret d'Adelina ! Elle et Ernesto étaient amants ! Emma comprenait soudain pourquoi Nicolini flirtait sans cesse avec toutes les demoiselles du théâtre : lui aussi cherchait à donner le change. Il fallait d'ailleurs avouer qu'ils étaient tous deux particulièrement discrets. Ils prenaient bien soin de ne pas s'éviter pour ne pas éveiller les soupçons, mais ils ne passaient pas non plus tout leur temps ensemble, et Adelina, comme à son habitude, minaudait auprès d'autres hommes. Qu'elle soit mariée au marquis de Caux n'était qu'un détail. Ce fut plutôt le déploiement d'efforts pour cacher cette relation – alors qu'Adelina se vantait tellement de ses amants imaginaires – qui intrigua Emma. Il n'y avait qu'une seule explication…

La Patti était amoureuse.

Car, cette fois, il ne s'agissait pas de briller ou de créer des relations et des alliances intéressantes pour sa carrière. Ernesto Nicolini avait beau être un ténor compétent, il était loin de faire un contrepoids au succès international d'Adelina, que l'on appelait « la Patti » comme on aurait dit « Sa Majesté ». C'était donc l'homme, et non pas l'artiste lyrique, qui attirait la jeune femme. Et il devait l'attirer beaucoup pour qu'elle cherche autant à garder cachée cette relation.

Emma n'avait été vue ni de la cantatrice ni de son partenaire, et elle resta discrète. Cette anecdote l'avait même rassurée et elle ne pouvait retenir un sourire quand elle y repensait : au moins, les deux amants lui prouvaient que, dans les intrigues compliquées de l'opéra, pouvaient fleurir de temps à autre de véritables amours.

Bien qu'Adelina fût pétrie de contradictions, tantôt cajoleuse, tantôt aussi cinglante qu'une badine, Emma avait pris au sérieux son conseil à propos de Shearmur. Elle tentait d'éviter l'envahissant fils de banquier autant qu'il lui était possible de le faire. Lorsqu'il ne venait pas l'écouter chanter le soir, il lui arrivait de passer au théâtre dans la journée, sachant fort bien que la jeune femme s'y trouvait. Frédérick Gye faisait en effet préparer *Rigoletto*, où Emma allait chanter le rôle de Gilda, et les répétitions avaient commencé. Plusieurs fois, Emma trouva Shearmur devant sa loge, chargé d'une boîte de pâtisseries françaises, d'un bouquet de fleurs ou d'une invitation pour une pièce de théâtre. Bien entendu, il avait toujours un prétexte justifiant qu'il passait dans les environs et avait songé à elle. Une fois, en l'apercevant au bout du couloir, Emma avait tourné les talons avant qu'il ne la voit ; et lorsqu'il avait demandé après elle, elle s'était réfugiée sous les combles. L'homme en avait été pour ses frais : après une longue attente, il avait dû repartir bredouille sans avoir eu l'occasion de lui parler.

— Cet homme vous ennuie-t-il, mademoiselle Emma ? lui avait demandé Ernest Gye un soir, tandis qu'elle se préparait à rentrer chez elle après une interminable soirée de représentation et qu'il l'aidait à passer un manteau sur ses épaules.

Emma avait souri.

— Monsieur Shearmur est un peu entreprenant, c'est vrai…

— Il arrive que certains admirateurs aient du mal à comprendre que leurs vedettes favorites ne soient pas aussi disponibles qu'elles en ont l'air, avait-il expliqué. Il faut parfois leur expliquer que ce sont aux artistes de décider.

Ernest Gye était un garçon agréable, quoiqu'un peu trop sobre dans ses manières. Frédérick Gye avait plusieurs fils, qui faisaient des apparitions ponctuelles au théâtre, mais c'était à

Ernest seul qu'il se consacrait; c'était lui qu'il formait, année après année, pour qu'il reprenne un jour la direction du théâtre. Emma avait été invitée à souper chez les Gye à quelques reprises et elle avait pu constater que la sobriété d'Ernest s'appliquait partout. Il n'élevait jamais la voix. Lorsqu'il devait se faire respecter de ceux qui travaillaient pour son père et qui, un jour, travailleraient pour lui, il préférait les mots. Il ne parlait jamais pour ne rien dire, mais lorsqu'on le provoquait il avait la répartie intelligente et facile. Il disposait d'un large éventail de phrases, mordantes ou pleines de tact selon les besoins, qui avait déjà impressionné Emma à quelques reprises.

— Si son comportement vous met mal à l'aise, n'hésitez pas à m'en parler, avait-il conclu, avant de saluer d'un signe de tête et de s'éloigner.

L'autre atout d'Ernest, c'est qu'il savait ne pas trop insister. Il veillait, infatigable, toujours discret, et Emma pouvait se consacrer à sa carrière en lui laissant tous les petits tracas, qu'il réglait pour elle. Elle aimait sentir sa présence dans les couloirs, les soirs où elle recevait dans sa loge, car il lui paraissait le bon chien de garde prêt à intervenir au moindre ennui. Il avait repéré le comportement de Shearmur depuis bien longtemps et le tenait à l'œil.

* * *

Un jour qu'Emma s'était réfugiée sous les combles pour réfléchir tranquillement à une scène qu'elle devait chanter et qui la tracassait, elle entendit, plus bas dans la salle, qu'un visiteur la cherchait. Aussitôt sur le qui-vive, elle s'avança vers le parapet et tendit l'oreille pour savoir si Shearmur allait se lasser et s'en aller comme la fois précédente. Au lieu de cela, elle entendit des pas grimper les marches qui menaient dans les combles. Furieuse qu'un des ouvriers ait révélé l'accès à sa cachette, elle préparait déjà quelques répliques un peu plus cinglantes pour que Shearmur comprenne qu'elle n'appréciait pas qu'on la poursuive jusque dans ses retranchements. Une silhouette se profila en haut des marches.

C'était von Heirchmann.

— Bonjour, dit-il en souriant. J'ai croisé une petite costumière devant votre loge, qui m'a dit que vous étiez certainement ici. Je me suis donc permis… J'espère que je ne vous dérange pas.

Emma s'attendait tellement à voir surgir Shearmur qu'elle resta stupéfaite. Son ressentiment s'envola aussitôt.

— Oh non, je vous en prie, dit-elle. J'avais simplement peur que l'on vienne m'envahir ici, alors que c'est le seul endroit vraiment tranquille que j'aie pu trouver dans ce théâtre.

— Je vois… Suis-je un envahisseur ? demanda-t-il en esquissant un mouvement vers la sortie.

— Non ! Bien sûr que non…

Von Heirchmann sourit encore. Il s'avança vers le parapet, qui s'ouvrait en plongée sur la coupole et la salle, et s'accouda juste à côté d'Emma pour admirer la vue. En bas, le metteur en scène lançait des directives à deux artistes qui répétaient une scène du prochain opéra, et l'on apercevait les cheveux blancs de Frédérick Gye, assis dans l'un des fauteuils du parterre. Il écoutait la répétition, comme il le faisait parfois quand il avait un moment libre.

— Je comprends que vous soyez jalouse d'un pareil endroit, dit von Heirchmann, visiblement charmé par la vue. Vous devez entendre tout ce qui se dit dans la salle d'ici.

— Effectivement.

Ils avaient baissé la voix pour qu'elle ne résonne pas sous la voûte, et ce détail les enveloppa d'une intimité inhabituelle. Soudain mal à l'aise, la jeune femme remonta son châle sur ses épaules. Elle n'était pas vêtue convenablement pour recevoir de la visite : la costumière avait prit ses mesures et fait des essais de tissus en début d'après-midi, et Emma n'avait gardé que quelques jupons et un corsage mal noué. Certes, ce n'était pas non plus l'endroit idéal pour une visite de courtoisie, mais von Heirchmann ne semblait pas se formaliser de sa tenue. Cependant, le regard du visiteur la troublait. Il était si proche… Elle ne se souvenait pas que sa présence l'ait autant perturbée la dernière fois qu'elle l'avait vu. Était-ce cette promiscuité, dans la pénombre, qui changeait du tout au tout le rapport entre eux ?

— J'étais venu vous inviter à souper, annonça von Heirchmann avec flegme. Comme j'ignore où vous habitez et comment vous joindre, je me suis dit que la meilleure solution était encore de venir vous trouver au théâtre.

L'image de Shearmur passa fugitivement dans les pensées de la jeune femme et les traits de son visage se durcirent.

— Vous n'êtes pas le seul à raisonner de cette façon-là, répondit-elle un peu sèchement.

Aussitôt, elle se mordit les lèvres. Elle ne voulait pas que von Heirchmann se méprenne, car il était réellement le bienvenu, mais elle avait une fâcheuse tendance à parler avant de réfléchir lorsqu'il la prenait au dépourvu. Il l'observa un instant, indécis. Puis il sourit et demanda :

— Êtes-vous disponible demain soir ? Je crois savoir que c'est votre jour de repos.

Emma éclata d'un petit rire nerveux.

— Vous êtes bien renseigné pour quelqu'un qui ne sait pas comment me trouver !

— Je l'avoue, j'ai fait parler la dame qui se tient dans le hall, lui répondit-il avec un sourire espiègle.

— Voyez-vous cela ! Et qu'a-t-elle dit d'autre sur moi ?

— Que vous vous sentiez très seule à Londres, que vous essayiez de vous débarrasser de certains admirateurs trop entreprenants, et qu'un souper avec un ami vous ferait le plus grand bien…

Emma se figea. Il y avait dans les mots de von Heirchmann des sous-entendus qu'elle n'était pas certaine de comprendre. Y avait-il vraiment un message caché ou avait-elle trop d'imagination ? L'humour de cet homme la laissait parfois perplexe.

— Pardonnez ma franchise, mademoiselle, mais j'aime votre compagnie. J'avais espéré vous revoir… en privé.

Il avait parlé tout bas, sans la moindre trace de plaisanterie. Emma se sentit faiblir. Dans la pénombre qui régnait, elle eut soudain peur de ce qu'elle pourrait faire. Où étaient donc ses résolutions de se montrer parfaitement irréprochable ? Qu'allait-on dire d'elle si elle se mettait à sauter au cou des hommes dans les greniers poussiéreux et sombres ? Von Heirchmann avait sur elle un effet hypnotisant et, dans quelques instants, elle ne répondrait plus de rien. Elle devait s'éloigner, et vite.

— Demain soir sera parfait. Maintenant, si vous voulez m'excuser…

Elle s'élançait déjà vers l'escalier, mais il fut plus rapide. Il l'attrapa par la taille.

Aussitôt, Emma se braqua et son corps se tendit comme un arc. Von Heirchmann, de son côté, la maintint fermement serrée contre lui sans tenir compte de sa réaction. Entre eux, il n'y eut plus un mot.

La jeune femme respirait à peine.

Il y eut d'abord son visage tout près du sien, une mèche de cheveux contre son front, le regard noisette rendu presque noir. Il ne l'embrassa pas tout de suite, il n'était pas pressé. Au contraire, il la laissa s'habituer à sa présence, respirer son souffle tiède, agripper ses doigts sur la douce laine de sa redingote. Il attendit patiemment que la raideur dans ses reins s'assouplisse, qu'Emma ploie entre ses bras.

Ils restèrent ainsi un long moment, à se frôler du bout du nez, à goûter la douceur d'un front tiède, d'une pommette.

Von Heirchmann tenait toujours la jeune femme avec fermeté, un bras autour de la taille, sa main grande ouverte le long du dos, mais il ne chercha pas à l'enfermer complètement. De son autre main, il caressa d'abord les jupons, la hanche, un bras nu sous le châle qui tombait déjà, puis la douceur d'une joue laiteuse à demi-cachée par des mèches de cheveux échappées d'un chignon mal fait. Vêtue comme elle l'était, dans ce grenier qui sentait la poussière et le bois, Emma ressemblait à une jolie paysanne, fraîche et rougissante. Et dans la gorge blanche qui frémissait déjà sous ses doigts se cachait la plus belle voix qu'il ait jamais entendue.

Emma se calma peu à peu, les battements fous qui faisaient battre cette peau fine, sur son cou, s'apaisèrent tranquillement. Les hanches se firent plus souples, le dos se cambra et fléchit enfin sous le poids des épaules rejetées en arrière.

Voilà. Elle s'offrait.

Ce ne fut qu'à cet instant qu'il posa ses lèvres sur les siennes.

12

— Une lettre de votre père, mademoiselle, dit Émeline en apportant sur un plateau la lettre qui venait d'arriver.

Emma, assise dans son salon de musique, sortit des rêveries dans lesquelles elle était plongée et prit l'enveloppe que lui tendait sa femme de chambre.

— Merci, Émeline, répondit-elle distraitement.

Alors que la jeune fille faisait une brève révérence et s'éclipsait, Emma reprit le fil de ses pensées. Elle avait passé la soirée avec von Heirchmann – Karl, comme elle l'appelait désormais lorsqu'ils étaient seuls – dans un charmant restaurant à l'extérieur de la ville, où ils ne risquaient pas de rencontrer quelqu'un qui les reconnaisse. Il venait de la raccompagner chez elle et elle se demandait déjà quand elle pourrait le revoir.

Elle ne comprenait pas encore comment tout cela était arrivé. Avec le recul, elle se rendait compte que son esprit avait refusé d'écouter ce que son instinct avait senti dès le début: cet homme était fait pour elle. À Messine, déjà, elle l'avait trouvé charmant et plein d'attentions à son égard, mais elle avait trop de choses à gérer en même temps pour se soucier vraiment de lui. Tandis qu'à Londres, l'an passé, les choses avaient été bien différentes… Libérée de ses soucis, son contrat avec le Covent Garden signé, Emma profitait agréablement de son voyage, les sens en éveil, et la compagnie de von Heirchmann avait été un délice. C'était peu après qu'il avait commencé à lui manquer.

Elle savait maintenant pourquoi.

La jeune femme se mit à rire tout bas en songeant à quel point Jonathan Blythe ne supportait pas la comparaison. Pauvre jeune homme, pétri de certitudes… Elle était bien jeune, à l'époque. Elle ne s'était fiancée que parce qu'il l'avait mise au pied du mur et que cela lui avait semblé la seule chose à faire pour avoir la paix. Quelle différence avec ce qu'elle vivait maintenant! Au théâtre, elle parvenait encore à se concentrer sur ses répétitions, mais cela lui demandait un effort considérable et elle devait sans cesse se reprendre pour cacher les petits sourires béats qui naissaient spontanément sur ses lèvres. Elle avait souvent envié la sulfureuse Adelina et sa réputation d'éternelle amoureuse, et voilà que c'était son tour.

Bien entendu, Nellie fut la première au courant. Emma, qui tenait à garder cette relation secrète pour ne pas entacher sa réputation de jeune cantatrice, ne pouvait en parler à qui que ce soit à Londres. Elle s'épanchait donc généreusement dans les longues lettres qu'elle écrivait à sa sœur. Celle-ci lui conseillait avant tout de rester prudente, mais après les discours raisonnables, Nellie devenait aussi excitée qu'une adolescente et réclamait tous les détails... Pendant des années, les deux sœurs avaient rêvé ensemble à ces premières amours qu'elles attendaient sans oser y croire. Maintenant que l'une d'elles en faisait l'expérience, l'autre voulait tout entendre.

À von Heirchmann, Emma n'eut pas besoin de le demander : il se fit très discret. Lorsqu'ils se croisaient en public, cela était même un véritable jeu pour eux de s'échanger des regards complices tout en gardant une distance courtoise. Un soir, Karl parvint même à la retrouver dans sa loge pour un prétexte tout à fait anodin et à lui voler un baiser pendant les quelques minutes où ils restèrent seuls. Cela donna lieu à un fou rire de la part d'Emma lorsque Karl se sauva discrètement et qu'elle dut continuer à recevoir ses admirateurs.

Un sourire flottant encore sur ses lèvres, Emma revint à la réalité. Elle avait toujours entre les mains la lettre de son père. Elle poussa un soupir, fit un effort pour chasser Karl de ses pensées. Puis elle prit sur son bureau le joli coupe-papier en ivoire sculpté qu'un admirateur lui avait rapporté des Indes.

Après un moment, son sourire s'agrandit encore.

— Émeline! appela-t-elle.

La femme de chambre se montra en une seconde.

— Penses-tu que nous pourrions installer un lit ici, dans le petit salon?

— Je suppose que oui, mademoiselle. Vous attendez de la visite?

— Mon père, répondit Emma. Mon père vient s'installer à Londres…

Depuis quelque temps, en effet, Joseph songeait à venir rejoindre ses filles en Europe. Il en avait déjà parlé à plusieurs reprises, mais sans que rien ne se concrétise. Il vivait toujours seul à Albany, et ses enfants lui manquaient. Il avait donc fini par se décider pour de bon.

Le temps de régler ses affaires en Amérique, et Joseph traverserait l'océan. Il demandait à Emma si elle pouvait l'héberger.

* * *

Ils ne s'étaient pas vus depuis quatre ans; les retrouvailles furent très émouvantes. Joseph avait quitté sa fille aînée sur un bateau en partance pour l'inconnu, pleine d'espoirs et de projets, et voilà qu'il la retrouvait, épanouie et heureuse, bien installée dans une confortable vie qui lui apportait enfin ce qu'elle avait toujours désiré.

Le soir où il assista pour la première fois à *La sonnambula*, dont on donnait une des dernières représentations pour la saison, Frédérick Gye lui adressa publiquement un hommage. Joseph fut salué par la foule. C'était grâce à lui qu'Emma se trouvait sur scène aujourd'hui. Lorsqu'il vint voir sa fille après le spectacle, ses yeux étaient rouges d'avoir pleuré. Gonflée d'orgueil maintenant que son père pouvait mesurer exactement le succès qu'elle remportait, Emma lui ouvrit les bras.

Les premiers temps, c'est avec une excitation de petite fille qu'elle lui fit découvrir Londres et la vie qu'elle s'était construite autour du Covent Garden. Elle lui montra tout : les répétitions, sa loge, ses costumes de scène, ses boutiques et ses restaurants favoris, le quartier des théâtres, et même son refuge sous les combles. Elle saluait les gens qu'ils rencontraient, faisait les présentations et en profitait pour montrer à son père qu'elle avait des relations, des admirateurs et des amis. Elle voulait le rendre encore plus fier d'elle qu'il ne l'était déjà et, inconsciemment, elle cherchait son approbation. Elle réussit en partie : Joseph, qui n'avait pas changé d'avis et émettait toujours des réserves sur sa vie de célibataire – une jeune femme non mariée ne pouvait pas vivre sans chaperon –, parut s'apaiser peu à peu lorsqu'il se rendit compte que la vie quotidienne de sa fille était exemplaire.

Bien entendu, Emma ne lui parla jamais de Karl von Heirchmann. Leur relation était encore trop jeune et trop incertaine pour qu'elle puisse l'officialiser. Elle fut donc forcée de tenir Karl à l'écart pour une période indéterminée – soit tout le temps que son père comptait rester chez elle. Cela s'avéra un sacrifice difficile à faire. Bien qu'elle fût ravie de revoir son père, elle était amoureuse et elle aurait volontiers échangé ses soirées en tête à tête avec Joseph contre des sorties en ville avec Karl. Ce dernier, qui avait compris la situation, ne chercha plus à la voir, ce qui accentua le manque qu'Emma ressentait. Elle dut se contenter de l'apercevoir à l'occasion au théâtre, de loin.

À la longue, la présence paternelle se fit de plus en plus pesante. Joseph n'avait pas vu Emma grandir et devenir adulte : pour lui, elle était encore une enfant et il reprit rapidement ses habitudes de père protecteur à son égard. On aurait dit qu'il voulait rattraper le temps perdu. Passée la période d'excitation de son arrivée, il ne manqua pas de commenter toutes les décisions que prenait sa fille. Pour se reposer de cette présence parfois envahissante, Emma se plongea dans une correspondance assidue avec Karl, qui avait la plume facile et écrivait à la jeune femme d'interminables lettres. Émeline, discrète et dévouée, faisait en sorte de les apporter à sa maîtresse lorsque Joseph était absent.

Le père et la fille furent invités un soir à souper chez les Gye, en compagnie d'Ernest et de Sir Benedict, un ancien chef d'orchestre devenu ami de Frédérick Gye.

— Votre fille vous a-t-elle raconté comment nous nous sommes rencontrés? demanda Frédérick Gye. Figurez-vous que tout cela résulte de l'erreur d'un cocher…

Gye raconta l'anecdote. Elle circulait régulièrement dans les couloirs du Covent Garden, mais Sir Benedict et Joseph ne la connaissaient pas. Autour de la table, on se mit à rire de bon cœur.

— Le colonel Mapleson doit terriblement vous en vouloir, dit Sir Benedict. Dieu sait qu'il aurait bien besoin d'une nouvelle vedette pour relancer le Her Majesty's!

— En effet. Mademoiselle Albani m'a raconté par la suite que c'était justement un des imprésarios de Mapleson qui lui avait conseillé de s'y rendre – n'est-ce pas, mademoiselle? Cela prouve que notre cher Mapleson a encore l'énergie de se battre pour son théâtre. Il a tout mon respect pour cela.

Frédérick Gye avait un sourire bienveillant sur le visage. Emma songea avec ironie qu'il lui était facile d'exprimer d'aussi bons commentaires envers son concurrent: il se trouvait du bon côté. Mapleson et Gye étaient des adversaires de longue date, qui n'hésitaient pas à se «voler» les artistes d'une saison à l'autre. Cela s'était d'ailleurs produit avec Adelina Patti, à qui Gye avait promis de meilleurs cachets si elle venait chanter pour lui alors qu'elle était depuis des années chez Mapleson. La jeune femme, dont on disait qu'elle était terriblement intéressée par l'argent et qu'elle chantait maintenant pour des montants exorbitants, avait aussitôt accepté et quitté le Her Majesty's sans regrets. On racontait aussi que Mapleson n'avait pas tellement déploré son départ, fatigué qu'il était des caprices de la diva;

mais il avait difficilement encaissé la perte d'une de ses vedettes. Les affaires allaient mal pour lui, et alors qu'il se débattait comme un beau diable pour maintenir son théâtre en activité, Gye avait eu l'affront de lui voler une autre chanteuse en faisant signer un contrat à Emma. Parfois, celle-ci repensait à toute l'histoire avec un peu de culpabilité. Où serait-elle à présent si elle s'était rendue comme convenu au Her Majesty's ? Et comment Mapleson la regarderait-il s'ils se croisaient un jour, ce qui finirait bien par arriver ?

— Tout de même, intervint Ernest, le hasard ne fait pas tout : que mademoiselle Albani se soit présentée chez nous par erreur est cocasse, certes, mais cela n'aurait servi à rien si elle n'avait pas été, à cet instant, tout à fait prête à chanter sur de grandes scènes. Et là, c'est devant vous, monsieur Lajeunesse, que nous devons nous incliner. Vous avez fait avec votre fille un travail remarquable !

— Oh, je n'ai fait qu'aider Emma à développer un talent qu'elle possédait déjà, répondit modestement Joseph, sans parvenir, toutefois, à cacher complètement sa fierté.

— Et c'est un talent assez extraordinaire… déclara Benedict. À ce sujet, mademoiselle, avez-vous jamais songé à chanter des oratorios ? Lorsque je vous ai entendue dans *Rigoletto*, j'ai songé à vous pour quelques pièces que j'ai dirigées il y a plusieurs années et qui pourraient vous convenir à merveille. Je connais certains festivals qui donneraient cher pour vous entendre chanter une Esther ou une Dalila !

Emma se renfrogna légèrement. Elle avait travaillé quelques oratorios lorsqu'elle étudiait avec Lamperti, mais elle n'avait jamais songé à en faire une carrière. Plus sobres, sans costumes ni mise en scène, ils l'attiraient bien moins que l'opéra.

— N'avez-vous pas, d'ailleurs, dirigé la grande Jenny Lind elle-même ? demanda Ernest en coulant un regard vers Emma, dont il avait remarqué l'hésitation.

— Tout à fait, tout à fait. Cependant, cela remonte à bien des années. Elle chantait un oratorio pour la première fois, après avoir été habituée à l'opéra, et je ne vous cacherai pas que son succès fut tout aussi grand. Il faut dire que Mendelssohn avait réellement composé pour elle un rôle sur mesure…

Au nom de Jenny Lind, Emma n'avait pu se retenir d'ouvrir de grands yeux impressionnés, sans remarquer le léger sourire d'Ernest. Durant toute son enfance, elle avait considéré la grande cantatrice comme l'ultime exemple de la réussite. À présent, Jenny Lind ne chantait plus, Emma n'aurait donc jamais l'occasion de la voir sur scène, mais l'aura qui avait entouré la chanteuse durant toute sa carrière n'avait pas disparu et l'on parlait toujours d'elle comme de la plus grande artiste de son temps. Benedict l'avait citée en exemple : il n'en fallait pas plus pour motiver la jeune femme à s'intéresser de plus près aux oratorios.

— Oseriez-vous dire que je pourrais chanter les mêmes pièces que Jenny Lind ? demanda-t-elle.

— Oh, mais certainement ! répondit Benedict avec enthousiasme. Car il ne s'agit pas d'avoir une voix, pour chanter des oratorios, il faut aussi savoir exprimer des émotions tres subtiles pour raconter une histoire que le public ne comprend que par la musique. Et à vous entendre, vous avez la sensibilité adéquate pour ce genre de carrière…

— Si vous le souhaitez, mademoiselle Emma, je pourrais demander à Sir Benedict de venir vous montrer quelques pièces, un jour où vous n'aurez pas de répétitions, dit Ernest.

Emma n'hésita qu'un instant.

— Oui, pourquoi pas ? dit-elle. Je serais curieuse de découvrir tout cela…

Frédérick Gye lança à son fils un petit hochement de tête approbateur. Il arrivait souvent qu'Ernest négocie lui-même des projets pour le Covent Garden ; cela faisait partie de son apprentissage en vue d'en devenir le prochain directeur. Emma avait un contrat à l'année, certes, mais cela ne constituait guère que la « saison », c'est-à-dire quelques mois par an. Si elle pouvait chanter dans des festivals ou faire des tournées le reste du temps, c'était tout à l'avantage du Covent Garden qui affichait sa vedette pour toucher un public plus large, qu'il ramenait ensuite entre les murs du théâtre. Frédérick salua donc l'adresse avec laquelle Ernest avait navigué pour qu'Emma ne refuse pas les nouvelles possibilités qu'on lui offrait.

— Cet Ernest Gye est un bien charmant garçon, dit Joseph sur le chemin du retour.

— Oui, et il est très compétent dans son travail. Le Covent Garden sera en bonnes mains, je pense, quand son père se retirera.

— Tout à fait… Il n'est pas marié, non ?

Emma sursauta.

— Non, en effet.

— Ce serait un assez bon parti, je crois…

— Papa ! Pourquoi me parlez-vous de lui ? Tenez-vous vraiment à ce que je me marie ?

— Vous avez le temps, Emma. Vous avez le temps, bien sûr. Mais l'envie vous prendra sans doute un jour de vous marier et d'avoir des enfants. Et si tel devait être le cas, un jeune homme comme Ernest Gye serait un bon choix. Vous seriez certaine qu'il ne vous empêcherait pas de chanter.

Aussi brusque soit-il dans ses déclarations, Joseph avait raison. Nombreuses étaient les cantatrices qui quittaient la scène sitôt mariées – Adelina était une exception, et sa carrière lui valait d'ailleurs de ne pas vivre avec son mari. Si Emma voulait continuer à chanter le plus longtemps possible, elle devait faire attention à ses décisions.

Dieu merci, elle était certaine que Karl, lui non plus, ne l'empêcherait jamais de chanter.

Mais elle refusa aussitôt d'y réfléchir plus longtemps. Tout cela était trop rapide, elle ne voulait pas se marier tout de suite.

* * *

Finalement, après quelques semaines, Joseph quitta sa fille pour aller s'installer en banlieue de Londres, dans un petit meublé. Emma retrouva sa liberté avec un soulagement dont elle se sentit un peu coupable. Au moins, elle avait obtenu un compromis idéal : son père était à Londres, près d'elle, mais elle pouvait continuer à vivre la vie indépendante qu'elle aimait tant et elle ne sentait plus peser le regard paternel sur ses moindres faits et gestes.

Elle n'avait pas vu Karl depuis longtemps et les lettres qu'il lui envoyait ne suffisaient plus à la faire patienter. Il lui manquait. Elle eut toutefois la mauvaise surprise, lorsqu'elle lui écrivit pour lui proposer de le revoir, d'apprendre qu'il venait de quitter Londres pour quelques jours. Frustrée, elle se jeta dans le travail, restant au Covent Garden tard le soir pour ne pas se retrouver seule dans son appartement maintenant déserté.

— Mademoiselle, dit Frédérick Gye un matin, en pénétrant dans sa loge pendant qu'elle échauffait sa voix, j'ai reçu une offre pour vous. Le Théâtre-Italien de Paris vous réclame !

L'annonce avait toute son importance et Emma ouvrit de grands yeux ravis. Pour elle, c'était la promesse d'une consécration. Aucune grande cantatrice n'était réellement reconnue tant qu'elle n'était pas acceptée par le public parisien, réputé pour être difficile. Gye ne cachait pas sa satisfaction.

— Il semblerait que votre réputation commence à franchir les frontières du royaume, ajouta-t-il avec un clin d'œil, en déposant sur la coiffeuse d'Emma le contrat du théâtre parisien.

— Que veulent-ils me faire chanter ?

— Vos opéras les plus récents, bien entendu. Il y aura forcément *La sonnambula*, mais aussi *Rigoletto* et *Lucia di Lammermoor*.

— Les autres membres de la troupe ont-ils été choisis aussi ?

— Non, seulement vous, et il est d'autant plus important pour votre carrière que seul votre nom soit en tête d'affiche. Ainsi vous ne serez pas noyée parmi les autres grandes vedettes que nous avons ici. Vous rejoindrez des artistes français, que vous avez peut-être déjà croisés. Tenez, on m'a annoncé qu'il y aura notamment monsieur Faure, le ténor.

— Monsieur Faure ?

— Comment, vous ne l'avez jamais rencontré ? Ah mais, effectivement, c'est possible. Cela fait déjà quelques années qu'il est passé au Covent Garden, vous n'étiez pas encore arrivée… Quoi qu'il en soit, rassurez-vous : vous serez bien entourée lorsque vous serez à Paris.

* * *

Enfin, Karl von Heirchmann revint à Londres.

Emma était en train de souper dans son petit salon de musique lorsqu'elle reçut la lettre annonçant son retour. Il était déjà tard, la nuit était tombée. Karl rentrait à l'instant et il lui avait griffonné un rapide message pour la tenir au courant. Il lui disait que puisque Joseph ne vivait plus chez elle et qu'elle était de nouveau libre de ses mouvements, il espérait la revoir dès le lendemain.

— Le messager doit-il attendre une réponse, mademoiselle ? demanda Émeline.

Emma réfléchit un court instant.

— Non, dit-elle. Il n'y aura pas de réponse.

À force de porter le courrier et d'attendre les retours tardifs de sa maîtresse lorsque celle-ci sortait, Émeline avait bien compris qu'Emma avait un «bon ami». Elle restait habituellement muette et impassible sur ce sujet, mais cette fois elle ne put retenir un mouvement de surprise. D'ordinaire, il y avait toujours une réponse – il pouvait même, à l'occasion, y en avoir plusieurs. Alors pourquoi sa maîtresse ne répondait-elle pas?

Le messager repartit après avoir avalé une tasse de café chaud. Emma termina paisiblement son souper. Cependant, dès que les assiettes eurent été débarrassées, elle se rendit dans son petit cabinet de toilette et appela Émeline pour qu'elle l'aide à s'habiller. Elle venait subitement de décider qu'elle sortait.

— Ne m'attendez pas ce soir, Émeline. Vous pouvez vous coucher, lui dit-elle en partant.

Dans la rue plongée dans le noir, Emma fit arrêter une voiture par le concierge de l'immeuble. La jeune femme semblait sereine et tranquille, comme si ce soir-là ressemblait à tous les autres, mais une fois dans la voiture elle se mit soudain à se mordre nerveusement les lèvres. Elle hésita. À plusieurs reprises, elle fut sur le point de demander au cocher de faire demi-tour et de la ramener chez elle, pour apaiser l'agitation qui lui retournait le ventre, mais chaque fois elle se retint.

La voiture s'arrêta au pied d'un grand bâtiment. Les lumières de l'entrée étaient éteintes, les rideaux tirés sur la plupart des fenêtres.

— Madame veut-elle de la lumière? demanda le cocher.

Il décrocha la petite lanterne allumée au-dessus de son siège et accompagna la jeune femme sous la porte cochère, jusqu'à l'entrée principale.

Dans le grand hall, on laissait quelques chandelles brûler toute la nuit. Emma grimpa un escalier un peu raide, couvert d'un épais tapis, jusqu'au premier étage. Elle hésita un instant. Bien qu'elle sût exactement où elle se rendait, elle ne connaissait pas les lieux. Finalement, elle frappa avec assurance sur l'une des portes.

Une minute s'écoula. Puis elle entendit des pas et l'on ouvrit le battant.

— Emma ?

Karl portait des vêtements décontractés, de ceux que l'on revêt chez soi. Pas de gilet, pas de cravate, une simple chemise sur un pantalon un peu ample, et un confortable cardigan de laine à moitié déboutonné. Il n'attendait visiblement pas de visite ce soir-là.

Un court instant, les deux jeunes gens se dévisagèrent. Emma se demandait si elle devait regretter son audace. Puis un sourire apparut sur les lèvres de Karl et il s'écarta en silence pour laisser entrer la visiteuse.

— Je ne vous attendais pas si tôt, dit-il. Je suppose que vous avez reçu ma lettre.

— Je l'ai reçue, en effet.

Maintenant qu'elle se trouvait là, Emma ne savait plus quoi dire pour avoir l'air naturelle et à son aise. Elle s'avança jusqu'au salon, sans attendre qu'on l'y invite. Elle avait besoin de bouger pour éviter de songer à ce qu'elle était en train de faire.

— Excusez-moi pour le désordre, dit Karl en montrant d'un geste les malles de voyage qui attendaient dans un coin. J'ai donné sa soirée à mon valet, il avait une visite urgente à faire.

— Alors, nous sommes seuls ?

— Nous sommes seuls.

Elle croisa son regard et se sentit aussitôt rougir. Il ne se moquait pas d'elle – il ne se moquait jamais, même lorsqu'elle se rendait ridicule –, il avait plutôt ce regard doux qu'elle aimait tant, ce regard vaguement inquisiteur, comme s'il cherchait à comprendre ce qu'elle ressentait. Il semblait se rendre compte de l'effort que cela lui avait demandé de se présenter ainsi, sans s'annoncer, seule et en pleine nuit.

Il s'approcha et la prit dans ses bras.

— Je suis content de vous revoir, dit-il doucement, le nez perdu dans ses cheveux. Le temps a été long…

Elle n'avait besoin de rien d'autre. Après toutes ces longues semaines passées sans le voir, elle retrouvait enfin sa chaleur, son corps pressé contre le sien qu'elle pouvait enfin étreindre, toucher, caresser du bout des doigts ou à pleines mains. Elle retrouvait ses baisers, aussi, pestant contre le manteau boutonné jusqu'au cou qu'elle portait et qui l'empêchait de sentir ses lèvres sur la peau nue de ses épaules. Les doigts rendus malhabiles par la hâte, elle s'acharna un moment contre les boutons avant que Karl ne vienne à son aide.

Et le manteau tomba à terre.

* * *

À l'automne, Emma partit comme prévu pour Paris. Pendant ces longues semaines d'absence, elle écrivit à Karl aussi souvent qu'elle le put. Mais les réponses de ce dernier, aussi enflammées fussent-elles, ne remplaçaient pas la chaleur de ses mains. Maintenant qu'elle y avait goûté, Emma piétinait d'impatience en attendant la fin de sa tournée.

À Paris, son emploi du temps était chargé. Elle passait chaque jour de longues heures à répéter ses rôles et à préparer sa voix. Elle veillait d'ailleurs à la protéger autant que possible. On exigeait d'elle qu'elle monte sur scène cinq soirs par semaine, ce dont elle était bien obligée de s'accommoder même si Lamperti lui avait toujours conseillé de ne jamais chanter plus de trois ou quatre soirs afin de préserver ses cordes vocales. Elle faisait donc ce qu'elle pouvait pour se reposer, elle parlait le moins possible pour que les muscles de sa gorge puissent se détendre, et elle se drapait dans d'immenses foulards pour résister à l'humidité glaciale qui régnait partout.

À force de travail et de préparation, elle parvint tout de même à se dégager quelques heures libres, qu'elle passa dans les musées. Elle réussit aussi à s'échapper le temps d'une soirée pour rendre visite à madame Lafitte, dont la santé se détériorait. La vieille dame ne quittait plus son domicile, où vivait toujours monsieur Pacini. Ils organisèrent pour Emma un de ces petits soupers qu'ils aimaient tant, où, à la demande de tous, elle chanta quelques-uns des airs qui étaient désormais ses succès attitrés.

Mais surtout, Emma retrouva Marie-Eugénie, qu'elle n'avait pas vue depuis plusieurs années et qui assista à la représentation de *Lucia Di Lammermoor*. Après le spectacle, à peine entrée dans la petite loge qu'on avait réservée à la jeune canadienne, Marie-Eugénie s'était jetée dans ses bras.

— Quand je pense qu'à l'époque nous étions tous persuadés que Jeanne Faure ferait une carrière éblouissante! Et regardez, finalement, qui nous revient de Londres avec ses opéras à succès, ses admirateurs et sa fortune!

Les deux amies se revirent quelques jours plus tard, dans le charmant appartement que Marie-Eugénie habitait près de la place des Ternes. Emma, qui s'était attendue à retrouver son amie tout aussi timide et angoissée que lorsqu'elles étudiaient ensemble chez Gilbert Duprez, fut agréablement surprise : Marie-Eugénie venait tout juste de se marier et elle était radieuse.

— Raconte-moi tout, ma chérie! Comment est Londres? Comment vis-tu? Es-tu toujours célibataire? Et que devient Cornélia?

Les premiers temps, la conversation fut assez décousue : les questions fusaient des deux côtés. Emma raconta la vie qu'elle menait en Angleterre, les opéras, les admirateurs, l'arrivée de son père, la vie indépendante dans son petit trois pièces. Marie-Eugénie, de son côté, s'extasiait devant toutes ces choses qu'elle ne vivrait jamais, mais il n'y avait ni regret ni jalousie dans sa voix. Elle semblait avoir enfin trouvé sa place et ne tarissait pas d'éloges à propos de son jeune mari.

— Rends-toi compte ! Grand-mère m'a traînée partout avec elle pendant des mois ! Et comme par hasard, à chaque invitation, à chaque souper, à chaque bal où nous allions, il y avait toujours un ou deux jeunes célibataires. Tu aurais dû voir grand-mère ! Elle leur posait toujours des tas de questions : elle voulait tout savoir de leur vie, de leur métier, de leur famille… J'en étais terriblement gênée, tu penses bien ! Et puis un jour, alors que nous étions à Nice, je suis allée chercher des faire-part de naissance pour une de mes cousines qui venait d'avoir un bébé, et là, chez l'imprimeur, j'ai croisé un charmant jeune homme, qui était bien poli et, ma foi, bien joli aussi ! Puis, une semaine après, je l'ai rencontré de nouveau sur le trottoir, en sortant de chez moi…

— Comment avait-il fait pour te retrouver ?

— Les faire-part ! Il y avait notre adresse sur le bon de commande, car nous logions tous chez grand-mère à ce moment-là. Alors nous avons commencé par nous saluer, et puis nous avons échangé quelques mots… Mais sur le moment, je ne savais pas trop quoi en penser. À voir les prétendant que grand-mère me présentait, je me doutais bien qu'elle ne voudrait jamais que j'épouse un simple petit imprimeur !

— Alors, comment as-tu fait pour la convaincre ?

— Je n'ai rien fait du tout. Elle a tout de suite été ravie quand Victor s'est présenté pour demander ma main. Figure-toi que ce n'est pas du tout un petit imprimeur : c'est le fils du propriétaire ! Son père possède neuf imprimeries dans tout Paris !

— Un vrai conte de fées, ma parole !

Les deux jeunes femmes riaient à n'en plus pouvoir, dans le petit salon de Marie-Eugénie, trop heureuses de retrouver pour un moment leur complicité d'avant.

— Et toi, ma chérie, est-ce que tu comptes te marier un jour ?

Emma plongea subitement le nez dans sa tasse de thé.

— Je ne sais pas encore, répondit-elle, embarrassée.

— Mais est-ce qu'il y a quelqu'un qui t'intéresse, au moins ? Ou bien n'as-tu d'yeux que pour l'opéra ?

— Oh non ! Enfin, oui… Oui, il y a quelqu'un, répondit Emma en se mordillant les lèvres.

— Vraiment ? Tu ne m'en as jamais parlé dans tes lettres !

Marie-Eugénie eut un sourire canaille.

— Est-il bel homme ?

— Oui, plutôt, répondit Emma en rougissant.

— Est-il riche ? Est-ce un bon parti ? Raconte !

— Il s'appelle Karl. Je l'ai rencontré à Messine, quand j'ai chanté mon premier opéra.

— Karl ? Ce n'est pas un nom français, ça. Il est Allemand ? Autrichien ?

— Plus exactement Croate, mais son père est Autrichien.

— Oh, c'est plus exotique que mon petit imprimeur ! dit Marie-Eugénie en éclatant de rire. Et est-ce que tu le vois souvent ?

Devant le silence un peu gêné d'Emma, qui ne s'attendait pas à toutes ces questions, Marie-Eugénie ouvrit soudain de grands yeux.

— Non… Emma… Est-ce qu'il est ton amant ?

— Cela te choquerait ?

— Ma foi, je ne pensais pas que tu menais une vie aussi scandaleuse ! J'imagine que c'est Londres qui t'a pervertie...

Emma savait que son père n'approuverait jamais la relation hors mariage qu'elle avait commencée avec Karl, mais elle avait espéré qu'une amie de son âge comprendrait mieux. Heureusement, Marie-Eugénie lui lança un petit regard en coin qui la rassura aussitôt : elle semblait plus surprise que réellement scandalisée, et il y avait déjà dans ses yeux une excitation grandissante.

— Oh, Emma, je n'en reviens pas que tu mènes ce genre de vie ! s'exclama-t-elle enfin. C'est tout ce dont nous rêvions, à une époque ! Des spectacles, des admirateurs, des amants... Voilà la vie sulfureuse d'Emma Albani !

— Un amant, un seul, corrigea aussitôt la cantatrice, un peu vexée. Et puis, ma vie n'est pas aussi sulfureuse que tu le crois, tu sais...

— Il s'agit tout de même d'une double vie, non ? Car je suppose que cette relation reste cachée, sinon tu n'en ferais pas tant de mystère... Est-ce que tu penses l'épouser un jour ?

Emma se figea.

— Je ne sais pas... Je n'y ai jamais réfléchi, avoua-t-elle piteusement.

— Mais... si tu l'aimes ? Est-ce que ça ne semble pas évident de se marier quand on s'aime ?

— Si, bien sûr !

Elle prit une autre gorgée de thé pour se donner une contenance.

— Si, bien sûr... répéta-t-elle tout bas.

* * *

Paris ne lui avait pas encore livré toutes ses surprises. Tandis que les critiques s'étendaient dans les journaux sur le visage canadien de la belle Amina, les membres de la troupe du Théâtre-Italien lui faisaient peu à peu une place dans leurs rangs. Non pas qu'on se mélangeait réellement, car il subsistait une indéniable compétition entre les théâtres, mais, après tout, la plupart des chanteurs étaient amenés à se croiser à un moment ou à un autre de leur carrière et il valait mieux entretenir de bons rapports. Parmi eux, le plus aimable était Jean-Baptiste Faure, qui demandait souvent des nouvelles des compagnons d'Emma au Covent Garden, où il avait déjà chanté plusieurs fois.

— Mademoiselle Albani, j'ignorais que vous aviez étudié avec Gilbert Duprez! dit-il un jour.

— C'est vrai, bien que cela n'ait duré que quelques mois.

— Mais alors, vous devez connaître ma fille!

C'était donc ça… Emma s'était posé la question lorsqu'elle avait entendu parler de Faure pour la première fois, mais la chose lui était ensuite sortie de la tête. Le ténor avec qui elle chantait était bel et bien le père de la détestable étudiante qui lui avait empoisonné la vie lorsqu'elle avait débarqué à Paris. Le doute fut définitivement levé lorsque Jeanne Faure en personne – devenue madame Faustin Duplessis – se présenta dans sa loge, après une représentation.

— Votre Lucia était charmante, mademoiselle Lajeunesse, dit-elle d'une voix glaciale.

— Je vous remercie, avait répondu Emma avec un sourire poli. Je me souviens que la vôtre était remarquable, à l'époque.

Jeanne avait relevé le menton avec une certaine fierté. Elle n'avait pas beaucoup changé, depuis la salle d'études de Duprez. Son regard était un peu plus dur et elle ne parvenait pas à cacher tout à fait l'envie qu'elle ressentait de se trouver à la place d'Emma. Elle n'hésita pas, d'ailleurs, à lui rappeler subtilement qu'avant d'être une « Albani » elle avait été une petite Canadienne ne connaissant rien à Paris ni à l'Europe. Comme Emma ne répondait pas à l'attaque, les deux jeunes femmes se contentèrent ensuite de se toiser à distance pendant le reste de l'entretien, laissant le père et l'époux de Jeanne répéter les félicitations et les convenances habituelles.

Après le départ de Jeanne, toutefois, Emma fut prise d'une envie soudaine d'écrire à son père pour lui raconter son succès parisien. L'attitude de son ancienne rivale venait de lui rappeler avec une vivacité presque douloureuse que c'était à Joseph qu'elle devait tout. Il n'y avait pas une grande différence entre une Jeanne Faure et une Emma Lajeunesse, toutes deux bénies d'un talent que les professionnels avaient reconnu. En revanche, elles avaient eu un père très différent : celui d'Emma l'avait poussée coûte que coûte à aller jusqu'au bout pour briller sur scène, tandis que celui de Jeanne n'avait aucune excuse.

Était-ce parce que Jean-Baptiste Faure appartenait lui-même au monde de l'opéra qu'il avait finalement censuré l'avenir de sa fille en la mariant, après lui avoir pourtant fait suivre des cours de chant ? Quel discours contradictoire il avait tenu ! Où était la ténacité qu'avait eue Joseph, où était cette foi profonde dans le talent et le potentiel de sa fille ? Car c'était Emma qui chantait désormais au Théâtre-Italien et c'était elle que le public applaudissait. Tandis que Jeanne, les yeux féroces et la bouche amère, devait se contenter d'observer de loin cette vie qu'on lui avait refusée.

* * *

De retour à Londres, Emma retrouva Karl avec bonheur. Elle retrouva aussi le petit jeu lassant auquel elle se livrait depuis maintenant de longs mois : essayer d'échapper aux assiduités de Lawrence Shearmur.

La jeune femme se rendait parfois au Covent Garden à pied, lorsque le temps était beau. Ce matin-là, toute revigorée par la vingtaine de minutes de marche qu'elle venait de faire, elle grimpa rapidement l'escalier du théâtre. Au moment où elle allait tirer sur la lourde porte pour entrer, une voix l'appela.

— Mademoiselle Albani! Un instant!

Si elle s'était rendu compte plus tôt qu'il s'agissait de Shearmur, elle aurait probablement fait mine de ne pas avoir entendu et serait entrée dans le théâtre, mais il était trop tard. En se retournant, elle le vit grimper les marches pour venir la rejoindre. Elle retint une grimace. Stoïque, elle accueillit son visiteur avec un sourire neutre mais poli.

— Bonjour, monsieur Shearmur.

— Décidément, mademoiselle, il devient difficile de vous parler! commença-t-il. Lorsque je viens au théâtre, on me répond la plupart du temps que vous êtes absente ou occupée…

— C'est effectivement le cas, cher monsieur.

— Votre emploi du temps me paraît disproportionné pour une jeune femme de votre qualité. N'êtes-vous pas trop fatiguée? Je pourrais peut-être en toucher un mot à monsieur Gye.

— Oh non, rassurez-vous, ce sont là des occupations tout à fait normales pour une chanteuse. Je sais que cela semble toujours assez facile lorsque vous me voyez sur scène, mais une simple représentation demande toujours beaucoup de travail en amont…

— Cela n'empêche pourtant pas la majorité des chanteuses de sortir de temps à autre. J'ai croisé notre chère dame Patti au restaurant pas plus tard qu'hier soir.

— Madame Patti n'a plus rien à prouver à personne pour assurer le succès de sa carrière musicale, contrairement à moi. Je regrette de n'être pas plus disponible.

Alors qu'Emma, qui avait entrouvert la porte, s'apprêtait à entrer – signifiant ainsi à Shearmur la fin de la conversation –, les traits de ce dernier se durcirent brusquement.

— Pour un peu, je pourrais penser que vous me fuyez, mademoiselle, lâcha-t-il d'une voix basse.

Emma se figea. Elle n'aimait pas l'expression de cet homme, et encore moins l'arrogance qui commençait à poindre.

— Monsieur, vous devriez comprendre que je ne peux pas…

— Ne vous ai-je pas offert des fleurs ? Des bijoux, des fourrures ? coupa-t-il. N'ai-je pas fait tout ce qu'un admirateur doit faire pour attirer l'attention de celle qui le fascine ? Et qu'ai-je reçu en retour ? Rien ! À peine quelques mots ici et là…

— Monsieur ! fit Emma en haussant légèrement le ton. Je vous suis effectivement reconnaissante des cadeaux superbes que vous m'avez faits et que je porte avec grand plaisir. Mais je suis certaine de ne jamais vous avoir laissé entendre que j'étais intéressée par… autre chose.

Shearmur se pencha vers elle, l'air mauvais. Emma recula instinctivement, sans lâcher la poignée de la porte.

— Vous êtes comme toutes les autres, mademoiselle. Vous êtes une séductrice. Ne jouez pas à allumer des feux que vous ne vous souciez pas d'éteindre.

— Une séductrice ? s'insurgea Emma, mi-furieuse, mi-effrayée. Je suis une cantatrice, monsieur, je chante de l'opéra ! Je regrette que vous m'ayez considérée autrement.

Une voix intervint.

— Y a-t-il un problème, mademoiselle Albani ?

Ernest Gye venait d'apparaître dans l'encadrement de la porte. Le regard vif et l'air implacable, il fut soudain pour Emma le roc auquel elle avait besoin de se raccrocher pour reprendre pied.

— Non… non… bafouilla-t-elle. Tout va bien. Monsieur Shearmur s'en allait, je crois.

Mais celui-ci n'en avait pas encore terminé. Il ne se préoccupa même pas de la présence d'Ernest.

— Croyez-vous vraiment, mademoiselle, cracha-t-il, qu'une vulgaire petite chanteuse comme vous peut me traiter avec autant de dédain sans que je réagisse ? Ne savez-vous pas qui je suis ?

— Monsieur ! intervint aussitôt Ernest, en s'avançant avec autorité. Je ne vous permettrai pas d'ennuyer les artistes de ce théâtre. Emma, entrez, je vous en prie. Ce monsieur n'a plus rien à vous dire.

La jeune femme ne demanda pas son reste. Elle se faufila dans le hall pendant que le fils de Frédérick Gye refermait la porte et elle se mit à courir en direction de sa loge.

Ernest la suivit des yeux jusqu'à ce qu'elle tourne au coin du couloir. Elle n'avait même pas remarqué que pour la première fois il l'avait appelée uniquement par son prénom.

* * *

Un jour qu'Emma s'apprêtait à quitter le théâtre, suivie d'Émeline qui la suivait dans tous ses déplacements, elles croisèrent Adelina Patti dans un couloir. La cantatrice sortait du bureau de Frédérick Gye et semblait d'une humeur exécrable. En passant près d'Emma, elle lui jeta un regard noir que la jeune femme ne comprit pas. Elle se tenait soigneusement à l'écart de la sulfureuse diva, évitant de prendre part aux scandales que celle-ci créait en permanence autour d'elle. Qu'avait-elle bien pu faire pour s'attirer ses foudres ?

Émeline, qui avait humblement baissé les yeux en croisant la Patti, se retourna et la regarda s'éloigner.

— Elle semble vous en vouloir beaucoup, mademoiselle, dit-elle en guise de commentaire.

— On dirait bien. Le problème est que j'ignore totalement pourquoi.

— Vraiment ? Vous l'ignorez ?

Emma fronça les sourcils et regarda sa femme de chambre d'un air curieux.

— Pourquoi dis-tu cela ? Saurais-tu quelque chose ?

Émeline rougit.

— Avec les autres femmes de chambre, nous bavardons un peu, entre nous, pendant que vous répétez… Et il paraît que madame Adelina aurait bien voulu obtenir le rôle d'Ophélie.

En un instant, Emma comprit l'importance de cette révélation. C'était elle qui venait d'obtenir ce rôle, pour le prochain *Hamlet* que le Covent Garden allait produire. Bien qu'elle n'y fût pour rien – Frédérick Gye décidait lui-même des artistes pour chaque opéra et personne ne contestait jamais ses décisions –, elle venait en quelque sorte de voler un rôle à Adelina Patti. L'Italienne ne manquerait pas de prendre cela pour un affront et Emma pouvait d'ores et déjà s'attendre à des représailles.

Elle ne pouvait pas prévoir d'où viendrait l'attaque. Elle savait en revanche qu'Adelina n'était pas patiente et qu'elle réagirait rapidement.

Ce fut le cas.

Quelques jours plus tard, Karl vint voir une des représentations d'Emma, qui jouait encore *Lucia Di Lammermoor*. À la fin de la soirée, alors que le théâtre commençait à se vider, Emma quitta sa loge pour aller saluer quelques retardataires dans le hall, comme elle le faisait parfois avant de rentrer chez elle. Elle croisa Karl au détour d'un couloir, qui se tenait avec deux amis. Elle s'arrêta pour échanger quelques mots avec eux, souriant le plus naturellement du monde.

— Eh bien, mademoiselle Albani, dit Karl avec courtoisie, encore une représentation réussie ! Nous préparez-vous de nouveaux opéras pour la prochaine saison ?

— Oui, ajouta un de ses compagnons, dites-nous ce que vous préparez ! Va-t-on encore jouer du Verdi, comme l'an passé ?

— Je regrette, messieurs, dit Emma avec la patience de celle habituée à répondre toujours aux mêmes questions, soir après soir. Il n'y a rien dont je puisse vous parler. Monsieur Gye est très strict à ce sujet : nous devons garder le secret jusqu'à l'annonce officielle de la nouvelle programmation.

— Quel dommage, mes amis, nous allons devoir patienter ! déclara Karl.

Souriant toujours, Emma quitta le trio pour retourner à sa loge. Un instant plus tard, Karl la rattrapa.

— Je t'attends dehors, lui murmura-t-il à l'oreille avant de disparaître.

Ils avaient convenu d'un rendez-vous après les soirées de ce genre-là. Une fois qu'Emma en avait terminé avec ses admirateurs et pouvait enfin quitter le théâtre, elle sortait par une petite porte discrète, à l'arrière, et se rendait jusqu'au coin de King Street, où la voiture de Karl l'attendait. Ils s'en allaient alors chez lui ou chez elle.

Sûrs d'eux, ils avaient oublié la perspicacité de la reine des lieux.

— C'est un bien bel homme qui vient de vous quitter là, ma chère, fit la voix d'Adelina.

La Patti s'était approchée sans bruit.

— Monsieur von Heirchmann ? répondit Emma avec naturel. Oui, c'est un ami de longue date. Il est un des premiers à m'avoir entendue chanter Amina, lorsque j'étais à Messine.

— Oh, je vois, dit Adelina avec un sourire narquois. Un ami de longue date… Un de ces amis qui vous susurrent à l'oreille, visiblement… Personnellement, ce sont ceux que je préfère, surtout quand ils sont aussi bien de leur personne !

En voyant Emma changer de couleur, Adelina éclata de rire.

— Ma chère Emma ! Ne faites donc pas cette tête ! Moi qui vous croyais si chaste et raisonnable, je me rends compte que vous n'êtes pas mieux que les autres, après tout. Mais cela vous rend presque plus humaine !

— Je ne vois pas de quoi vous…

— Allons, ne me prenez pas pour une sotte, coupa Adelina d'un ton sec. Votre père est-il au courant ?

Emma se mit aussitôt sur la défensive. Il était visiblement inutile de continuer à nier. Elle préféra contre-attaquer et répliqua sur le même ton :

— Non, pourquoi ? Comptez-vous le prévenir ?

— Ce serait drôle… dit Adelina, provocante. Il semble avoir placé de très grands espoirs en vous. Mais vous pouvez compter sur ma discrétion, tant que vous ne quittez pas votre rôle de jeune et jolie débutante.

— Que voulez-vous dire ?

— Il ne peut y avoir qu'une seule prima donna dans un théâtre. Ne l'aviez-vous pas encore compris ?

La menace était claire, cette fois. Les deux femmes se toisèrent du regard pendant un moment.

— Oseriez-vous vraiment mettre en danger un de ces amours sincères, de ceux que nous chantons sur scène, vous et moi ? demanda Emma avec fermeté.

— Ne le prenez pas sur ce ton, répliqua Adelina, soudain radoucie. Je vous ai dit que votre secret était en sécurité avec moi. Après tout, ne suis-je pas la mieux placée pour savoir ce que c'est que d'avoir des amants ?

— Tout dépend si nous parlons des vrais ou des faux.

La cantatrice figea. Son regard devint noir.

— Expliquez-vous, mademoiselle !

Le silence d'Emma, à cet instant, devait être éloquent, car Adelina devint soudain très pâle. Emma reprit alors :

— Au vu des prouesses que vous exécutez pour maintenir cette relation discrète, et comme l'histoire dure depuis un certain temps, j'en conclus qu'il s'agit d'une affaire tout aussi importante à vos yeux que monsieur von Heirchmann l'est pour moi. Vous jouez beaucoup avec les apparences, Adelina, dit-elle en se permettant pour la première fois d'appeler la diva par son prénom, comme si elles se parlaient d'égale à égale, et vous réussissez plutôt bien. Mais vous n'êtes pas infaillibles, ni vous ni le monsieur en question.

— Mais de qui parlons-nous, à la fin ? s'énerva Adelina.

— De notre ami et collègue respectif, monsieur Nicolini.

Comme l'Italienne, blanche comme un linge, ne réagissait pas, Emma poursuivit.

— Votre secret est lui aussi en sécurité avec moi, chère amie. Mais n'essayez pas de me prendre à un jeu dont j'ai déjà compris les règles.

Sur ces mots, la jeune femme planta la Patti dans le couloir et s'éloigna.

* * *

— Ne bougez pas, mademoiselle, j'ai presque fini, dit Émeline en piquant une autre épingle dans l'épaisse chevelure de sa maîtresse.

Emma, qui commençait à s'agiter sur son fauteuil, reprit quelques échauffements vocaux pour patienter jusqu'à ce que sa femme de chambre termine sa coiffure. Cela faisait un moment que cette dernière accompagnait Emma les soirs de représentation pour l'aider à enfiler son costume et à se préparer. Appliquée et silencieuse, elle était devenue une aide dont la jeune cantatrice ne pouvait plus se passer.

Toutes deux furent interrompues par un bruit de talons claquant sèchement dans le couloir. Adelina Patti avait un pas reconnaissable entre tous, et elle arrivait au galop. Elle entra dans la loge comme une trombe.

— Laisse-nous, dit-elle à Émeline.

La petite bonne lança aussitôt un regard vers Emma pour quêter son approbation. Comme celle-ci hochait la tête, la femme de chambre piqua une dernière épingle, fit une courte révérence devant Adelina, et sortit de la loge en fermant la porte derrière elle. Emma se retourna alors pour faire face à la diva.

Adelina la magnifique…

Elle était en grande tenue du soir, chapeautée de plumes et de paillettes, dans une longue robe vert tendre particulièrement flatteur qui donnait de l'éclat à son teint et à ses cheveux noirs. Elle s'était avancée et jetait un regard affûté autour d'elle, comme si elle inspectait les lieux.

La loge, soigneusement entretenue par Émeline, était irréprochable. Les rideaux de velours de la grande fenêtre avaient déjà été tirés sur la nuit du dehors, les coussins sur la méridienne avait été secoués et joliment disposés, et le poêle à charbon – que l'on allumait dès qu'il faisait un peu froid, pour qu'Emma ne s'enrhume pas – avait été astiqué. De longues tables s'alignaient le long des murs, portant parfois un vase ou deux, en prévision de la multitude de bouquets de fleurs qui arriveraient en fin de soirée. Le costume de Gilda était sorti, pendu à un cintre. Émeline poussait même le souci de l'ordre jusqu'à s'assurer que les franges du tapis ne soient pas emmêlées. Il n'y avait guère que du côté de la coiffeuse, où Emma était assise, que l'on pouvait voir un certain fouillis, avec tous les cosmétiques, les brosses, les rubans et les épingles éparpillés sur le comptoir de marbre.

— Voulez-vous vous asseoir ? invita poliment Emma en faisant un signe en direction de la méridienne.

Adelina ne répondit pas. Elle semblait ne pas avoir entendu.

— Depuis quand êtes-vous au courant ? lança-t-elle brusquement.

Le ton de sa voix et la sévérité de son visage venaient brusquement d'annuler le charme qui émanait d'elle l'instant précédent. Adelina savait se faire vipère aussi bien que colombe, sans qu'il n'y ait jamais de transition.

— Depuis l'été dernier, répondit Emma qui n'avait pas besoin de plus d'explications pour comprendre de quoi il s'agissait.

— Et pourquoi n'avez-vous rien dit ?

— Je ne vois pas pourquoi j'aurais cherché à répandre la nouvelle. Votre vie privée ne regarde que vous et je ne m'en soucie pas. Sauf si vous cherchez à empiéter sur la mienne…

La Patti pinça les lèvres et scruta Emma du regard, comme si elle cherchait à comprendre.

— D'autres que vous se seraient fait un plaisir de me mettre des bâtons dans les roues, répondit-elle enfin, pour s'assurer une meilleure place au sein de ce théâtre.

— Je n'ai pas besoin d'écraser les autres pour obtenir ce que je veux, rétorqua Emma. La reconnaissance de mon public me suffit.

— Ce ne sera pas toujours le cas. Vous êtes jeune et jolie, mais le temps passe et ce métier est implacable pour les femmes. Que ferez-vous lorsque les hommes ne vous regarderont plus ?

— Je ferai ce pour quoi je suis venue ici, dit Emma en relevant le menton. Je chanterai.

Devant cette réplique, Adelina resta sans mot pendant un instant. Puis, avec un sourire moqueur, elle dit doucement :

— Seriez-vous réellement aussi vertueuse qu'on le prétend, Emma ?

Emma se crispa. Elle tenait effectivement à soigner sa réputation, en se comportant toujours de manière aimable avec ses admirateurs et en évitant les scandales. Mais dans les couloirs du Covent Garden, on la taquinait en la traitant comme une sorte de sainte, de vierge intouchable, ce qui l'agaçait profondément. Les choses avaient empiré depuis que le bruit avait couru qu'elle avait repoussé Shearmur, et elle tentait de garder son calme en attendant que les gens se lassent de rire à ses dépens. Cette fois, face à Adelina, c'en fut trop.

— Ah, cessez donc de me parler de vertu ! s'emporta-t-elle. Qu'avez-vous donc eu comme carrière, jusqu'à ce jour, pour imaginer que rien ne puisse exister en dehors de ces petites mesquineries auxquelles tout le monde ici semble s'adonner ? Ne puis-je pas être tout simplement contente de ce que j'ai, sans chercher à voler ce que possèdent les autres ? Je respecte votre vie et vos choix, Adelina, et je ne cherche pas à faire de vous une ennemie. Je souhaiterais que vous en fassiez autant.

Adelina hésita. Elle était toujours debout au milieu du tapis, mais l'attitude conquérante qu'elle avait en entrant dans la loge disparaissait à vue d'œil. C'était Emma, désormais, toujours assise dans son fauteuil et un peu ridicule avec sa robe de chambre et son visage à demi maquillé, qui était en position de force.

Comme la Patti ne répondait toujours rien, mais ne faisait pas non plus mine de s'en aller, Emma réagit. Elle tira sur le cordon qui se trouvait près de sa coiffeuse pour appeler Émeline.

— Maintenant que les choses sont dites, puis-je vous offrir un thé, madame ? demanda-t-elle, radoucie.

Et contre toute attente, Adelina s'assit sur la méridienne, retira l'épingle de son chapeau qu'elle posa ensuite près d'elle et sourit.

— Volontiers, je vous remercie.

13

Emma resserra autour de son cou le col de fourrure de son manteau. L'hiver s'éternisait et il faisait encore froid. Dans la voiture, à la faible lueur des maisons qu'on longeait, elle pouvait voir son haleine former un petit nuage de vapeur.

— Tu es vraiment certain que nous pouvons nous montrer tous les deux sans crainte ? demanda-t-elle une fois encore. Tu sais comme les gens sont bavards, même sans le faire exprès…

— Ne crains rien. Je t'assure que ceux-ci ne parleront pas. Là où je t'emmène, les gens sont libres et ne craignent pas les qu'en-dira-t-on. La plupart ont eux-mêmes des choses à cacher et tout le monde compte sur la discrétion de chacun. Ils ne continueraient pas à se voir régulièrement s'ils ne savaient l'endroit parfaitement sûr.

Emma fronça les sourcils, mais la voiture était en train de quitter Londres et elle ne pouvait plus faire demi-tour. Il ne lui restait plus qu'à faire confiance à Karl et à le suivre aveuglément.

La cantatrice n'avait pas tort de s'inquiéter à ce point sur le fait qu'on puisse la voir en public en compagnie d'un homme. Des carrières de jeunes chanteuses se brisaient pour bien moins que cela. Une des mezzo-sopranos du Covent Garden avait été remerciée pas plus tard que le mois dernier, après qu'on l'eut surprise en compagnie d'un homme marié. La chose avait fait scandale dans le théâtre. À peine s'était-elle montrée sur scène que le public l'avait huée, au point de l'empêcher de chanter. On avait dû interrompre la représentation et Gye – qui avait visiblement prévu l'affaire – l'avait fait remplacer au pied levé. Ni le petit renom de la demoiselle ni son talent n'avaient pu lui éviter le déshonneur. La société de Londres désapprouvait et imposait sa censure. Si l'homme qu'elle fréquentait avait fait amende honorable et réussi à conserver sa place, elle, en revanche, qui ne venait de nulle part et n'appartenait à aucun autre milieu que celui du théâtre, avait aussitôt été mise à l'index.

Il fallait avoir l'aura extraordinaire d'une Adelina Patti pour se permettre des écarts de conduite sans jamais perdre les faveurs de l'opinion publique. Emma savait que ce n'était pas son cas. Joseph avait raison de s'inquiéter à propos de la vie de célibataire de sa fille, que seule une réputation parfaite lui permettait de conserver. On tolérait son style de vie, mais on ne l'approuvait pas, et l'annonce publique qu'elle avait un amant serait pour elle une catastrophe. Sa relation avec Karl, aussi douce soit-elle, devait impérativement être tenue secrète aussi longtemps qu'ils ne seraient pas officiellement fiancés ou mariés.

Karl lui prit la main et la serra doucement pour la rassurer.

— Aie confiance, dit-il. Je ne t'emmènerais pas à Red House si je n'étais pas certain que l'endroit est sûr.

La jeune femme se mordit les lèvres et ne répondit pas.

Elle était souvent invitée à souper chez des admirateurs, comme cela s'était produit à ses débuts à Messine. À Londres, la société était plus haut placée : il s'agissait la plupart du temps de réceptions mondaines guindées et d'un ennui absolu, où l'on demandait systématiquement à Emma de chanter ses airs les plus connus. Maintenant célèbre, elle était très convoitée ; elle n'avait donc pas été surprise lorsque Karl lui avait proposé une autre de ces soirées, chez un couple d'amis à lui.

Dès qu'elle eut posé un pied dans la belle maison aux environs de la capitale où les avait déposés la voiture, elle comprit qu'il s'agissait d'une société toute différente. La demeure était bourgeoise et décorée avec un goût exquis, mais il n'y avait pas de luxe ostentatoire, de gerbes de fleurs sur toutes les tables, de majordome et de domestiques en livrée. Ce fut l'hôtesse en personne qui leur ouvrit la porte.

— Bonsoir, Emma, dit-elle avec une familiarité et une chaleur qui mirent tout de suite la chanteuse à l'aise. Je suis Jane Morris, je suis ravie de vous rencontrer. Karl nous a beaucoup parlé de vous…

C'était une très belle femme d'une trentaine d'années, vêtue élégamment, mais sans toutes les plumettes et quantités de bijoux auxquelles Emma s'était attendue.

— Venez, mes amis, les autres sont déjà arrivés, dit Jane lorsqu'elle eut déposé dans les bras d'un domestique les manteaux des nouveaux venus.

Les « autres » étaient au salon. À son entrée dans la pièce, Emma eut un autre choc. Elle serra un peu plus fort le bras de Karl qui lui répondit par un sourire.

Installés dans de confortables fauteuils ou sur des banquettes où s'empilaient des dizaines de coussins se trouvaient une douzaine d'invités. Au sol, sur un épais tapis arabe, une femme s'était assise aux pieds d'un gentilhomme et lui touchait le genou de temps à autre pour réclamer une bouffée de son cigare, pendant que deux jeunes chiens jouaient dans ses jupes. Une autre femme, à demi-allongée sur une méridienne, se faisait servir un verre par son compagnon tout en riant aux plaisanteries d'un troisième, installé sur une chaise qu'il avait tirée près d'elle. Quelques-uns se tenaient debout, allant et venant autour du salon pour admirer les nombreuses toiles accrochées aux murs ou posées sur des chevalets, se lançant dans des commentaires et des critiques alambiqués. Un couple bavardait dans un coin en s'échangeant de temps à autre quelques caresses. Enfin, avachi sur sa chaise, près d'un verre et d'une bouteille, se tenait un homme aux cheveux en bataille et à la cravate dénouée, qui observait tout ce petit monde d'un air absent.

Emma entrait pour la première fois dans la vie de bohème des artistes de Londres.

— Von Heirchmann ! s'exclama un homme en s'avançant vers Karl et sa compagne, un verre à la main. Enfin, vous nous avez amené votre délicieuse petite Emma ! Consentez-vous à la partager pour quelques heures ?

L'homme s'inclina profondément.

— Mademoiselle, je suis à genoux devant votre talent. Je suis allé vous écouter à plusieurs reprises et cela a été un enchantement chaque fois renouvelé…

Emma répondit par un sourire et quelques remerciements formels, habituée qu'elle était de recevoir des compliments sur son travail.

— Je te présente William Morris, dit Karl. Nous nous connaissons depuis un moment et nous avons un même intérêt pour la peinture.

— Comment, mon ami, dit Morris, vous ne lui avez pas expliqué où elle était ? Voyons, voyons, cette pauvrette doit se demander dans quelle maison de fous elle est arrivée… Ne craignez rien, ma chère demoiselle Albani, nous ne sommes que quelques pauvres artistes qui cultivons la liberté individuelle et l'épicurisme. Ici, pas d'étiquette : mettez-vous à l'aise et profitez en toute simplicité de votre soirée. En un mot, amusez-vous ! Je vous sers quelque chose à boire ?

Lorsque Emma eut fait connaissance avec quelques-uns des invités, elle se rendit compte qu'il y avait là des poètes, des écrivains, des peintres, des critiques et des marchands d'art, dont Karl faisait partie. Autour de la table, pendant le souper, la conversation fut animée : on parla politique, on critiqua la dernière exposition de l'Académie royale des arts, on débatit de l'avenir du mouvement préraphaélite – auquel appartenaient la plupart des invités – et de l'influence montante de quelques peintres français qui avaient une façon toute particulière de gérer la couleur. On n'oublia pas non plus le théâtre et le dernier article qu'un des invités avait publié. Les opinions allaient bon train, on s'apostrophait joyeusement autour de la table. Assise à côté de Karl, Emma fit rire la compagnie en racontant quelques anecdotes de la vie au Covent Garden et elle les impressionna par la description qu'elle fit du Canada et des États-Unis, que personne, autour de la table, ne connaissait.

La société que fréquentait Karl n'était décidément pas la même que celle dont elle avait l'habitude. Ici, les femmes appelaient les gens par leur prénom, les couples s'affichaient sans gêne, on parlait de tout avec franchise, sans chercher à ménager qui que ce soit, et l'on recherchait la nouveauté et l'inédit plutôt que les conventions.

— Emma, réclama-t-on, voulez-vous nous chanter quelque chose, après le souper?

— Volontiers. Quel opéra voudriez-vous entendre?

— Oh non, pas un opéra! intervint Jane Morris. Nous n'avons qu'à aller au théâtre pour cela. Chantez-nous plutôt quelque chose d'unique et de personnel. Peut-être une chanson de votre Canada natal?

La jeune femme, qui s'attendait à ce qu'on lui réclame un de ses airs les plus connus, comme c'était toujours le cas lorsqu'on l'invitait chez des particuliers, haussa un sourcil étonné avant d'acquiescer d'un signe de tête. Prise au dépourvu, elle eut heureusement le temps de réfléchir pendant toute la fin du repas à ce qu'elle allait chanter. Lorsque les invités retournèrent au salon, elle était prête à prendre place devant le piano droit qui se trouvait dans un coin de la salle.

Et devant son petit public, elle chanta.

Emma avait choisi une pièce très douce, très tendre, une de ses favorites parmi celles qu'elle avait étudiées avec son père. Cela faisait longtemps qu'elle ne l'avait pas chantée, mais la mélodie était toujours aussi vive dans sa mémoire. À peine les premières notes eurent-elles retenti dans la pièce qu'elle se crut ramenée dix ans en arrière, à l'époque où elle vivait encore à Sault-au-Récollet. Au lieu de porter sa voix au loin, comme elle avait l'habitude de le faire sur scène, elle la modula instinctivement pour l'adapter à l'ambiance feutrée et intime du salon. La mélancolie surgit dans les notes et elle se mit à chanter avec douceur et légèreté. Ce soir, l'intensité et la passion qu'on lui réclamait généralement n'avaient pas leur place.

Face à elle, les invités avaient pris place dans les fauteuils et parmi les coussins. Les couples s'étaient rapprochés. Une femme avait même posé sa tête contre l'épaule de son voisin, tandis qu'une autre, étendue entre les bras de son compagnon et les pieds posés sur un pouf, soufflait de temps à autre les nuages bleus d'une fine cigarette. Les chiens, qui s'étaient couchés sur le tapis, dormaient paisiblement en poussant de petits soupirs, et quelques domestiques curieux se tenaient près de la porte, l'oreille tendue. Chacun, à sa manière, se laissait charmer par la voix d'Emma.

Lorsque les dernières notes du piano s'évanouirent, la jeune femme releva la tête et croisa le regard de Karl, assis dans un fauteuil tout près d'elle. Ce qu'elle y vit la fit frissonner.

Il n'y avait pas la ferveur que la chanteuse reconnaissait habituellement chez ses admirateurs, cette dévotion aveugle et parfois excessive devant sa voix et son talent. Non, il y avait autre chose. C'était plutôt une ardeur brute, qui la transperçait jusqu'au fond d'elle-même. Même s'il se tenait parfaitement immobile, la tension dans ses yeux semblait animer tout son être. Incapable de soutenir son regard, Emma baissa brusquement la tête et se mit à rougir.

Elle se leva, pour signifier que la performance était terminée. Pendant une seconde, personne ne réagit. Dans le silence qui était tombé sur le salon comme un voile épais, ce fut comme si les invités, hypnotisés, ne réalisaient pas encore que la musique s'était tue.

Puis, un homme se mit à applaudir. C'était celui qu'Emma avait aperçu en début de soirée, avachi près de sa bouteille. Surpris, les autres le regardèrent quelques secondes avant de sortir enfin de leur torpeur et de se mettre eux aussi à applaudir. Mal à l'aise, la jeune chanteuse sourit et salua brièvement avant de retourner s'asseoir auprès de Karl. William Morris les rejoignit.

— Comptez sur moi pour vous inviter souvent, mademoiselle, dit-il avec un large sourire. Votre voix porte merveilleusement bien dans un théâtre, mais j'ignorais qu'elle pourrait à ce point transformer mon salon…

— Vous n'imaginez pas ce qu'elle est capable de faire dans mon appartement, ajouta Karl d'un ton malicieux en prenant Emma par la taille et en glissant quelques baisers dans son cou.

La jeune femme devint rouge comme une pivoine. Morris éclata de rire. Ce fut le moment que choisit l'inconnu qui avait applaudi le premier pour s'approcher.

— Mademoiselle, dit-il, j'aimerais beaucoup réaliser votre portrait.

En entendant cela, Morris cessa brusquement de rire et se raidit. Jane, qui était assise sur la banquette d'à côté, tourna vers Emma un visage stupéfait.

Karl bondit sur l'occasion.

— Mon cher Rossetti, si vous faites son portrait, je vous l'achète immédiatement ! s'exclama-t-il avec un large sourire.

— Je ne le fais pas pour l'argent, von Heirchmann, répondit l'autre d'un ton sec, non sans un certain mépris. Je le fais pour elle… Mademoiselle, votre visage, quand vous chantiez, était une merveille à regarder.

Emma ne savait trop comment accepter le compliment. Elle se savait plutôt jolie, le regard des hommes le lui disait bien assez. Mais si elle était habituée aux photographes qui venaient régulièrement immortaliser sa jeunesse et son succès sur pellicule argentique, elle n'avait encore jamais posé pour un peintre. Celui-ci, en particulier, avait des yeux fiévreux auxquels elle n'était pas certaine de pouvoir se fier. Seule l'attitude tranquille de Karl à ses côtés la rassura.

— Je vous félicite, Emma, dit Jane en prenant part à la conversation. Dante ne choisit pas ses modèles au hasard. Vous devriez être flattée qu'il veuille vous peindre !

Après cette remarque, un froid tomba brusquement sur le petit groupe. Dante Rossetti jeta un long regard à Jane avant de tourner les talons sans un mot, pendant que Morris plongeait le nez dans son verre. Karl se garda de faire le moindre commentaire et Emma, qui ignorait les enjeux en cause, l'imita. Par chance, on changea bientôt de sujet.

Ce ne fut qu'une fois dans la voiture que Karl expliqua à sa compagne la situation.

Jane Morris avait longtemps été modèle pour Rossetti. Depuis la mort de sa femme – un deuil qu'il ne parvenait visiblement pas à surmonter –, le peintre errait dans les milieux artistiques comme une âme perdue. Seule Jane semblait parvenir à lui insuffler un peu de vie. Il était tellement obsédé par elle qu'on les soupçonnait même d'avoir une aventure. On ne savait trop dans quelle mesure Morris savait ou tolérait, car il n'avait jamais cessé d'inviter Rossetti chez lui, mais il en résultait entre les trois personnages une tension palpable. Les deux hommes se côtoyaient sans s'approcher réellement, et Jane allait de l'un à l'autre avec légèreté, sûre d'elle et de son emprise. Karl n'était pas surpris qu'elle ait réagi lorsque Rossetti avait proposé de faire le portrait d'Emma : elle était habituée à ce que l'obsession du peintre soit tout entière tournée vers elle.

— Rossetti possède un caractère instable, c'est certain, mais tu ne crains rien à poser pour lui, conclut Karl. Il a envers ses modèles une dévotion absolue. Et puis… j'aimerais vraiment avoir un portrait de toi…

* * *

Au Covent Garden, Emma entamait sa deuxième saison. Sa carrière allait bon train, les critiques étaient unanimes et son public la suivait autant dans ses anciens rôles que dans les nouveaux que Gye ajoutait progressivement à son répertoire. Comme tant d'autres jeunes sopranos avant elle, il lui avait donné l'Ophélie de *Hamlet* et la comtesse Rosine dans *Le mariage de Figaro*, des rôles d'amoureuses. Emma puisait dans les sensations que lui inspirait Karl et les transposait sur scène.

Elle se plongeait aussi avec délices dans les oratorios, qui lui rappelaient – à une autre échelle – les solos de l'église d'Albany qu'elle avait tant aimés. Sir Benedict avait raison : sa voix se prêtait parfaitement à ce genre de représentations. Elle avait d'ailleurs rencontré un succès immédiat dans les festivals auxquels elle avait participé aux environs de la capitale, et Benedict la faisait travailler dur pour continuer dans cette voie, soutenu par Gye qui y voyait lui aussi son intérêt.

Si Benedict avait emmené Emma dans toute l'Angleterre, ce fut un autre chef d'orchestre qui lui proposa l'un de ses plus longs voyages.

— Mademoiselle, dit un jour Joseph Dupont à la fin d'une répétition, vous feriez un malheur en Russie…

Dupont avait dirigé l'orchestre de plusieurs des opéras d'Emma. Elle l'aimait bien. Il avait toujours son violon sous la main, prêt à jouer quelques airs pendant les moments de détente entre les répétitions. Lorsqu'il dirigeait, il prenait soin de ne brusquer personne. Aimable et galant, parfois un peu rêveur lorsqu'il était perdu dans sa musique, il avait bonne réputation parmi les artistes de la troupe qui le préféraient à Vianesi, un autre chef, réputé pour être franchement caractériel. Dupont, qui avait dirigé le Théâtre Impérial de Moscou deux ans auparavant et qui avait gardé des contacts là-bas, n'avait pas lancé ces paroles en l'air.

Il en toucha un mot à Frédérick Gye et, en quelques semaines, se profila le projet d'une série de représentations à Moscou et à Saint-Pétersbourg, avec Emma en vedette. Dès que l'affaire fut confirmée, la jeune femme négocia avec Gye la permission de partir deux semaines plus tôt, afin de s'arrêter en Allemagne en cours de route : Stuttgart était nettement au sud par rapport au trajet planifié par Gye, mais tant qu'à entreprendre un voyage de dix jours pour se rendre jusqu'à Moscou, elle ne pouvait pas passer à côté de l'occasion de revoir Nellie.

L'été s'étira mollement, entre les opéras, les oratorios et les moments volés passés en compagnie de Karl. Depuis la petite altercation qu'Emma avait eue avec Adelina Patti, cette dernière s'était montrée de plus en plus familière, presque aimable. Elle gardait son attitude de diva, mais elle n'avait plus envers Emma le regard condescendant auquel elle l'avait habituée. La Patti était même venue la rejoindre deux fois sous les combles et avait passé un moment à bavarder de choses et d'autres. Lorsque Adelina n'avait pas sa horde de soupirants autour d'elle, elle cherchait moins à attirer les regards et s'avérait une compagne plutôt agréable.

— N'avez-vous pas peur de la longueur du voyage ? dit-elle à propos du prochain séjour en Russie, alors que les deux femmes prenaient ensemble le thé dans une petite boutique de pâtisseries. Allez-vous voyager en train avec couchettes ?

— Oui, dit Emma. Monsieur Gye a négocié des délais très serrés et il veut perdre le moins de temps possible en transport.

— Ma pauvre chérie, vous serez épuisée en arrivant… Heureusement pour vous, les trains européens sont assez confortables.

Alors qu'Adelina s'étendait sur les interminables voyages qu'elle avait elle-même effectués lorsqu'elle était plus jeune et qu'elle participait à de longues tournées aux États-Unis, où elle avait vécu, Emma vit une femme s'approcher de leur table.

— Emma? dit-elle. Ah, j'étais certaine que c'était vous!

Jane Morris était toujours aussi belle, tout sourire, ses beaux cheveux d'un auburn très foncé mis en valeur par un ravissant chapeau emplumé. Adelina la toisa aussitôt du regard, comme si elle mesurait déjà la concurrence que cette femme pouvait lui faire.

— Jane! dit Emma en se levant. Je suis contente de vous voir!

— Je suis en ville pour la journée, expliqua celle-ci. Je passais devant la boutique lorsque je vous ai aperçue.

— Joignez-vous à nous, proposa Emma en désignant une chaise. Adelina, je vous présente Jane Morris.

— Oh, je ne pensais pas trouver deux extraordinaires cantatrices en même temps, déclara Jane avec un sourire.

Visiblement apaisée par le compliment, Adelina sourit et salua.

— Vous ai-je déjà vue quelque part, madame? demanda-t-elle à Jane.

— Vous l'avez certainement vue dans les plus grandes expositions de peinture, dit Emma. Jane est modèle depuis des années…

— Oh oui, cela me revient. Vous êtes l'épouse de William Morris, n'est-ce pas?

— C'est exact.

— Jane et moi, nous nous sommes rencontrées lors d'une réunion d'artistes où Karl m'avait emmenée, précisa Emma.

Adelina n'avait pas le même intérêt qu'Emma pour la peinture et les arts autres que celui de l'opéra, mais elle avait en revanche une excellente mémoire concernant les personnalités influentes de Londres. William Morris, architecte, poète et écrivain, était connu, et sa femme tout autant que lui. Adelina jeta un rapide coup d'œil en direction d'Emma, comme si elle approuvait les bonnes relations que celle-ci avait réussi à se faire.

Maintenant qu'Emma avait nommé Karl, Jane supposa que ce sujet pouvait être abordé librement devant la diva italienne.

— Comment va-t-il, ce cher Karl ? demanda-t-elle.

— Très bien, dit Emma. Il est très occupé en ce moment. Et avec mes engagements à l'opéra, nous n'avons pas l'occasion de nous voir aussi souvent que nous le voudrions. Mais cela devrait aller mieux d'ici la fin du mois.

— J'imagine qu'à cause de sa mère et de sa sœur il ne doit pas être très disponible.

— Que voulez-vous dire ?

Emma devint soudain très pâle. Jane se rendit compte de sa bévue, mais il était trop tard pour faire marche arrière : elle en avait trop dit.

— Eh bien… Madame von Heirchmann et sa fille sont en ville depuis quelques semaines, continua-t-elle d'un ton hésitant. Je les ai même croisées il n'y a pas si longtemps.

La modèle ne termina pas sa phrase, mais le « Karl ne vous l'a pas dit ? » qui n'avait pas franchi ses lèvres fut clairement perçu autour de la petite table.

— Je l'ignorais, répondit piteusement Emma.

— Oh, Karl n'a sûrement pas eu l'occasion de vous en parler… Posez-vous toujours pour Dante ? demanda Jane en s'empressant de changer de sujet. Votre portrait sera bientôt prêt, je suppose ?

Consciente du faux pas qu'elle avait fait, Jane refusa poliment le thé qu'on lui proposa, bavarda encore un court instant – juste assez pour sauver les apparences – et s'en alla en promettant de donner de ses nouvelles.

Après le départ de la femme, Adelina se tourna vers Emma et lui prit gentiment la main. Le trouble de la chanteuse ne lui avait pas échappé.

— Ne vous inquiétez pas, Emma. Les hommes sont tous pareils. Ils ne pourraient pas vivre sans nous, mais ils ont beaucoup de mal à nous intégrer à leur famille. Croyez-moi, j'en ai fait l'expérience. Laissez à votre Karl le temps de s'habituer à l'idée qu'il n'est plus un jeune et fringant célibataire, et il ne tardera pas à vous présenter sa mère et sa sœur.

Emma acquiesça, mais elle était ébranlée. Pas un seul instant Karl ne lui avait parlé de l'arrivée de sa famille en ville. Il ne pouvait y avoir que deux raisons à cela : ou bien il cherchait à éviter à Emma des tracas supplémentaires, ou bien il tentait franchement de cacher son existence à sa mère…

Elle n'osa pas lui en parler. Elle se disait pour se consoler que c'était à son amant de prendre l'initiative s'il voulait lui faire une place dans sa vie et qu'elle ne voulait pas lui forcer la main, mais, en réalité, elle craignait plutôt sa réponse.

Elle préférait encore ne pas savoir.

* * *

Finalement, octobre arriva et avec lui le départ pour l'Allemagne, puis la Russie. Emma trépignait d'impatience à l'idée de revoir enfin Nellie. Elle laissa Émeline à Londres et fit une partie de la route en compagnie de Joseph Dupont, qui rentrait en Belgique – son pays natal – pour remplir un contrat et qui comptait la rejoindre plus tard à Moscou.

À la gare de Stuttgart, une Cornélia rayonnante l'attendait sur le quai. Joseph avait déjà rendu visite à sa fille cadette quelques mois auparavant, mais pour Emma c'était le premier voyage en Allemagne. Elle avait été gentiment invitée à loger chez les Sterkel, la famille qui hébergeait Nellie depuis son arrivée, où elle fut accueillie en grandes pompes. Chez eux, on était musicien de père en fils et on considérait comme un grand honneur de rencontrer une cantatrice de la renommée d'Emma. Ida Sterkel, l'amie de Nellie qui poursuivait les mêmes études qu'elle depuis le Conservatoire de Milan, était si intimidée qu'il fallut que Nellie intervienne pour qu'elle consente peu à peu à se montrer plus familière envers Emma. Quant à son frère, Tomas, il ressemblait à Ferdinand Laperrière : réservé et silencieux, il se tenait en retrait et ne parlait que si on lui adressait la parole.

Emma passa avec sa sœur des journées délicieuses, malgré le froid et l'humidité persistante de la ville. Le bonheur de retrouver enfin leur vieille complicité prévalait sur tout le reste. Nellie était plus raisonnable que jamais, bien loin de l'indépendance d'esprit de son aînée. Elle vivait par procuration les joies et les peines de cette dernière et montrait une curiosité sans bornes pour les menus détails de la vie au Covent Garden.

— Tu devrais venir, un jour, suggéra Emma. Pourquoi ne pas t'installer à Londres, quand tu auras terminé tes études ? Nous serions à nouveau réunis, toi, papa et moi !

— Peut-être, je ne sais pas encore, répondit Nellie. Pour le moment, Stuttgart me convient…

En disant cela, Nellie n'avait pu s'empêcher de couler un regard en direction de Tomas, assis un peu plus loin. Emma comprit aussitôt.

— À ce point ? dit-elle, taquine. Pourtant, la ville elle-même me paraît assez triste… Aurais-tu des intérêts autres que tes cours de musique ici ?

— De quoi parles-tu ?

— D'un certain joli garçon, par exemple…

— Chuuuut ! souffla Nellie en roulant des yeux effarés.

Elle était démasquée : Tomas lui faisait visiblement de l'effet. Emma s'attendrit. Elle apprit plus tard, lors d'une conversation tardive dans la chambre de sa sœur, que cette dernière n'avait parlé de ce flirt à personne, pas même à Ida, et encore moins au principal intéressé. La timidité de Nellie ne s'atténuait que très peu avec le temps, et Emma songea qu'au vu du caractère tout aussi réservé de Tomas il pouvait se passer encore des années avant que l'un ou l'autre ose se déclarer.

— N'as-tu pas déjà essayé de l'approcher ? avait-elle demandé.

— Qu'entends-tu par là ? Nous passons beaucoup de temps tous les trois, avec Ida ; nous avons tous quasiment le même âge. Mais si tu parles de passer des moments en tête à tête avec Tomas…

— Eh bien ?

— Non, ça n'arrive pas souvent. Enfin, il m'a invitée à danser deux fois, pendant le bal du Nouvel An, l'année dernière, mais c'est à peu près tout. J'ai quand même réussi à lui faire promettre de recommencer cette année.

Emma avait éclaté de rire.

— Mon Dieu ! Avec une ou deux danses par an seulement, vous ne serez pas mariés avant le prochain siècle !

Le lendemain, Emma prit la décision d'offrir à sa sœur ce que celle-ci aimait tant, mais qu'elle ne pouvait se permettre : une robe à la dernière mode. Elle l'entraîna – presque de force ! – chez le tailleur pour dames le plus réputé de la ville où, pendant quelques heures, Nellie fut prise en main par des couturières qui la mesurèrent sous tous les angles. Emma savait que sa sœur était gênée lorsqu'elle était le point de mire. Elle n'avait donc pas l'intention de lui offrir une robe trop luxueuse dans laquelle Nellie ne se sentirait pas à l'aise. Il lui fallait une robe qui, à ses yeux, serait exceptionnelle et qui lui donnerait suffisamment confiance en elle pour pouvoir séduire celui qu'elle convoitait en secret. Elle laissa donc Nellie décider de la coupe et des détails de la robe, l'aidant seulement à choisir un beau tissu moiré qui, une fois monté, serait sur elle du plus bel effet. Après avoir autant admiré les autres, il était temps que sa sœur resplendisse à son tour.

Emma n'avait pas hésité à payer un peu plus cher pour que les couturières travaillent sur cette robe en priorité, afin qu'elle puisse voir le résultat final avant de repartir pour Moscou. Le matin de son départ, Nellie la raccompagna donc à la gare dans sa nouvelle toilette : elle était du dernier chic, parfaitement coupée et d'une ravissante couleur violine. La pianiste, confuse, rougissait au premier compliment, au premier salut qu'elle recevait dans la rue, mais elle ne pouvait cacher son ravissement de posséder une aussi jolie chose. Les deux sœurs Lajeunesse avaient été élevées dans un milieu très modeste et si Emma, grâce à son succès au Covent Garden, avait désormais les moyens de vivre très confortablement, ce n'était pas encore le cas pour Nellie.

— Tu n'aurais pas dû, ne cessait de répéter cette dernière. Cette robe doit valoir une fortune !

— Ne te préoccupe pas du prix, cela me regarde, répondait invariablement Emma, trop heureuse de faire plaisir à celle qui s'était tant dévouée pour elle.

Dans la gare, alors qu'elles attendaient le train qui allait emmener la cantatrice à Berlin, où elle devait rejoindre le reste de la troupe, Emma observa sa petite sœur.

— Décidément, il te manque encore quelque chose, dit-elle en fouillant dans sa bourse en velours.

Elle en sortit un petit écrin qu'elle ouvrit avant de le tendre à sa cadette. Il contenait une délicate broche de citrine et d'argent en forme d'oiseau, qu'un admirateur lui avait offert un soir, à la fin d'une représentation de *Hamlet*.

Nellie ouvrit des yeux ronds.

— Emma! C'est bien trop beau, je ne peux pas accepter!

— Bien sûr que tu le peux, puisque c'est moi qui te l'offre...
Il faut que tu sois la plus jolie si tu veux conquérir ton charmant
Tomas. On n'attrape pas les mouches avec du vinaigre!

Comme Nellie, toujours ébahie, ne réagissait pas, Emma lui
prit la broche des mains et l'épingla elle-même sur la robe. Le
résultat était ravissant.

— Voilà, maintenant tu peux mettre tous les hommes de
Stuttgart à tes pieds, dit-elle en souriant. Ah non! Je te défends
de pleurer!

Soudain émue elle aussi, Emma serra sa sœur dans ses bras
pendant un long moment. Le train arrivait et il fallait déjà se
séparer.

— Prends bien soin de toi, petite sœur! cria-t-elle en
grimpant sur le marchepied du wagon.

Et tandis qu'Emma s'éloignait, un éclat doré se mit à scintil-
ler sur la robe de Cornélia.

* * *

Le voyage fut terriblement long. Emma avait retrouvé Joseph
Dupont à Berlin ainsi que quelques membres du Covent
Garden, dont Ernesto Nicolini. Comme les plaines de la
Pologne étaient d'un ennui épouvantable, les différents
chanteurs et musiciens improvisèrent régulièrement de petits
concerts dans l'un des wagons – pour le plus grand plaisir des
passagers qui se trouvaient là – afin de faire passer le temps le
plus agréablement possible. Ils arrivèrent finalement à Moscou
éreintés, mais personne n'eut le temps de se reposer, car la
première représentation au Théâtre Impérial eut lieu dès le
lendemain soir.

Le public russe n'avait rien à voir avec les Londoniens
auxquels les membres de la troupe étaient habitués. Stoïques
et muets pendant tout l'opéra – au point que les artistes se

demandèrent si leur performance était appréciée –, les spectateurs applaudirent à en faire tomber les murs une fois que les
dernières notes eurent retenti. Surpris et ravis de cette réponse
inattendue, Emma et Ernesto éclatèrent d'un rire nerveux et
soulagé derrière les rideaux.

On ne laissa pas les chanteurs s'éclipser si facilement : ils
furent rappelés sur scène une dizaine de fois pour saluer, avant
que les Russes quittent enfin leurs fauteuils pour venir inonder
les couloirs du théâtre, à la recherche de ceux qu'ils venaient
d'acclamer. Ce fut partout une cohue générale. On avait
déniché au dernier moment une jeune interprète pour traduire
la conversation entre Emma et ses admirateurs russes, mais
ceux-ci eurent la bonne surprise de se rendre compte que si
cette dernière était Canadienne, elle était avant tout francophone – comme la majorité des russes de la haute société. Ce
fut donc dans un français très recherché qu'une quarantaine de
personnes défilèrent devant elle pour lui transmettre fleurs et
félicitations.

Le succès se répéta de soir en soir, jusqu'à ce qu'il soit temps
de quitter Moscou pour rejoindre Saint-Pétersbourg. Les
compagnons d'Emma pestaient contre le froid mordant qui
s'était abattu sur la ville et qui empirait à mesure qu'ils
montaient vers la mer Baltique. La jeune femme, habituée aux
grands froids de son pays natal, ne se priva pas pour se moquer
gentiment d'eux. Pour elle, c'était au contraire un immense
plaisir de retrouver de grands espaces saupoudrés de neige
immaculée, si semblables à ceux qu'elle avait perdus depuis
qu'elle avait quitté l'Amérique. Enveloppée dans les
somptueuses fourrures que des admirateurs moscovites lui
avaient offertes, elle voyagea même très confortablement.

Elle ne vit pas grand-chose de Saint-Pétersbourg pendant les
premiers jours. L'emploi du temps de la troupe était toujours
aussi serré, car Gye, en organisant le voyage, s'était assuré de
rentabiliser au mieux les journées de ses artistes et son propre
investissement. Et surtout, on préparait – non sans une certaine

anxiété – la grande représentation à laquelle le tsar et son fils allaient assister.

C'était la première fois qu'on demandait à Emma de chanter devant des têtes couronnées. À Londres, bien que le Covent Garden soit un théâtre royal, la reine Victoria ne s'y montrait jamais. Depuis le décès du prince consort, elle avait décidé de rendre son veuvage aussi triste et digne que possible, et elle avait supprimé toute distraction publique. Du côté de la famille impériale russe, c'était tout le contraire. Alexandre II était en pleine santé ; son fils héritier, le tsarévitch Alexandre, n'avait pas trente ans et son mariage était déjà béni par la naissance de trois beaux garçons. Si le tsar ne sortait que pour les grandes occasions, son fils, en revanche, aimait beaucoup emmener son épouse voir les derniers opéras à la mode.

Ce soir-là, une ambiance toute particulière régnait dans la salle avant le lever du rideau. C'était comme si le public n'osait pas se montrer trop démonstratif, de peur de déplaire au monarque. Emma, qui depuis tout ce temps n'avait toujours pas rompu avec la tradition d'aller jeter discrètement un œil dans la salle, tenta d'apercevoir la famille impériale, mais leur loge était trop loin ; dans la pénombre du théâtre, elle ne vit pas grand-chose. Forte de son expérience précédente à Moscou, elle ne s'inquiéta pas de l'inertie apparente du public pendant la représentation et parvint même à faire abstraction de la présence du tsar. Pour elle, la représentation fut donc pareille aux autres.

Hormis les hourras reçus une fois le rideau tombé.

Tout d'abord, il n'y eut rien. Puis on entendit de lointains applaudissements, visiblement en provenance de la loge impériale, et ce fut soudain un tollé général, une rumeur grondante qui alla en s'amplifiant, comme si la mer et le tonnerre réunis s'abattaient sur le théâtre. Après s'être assurée de la satisfaction de son tsar, la salle laissait exploser son appréciation.

— Décidément, le public russe est bien particulier, avait murmuré Nicolini.

Après la représentation, le tsar, le tsarévitch et son épouse se déplacèrent en personne dans la loge d'Emma pour la féliciter. Tous trois parlaient un français impeccable, quoique celui de la future tsarine Marie soit légèrement teinté de son accent danois natal. Le plus enthousiaste devant Emma fut sans conteste le tsarévitch.

— Mademoiselle Albani, dit-il lorsque son père se fut éloigné pour aller saluer Nicolini et les autres artistes, j'ai entendu parler de vous bien longtemps avant que vous ne posiez le pied en Russie. Mes informateurs ne m'avaient pas menti. J'aime la voix russe, mais je dois reconnaître que la vôtre, mademoiselle, dépasse tout ce que j'ai pu entendre jusqu'à présent…

Emma, qui ne savait quoi répondre, balbutia un remerciement et plongea dans une profonde révérence.

— Je vous en prie, mademoiselle, relevez-vous, reprit Alexandre. Au nom de mon père et de toute la famille impériale, permettez-moi de vous offrir ce cadeau.

Il prit des mains d'un domestique un écrin qu'il ouvrit avant de le tendre à Emma. Sur un fond de velours cramoisi se trouvait une croix de diamants longue comme le doigt.

— Votre Altesse, je ne sais comment vous remercier, souffla la jeune femme, ébahie.

— Ne dites rien, mademoiselle, répondit Alexandre avec un gentil sourire. Promettez-moi seulement que vous reviendrez bientôt pour nous chanter d'autres opéras…

Pour Emma, c'était le début d'une carrière internationale qu'elle ne soupçonnait pas encore. Le public russe l'avait accueillie à bras ouverts et il ne serait pas le dernier.

* * *

Le voyage du retour aurait été plus agréable si Nicolini ne s'était pas soudain mis en tête de faire le joli cœur. Emma s'entendait bien avec lui, et pendant toute la tournée ils avaient passé beaucoup de temps ensemble, chantant chaque soir sur scène et partageant l'effrayante monotonie des journées de train. Mais s'il était un compagnon de route très agréable, il aimait décidément trop séduire : à la longue, au fur et à mesure qu'Emma et lui devenaient plus familiers, il en profitait pour recommencer à la provoquer.

Ils étaient tous les deux appuyés contre les fenêtres du couloir de leur wagon, quelque part entre Minsk et Varsovie, lorsqu'il tenta pour la première fois une approche plus concrète.

— Ernesto ! s'écria Emma en lui donnant un coup sec sur les doigts alors qu'il essayait de la prendre par la taille.

— Voyons, Emma, qu'y a-t-il ? dit-il d'un air innocent et sans reculer d'un centimètre.

— Vous le savez très bien ! Occupez-vous d'Adelina et laissez-moi tranquille.

— Mais il nous reste encore six longues journées avant de rentrer à Londres. Qu'en saura-t-elle ?

Devant le regard furibond que lui jeta Emma, Nicolini éclata d'un rire moqueur qui la rendit plus furieuse encore. Face à lui, elle avait toujours l'impression de n'être rien d'autre qu'une gamine trop prude.

— Oh, je vois ! fit-il. Vous vous réservez pour votre charmant Karl von-je-ne-sais-plus-quoi… Ma chère amie, un jour, vous comprendrez peut-être que ces belles valeurs perdent de leur poids en même temps que la vie passe.

Il s'éloigna en riant toujours, laissant Emma seule avec les plaines enneigées qui défilaient le long des rails.

* * *

À Londres, Emma retrouva les bras de Karl, mais aussi la vindicte de Shearmur.

Depuis leur altercation à la porte du Covent Garden, Emma l'avait aperçu à quelques reprises, généralement les soirs de représentations. Il semblait avoir jeté son dévolu sur une jeune mezzo-soprano qui ne semblait pas se plaindre de l'attention qu'il lui portait. Il s'était mis à la couvrir de cadeaux, comme il l'avait fait avec Emma à une époque. Mais tous deux se montrèrent très discrets, si bien qu'Emma ne sut jamais si la mezzo était réellement devenue sa maîtresse.

Malheureusement, la jeune chanteuse ne remporta pas le succès professionnel escompté. Après un an au Covent Garden, elle dut aller chercher d'autres engagements ailleurs – Ernest finit par avouer à Emma qu'en réalité elle ne se montrait pas à la hauteur et que son père n'avait pas souhaité renouveler son contrat. La jeune fille quitta donc le théâtre et perdit visiblement la protection de Shearmur par la même occasion, car on cessa aussitôt de les voir ensemble. La réussite, pour le fils du banquier, était visiblement un critère de choix : les femmes qu'il fréquentait devaient être rien de moins que belles, talentueuses et célèbres.

Ce fut probablement la raison qui le poussa à revenir vers Emma.

Ce soir-là, après une représentation, Karl rejoignit Emma dans sa loge et ils bavardèrent un moment avec quelques personnes venues féliciter l'artiste. Si Emma et Karl parvenaient à maintenir leur liaison secrète, en dehors de rares intimes comme les Morris ou Adelina, il était de notoriété publique que mademoiselle Albani et monsieur von Heirchmann faisaient des affaires ensemble. Emma, qui était relativement fortunée, avait en effet commencé à investir une partie de ses cachets dans des toiles que Karl, en marchand d'art reconnu, lui conseillait d'acheter. Ils pouvaient ainsi évoluer dans les mêmes milieux sans éveiller les soupçons, pourvu qu'ils sachent contrôler les regards tendres qui pourraient leur échapper.

Après que les visiteurs eurent quitté la loge pour aller saluer Ernest Gye, qui se tenait un peu plus loin dans le couloir, Karl et Emma restèrent seuls à bavarder quelques minutes. C'est cet instant que choisit Shearmur pour faire son entrée, un bouquet de fleurs à la main.

Pris dans son élan, il avait ouvert la bouche, prêt à débiter son discours. Il se figea.

Il toisa Karl. Ils ne s'étaient jamais recroisés depuis leur première rencontre, dans cette même loge et dans des conditions similaires, plusieurs années auparavant. Mais au vu de son expression, Shearmur n'avait pas oublié son rival.

Quelque chose s'alluma dans son regard.

Sans même qu'Emma ait eu le temps de réagir, il fit demi-tour et disparut dans la foule.

14

Le voyage en Russie avait enveloppé Emma d'une aura toute particulière. Au Covent Garden, elle n'était plus la petite débutante que l'on venait voir avec curiosité, pour découvrir cette jeunesse fraîchement arrivée du Canada : saison après saison, elle gagnait progressivement un respect que ses succès internationaux ne faisaient qu'amplifier.

La qualité de sa voix, encensée par ses admirateurs, était parvenue jusqu'à la reine Victoria elle-même, qui avait demandé à ce qu'Emma se déplace au château de Windsor pour se produire lors d'une soirée privée. La jeune femme avait alors rencontré une souveraine fatiguée mais très digne, qui avait écouté le petit récital avec un intérêt croissant. Une fois la prestation terminée, elle avait pris la cantatrice à part.

— Mademoiselle, j'aime votre voix, avait-elle dit en toute simplicité. Vous savez que je ne vais plus au théâtre, mais je serais heureuse que vous reveniez chanter pour moi ici, à Windsor.

C'était un honneur qu'on avait refusé à Adelina Patti. Celle-ci n'avait d'ailleurs pas pu empêcher un mouvement d'humeur quand elle avait appris qu'Emma était entrée, en une seule soirée, dans les bonnes grâces de la reine.

— Bah, il y a d'autres souverains en Europe ! avait-elle laissé tomber avec un dédain exagéré.

Malgré leur rivalité sur scène, Adelina et Emma se rapprochaient sensiblement. Après s'être regardées en chiens de faïence, puis testées réciproquement pour définir les forces et les faiblesses de chacune, elles en étaient arrivées à une sorte de *statu quo* : lorsque Adelina se fut assurée qu'Emma ne contesterait pas sa place de prima donna, elle se fit progressivement plus souple et plus aimable. Plus franche aussi.

De son côté, Gye avait la présence d'esprit de ne jamais mettre ses deux vedettes en compétition directe. Lorsqu'il organisait sa saison, il laissait à Adelina les opéras les plus attendus, ceux que le Covent Garden montait pour la première fois, tandis qu'Emma continuait de présenter des rôles plus connus et moins risqués. Gye devait aussi tenir compte de l'instinct de possession qu'éprouvaient les artistes envers les rôles qui leur avaient apporté le succès et qu'ils gardaient jalousement. Adelina se montrait particulièrement féroce en la matière.

Les premiers temps, Emma accepta de bonne grâce les décisions de son directeur. À la longue, pourtant, elle finit par se lasser.

Un après-midi, alors qu'elle s'était réfugiée sous les combles en attendant que la costumière se présente pour faire des essais, elle assista à une répétition qui avait lieu en bas, sur la scène. C'était un tout nouvel opéra qu'Emma ne connaissait pas et dont le Covent Garden était parvenu à obtenir l'exclusivité en Angleterre. Il y eut quelques minutes de remue-ménage, pendant que l'on s'organisait, puis Emma entendit la voix claire et puissante d'Adelina monter vers le plafond.

Il ne fallut qu'un instant pour que la jeune femme tombe sous le charme. Dans les couloirs, Adelina se montrait insupportable à force d'attirer l'attention et de déranger tout le monde, mais dès qu'elle montait sur scène, elle devenait soudain d'un professionnalisme extraordinaire. Gye n'ayant dévoilé le programme de la nouvelle saison que quelques jours auparavant, la Patti n'avait eu que très peu de temps pour apprendre ses pièces et pourtant elle semblait déjà les maîtriser à la perfection. Là-haut, dans son petit grenier coincé sous le majestueux plafond, là où la musique montait et tournoyait comme un oiseau cherchant une issue, Emma était suspendue aux lèvres de la chanteuse. Elle devinait les accords à venir, frissonnant lorsqu'elle se laissait surprendre par une note inattendue, fermant les yeux pour mieux s'imaginer sur la scène, à la place d'Adelina. C'était cela qui faisait son bonheur de cantatrice : chanter des musiques sublimes pour des oreilles vierges qui ne savaient à quoi s'attendre.

Mais lorsque la voix de la cantatrice se tut, Emma revint brusquement à la réalité. Sa gorge se noua.

Elle venait de réaliser qu'Adelina, cette saison, allait émerveiller le public londonien soir après soir, avec un rôle exclusif dans lequel on ne l'avait jamais entendue.

Soudain, elle quitta son refuge et dégringola l'escalier.

* * *

Emma n'attendit pas qu'on l'y autorise pour entrer dans le bureau. Ce fut à peine si elle cogna une fois pour s'annoncer. Elle avait déjà poussé la porte et se planta effrontément au beau milieu du tapis.

— Pourquoi ai-je encore le rôle de Violetta ? s'exclama-t-elle. Je l'ai déjà chanté la saison passée, et la saison précédente aussi. Vous avez pourtant prévu de nouveaux opéras, alors pourquoi n'avez-vous pas pensé à moi ?

Gye leva le nez de ses papiers et regarda Emma d'un air aimable, sans s'offusquer de son manque de manières. Avant elle, la grande Giulia Grisi, puis la Patti et toutes les divas en herbe qui avaient foulé les planches du théâtre étaient passées par ce bureau, armées de réclamations plus farfelues les unes que les autres. Devant ces furies en jupons, Gye avait appris la patience. Emma, malgré son assurance, était loin d'être la plus exigeante de ses chanteuses.

— Que voulez-vous dire, mademoiselle ? répondit-il gentiment. N'êtes-vous pas la meilleure Amina et la plus jolie Violetta que nous ayons ici ? Je pense avoir fait un excellent choix, au contraire.

— Mais je chante ces rôles depuis trois ans maintenant ! Adelina vient de commencer un nouvel opéra, pourquoi ne puis-je pas faire la même chose ?

— Madame Patti est ici depuis bien plus longtemps que vous. Elle tient à conserver son statut et vous savez qu'elle n'est pas du genre à se laisser dicter sa conduite.

— Et moi, dans tout cela ? Dois-je me comporter aussi en diva pour pouvoir renouveler mon répertoire ?

Gye eut un sourire qui aurait presque pu passer pour de l'attendrissement. Abandonnant ses papiers, il se laissa aller contre le dossier de son fauteuil.

— Quand bien même vous le voudriez, vous en êtes incapable, mademoiselle. Vous êtes droite et fière comme un arbre, et trop respectueuse des autres pour jouer le même jeu que vos consœurs. Vous l'ignorez peut-être, mais c'est là votre force.

— Que voulez-vous dire ?

— Madame Patti, puisque c'est à elle que vous vous comparez, est une artiste extraordinaire qui mérite amplement le succès qu'elle rencontre, mais elle ne laissera pas que de bons souvenirs derrière elle après la fin de sa carrière. Vous, en revanche, vous vivrez longtemps dans les mémoires…

Il se leva et vint serrer les mains de la jeune femme, toujours debout devant son bureau.

— Je vous aime bien, Emma, dit-il d'un ton paternel. Vous êtes, pour moi, l'exemple de la cantatrice idéale : talentueuse, toujours en quête d'amélioration et très consciente de ceux qui vous entourent. Soyez patiente. Vous avez bien démarré votre carrière et je vous connais assez pour vous affirmer que vos plus belles années sont encore à venir. Soyez patiente et bientôt vous obtiendrez vos propres rôles, de ceux qui vous hisseront au panthéon lyrique, près des Jenny Lind de votre temps…

Emma serra les dents.

— Alors je dois reprendre Violetta ?

— Vous devez reprendre Violetta et entamer cette nouvelle saison avec l'enthousiasme que je vous connais. J'ai des projets pour vous qui devraient, je crois, vous distraire de vos petites frustrations. Mais laissez-moi travailler à cela. Je vous en dirai plus quand les choses se préciseront.

La lutte était déjà finie et Emma repartait bredouille. Elle n'arrivait pas à lutter contre Gye. Elle n'avait pas le tempérament orageux d'Adelina, qui n'hésitait jamais à hausser la voix et à tempêter aussi longtemps qu'elle n'avait pas obtenu ce qu'elle voulait, comme une petite fille capricieuse. Gye avait vu juste : Emma était trop respectueuse des gens pour s'essayer à ce jeu-là. Furieuse contre sa propre faiblesse mais à bout d'arguments, elle tourna les talons.

Au moment où elle allait ouvrir la porte, Gye ajouta subitement :

— Au fait, mademoiselle, j'ai entendu parler de vous, ces derniers temps.

Il s'interrompit une seconde, l'air pensif, comme s'il cherchait la meilleure façon de formuler sa phrase.

— Je ne me préoccupe pas de ce que vous faites de votre vie privée, reprit-il, tant que cela n'interfère pas avec vos prestations sur scène. Mais... certaines rumeurs commencent à circuler.

Figée comme une statue, Emma devint soudain toute pâle.

— Depuis le temps que vous travaillez pour moi, je vous observe, mademoiselle, continua Gye. Je vous sais très discrète. Votre attitude a toujours été irréprochable et je crois que le retour de votre père dans votre entourage a apaisé beaucoup de gens. Mais vous savez comme moi que cette ville est implacable pour les jeunes femmes seules dont la conduite peut prêter aux soupçons. Je peux vous protéger pour un temps, mais pas indéfiniment.

Il alla se rasseoir à son bureau. L'entretien était terminé.

— Vous devriez songer à vous marier, mademoiselle, acheva-t-il avant de se replonger dans l'étude de ses papiers.

L'avertissement était de taille. Emma savait qu'elle ne pouvait se permettre de l'ignorer. Si elle ne réagissait pas, le problème pourrait empirer et affecter réellement sa carrière, qui avait été jusque-là épargnée.

Sur le moment, elle n'osa pas en demander plus à Frédérick Gye. Ce n'était pas des sujets faciles à aborder avec un homme qui, en plus d'être son directeur, se comportait envers elle presque comme un second père. Elle se tourna donc vers son fils, Ernest, avec qui elle pouvait parler plus librement. Cela n'empêcha pas le jeune homme de devenir cramoisi lorsqu'elle lui demanda tout net de lui dire quelles étaient ces rumeurs et qui les faisait circuler.

— Ce ne sont que des rumeurs, mademoiselle, répondit-il. L'important, c'est que chacun de nous, ici, sache qu'elles sont fausses.

— Non. L'important, c'est que des rumeurs circulent sur mon compte et que je veux les enrayer avant qu'elles ne prennent trop d'ampleur. Expliquez-vous, je vous en prie, j'ai besoin de savoir !

— Eh bien… hésita Ernest. On dit que vous avez des fréquentations déplacées pour une jeune femme dans votre situation.

— Mais encore ?

— On parle d'hommes, dans votre entourage…

— Est-ce qu'on m'accuserait d'avoir des amants ?

— Quelque chose comme ça, oui… Mais rassurez-vous, ce genre de rumeurs court facilement à propos des femmes comme vous. Vous savez que la vie indépendante que vous menez n'est pas du goût de tout le monde. Je ne pense pas qu'il y ait lieu de vous alarmer ; les rumeurs vont et viennent... Et puis ceux qui vous connaissent réellement savent bien qu'il n'y a rien de vrai dans ces ragots. N'est-ce pas ce qui compte vraiment ?

Emma dut contenir un petit sourire ironique qui avait failli lui échapper. Justement, il y avait du vrai dans l'histoire, c'était bien là le problème !

Un court instant, les deux jeunes gens se dévisagèrent. Soudain, ce fut au tour d'Emma de se sentir mal à l'aise. Elle venait de remarquer à quel point le regard d'Ernest démentait ses paroles. Il n'était pas stupide... Elle ignorait ce qu'il savait réellement, mais il avait la même attitude que son père : il savait – ou, en tout cas, il se doutait – mais il était prêt à passer outre et à la protéger. Dans le milieu du théâtre, ce genre d'affaires était courant et l'on se débrouillait toujours pour éviter les scandales. Il fallait vraiment que l'affaire soit ébruitée publiquement pour que l'on sévisse. La jeune femme devait donc mettre fin à tout cela avant que les choses ne dégénèrent.

— Qui fait circuler ce genre d'informations ? demanda-t-elle.

Ernest chercha à se dérober, mais les yeux d'Emma ne le quittèrent pas.

— Un des banquiers de mon père, je crois...

— Je vois.

Une seule personne pouvait être derrière tout cela. Quelqu'un qui avait été éconduit et qui avait mal pris la chose. Quelqu'un qui, malheureusement, avait des relations influentes.

— Merci, Ernest, ajouta-t-elle. C'est tout ce que je voulais savoir. Je vais m'assurer que les choses rentrent dans l'ordre.

* * *

Emma, ce soir-là, ne cacha pas sa colère. Elle arpentait le salon de Karl de long en large, en jetant sur le parquet des claquements de talons secs comme des coups de fusils.

Elle avait toléré l'insistance de Shearmur par simple politesse, pour ne pas froisser son orgueil, en pensant qu'il finirait par se lasser. Plus tard, lorsqu'elle l'avait rejeté de façon plus directe et qu'il s'en était allé en menaçant de se venger, elle ne l'avait pas pris au sérieux – au pire, elle venait simplement de perdre un admirateur et elle n'en manquait pas. Pendant un temps, d'ailleurs, elle n'avait plus entendu parler de lui et avait cru l'histoire terminée. Pourtant, voilà qu'il se retournait contre elle.

— C'est tout de même un comble! tempêtait la jeune femme. Sous prétexte que je lui ai refusé ce qu'il voulait, le voilà qui cherche la première occasion pour me faire tomber! Le lâche… Il n'aurait pourtant rien dit s'il avait pu me mettre dans son lit!

— Ainsi va le monde, ma chérie, répondit Karl qui, assis dans un fauteuil, regardait les allées et venues de sa compagne sans perdre le moins du monde son flegme habituel.

— Oh, ça te va bien de dire ça… Ce n'est pas toi qui risques ta carrière! Shearmur n'est qu'un traître. C'est mesquin de s'en prendre à moi simplement parce que j'ai eu le malheur de décevoir ses caprices. Je n'ai pas joué avec lui! Je ne lui ai jamais laissé supposer que j'étais intéressée par ses avances! Je n'ai pas cherché à le séduire, j'ai seulement voulu être aimable et je me suis contentée du minimum de bienséance justement pour éviter de le braquer.

— C'est peut-être ce qu'il te reproche. Il a possiblement pris ta neutralité pour une approbation.

— Et alors quoi? Je joue ma carrière tout entière sur un simple quiproquo? Mais c'est d'une bêtise à pleurer!

— Alors cesse de crier pour rien et cherche des armes pour te défendre, Emma. Puisqu'il veut jouer à ce jeu-là avec toi, réponds-lui de la même façon…

— Tu voudrais que je fasse pression sur lui pour qu'il se mette à dire qu'il s'est trompé, que je suis une jeune femme parfaitement comme il faut ? répliqua Emma avec ironie. Karl, vraiment, crois-tu que je sois capable de ce genre de choses ?

— Pourquoi pas ? Tu vois une autre solution ?

— Oui…

Elle n'osa pas aller plus loin, mais elle soutint le regard de Karl. Ce dernier finit par détourner la tête. Il avait déjà compris.

Emma insista pourtant. Elle ajouta d'une voix soudain radoucie :

— Ce n'est pas la première fois que les gens autour de moi m'en parlent, Karl. Si j'étais mariée, ils n'auraient plus rien à dire sur mon comportement, sur ma soi-disant vie dissolue de femme indépendante. Car c'est cela que l'on me reproche, on me l'a suffisamment répété ! Gye, mon père et certains de mes admirateurs tiennent tous le même discours : une jeune femme ne doit pas vivre seule, elle doit se marier.

Absorbé dans ses pensées, Karl ne répondit pas. Emma s'assit près de lui.

— Est-ce que tu ne penses pas que ce serait une bonne idée ? Nous pourrions enfin cesser de nous voir en cachette, nous pourrions vivre ensemble, nous voir tous les jours…

Karl avait perdu son attitude décontractée. L'expression de son visage s'était assombrie. Sans un geste vers Emma, il se leva et s'approcha de la cheminée pour replacer une bûche qui s'était effondrée sur le côté. Puis il se releva et resta un instant à regarder les flammes reprendre lentement possession de leur bien.

— Je ne t'épouserai pas pour faire plaisir à la société de Londres, Emma, dit-il d'une voix basse.

— Qui te dit qu'il s'agit seulement de cela ? rétorqua aussi-tôt la chanteuse. Et si moi je désirais t'épouser ? Nous pourrions enfin...

— Je ne veux pas parler de cela.

Pour la première fois, Emma vit Karl se fermer comme une huître. Lui qui était d'ordinaire si tranquille, si imperturbable, toujours de belle humeur et sûr de lui, il se résumait mainte-nant à cette silhouette noire et renfrognée.

La cantatrice ouvrit la bouche, prête à le provoquer, à hausser le ton s'il le fallait. Mais sa surprise devant ce mutisme inhabi-tuel fut la plus grande.

— Bien. Alors si tu ne veux pas en parler...

La colère qui l'animait depuis quelques heures venait subite-ment de changer de cible. Elle ne prit pas la peine d'appeler le domestique. Elle alla chercher elle-même son manteau, l'enfila et prit le temps de boutonner chaque bouton. Puis elle attrapa sa bourse de velours et sortit.

Durant tout ce temps, elle avait espéré que Karl réagisse, qu'il la prenne dans ses bras et redevienne celui qu'elle aimait.

Mais il ne bougea pas.

Ce ne fut que quelques minutes plus tard, dans la voiture qu'elle avait appelée dans la rue pour la ramener chez elle, qu'Emma fondit en larmes.

* * *

— Mademoiselle Albani ? On vous demande dans le bureau de monsieur Gye !

Emma, qui s'était réfugiée une fois de plus sous les combles du théâtre, comme elle le faisait de plus en plus souvent ces derniers temps pour ruminer sa rancœur envers son amant, fit un signe de la main au machiniste qui venait de l'interpeller pour lui signifier qu'elle l'avait entendu. L'homme la salua en portant deux doigts à sa casquette et retourna à son travail.

Lorsqu'elle entra dans le bureau, elle trouva le directeur et son fils qui l'attendaient.

— Mademoiselle, dit Gye, je vous avais parlé d'un projet d'envergure. Il vient de se confirmer : vous partez pour l'Amérique la semaine prochaine ! Vous êtes attendue en Nouvelle-Angleterre…

Plus attentif que son père, Ernest remarqua aussitôt que quelque chose n'allait pas.

— Est-ce que tout va bien, mademoiselle Emma ? demanda-t-il.

La jeune femme, toute raide, ne répondit pas. Elle semblait ne pas l'avoir entendu.

— Oui, dit-elle nerveusement à l'attention de Frédérick Gye. Oui, bien sûr. C'est une excellente idée.

En réalité, l'idée ne l'emballait pas. Elle n'avait pas reparlé à Karl depuis leur dispute : pouvait-elle se permettre de quitter l'Angleterre pour une si longue tournée ? Qu'allait-il penser ? Elle n'eut pas le temps de se poser la question plus longtemps, car le directeur continuait :

— Bien sûr, vous serez là-bas pour représenter le Covent Garden. J'ai donc pensé à vous faire accompagner par Ernest. Vous comprendrez que je ne peux pas me permettre de vous laisser partir si loin et si longtemps toute seule. Mademoiselle Hatch, que vous avez rencontrée la dernière fois que vous êtes venue chez nous, sera également du voyage.

— Père vous a aussi réservé une soirée de concert à Albany, annonça Ernest d'une voix douce. Cela sera sûrement l'occasion pour vous de revoir vos amis…

En entendant cela, Emma leva enfin la tête et lui sourit.

* * *

Peut-être encore plus furieuse que blessée, Emma refusait d'envoyer à Karl la moindre lettre. Elle attendait que ce soit lui qui se manifeste, bien décidée à ne pas céder.

Mais le temps passait, et Karl restait muet.

Étrangement, ce fut auprès d'Adelina qu'elle trouva conseil. Un après-midi, alors que la prima donna se changeait dans sa loge après une répétition, Emma cogna à sa porte. Adelina fut probablement la plus surprise des deux. Si elle collectionnait les hommes autour d'elle, elle avait peu d'amies. Elle ne s'attendait visiblement pas à ce qu'Emma vienne chercher auprès d'elle le soutien qu'en temps normal Nellie lui aurait donné.

Passées les premières minutes, toutefois, elle se montra très compatissante, surtout après qu'Emma lui eut exposé la situation avec Shearmur.

— Ma chère, laissez-moi m'en occuper, dit Adelina sur un ton rassurant. Ce genre d'homme ne comprend qu'un seul langage.

— Que comptez-vous faire ?

— Mais le faire suivre, bien sûr ! Si vous voulez qu'il vous fiche la paix, vous n'avez pas d'autre choix que de faire pression sur lui à votre tour, publiquement ou en privé, comme il vous plaira. Tout le monde a des secrets, et ce cher monsieur ne fait certainement pas exception à la règle…

— C'est aussi ce que Karl me conseillait de faire. Mais…

Elle hésita.

— Cela vous répugne, n'est-ce pas ? dit Adelina avant d'éclater de rire. Sachez que vous n'irez pas loin avec vos beaux principes ! Vous devez jouer le même jeu que cette société ou vous serez mise à l'écart, c'est aussi simple que cela !

— Et si j'allais lui parler, tout simplement ?

— Pour le raisonner ? Cela ne fonctionnera jamais. Ces hommes-là sont pétris d'orgueil… Il vous prendrait pour une petite désespérée et cela ne ferait qu'attiser son esprit de vengeance. Il vous piétinerait sans remords… Vous irez le voir, c'est certain, mais pas avant d'avoir des armes pour vous défendre.

Adelina réfléchit un moment.

— Votre petite bonne – Émeline, c'est ça ? – va-t-elle avec vous en Amérique ?

— Non, elle reste ici.

— Bien, alors laissez-la-moi. Si votre Shearmur ne connaît pas son petit minois, elle pourra l'observer en toute tranquillité.

— Vous voulez l'espionner ?

— Bien entendu ! Partez en tournée et soyez tranquille. Je me charge de débusquer ce vilain rat de son trou. Dieu sait si je déteste ce genre de personnages !

* * *

Ce ne fut que la veille du départ, alors que l'appartement d'Emma était sens dessus dessous, envahi par une multitude de malles et de valises ouvertes, que Karl se présenta. Émeline l'introduisit au salon et, comme à son habitude, disparut ensuite dans sa petite chambre pour laisser sa maîtresse seule avec son invité.

Il y avait une sorte de lassitude sur le visage de Karl qu'Emma ne lui connaissait pas.

— J'ai appris que tu partais pour l'Amérique, commença-t-il.

— Oui, je pars demain.

Il y eut un silence. En son for intérieur, la jeune femme jubilait. Qu'importait ce qu'il avait à dire : il était revenu vers elle. C'était tout ce qui comptait.

— Je ne peux pas te laisser partir comme ça, Emma… Je suis désolé pour ce que je t'ai dit.

Elle ne désirait rien de plus et ne le laissa pas parler. Elle était déjà contre lui.

Karl referma ses bras autour des épaules de sa compagne. Ils restèrent ainsi un long moment.

* * *

Le départ arriva sans qu'Emma ait conscience du temps qui passait. Ce ne fut que lorsqu'elle aperçut Ernest et la jeune demoiselle Hatch sur le quai de la gare, près d'une pile de malles de tailles diverses, qu'elle réalisa qu'elle partait pour de longs mois loin de Karl. Leur réconciliation de la veille lui paraissait déjà bien trop courte : elle en voulait plus. Elle aurait emmené son amant avec elle si cela avait été possible.

Mais non, elle allait devoir se contenter de ses lettres, qu'elle recevrait sans doute avec d'interminables retards, entre la traversée de l'Atlantique et les adresses temporaires qu'elle aurait dans toutes les villes américaines de sa tournée, où son courrier aurait du mal à la suivre. Les adieux avec Karl, ce matin, avaient été déchirants…

— Mademoiselle Emma, vous devez être tellement heureuse de rentrer chez vous !

Suzanne Hatch paraissait aussi anglaise qu'on peut l'être, avec ses longs cheveux blonds et ses grands yeux bleus de poupée. Emma la connaissait depuis un moment et l'aimait bien, même si son enthousiasme perpétuel la fatiguait parfois.

— Je suis Canadienne, pas Américaine, répondit-elle doucement.

— Oh, le Canada, les États-Unis, c'est du pareil au même, non ? Tout cela, c'est l'Angleterre !

Ernest et Emma échangèrent un regard amusé. Suzanne était une gentille fille, mais elle avait tendance à emprunter des raccourcis parfois surprenants. Si Emma avait pu choisir, elle se serait volontiers passée de dame de compagnie, mais elle n'aurait jamais pu voyager seule avec Ernest Gye sans faire jaser toute la ville pendant les années à venir.

Emma soupira, prit son sac et jeta un œil sur le quai.

— Encore un train… soupira-t-elle.

Heureusement, la pensée de voyager avec Ernest la consola. Ils s'entendaient bien et elle savait qu'elle pourrait compter sur lui en toute occasion.

* * *

Un matin, alors qu'Emma et Suzanne achevaient de déjeuner dans le restaurant de l'hôtel de Baltimore où l'équipe de la tournée s'était établie pour quelques jours, Ernest Gye les rejoignit. Il avait un air sombre et un pli soucieux au milieu du front.

— Que se passe-t-il ? demanda aussitôt Emma. Il y a un problème ?

— Oh oui, et un gros ! fit Ernest en se laissant littéralement tomber sur sa chaise avec un soupir. Le directeur de New York vient de me téléphoner. La chanteuse qui devait assurer les représentations de *Lohengrin* vient de tomber malade. Elle a été obligée de rentrer dans sa famille.

— Et… ?

— Elle ne sera pas de retour avant plusieurs mois.

— Alors tout le programme de la tournée est à revoir ?

— Pas si nous lui trouvons une remplaçante.

Ernest regarda Emma bien franchement.

— J'ai tout de suite pensé à vous et j'ai proposé votre nom, dit-il. Le directeur est d'accord.

— Mais je n'ai jamais chanté *Lohengrin*! protesta la jeune femme.

— Vous l'apprendrez.

Emma soupira à la perspective de la quantité de travail qui venait soudain de lui incomber, en plus de ses représentations à donner. Suzanne suivait attentivement la conversation mais, pour une fois, elle se garda d'émettre des commentaires.

— Ernest, vous me demandez un travail considérable... gémit Emma.

— Nous n'avons malheureusement pas d'autre solution.

— Et dans combien de temps serons-nous à New York?

— Dans quinze jours.

— Quinze jours!

Cette fois, Emma avait presque crié. Dans le restaurant, des têtes se tournèrent vers elle.

— Vous n'êtes pas sérieux! reprit-elle un peu plus bas. Vous rendez-vous compte du travail que vous exigez de moi?

— J'ai confiance en vous, Emma.

— Mais...

Le regard d'Ernest était le même que celui de son père. Soudain, il n'était plus l'agréable compagnon de voyage, mais le futur directeur du Covent Garden et, par conséquent, son futur directeur. Et comme avec Frédérick Gye, Emma ne se sentit pas le courage de lutter.

Tout de même, ce remplacement représentait tout un défi. Ernest lui demandait d'assurer le premier rôle d'un opéra qu'elle connaissait à peine : un tel travail était considérable et ne se faisait pas en quelques jours...

Ce fut pourtant ce qu'elle parvint à faire. Quatre soirs par semaine, elle donnait ses représentations, puis elle rentrait à son hôtel. Elle s'accordait alors quelques heures de sommeil avant de se présenter auprès de l'organiste qu'Ernest lui avait déniché et qui lui faisait répéter son rôle. Dieu merci, l'homme connaissait les opéras de Wagner sur le bout des doigts, ce qui aida grandement la jeune femme. Ernest le paya même pour qu'il accompagne Emma jusqu'à New York afin qu'elle puisse mettre à profit les longues heures passées dans le train.

À New York, considérablement stressée par les délais serrés, Emma ne se sentait pas prête. Plusieurs fois, elle fit part de ses inquiétudes à Ernest, lui disant qu'elle préférait encore ne pas chanter plutôt que d'offrir un spectacle médiocre. Mais celui-ci la rassurait toujours. Suzanne, qui n'était d'aucun secours à Emma et commençait à se lasser de l'entendre répéter les mêmes phrases musicales, cherchait à se distraire. Elle proposa à plusieurs reprises à Ernest de laisser Emma répéter et d'en profiter pour visiter la ville, mais celui-ci refusait systématiquement. Attentionné, toujours calme, il ne quittait pas sa chanteuse, s'assurant à tout instant qu'elle ne manquait de rien. Il la motivait constamment pour qu'elle parvienne à réussir l'épreuve qu'il lui avait imposée. Sans Ernest, Emma aurait probablement paniqué, mais il parvenait à canaliser suffisamment son énergie pour qu'elle se concentre sur ses notes, au lieu de songer aux minutes qui passaient et la rapprochaient inexorablement de son entrée sur scène.

Emma n'eut que très peu de temps pour répéter avec les autres chanteurs, qu'elle rencontra seulement trois jours avant la première représentation. Ce délai ne fut pas pour la rassurer, mais devant eux elle parvint à faire appel à tout son professionnalisme pour se montrer à la hauteur de la tâche. Seul Ernest partagea ses angoisses jusqu'au dernier moment.

Vêtue du costume d'Elsa que l'on avait rajusté pour elle la veille au soir, elle attendait son entrée en scène dans les coulisses en se rongeant les sangs.

— Je suis sûre que je vais oublier ce passage, murmura-t-elle. Je l'ai encore oublié cet après-midi, lors de la générale…

— Non, Emma, vous n'oublierez rien, dit Ernest en lui serrant doucement le bras. Vous connaissez parfaitement votre rôle. Il faut seulement vous détendre et vous faire confiance.

— C'est facile à dire ! grinça la jeune femme. Ah, je vous retiens, avec vos idées de me faire apprendre un rôle aussi complexe en si peu de temps ! Vous savez bien qu'en plus la musique de Wagner n'est pas la plus accessible !

— Je sais, Emma, je sais tout cela. Mais songez seulement au triomphe que vous connaîtrez ce soir. Et aussi à l'orgueil que vous retirerez de cette aventure quand on saura le tour de force que vous aurez accompli !

— Si tant est que je réussisse…

— Vous y parviendrez. Même si vous n'en avez – Dieu merci ! – pas le caractère, vous êtes de la même trempe que madame Patti. Vous réussirez, j'en suis certain.

Emma ne put s'empêcher de sourire au commentaire d'Ernest sur le tempérament d'Adelina. Il lui sembla soudain que le nœud dans son ventre se dénouait un peu.

— Mademoiselle Albani ? C'est bientôt à vous !

Emma fit un signe de tête à l'assistant venu la chercher, puis elle se tourna vers Ernest, cherchant du regard un dernier encouragement.

— Vous allez les éblouir, Emma, dit celui-ci avec un sourire. Vous vouliez un rôle rien qu'à vous ? En voici un ! Maintenant, c'est à vous de le faire vivre…

Il n'était plus temps de s'angoisser ; l'Elsa de *Lohengrin* attendait qu'on lui fasse honneur. Emma suivit l'assistant. Une minute plus tard, elle montait sur scène.

* * *

La première représentation de New York fut un véritable succès. Malgré ses craintes, Emma n'eut aucun oubli et chanta parfaitement du début à la fin. Emportée par son rôle, elle se permit même quelques intonations particulières qu'elle n'avait encore jamais tentées pendant ses répétitions, mais qui donnèrent à son Elsa un charme tout particulier.

Les critiques furent élogieuses. En plus d'assurer les représentations de *Lohengrin* de la chanteuse malade, Emma chanta aussi ses propres opéras, qui étaient prévus à son programme depuis le début de la tournée. Elle offrit ainsi au public newyorkais un répertoire varié qui fit fureur. En quelques jours, les imprésarios qui l'avaient entendue demandèrent d'où elle venait, ce qu'elle chantait ; ils furent surpris d'apprendre qu'elle avait vécu à Albany. En quittant la ville, Emma emporta quelques lettres de directeurs de théâtre conquis et prêts à lui proposer des contrats dans les années à venir.

Prise dans l'effervescence du voyage, des premières représentations, des bagages à faire et défaire constamment, puis du rôle d'Elsa à apprendre à la dernière minute, Emma n'avait plus songé à Albany. Ce ne fut que lorsqu'elle monta dans le train qui allait l'y emmener qu'elle réalisa pour la première fois qu'elle reverrait des lieux et des visages connus.

Madame Laperrière, qui était au courant de son arrivée depuis bien longtemps, avait ameuté la moitié de la ville. Ce fut un véritable petit comité qui accueillit Emma, Suzanne et Ernest à leur descente du train.

— Où est-elle ? Mais où est-elle ? La voyez-vous, mon ami ?

Emma avait à peine posé le pied sur le marchepied qu'elle reconnut la voix flûtée de madame Laperrière, qui s'agitait à l'extrémité du quai. Elle lui fit un signe de la main, mais la brave dame ne la reconnut pas et crut visiblement que le geste s'adressait à quelqu'un d'autre.

— Elle est là ! Elle est là ! s'écria monsieur Laperrière qui fonça soudain sur Emma pour l'embrasser. Ma chère enfant ! Vous voilà enfin arrivée !

Derrière lui suivait un cortège composé d'anciens amis de la famille Lajeunesse, madame Laperrière en tête.

— Ma petite Emma ! s'exclama cette dernière en serrant la chanteuse contre elle. Comme vous avez grandi ! Comme vous avez changé ! Regardez-la, mes amis ! Regardez comme elle est belle ! Je me souviens encore de l'enfant qui arrivait de Montréal il n'y a pas si longtemps, et voilà que c'est une superbe jeune femme qui nous revient de Londres !

Rougissant sous les compliments et les embrassades, ne sachant plus à qui répondre devant les questions qui affluaient, Emma mit un moment à s'extirper du groupe. Puis elle présenta Ernest et Suzanne, qui attendaient en retrait.

— Bien entendu, monsieur, mademoiselle, dit madame Laperrière en s'adressant à eux, vous êtes mes invités aussi longtemps qu'il vous plaira !

— Madame, votre offre est généreuse, mais je ne voudrais pas abuser, déclara Ernest. J'avais déjà prévu…

— Que non ! Que non ! le coupa-t-elle. Aucun refus ne sera toléré ! La maison est grande, et les amis de ma chère Emma sont les miens !

Emma, Ernest et mademoiselle Hatch furent donc installés en invités de marque chez les Laperrière. Emma retrouva avec une bouffée de nostalgie ces lieux qu'elle connaissait si bien, l'infatigable énergie de madame Laperrière et les sourires tranquilles de son mari. Tout lui semblait familier, mais comme hors du temps. N'importe quel coin de rue, objet, couloir, odeur ou son faisait remonter à sa mémoire des souvenirs d'un autre âge qui, même s'ils dataient de moins d'une décade, semblaient déjà si loin derrière elle.

— Que devient Ferdinand? demanda-t-elle un matin à madame Laperrière, alors que celle-ci lui rapportait une fois de plus tous les potins de la ville. Vit-il toujours à Albany?

Le coup d'œil que madame Laperrière lança à son mari par-dessus la table fut éloquent. Elle poussa ensuite un soupir et se perdit dans la contemplation de son assiette.

— Il est parti à Montréal il y a quelques mois, pour rendre visite à la famille, répondit monsieur Laperrière en voyant que sa femme ne se décidait pas à parler.

— Oh, quel dommage! Cela m'aurait fait tellement plaisir de le revoir… Que devient-il, depuis tout ce temps? Est-il marié?

Emma avait posé la question le plus innocemment du monde, pour se montrer polie. Elle ne s'attendait certes pas à la réaction qu'elle provoqua: madame Laperrière devint soudain rouge pivoine et avala quelques gorgées d'eau pendant que son mari lui tapotait gentiment la main.

— Excusez ma pauvre femme, chère enfant. Elle a récemment vécu une grosse déception à ce sujet.

— Une grosse déception? s'offusqua madame Laperrière. Il nous a ridiculisés devant toute la ville et vous appelez cela une grosse déception? Mais c'est une honte, oui!

— Voyons, voyons, chère amie, vous exagérez…

— Nous aurions dû en faire un prêtre, comme je vous l'avais suggéré à l'époque! s'indigna de plus belle la brave dame. Il serait resté le nez plongé dans ses livres et nous n'aurions pas de problèmes avec lui aujourd'hui !

Devant le regard stupéfait d'Emma, monsieur Laperrière consentit enfin à s'expliquer.

— Il y a un an et demi environ, nous avons célébré les fiançailles de Ferdinand avec une jeune fille d'une excellente famille des environs.

— C'était l'union parfaite ! dit madame Laperrière.

— En tout cas, nous le pensions. Mais vous savez à quel point Ferdinand peut se montrer secret… Je crois bien que nous n'avons jamais réellement su ce qu'il pensait de ces fiançailles.

— Non, mais j'avais tout organisé pour lui, comme toute bonne mère l'aurait fait ! Cette petite Camille était charmante… Après tout ce temps passé à chercher quelqu'un qui serait capable de retenir un peu son intérêt, j'avais enfin trouvé l'exacte compagne dont il avait besoin. Et lui…

— Ferdinand a rompu ses fiançailles il y a quelques mois, indiqua monsieur Laperrière.

— A-t-il donné une explication ? demanda Emma.

— Pas la moindre ! gémit madame Laperrière. Cet ingrat a tout annulé comme si cela n'avait pas la moindre conséquence ! La pauvre demoiselle en était toute retournée, bien sûr, et je ne vous parle pas de ses parents ! Je ne suis même plus capable de les croiser dans la rue ! Que pourrais-je bien leur dire pour réparer l'affront que mon fils leur a fait ?

Son mari tenta encore une fois de la consoler :

— Voyons, ne vous faites pas tant de mauvais sang, mon amie…

Madame Laperrière versait assurément dans le drame. La connaissant, Emma imaginait sa déception, mais elle comprenait également que Ferdinand ait voulu s'éloigner pour un temps d'Albany. Il fuyait probablement bien plus sa mère que les parents de son ex-fiancée.

— Heureusement que vous, ma chère enfant, n'infligerez jamais ce supplice à votre pauvre père, lança madame Laperrière. Pensez-vous vous marier bientôt?

Emma faillit éclater de rire. Décidément, malgré ses petits drames familiaux, la brave dame ne perdait pas le nord! Mais le sourire qui avait fleuri sur ses lèvres disparut rapidement. Ernest, qui avait mangé en silence pendant tout l'échange au sujet d'un Ferdinand qu'il ne connaissait pas, leva soudain la tête. Pour éviter son regard, la jeune femme se tourna vers madame Laperrière.

— Je n'y songe pas encore, mentit-elle.

— Vous devriez, mon enfant, vous devriez. Vous devez avoir passé vingt-cinq ans, je crois, non? C'est un âge respectable pour se marier…

Madame Laperrière n'avait rien perdu de sa gentillesse et de ses attentions, mais elle était toujours aussi envahissante. Emma, au bout de quelques jours, fut bien heureuse de passer plus de temps au théâtre pour ses répétitions.

Pour sa première représentation, elle chanta une fois de plus sa célèbre Amina. Après que le rideau fut retombé, les cris et les applaudissements firent vibrer le théâtre comme jamais. Exceptionnellement, on appela la jeune femme sur scène pour une présentation officielle. Le directeur du théâtre eut de la difficulté à faire son discours: le public ne cessait d'applaudir et de crier. L'homme parvint tant bien que mal à résumer l'histoire de la cantatrice et raconta quelques anecdotes sur les années qu'elle avait passées dans cette ville et les gens qui l'avaient aidée à lancer sa carrière. Monseigneur Conroy lui-même monta sur scène pour venir embrasser Emma, suivi du maire d'Albany qui lui remit une gerbe de fleurs énorme au nom de tous les citoyens. Dans la salle se trouvaient aussi les Laperrière, le chef de chœur et le curé de l'église Saint-Joseph, un monsieur Davis fier comme pas un, et plusieurs autres – de ces anciens visages familiers qu'elle avait presque oubliés et qui resurgissaient à présent dans sa mémoire dans un joyeux chaos. Emma savait tout ce qu'elle devait à ces gens et à cette ville. Profondément émue, elle ne cachait pas ses larmes.

Soir après soir, la salle ne désemplit pas. Dans les journaux, on ne parlait plus que du prodige de l'opéra rentré au bercail. Emma se faisait arrêter dans la rue par ceux qui la reconnaissaient, créant de petits attroupements même lorsqu'elle allait simplement acheter un peu d'encre pour les longues lettres qu'elle écrivait à Karl ou à son père.

Elle n'avait pas non plus oublié une certaine livre de pois cassés, achetée un jour dans un magasin général près du collège où étudiait alors sa sœur. Un matin, la curiosité fut la plus forte. Pour une fois, elle refusa la compagnie de Suzanne, d'Ernest ou de madame Laperrière – qui voulait toujours la promener partout pour l'afficher comme un trophée – et elle trotta seule dans les rues de son ancien quartier.

Depuis la dernière lettre qu'elle lui avait écrite et dans laquelle elle lui avait rendu sa bague de fiançailles, Emma n'avait plus jamais eu de nouvelles de Jonathan. Son père lui en avait donné, de loin en loin, mais elle avait fini par cesser de s'informer. Elle n'avait aucune idée de ce que son ancien fiancé était devenu. Tout en marchant le long du trottoir, elle se demanda même si la boutique des Blythe existait encore.

C'était le cas. Au détour d'un carrefour, elle aperçut la longue devanture colorée, la façade fraîchement blanchie sur laquelle se détachaient les grandes lettres peintes. Emma hésita, puis s'arrêta. Elle vit de loin un petit commis d'une quinzaine d'années sortir pour arranger des marchandises sur un étal installé près de la porte, parler un instant avec deux clients qui arrivaient, puis rentrer avec eux pour les servir.

La jeune femme reprit son chemin et passa devant la vitrine. Elle fit mine de s'intéresser à quelques accessoires qui y étaient présentés en attendant que les clients s'en aillent. Par chance, le petit commis sortit avec eux.

— Excusez-moi, lui demanda-t-elle. La boutique appartient-elle toujours à la famille Blythe?

— Bien sûr, madame, répondit le garçon. Puis-je vous renseigner?

— Oh non, merci. Je ne fais que passer…

— Vous connaissez la famille, peut-être?

— Oui, je suis une ancienne amie de monsieur Jonathan Blythe. J'étais simplement curieuse de savoir ce qu'il était devenu et s'il se portait bien.

— Tout à fait, madame. Monsieur Blythe a repris les affaires lorsque monsieur son père s'est retiré. Il vient régulièrement nous voir. Il doit se partager entre cette boutique et une autre, que l'on a ouverte à l'autre bout de la ville.

— Ah! Et le commerce à New York?

— Je vous demande pardon?

— À une époque, je crois qu'il était question d'ouvrir aussi une boutique à New York.

— Oh, je l'ignore, madame. Je ne travaille pas ici depuis longtemps. Tout ce que je sais, c'est que monsieur Blythe s'est installé avec son épouse et ses enfants dans la maison familiale, alors je ne crois pas qu'il soit question de déménager dans une autre ville.

— Il est donc marié? dit Emma avec un petit pincement au ventre.

— Oui, madame, et il a deux belles petites filles. Si vous revenez demain, vous pourrez certainement le voir, c'est le jour des comptes...

— Non, merci.

Emma commença à s'éloigner. Elle avait soudain besoin de respirer.

— Madame ! appela le garçon. Dois-je lui laisser un mot de votre part ? Dois-je lui donner votre nom ?

— Ce ne sera pas nécessaire...

Ainsi, en seulement quelques années, Jonathan s'était marié et installé dans la confortable vie de commerçant qui avait été sa seule ambition. Il en était certainement très heureux, mais Emma ne savait trop si elle s'en réjouissait elle aussi. C'était très étrange pour elle de songer qu'elle aurait peut-être pu devenir cette madame Blythe qui habitait désormais la maison familiale avec ses deux enfants.

Elle se demandait parfois ce que serait devenue sa vie si elle avait emprunté d'autres voies. Certaines décisions n'avaient pas été les siennes : le départ pour Albany avait été voulu par son père, Milan n'était qu'une solution de dernière minute, le Covent Garden, un pur hasard... Néanmoins, sa décision de rompre ses fiançailles avec Jonathan avait été son propre choix.

Elle ne l'avait jamais regretté. Ce qu'elle venait d'apprendre au sujet de Jonathan lui confirmait que, si elle l'avait épousé, elle aurait probablement fini par quitter la scène tôt ou tard et n'aurait pas eu la carrière qu'elle avait maintenant. Pourtant, l'idée d'un foyer confortable, d'une vie tranquille et de jeunes enfants courant autour d'elle avait aussi son charme. Elle ne passerait pas de longues journées dans les trains ou sur les bateaux, quittant ceux qu'elle aimait pour de longues périodes, elle n'aurait pas à surveiller sans cesse ses faits et gestes de crainte qu'un mot malheureux ne se retrouve dans les journaux, elle n'aurait pas à jouer des coudes pour se faire une place dans le monde...

Mais elle n'aurait pas non plus ce fourmillement dans le ventre lorsqu'elle entendait le public s'installer dans la salle, elle n'aurait pas vu les magnifiques paysages de Pologne, les cathédrales colorées de la Russie ou les ruelles de Londres.

Emma avait choisi une vie trépidante, faite de découvertes et de défis sans cesse renouvelés. Si ce tourbillon l'épuisait par moments, elle n'était certainement pas prête à échanger cette vie-là contre celle d'une madame Blythe.

Elle ne souhaitait qu'une chose, à présent : conjuguer le meilleur des deux mondes en épousant Karl.

* * *

Peu de temps avant son retour en Angleterre, alors qu'elle donnait à Albany ses dernières représentations, Emma eut une grande surprise.

— Ferdinand !

La grande silhouette mince et noire du fils des Laperrière s'était faufilée dans la foule d'admirateurs venus saluer la chanteuse. En l'apercevant, Emma abandonna aussitôt le couple à qui elle était en train de parler et se jeta sans plus de manières au cou du fils Laperrière.

Il n'avait pas changé, avec ses yeux noirs et vifs au milieu d'un visage creux et sans intérêt. Avec les années, il avait pris un peu d'assurance mais il ne parlait toujours que très peu.

— Je vous croyais à Montréal ! dit Emma lorsqu'elle se fut excusée auprès des autres visiteurs et qu'ils purent enfin parler tranquillement.

— Je suis rentré hier, dit-il. Je ne pouvais pas rater l'occasion de vous voir sur scène.

— Vous n'avez pas été voir vos parents ?

— Non. Je… je ne souhaite pas les revoir pour le moment. Je me contente de leur écrire.

À en juger par son air soudain fatigué, le poids d'une madame Laperrière privée du mariage tant espéré devait peser bien lourd. Mais l'instant d'après, le regard noir se mit à pétiller.

— Mademoiselle, vous étiez extraordinaire sur scène ! Je n'avais jamais entendu *Lohengrin* et… vous… vous m'avez touché. Vraiment.

— Merci, Ferdinand, c'est un beau compliment.

— Je suis sincère, insista celui-ci, comme s'il craignait de n'être pas pris au sérieux.

Emma savait que son interlocuteur ne lui aurait pas fait un tel compliment par pure flatterie. Elle sourit.

— Je n'en doute pas, dit-elle doucement. Je m'efforce de suivre votre conseil…

Cette fois, ce fut au tour de Ferdinand de sourire. Il ne le faisait pas souvent ; il avait pourtant un sourire adorable, un peu maladroit, qui apportait de la chaleur à son attitude austère. Emma se rappela le soir où ils étaient venus dans ce même théâtre pour y entendre *La reine de Chypre* et où elle avait entrevu un pan insoupçonné de la personnalité de Ferdinand.

— Voulez-vous souper avec nous ce soir ? demanda-t-elle. Nous pourrions certainement trouver un petit restaurant.

— Nous ?

— Oui. Venez, je vais vous présenter mes compagnons, ajouta-t-elle précipitamment en faisant un geste en direction d'Ernest et de Suzanne, qui conversaient dans un coin de la loge avec quelques personnes.

En voyant Emma lui faire signe, Ernest s'approcha.

— Ferdinand, je vous présente monsieur Gye, le futur directeur du Covent Garden, qui m'accompagne dans cette tournée,
et mademoiselle Hatch, ma dame de compagnie. Et voici
monsieur Ferdinand Laperrière, le fils de nos hôtes.

— Oh! Le fils de…

Suzanne se tut brusquement, mais tout le monde réalisa
qu'elle avait failli parler des fiançailles rompues. Un léger
malaise flotta un instant sur le petit groupe. Le visage de Ferdinand s'était déjà refermé. Ce fut Ernest qui réagit le premier en
lui donnant une solide poignée de main et en changeant de
sujet.

On alla donc souper. Malgré les efforts d'Emma, Ferdinand
ne desserra que difficilement les mâchoires et le début du repas
fut assez tendu. Heureusement, Ernest comprit rapidement à
quel genre de personne il avait affaire et il prit les choses en
main : habitué à gérer les personnalités difficiles qui travaillaient
au Covent Garden, il fit preuve de beaucoup de tact et de
gentillesse pour mettre Ferdinand à l'aise. Au bout d'un
moment, les deux hommes engagèrent une conversation
intéressante, tandis qu'Emma s'occupait de museler la sponta-
néité malvenue de Suzanne. Somme toute, le repas se termina
mieux qu'il n'avait commencé.

Après cette soirée, Ferdinand repartit pour Montréal sans
qu'Emma ait l'occasion de le revoir. Elle avait fait jurer à
Suzanne de ne pas parler à madame Laperrière de la venue de
son fils en ville, pour ne pas blesser celle-ci plus qu'elle ne l'était
déjà. Elle fit de son mieux pour faire comprendre à la jeune
Anglaise qu'il fallait laisser faire le temps.

Puis ce fut le moment de retourner en Europe. Madame
Laperrière et son mari accompagnèrent leurs invités à la gare,
pour y prendre le train qui les emmènerait à New York, où ils
embarqueraient ensuite sur un paquebot similaire à celui
qu'Emma avait pris des années plus tôt avec Cornélia. Sur les
quais du port, alors qu'elle longeait les flancs de l'immense

bateau au milieu d'une cohue indescriptible de bagages, de voitures et de gens courant en tous sens, la jeune femme sentit soudain une grosse boule d'émotion lui serrer la gorge. Ces odeurs, ces bruits, tout cela lui rappelait la séparation qu'elle avait trouvée si difficile à l'époque. Elle n'avait pas revu sa terre natale canadienne, mais c'était tout de même un continent familier qu'elle quittait à nouveau.

En voyant Emma si bouleversée, Ernest lui prit la main.

Elle ne la retira pas.

* * *

À Londres, Emma retrouva Karl avec une impatience décuplée par ses longs mois d'absence. Lui aussi s'était langui d'elle : à peine avait-elle posé le pied en ville qu'il sonnait chez elle pour la prendre dans ses bras.

La vie reprit peu à peu son cours normal. Au Covent Garden, Gye était bien décidé à profiter de la vague de triomphe qui avait commencé à New York : il s'apprêtait à monter *Lohengrin* pour la première fois, et les répétitions reprirent. Emma jubilait d'interpréter enfin un rôle que personne, à Londres, n'avait encore jamais vu. Certaine de son succès, elle avait pris une assurance et un aplomb qui lui donnaient une incroyable présence sur scène. Lorsqu'elle chantait Elsa, même Nicolini, qui jouait le rôle de Lohengrin, semblait passer au second plan. Malgré la solide réputation qu'Ernesto possédait, rien d'autre ne comptait que la voix merveilleuse qu'Emma prêtait à son personnage.

Cela donna d'ailleurs lieu à quelques tensions avec Adelina. Cette dernière reprochait à la jeune cantatrice de ne pas laisser assez de place à Nicolini, qui ne pouvait s'exprimer et briller à son tour. Lorsqu'elle était de mauvaise humeur, la Patti devenait suspicieuse ; elle s'imagina qu'Emma et Nicolini avaient une aventure. Ces petites attaques répétées ébranlèrent un peu la fragile amitié qui unissait les deux femmes, mais Emma se montra patiente. Nicolini était un séducteur avéré, ce qu'Adelina savait; c'est pourquoi elle voyait en chaque femme une rivale potentielle. Les choses s'apaiseraient d'elle-même pour autant qu'Emma ne cherche pas à se justifier sans cesse.

Adelina, toujours friande de potins et de scandales, s'apaisa en effet lorsqu'elle eut autre chose à se mettre sous la dent. Le cas de Shearmur n'avait pas encore été réglé; c'est à peine si les rumeurs au sujet d'Emma s'étaient calmées pendant sa tournée en Amérique.

— Je me suis arrangée pour qu'Émeline soit engagée chez lui pour une quinzaine de jours, expliqua Adelina à son amie. Et cette petite a fort bien rempli son mandat, car elle nous a déniché quelques informations intéressantes sur le sieur Shearmur...

Emma ouvrit des yeux horrifiés.

— Adelina, s'exclama-t-elle, je te remercie de te soucier de moi, mais il est hors de question que je fasse chanter monsieur Shearmur !

— Et pourquoi donc ? N'est-ce pas ce qu'il fait lui-même ?

— Il ne fait que répandre des calomnies... Non, en réalité, il ne fait que dévoiler la vérité, même si c'est une vérité que je voudrais tenir secrète.

— Alors fais donc ce qu'il faut pour qu'elle le reste, répondit Adelina qui ne semblait décidément pas avoir les mêmes scrupules que sa compagne.

— Non, je ne peux pas. J'ignore ce que toi et Émeline avez trouvé sur le compte de Shearmur, mais je ne veux pas le savoir.

La discussion s'arrêta sur l'air interloqué d'Adelina.

De son côté, Shearmur redoubla d'efforts dans sa campagne de discréditation. Un soir, alors qu'Emma saluait quelques admirateurs dans le grand hall du Covent Garden, après une représentation de *Lohengrin*, quelques personnes qui discutaient ensemble lui firent signe de les rejoindre. Shearmur se trouvait parmi elles.

Emma ne l'avait pas revu depuis le soir du face à face entre Karl et lui dans sa loge. Le regard qu'il posa sur elle à cet instant était si dur qu'elle se sentit frémir, mais elle ne baissa pas les yeux et le salua poliment. Elle bavarda un moment avec les gens qui l'accompagnaient sans qu'il daigne lui adresser la parole. Elle venait de s'éloigner quand elle entendit la voix du banquier, dans son dos, juste assez haute pour qu'elle puisse saisir distinctement tout ce qu'il disait.

— Oui, elle chante fort bien, déclarait-il, mais je doute que la vie qu'elle mène soit aussi noble que les rôles qu'elle interprète. Je me suis laissé dire que mademoiselle Albani ne vivait pas seule… Il n'est pas facile de résister aux tentations lorsqu'on vit de façon indépendante, surtout pour une aussi jolie jeune personne.

Piquée au vif, Emma se retourna. Quand le petit groupe avec qui elle avait si gentiment bavardé à peine quelques minutes plus tôt la remarqua, ce fut la débandade : chacun se mit à chercher une contenance, faisant mine de n'avoir pas entendu Shearmur ou fouillant subitement la foule du regard à la recherche de quelqu'un à saluer… et d'une excuse pour s'éclipser. Seul Shearmur ne bougeait pas. Voyant le trouble de ses amis, il se retourna à son tour et croisa le regard d'Emma. Sans se laisser perturber le moins du monde, il prit au contraire un détestable air de suffisance et de mépris. Furieuse, la jeune femme s'apprêtait à foncer vers lui pour se défendre en public lorsqu'un admirateur tout proche la tira par le bras. Elle dut alors reprendre son air aimable et continuer à saluer tous ces gens venus la rencontrer, pendant que Shearmur se permettait un petit sourire.

Ce soir-là, Emma fut tentée par la proposition d'Adelina. En voyant Émeline s'affairer dans son petit appartement, elle s'interrogea sur ce que la jeune fille avait bien pu apprendre.

Discrète comme une ombre, cette dernière n'avait rien dit : elle attendait que sa maîtresse le lui demande.

Pourtant, Emma résista. Cela la répugnait d'avoir à répandre elle aussi des calomnies. Elle savait qu'une réputation détruite ne se reconstruit pas – la mémoire collective n'oublie jamais totalement – et elle ne souhaitait cela à personne, pas même à Shearmur. Sans compter que ce dernier était le fils d'un banquier respectable, et qu'elle n'était, elle, qu'une petite chanteuse étrangère. Quel poids sa parole aurait-elle ? On l'accuserait certainement de vouloir salir la réputation d'un honnête homme pour de l'argent ou pour cacher une faute…

Mais elle ne pouvait continuer à le laisser parler sans rien faire pour se défendre. Peut-être avait-elle encore le bénéfice du doute aux yeux de ses admirateurs, mais il fallait que toute cette histoire cesse avant de prendre des proportions hors de contrôle.

Emma choisit d'attaquer de front.

— Monsieur Shearmur, bonjour, dit-elle en entrant dans le bureau vitré.

Occupé à lire un dossier, l'homme leva la tête et ouvrit de grands yeux. Pour sa visite à la banque, la cantatrice avait choisi une toilette à la dernière mode, laissé Émeline réaliser sur sa tête une coiffure très compliquée, et s'était parée de la superbe étole de fourrure et de la broche de diamant qui avaient été les premiers cadeaux de Shearmur, du temps où il cherchait ses faveurs. Lorsqu'elle avait traversé la grande salle, les employés s'étaient retournés sur son chemin. Et maintenant qu'elle se trouvait dans le bureau du patron, les regards la suivaient à travers les vitrages.

Shearmur ne s'attendait certainement pas à une telle visite car il resta sans voix. Emma s'assit dans le fauteuil qui lui faisait face, sans attendre qu'on l'y invite, et retira lentement ses gants.

— Je suis venue vous trouver pour régler le petit différend que nous avons, dit-elle tranquillement.

— De quoi parlez-vous ?

— Voyons, monsieur Shearmur, répondit-elle en le regardant franchement, ne vous faites pas plus sot que vous ne l'êtes. Vous aviez une autre attitude, la semaine passée, au théâtre.

Cette remarque piqua Shearmur, qui se redressa un peu dans son fauteuil.

— Monsieur, continua la jeune femme, ma requête est très simple. Je voudrais que vous cessiez de répandre sur mon compte ces rumeurs que vous vous plaisez à colporter partout.

— Si ces rumeurs sont vraies, alors je ne vois pas pourquoi…

— En avez-vous la preuve ?

Shearmur ne répondit pas.

— Il fut une époque où vous teniez un tout autre discours, cher monsieur. Pourquoi croyez-vous que je vous ai résisté ? Ne pouvez-vous pas supposer que j'aie pu résister de la même façon aux autres hommes qui n'ont pas manqué de me faire les mêmes offres ? Croyez-vous vraiment que je manque d'admirateurs dévoués, comme celui que vous étiez ?

— Mademoiselle, je ne crois pas que…

— Vous agissez avec une mesquinerie surprenante, coupa Emma. Je vous croyais différent. Ces bassesses, ces racontars, ces petits commérages… Je les aurais compris de la part d'une femme jalouse, mais d'un homme tel que vous, avec votre naissance et votre éducation ? Soyez donc un homme, monsieur, un vrai, et battez-vous avec des armes à votre mesure. Ou bien ayez la noblesse d'admettre que vous avez perdu cette bataille. Vous en gagnerez d'autres, croyez-moi…

Elle se leva et se dirigea vers la porte.

— Oh, et je vous remercie pour vos cadeaux, monsieur Shearmur. Je les porte toujours avec une grande fierté. Vous avez été le premier de mes admirateurs et c'est une place que personne ne vous volera jamais…

En quittant la banque, Emma se mordit les lèvres pour ne pas éclater de rire. Pendant les quelques minutes qu'avait duré l'échange, elle avait gardé le contrôle de la conversation et n'avait pas laissé à Shearmur l'occasion de s'exprimer. Elle n'avait rien préparé d'avance ; elle avait improvisé en se basant sur la façon dont il réagissait. Et celui-ci, en homme orgueilleux, était sensible à la flatterie. En misant sur ces compliments détournés, Emma avait copieusement badigeonné de baume sa fierté blessée.

Le résultat de cette entrevue – presque un monologue tant Shearmur avait été dominé de bout en bout par la chanteuse – fut étonnamment rapide. Peu de temps après, lors d'une autre représentation, Shearmur fit porter à la jeune femme un bouquet de roses. La carte qui l'accompagnait était blanche, mais Emma comprit le message. De ce jour, il cessa ses ragots. Lorsqu'on lui rappelait ses médisances au sujet de la cantatrice, il se mettait soudain à nuancer ses propos, à douter de ce qu'on lui avait soi-disant rapporté.

Bien entendu, Emma redoubla d'efforts pour qu'on ne la surprenne pas en compagnie de Karl. En public, elle prenait les rumeurs à la légère ; elle en riait en disant que Londres ne savait plus quoi inventer pour discréditer ceux qui avaient du succès.

Et au fil des mois, puisqu'elles ne s'appuyaient sur aucune preuve, les rumeurs furent progressivement remplacées par d'autres sujets.

15

Les années passant, la renommée d'Emma s'étendit de façon considérable. De succès en succès, elle était devenue la seconde grande dame du Covent Garden, derrière Adelina dont elle se gardait bien de contester la place de prima donna. Les gens s'étonnaient d'ailleurs en constatant que les deux cantatrices s'entendaient si bien alors qu'elles étaient en compétition directe. Frédérick Gye, lui, savait qu'il pouvait compter sur le tempérament souple et aimable d'Emma pour atténuer les tempêtes caractérielles d'Adelina. Lui-même ne comprenait pas trop comment des femmes aussi différentes pouvaient si bien s'entendre, mais les faits étaient là : Adelina avait trouvé en Emma la seule véritable amie qu'elle ait jamais eue.

La reine Victoria avait rappelé plusieurs fois la jeune Canadienne au château de Windsor, tantôt pour des concerts privés en famille, tantôt pour des interventions plus solennelles lors de cérémonies importantes. Devenir la chanteuse favorite de la reine contribua beaucoup à établir sa réputation mondiale, bien sûr, mais pour la jeune femme, la consécration ultime lui vint le jour où Joseph, les yeux brillants d'excitation, entra en trombe dans sa loge du théâtre, un journal à la main. Assise devant son grand miroir, Emma se faisait coiffer.

— Que disent-ils au sujet de la représentation d'hier ? demanda-t-elle.

— Je l'ignore, dit Joseph, je n'ai même pas encore lu l'article. Mais regardez plutôt ceci !

Il tendit le journal droit devant lui. Dans le miroir, les lettres étaient à l'envers, mais Emma comprit aussitôt l'importance de la nouvelle.

En première page du journal, on titrait : *«L'Albani»*.

Ce titre, en apparence tout simple, fit bondir le cœur de la jeune femme. Pour elle, c'était un véritable anoblissement. Cette toute petite particule n'avait l'air de rien, mais elle était un symbole extrêmement fort : à elle seule, elle signifiait qu'Emma était reconnue par le public et les critiques comme étant l'une des plus grandes artistes de son temps, à l'image de la Patti et de la Grisi. Alors qu'elle n'avait pas encore trente ans, et après tout le mal qu'elle s'était donné pour lancer sa carrière, voilà qu'elle pouvait enfin commencer à en récolter les fruits.

* * *

Entre Cornélia, qui avait terminé ses études à Stuttgart et venait de partir pour l'Espagne où l'attendaient quelques contrats comme professeure de piano, et Joseph, installé dans sa banlieue anglaise, le rythme de la famille Lajeunesse avait bien changé. Emma vivait toujours comme une célibataire, partagée entre les saisons au Covent Garden qui suivaient leur cours et les différentes tournées qu'elle effectuait régulièrement en Europe, en compagnie – le plus souvent – de quelques membres de la troupe et d'Ernest Gye.

Depuis qu'elle avait résolu l'épineux problème qu'avait représenté Shearmur, elle n'avait plus reparlé de mariage avec Karl, le sentant frileux sur la question. Ils étaient parvenus plusieurs fois à s'échapper en Irlande ou au Pays de Galles, dans des petits villages de pêcheurs où personne ne savait ce qu'était l'opéra et où ils ne risquaient pas d'être reconnus. Ils profitaient alors de journées mémorables, se promenant main dans la main le long des plages ou s'enfermant dans la chambre de leur auberge sans voir personne.

Ces instants volés avaient leur saveur, mais Emma en aurait voulu plus. Cela faisait maintenant cinq ans que Karl et elle vivaient leur amour dans le plus grand secret, et, lorsqu'elle n'était pas complètement prise par son travail au Covent Garden, la jeune femme se languissait d'une vie plus paisible.

Autour d'elle, les femmes se mariaient, avaient des enfants. Maintenant qu'elle avait assuré sa carrière, elle commençait à les envier. Adelina avait beau dénigrer son propre mariage – elle vivait de plus en plus loin de son mari, le marquis de Caux – Emma ne la laissait pas faire. Pour elle, tous les mariages n'étaient pas forcément voués à l'échec, et elle imaginait la vie auprès de Karl comme la seule possible.

Ce dernier la surprit un jour en lui faisant une proposition d'une autre envergure.

— Ce cher monsieur Gye a-t-il prévu une nouvelle tournée pour toi cet été ? demanda-t-il un matin tandis qu'Emma, assise au bord du lit, remettait de l'ordre dans ses cheveux.

— Je crois que oui, répondit-elle. Il parlait d'un festival en Normandie, puis dans le sud de la France, et aussi de quelques dates à Madrid.

— C'est bien, tu pourras revoir ta sœur.

— Oui, j'ai hâte d'y être, dit-elle avec un sourire. Nellie me manque.

Karl et Nellie ne s'étaient rencontrés qu'une fois. Mais Emma parlait tellement de l'un à l'autre – et vice-versa – que chacun avait l'impression de connaître l'autre.

Tandis qu'il l'observait, Karl ajouta avec un sourire :

— Tu ressembles tellement à ton portrait, comme ça…

C'était vrai. Rossetti, qui avait peint le portrait d'Emma quelques années auparavant, l'avait représentée en Elsa – le rôle qui lui tenait le plus à cœur à l'époque –, les bras relevés tandis qu'elle coiffait ses longs cheveux pour son mariage avec Lohengrin. Le portrait était accroché dans le bureau de Karl, à la place d'honneur, et à cet instant précis la jeune femme avait retrouvé la même pose.

Elle sourit en retour et se tourna vers son amant.

— Pourquoi me demandes-tu ce que je ferai cet été ? dit-elle. As-tu des engagements ?

— Oh, je songeais à un voyage pour nous deux. Crois-tu que tu pourrais te libérer deux mois ?

Achevant de nouer ses cheveux en une large tresse, Emma s'allongea contre Karl pour profiter encore un peu de sa chaleur.

— Si longtemps ? Et où m'emmènerais-tu ?

— En Istrie.

La jeune femme figea. Cette fois, il ne s'agissait pas d'une escapade en Écosse ou en Normandie. L'Istrie, c'était la terre natale de Karl, sa famille, ses relations... Avait-il l'intention de la présenter à sa mère ? Pouvait-elle commencer à espérer ce qu'elle n'osait plus lui réclamer ?

* * *

Peu avant ce voyage, un autre grand bouleversement intervint dans la vie d'Emma.

Cela faisait quelques années qu'il en parlait, mais il semblait aussi intemporel que les colonnes de son théâtre : il avait le Covent Garden chevillé au corps au point que chaque fois qu'il songeait à partir il finissait toujours par rester une saison de plus. Pourtant, cette fois fut enfin la bonne : Frédérick Gye annonça officiellement qu'il se retirait des affaires et qu'il laissait la place à son fils Ernest.

Pour Emma, ce départ sonnait comme une petite trahison. Elle aimait beaucoup Gye, c'était à lui qu'elle devait sa première chance, il l'avait toujours traitée avec respect et bienveillance, et elle n'avait pas hésité une seconde à renouveler son contrat pour cinq autres années. Sa vie était au Covent Garden, mais que serait le Covent Garden sans son maître ?

Bien sûr, Ernest était fiable et parfaitement compétent – son père l'avait formé à son image et le théâtre ne changerait probablement pas de train de vie – mais la chanteuse s'attristait en songeant qu'elle ne verrait plus la couronne de cheveux blancs, dans la salle, du haut de son petit grenier. Gye avait dirigé le Covent Garden pendant près de trente ans, le relevant de la faillite pour en faire le théâtre italien à succès qu'il était désormais, et son âme en imprégnait les murs.

On organisa donc une grande soirée privée pour fêter la fin de cette époque, en même temps que l'intronisation d'Ernest en tant que nouveau directeur. Pour l'occasion, on ferma le théâtre au public et on invita tous les artistes de la troupe, les chefs d'orchestre et les musiciens, ainsi que ceux qui avaient travaillé au théâtre de façon récurrente. Les machinistes et les ouvriers furent eux aussi conviés à l'événement même si, habituellement, ils ne se mélangeaient jamais aux artistes.

Dans le grand hall, on tendit l'escalier de tapis de velours, on accrocha des lustres supplémentaires, on monta de longues tables et on disposa des fauteuils partout où c'était possible. La salle et la scène furent elles aussi magnifiquement décorées, en prévision des discours de remerciement que certains hôtes de grande marque allaient prononcer en l'honneur de Frédérick Gye.

Lorsque le grand soir arriva, on aurait pu croire à une soirée d'opéra habituelle si l'on n'avait pas vu défiler autant de visages célèbres. Sur les trottoirs, les passants médusés assistaient au cortège des vedettes qui descendaient de voiture pour entrer dans le théâtre où un officier annonçait chaque entrée. Partout, on ne voyait plus que des robes somptueuses, des pierreries étincelantes, des plumes, des fourrures et des costumes faits des draps les plus fins.

Emma avait également revêtu ses plus beaux atours. Accompagnée de son père, qui avait été courtoisement invité par Gye, elle avait fait son entrée dans une robe bleu pâle ornée de fine dentelle, qui faisait honneur à la blancheur de sa peau. Elle portait sur sa poitrine la croix de diamant que le tsarévitch Alexandre lui avait offerte lors de sa première tournée en Russie.

Les fauteuils du théâtre furent vite remplis par toute cette foule somptueusement vêtue. Tour à tour, les plus grands artistes montèrent sur scène pour remercier leur ancien directeur et accueillir le nouveau. Certains racontèrent des anecdotes sur la vie au Covent Garden qui firent beaucoup rire la salle. Pour sa part, Emma expliqua une fois de plus comment le hasard l'avait menée au Covent Garden plutôt qu'au Her Majesty's.

Après le discours ému de Frédérick Gye – il félicita une dernière fois les artistes qui faisaient vivre le théâtre et les techniciens qui participaient à son rayonnement, et souhaita bonne chance à son fils –, tout le monde se retrouva dans le hall. Des musiciens se tenaient en haut des marches et certains chanteurs en profitèrent pour lancer leurs airs les plus célèbres. Les autres invités s'éparpillèrent le long de la galerie supérieure, au rez-de-chaussée et dans les escaliers, un verre à la main. On riait fort, on s'interpellait, on revoyait de vieux amis perdus de vue depuis longtemps, et chacun cherchait à attraper un Gye – le père ou le fils – pour lui glisser un mot.

Vers la fin de la soirée, Ernest s'approcha d'Emma.

— Puis-je vous parler un moment, mademoiselle Emma ? dit-il.

— Bien sûr !

— En privé, si cela ne vous fait rien.

Intriguée, la jeune femme suivit Ernest jusque dans l'ancien bureau de son père, qui était maintenant le sien. Une fois la porte refermée, le bruit de la musique et des conversations s'estompa brusquement pour ne devenir qu'un murmure lointain.

— Quel effet cela vous fait-il de vous asseoir dans le fauteuil de votre père ? demanda gentiment Emma.

— C'est assez étrange. J'avais beau travailler étroitement avec lui, c'était tout de même son théâtre. Je crois qu'il faudra quelque temps avant qu'il ne devienne le mien…

— L'essentiel est que vous soyez prêt à assumer les nombreux autres succès qui auront lieu entre ses murs.

Ernest sourit, visiblement flatté par le compliment.

— Vous vouliez me parler ? reprit la chanteuse. Avez-vous déjà de nouveaux projets en tête ?

— Oui… euh… En réalité, il s'agit d'une affaire personnelle, cela ne concerne aucunement le Covent Garden. Je vous en prie, asseyez-vous. Désirez-vous quelque chose à boire ?

— Non, je vous remercie.

Emma prit place dans un des fauteuils, étalant soigneusement autour d'elle les plis de sa robe bleue. Au lieu de s'asseoir derrière le bureau, Ernest vint se placer près d'elle.

— Depuis combien de temps nous connaissons-nous, mademoiselle ? Près de cinq ans, je crois ?

— Oui, en effet.

— Je suis impressionné par la force de caractère dont vous avez fait preuve pour entreprendre une nouvelle vie, ici, à Londres. J'ai pu vous voir évoluer pendant tout ce temps et je n'aurais certainement pas fait aussi bien si j'avais été à votre place. Vous avez été déracinée, vous avez dû vous débrouiller seule en pays étranger… Le chemin que vous avez parcouru est remarquable.

— Et il n'est pas encore terminé, dit Emma en souriant. En tout cas, je l'espère !

— Je l'espère aussi.

Il y eut un silence. Ernest semblait chercher ses mots.

— Avez-vous des projets pour les années à venir, mademoiselle ? Je veux dire, en dehors de votre carrière ?

Emma fronça les sourcils, sans comprendre où son interlocuteur voulait en venir.

— Non, pas pour le moment. Mon travail m'accapare beaucoup, mais ma vie à Londres me convient et je ne souhaite pas partir. Soyez rassuré, monsieur Gye, je ne risque pas de vous quitter avant longtemps.

Ernest eut un léger sourire.

— Monsieur Gye ? Il fut un temps où vous m'appeliez simplement Ernest…

Il se leva et fit quelques pas vers la fenêtre. Dehors, dans la nuit noire, on distinguait les faibles lueurs des becs de gaz de la rue.

— Nous nous entendons bien, je crois, mademoiselle. J'ai souvenir de certaines tournées où vous et moi avons formé un duo efficace.

— C'est vrai. Vous vous êtes toujours montré un ami fiable et sincère, et vous avez toute ma confiance. Vous étiez le compagnon idéal pour ces tournées, et je regrette que votre nouveau poste vous retienne maintenant à Londres quand je serai en déplacement.

— C'est fort possible, en effet. Je devrai trouver quelqu'un pour me remplacer dans ce rôle. Mais peut-être que notre duo pourrait se poursuivre malgré tout. D'une façon… différente.

— Que voulez-vous dire ?

— Que si vous voulez bien de moi, j'aimerais vous épouser.

La phrase était sortie toute nette, claire et distincte comme si Ernest négociait les termes d'un contrat et venait enfin de lâcher le prix final après avoir tourné autour du pot.

Emma, qui s'était retournée pour le suivre du regard, figea comme une statue. Ernest quitta alors sa fenêtre et revint vers elle. Il s'agenouilla près de son fauteuil et lui prit les mains.

— Emma, dit-il, cela fait longtemps que je vous observe. Je sais que je me suis montré discret, j'ai longtemps attendu en espérant que notre bonne amitié finirait par vous rapprocher de moi. Je ne suis pas porté sur les grands sentiments mais, croyez-moi, mon affection pour vous est sincère et profonde. Ces dernières années, ma mère m'a présenté un nombre incalculable de jeunes femmes à marier, toutes plus charmantes les unes que les autres. Mais c'est vous que je veux, Emma… C'est vous…

Il n'y avait rien de suppliant dans son attitude. Ernest possé-dait ce genre de noblesse discrète dans les gestes, cette façon d'être sobre et digne, et sa demande était empreinte de la même tendresse qu'Emma avait parfois ressentie lorsqu'il prenait soin d'elle en tournée.

La jeune femme n'était pas surprise. Elle était consciente de l'effet qu'elle produisait sur les hommes et elle se doutait depuis un moment qu'elle lui plaisait. Ernest, pourtant, ne s'était jamais permis le moindre geste déplacé et elle avait pu profiter de son soutien et de son amitié des années durant. Elle était plutôt surprise qu'il ne se soit pas déclaré plus tôt.

En toute logique, tous deux formeraient en effet un couple parfaitement assorti. La société londonienne approuverait très certainement une telle union : la cantatrice épousant le directeur de théâtre, cela allait de soi. Emma obtiendrait ainsi un statut de femme mariée, deviendrait intouchable et pourrait continuer sa carrière en toute sécurité. Quant à Ernest, c'était un homme intelligent, plaisant et attentionné, qui l'aimait sincèrement et avec qui elle s'entendait bien. Il n'était pas possessif : il la laisse-rait vivre sa vie sans entraver ses ambitions. Plusieurs personnes

– dont son père, Joseph, qui se souciait régulièrement de marier sa fille – l'avaient souvent désigné comme le parti idéal.

Emma aurait probablement accepté son offre de bon cœur s'il n'y avait eu Karl…

Ernest s'était tu. Il attendait une réponse. Il se tenait devant elle le cœur ouvert, la franchise au fond des yeux, et devant tant de sincérité la jeune femme baissa subitement le regard.

Elle ne pouvait pas.

Elle en aimait un autre.

Voyant qu'elle ne répondait pas, le visage d'Ernest se crispa légèrement. Il caressa sa main une dernière fois, puis il se releva.

— Vous pouvez me donner votre réponse plus tard, mademoiselle, reprit-il. Je saurai attendre. Je vous demande simplement de ne pas jouer avec moi : si vous n'êtes pas intéressée par mon offre, ayez l'obligeance de me le dire franchement.

Il y avait quelque chose dans le ton de sa voix ; comme un sous-entendu qui perçait dans les mots les plus neutres. À cet instant, Emma comprit qu'Ernest savait tout. Il connaissait l'existence de son amant, c'était certain. Il ne s'était jamais permis la moindre allusion, mais il savait et malgré tout il voulait l'épouser. Était-ce son nouveau statut de directeur, ce bouleversement important dans sa vie, qui lui avait donné l'audace de se déclarer ?

Par politesse, Emma finit par répondre d'une voix basse :

— J'y réfléchirai, Ernest.

Ce dernier faillit ajouter quelque chose, mais il se retint. Devant ce nouveau silence, Emma se leva et quitta le bureau.

* * *

Cet épisode n'eut pas d'impact direct sur la relation de travail entre Emma et son tout nouveau directeur. Ernest prit en charge ses nouvelles fonctions avec le professionnalisme tranquille dont il avait toujours fait preuve et se comporta envers la jeune femme comme si rien ne s'était passé.

Emma, en revanche, fut ébranlée au-delà de ce qu'elle aurait pu imaginer. La demande en mariage qu'elle avait reçue remua ce qu'elle avait réussi à mettre de côté ces dernières années, depuis la dispute qu'elle avait eue à ce sujet avec Karl. À nouveau, des projets de famille et d'enfants surgissaient dans sa tête. Elle approchait de la trentaine et n'avait pas l'intention de rester célibataire toute sa vie. Après les nombreuses années qu'elle avait consacrées à lancer sa carrière, elle pouvait dorénavant s'occuper un peu plus de sa vie privée.

Un soir, alors que Karl était venu souper et qu'ils s'étaient installés l'un contre l'autre sur le sofa du salon pour bavarder tranquillement, Emma profita d'une conversation banale pour aborder de nouveau le sujet.

— Depuis que Morris est entré en politique, disait Karl, il devient de plus en plus difficile de le joindre. À mon avis, les petits soupers à Red House que tu aimes tant ne seront bientôt plus qu'un souvenir. Je ne crois pas que son épouse pourra reprendre le flambeau toute seule.

— Sais-tu si elle voit toujours Rossetti ?

— De moins en moins, je crois. Le pauvre est devenu impossible. Le portrait qu'il a fait de toi fera probablement partie de ses dernières œuvres, car il ne peint quasiment plus.

— Pourtant, tu lui as acheté une œuvre cette année, non ? Un tableau de Guenièvre, je crois ?

— C'est vrai, mais son style se perd. Il boit trop, il s'égare et cela se ressent sur son art. Tant que Jane s'occupait de lui, il parvenait à rester lui-même, mais elle a ses limites. Elle doit aussi songer à ses filles, elle ne peut pas être partout à la fois.

— Sans elle pour le soutenir, Rossetti est perdu…

— C'est bien possible.

Ils se turent. Emma, détendue, soupirait d'aise. D'une main, Karl lui caressait distraitement l'épaule. Elle ferma les yeux un moment pour mieux en profiter.

— C'est étrange, tout de même… reprit-elle.

— Quoi donc ?

— Ce drôle de trio qu'ils forment, Jane, William et Rossetti.

— Voyons, Emma, ne me dis pas que tu le leur reproches ?

— Non, bien sûr. Ils semblent avoir trouvé un certain équilibre. Mais je me demande à quoi va ressembler la vie des Morris sans Rossetti.

— Ils trouveront peut-être un autre troisième élément pour former un nouveau trio. C'est le lot de beaucoup de mariages, tu sais…

— Ça ne devrait pas, pourtant.

— Mon amour, ton discours est un peu réducteur. Après tout, qui sait ce que l'avenir nous réserve ? Les gens évoluent tout le long de leur vie, alors comment garantir qu'ils s'entendront bien du début à la fin de leur union ? L'arrivée d'un troisième élément est parfois salutaire, tu sais.

— Crois-tu qu'un jour nous aurons besoin d'un troisième élément, nous aussi ?

Karl resta silencieux.

— Pourquoi te mets-tu des idées pareilles en tête ? demanda-t-il après un moment.

Le ton de sa voix avait sensiblement changé.

— Et pourquoi serions-nous à l'abri de ce genre de situation plus que les autres ? répliqua Emma. Parce que nous ne sommes pas mariés ?

— Cela ne changerait rien à l'affaire, je crois…

— Pour moi, cela ferait une différence, répondit-elle avec entêtement.

— Emma, nous en avons déjà parlé.

La jeune femme se redressa sur le sofa, quittant la douce chaleur qui émanait du corps de Karl. Le sentiment de frustration qu'elle parvenait généralement à étouffer venait de surgir à nouveau, plus vif que jamais.

— Non, répondit-elle d'un ton sec. Non, justement, nous n'en avons jamais vraiment parlé. Je veux t'épouser, Karl, je n'ai jamais rien voulu d'autre.

— La vie que nous menons ne te convient pas ? Nous sommes heureux, non ? Alors pourquoi changer ?

Emma lui lança un regard noir.

— Crois-tu vraiment que je veuille passer ma vie entière de cette façon ? dit-elle. Je suis toujours célibataire, je dois sans cesse me cacher pour voir l'homme que j'aime, je n'ai pas de foyer et pas de famille à moi… Je suis fatiguée de tout cela, Karl. Je veux vivre avec toi !

— Je croyais que l'on s'était entendus, toi et moi…

— Ce n'est pas parce que je ne te parlais plus de mariage que je n'y pensais plus, lança la chanteuse avec une amertume qu'elle ne chercha pas à dissimuler. Je t'aime, Karl, Dieu sait que je t'aime ! Mais si tu n'y prends pas garde, tu pourrais finir par me perdre.

La menace était volontaire.

Et réelle.

Au départ, Emma avait simplement voulu provoquer son amant. Mais maintenant que les mots étaient sortis, elle réalisait qu'elle pourrait en effet se laisser tenter par une autre vie. Si Karl n'avait rien d'autre à lui offrir que cette relation officieuse, elle finirait effectivement par se détourner de lui. La déception serait trop grosse et entacherait fatalement la relation qu'ils entretenaient.

Karl avait changé de couleur. La mâchoire contractée, il n'osait plus la regarder en face et fixait un point invisible sur le tapis, comme si son silence pouvait le mettre à l'abri d'un conflit qu'il ne voulait pas affronter.

En le voyant, Emma sentit son cœur se serrer. Ce n'était pas ce genre de réactions qu'elle espérait. Karl s'entêtait dans son refus et cela lui tordait le ventre, autant pour sa propre désillusion que pour la souffrance qu'elle lisait sur le visage de son amant.

— Karl… reprit-elle tout bas en lui caressant la joue. Karl, je ne veux pas te quitter. Je ne veux pas. Mais je ne pourrai pas vivre cette vie éternellement, tu comprends ?

Il ne répondit pas. Cependant, lorsque Emma se blottit de nouveau contre lui et déposa un baiser dans son cou, il lui prit la main et la serra très fort.

Le lendemain, lorsqu'elle s'éveilla, Emma trouva le lit vide.

Karl était parti sans un mot.

* * *

— Le marquis est toujours en France, disait Adelina. Il ne rentrera pas avant la fin de l'année.

— Quand l'as-tu vu pour la dernière fois ? dit Jane. Cela remonte à un bon moment, je crois, non ?

— Plusieurs mois, certainement ; je crois que j'en ai perdu le compte ! dit Adelina en éclatant de rire. Je t'avouerai que moins je le vois, mieux je me porte…

Assises autour de la table du petit salon de thé où les trois femmes avaient pris l'habitude de se retrouver régulièrement, Adelina et Jane Morris bavardaient. Installée près d'elles, Emma les écoutait d'une oreille distraite. Depuis quelques jours, elle avait sensiblement perdu son entrain et sa bonne humeur habituelle, et elle restait songeuse.

Adelina continuait.

— Ce mariage ne ressemble plus à rien, de toute façon. J'envisage de divorcer.

— Divorcer ! s'exclama Jane, visiblement choquée.

— Et pourquoi pas ? Cela vaudrait mieux qu'un simulacre ridicule dont personne n'est dupe. Ernesto et moi voulons vivre ensemble et ce n'est pas mon mariage qui m'en empêchera.

— Mais n'as-tu pas un peu de compassion pour ton mari ?

— Le marquis ? Je ne vois pas pourquoi. Il n'en a pas eu pour moi lorsqu'il a pris une maîtresse, je ne vois pas pourquoi ce serait à moi de me sacrifier… J'ai repéré une superbe propriété, lors d'une de mes tournées au Pays de Galles, et j'ai entamé des procédures pour l'acheter. Dès qu'elle sera à moi, je compte bien m'y installer avec Ernesto. Notre histoire dure depuis des années, il est temps qu'elle devienne enfin officielle.

Jane haussa un sourcil circonspect, mais ne répondit rien. Il était difficile d'argumenter avec Adelina lorsqu'elle s'était mis une idée en tête.

— Eh bien, Emma, à quoi penses-tu ? demanda Adelina en voyant que la jeune femme ne suivait pas la conversation.

— Oh, fit Emma en secouant la tête comme pour chasser un songe. Je m'excuse, j'avais l'esprit ailleurs.

— Quelque chose te tracasse ? demanda Jane avec douceur.

Emma hésita. Elle ne se confiait pas facilement, ayant pris depuis longtemps l'habitude d'assumer seule ses soucis. Mais devant le regard inquisiteur de ses deux amies, elle céda.

— C'est Karl. Je n'ai pas eu de nouvelles de lui depuis plusieurs jours.

— Vous vous êtes disputés ?

— Oui… Enfin non, pas vraiment. Nous avons eu un différend, mais je pensais que les choses étaient rentrées dans l'ordre. Pourtant, il ne répond pas à mes lettres. Je suis allée chez lui à deux reprises, mais il n'était pas là.

— Mais, Emma, il est parti ! s'exclama Jane.

Stupéfaite, la jeune femme regarda son amie.

— Parti ?

— Oui. Karl est parti il y a cinq jours. Il est passé nous voir, à Red House, pour déposer une toile qu'il a vendue à William il y a quelque temps. Il avait prévu partir ensuite pour l'Istrie. Il ne reviendra pas avant plusieurs mois…

Jane se trouva soudain mal à l'aise.

— Je croyais que tu le savais… ajouta-t-elle tout bas.

Emma se trouva à court de mots. Sensible au profond choc que sa compagne était en train d'absorber, Adelina lui prit aussitôt la main en signe de soutien.

Karl avait donc quitté le pays.

Il était parti en Istrie, mais sans elle.

Ces séjours à l'étranger étaient chose courante. Il partait presque aussi régulièrement qu'elle lorsqu'elle effectuait ses tournées. Il pouvait lui arriver de s'en aller vendre ou acheter certaines œuvres, en France, en Allemagne, aux Pays-Bas, en Italie ou encore en Sicile – où ils s'étaient rencontrés, bien des années auparavant. Même s'il possédait de nombreuses terres fertiles en Istrie, il ne se sentait pas l'âme d'un propriétaire terrien, et c'était sur le marché de l'art qu'il faisait fructifier la fortune familiale depuis la mort de son père. Malgré ses absences fréquentes, décidées parfois à la dernière minute, il n'était jamais parti sans prévenir Emma.

Sans compter qu'il lui avait lui-même proposé de l'emmener sur sa terre natale et qu'ils avaient déjà commencé à organiser leur voyage – Emma avait même retenu son congé auprès d'Ernest. Dans ce contexte, partir sans elle était plus qu'une injure : c'était véritablement un message.

Avait-elle été trop loin en ramenant une fois de plus le sujet du mariage ? Lui avait-elle fait peur ? Elle le savait réticent, bien sûr, mais il ne lui avait jamais opposé de « non » catégorique. Elle avait cru qu'avec le temps il finirait par s'assouplir et comprendre son point de vue à elle : si sa carrière au Covent Garden était assurée, sa situation sociale de femme célibataire était toujours aussi précaire. Pourrait-elle un jour construire un foyer avec lui ? Porter ses enfants ?

Elle ne comprenait plus. Pourquoi avait-il déguerpi de la sorte ? Pourquoi la fuyait-il ?

— Ma chérie, dit Adelina pour la consoler, tu sais comment sont les hommes. Ils se permettent de maltraiter nos sentiments sans même se rendre compte du mal qu'ils font…

Emma n'écouta pas.

Et soudain, elle fondit en larmes.

* * *

Le coup était dur, mais Emma ne resta pas prostrée très longtemps. Elle n'aimait pas s'apitoyer sur son sort en attendant que les événements veuillent bien tourner en sa faveur. Sur un coup de tête, elle se décida donc à aller trouver Ernest Gye.

— Je voudrais devancer mon congé et partir maintenant, annonça-t-elle.

— Maintenant ? Mais, Emma, ce n'est pas possible ! Nous avons encore une vingtaine de représentations avant la fin de la saison !

— Alors engagez une remplaçante, dit-elle, imperturbable, comme si ces détails ne la concernaient pas.

— Il ne s'agit pas que de cela. Une remplaçante pourrait reprendre votre rôle pour quelques soirs, bien sûr, mais seulement en cas de force majeure, et pas pour une aussi longue période... Sinon, que diraient les gens qui ont payé leur place pour venir vous voir ?

— Ils viendront la saison prochaine.

Ernest ouvrit de grands yeux.

— Pensez-vous vraiment ce que vous venez de dire ? dit-il, visiblement stupéfait.

— Et pourquoi pas ? Ernest, j'ai besoin de partir maintenant. Je sais que ce n'est pas le moment idéal, mais si je suis venue vous voir, c'est parce que je pensais que vous étiez mon ami, que vous pourriez me comprendre et m'aider...

— Emma, arrêtez, voyons ! Vous vous égarez !

Cette fois, le ton d'Ernest avait changé : la pointe d'autorité dont il n'usait quasiment jamais venait de jaillir comme une flèche, juste assez piquante pour que la jeune femme se rende compte qu'elle était allée trop loin. Non seulement son attitude ressemblait à un caprice indigne d'elle, mais surtout elle s'était montrée très peu professionnelle.

— Je ne vous laisserai pas ternir votre carrière pour un homme qui ne vous mérite pas, Emma, reprit-il, les dents serrées.

La jeune femme pâlit.

— Qui vous dit qu'il s'agit d'un homme ? Nous parlons d'un simple congé de quelques semaines…

Ernest répondit d'un ton très calme :

— Nous parlons d'un voyage en Istrie. Et je sais qui possède des terres et une famille là-bas.

Il se leva et s'approcha d'Emma. Soudain fatigué, il soupira et s'appuya sur le devant de son bureau, face à elle, mais les bras croisés et le regard fuyant. Son attitude n'aurait pas été différente s'il avait voulu annoncer une mauvaise nouvelle à la jeune femme.

— Il y a des choses que vous ignorez, Emma. Et croyez-moi, j'aurais souhaité ne pas avoir à vous les apprendre moi-même. Je ne suis pas… le mieux placé pour cela.

— Que voulez-vous dire ?

Comme Ernest hésitait, Emma sentit les battements de son cœur s'accélérer sous l'effet d'une soudaine angoisse.

— Je connais monsieur von Heirchmann depuis un moment. Nous avons des amis communs. Je sais qu'il est rentré dans sa famille il y a quelques jours et je devine que vous voulez le rejoindre là-bas. Mais, croyez-moi, ce n'est pas une bonne idée.

— Ernest, expliquez-vous ! s'écria Emma.

Gye soupira encore. Il avait l'air résigné et malheureux de celui qui a une tâche difficile à accomplir et qui voudrait bien se trouver ailleurs.

— Von Heirchmann est fiancé, Emma. Depuis un an. Le mariage est prévu pour la fin de l'été.

Cette fois, Emma se sentit vaciller. Blanche comme un linge, elle parvint à s'asseoir dans l'un des fauteuils qui faisaient face au bureau. Elle refusa sèchement la main qu'Ernest tendait vers elle.

— Comment… Comment le savez-vous? murmura-t-elle.

— Je vous l'ai dit, nous avons des amis communs. Et puis, j'ai eu l'occasion de bavarder avec madame von Heirchmann et sa fille, qui étaient de passage à Londres au début de l'année.

Encore une visite de sa famille dont Karl ne lui avait jamais parlé, comme la dernière fois, lorsqu'elle l'avait appris de la bouche de Jane Morris. Combien d'autres choses Karl lui avait-il encore cachées?

Emma était effondrée mais, étrangement, elle ne pleurait pas. Elle avait seulement cette voix grave, cette voix d'outre-tombe à l'opposé de sa voix ordinaire, qui donnait à ses paroles une profondeur inhabituelle et sonnait complètement faux à ses oreilles. On eut dit une autre personne.

— Emma, dit Ernest en s'approchant doucement, je sais que vous… que vous…

Il ne trouvait pas les mots pour dire que depuis le début, sans doute, il connaissait la liaison d'Emma et Karl. Toutes ces années, il avait aimé la jeune femme en silence, il l'avait vue grandir et s'épanouir dans les bras d'un autre et pourtant il avait toujours été là pour elle. Jamais de ressentiment, jamais de rancœur, jamais le moindre esprit de vengeance ou de jalousie n'avait plané sur la relation de confiance qu'il avait construite avec elle, étape par étape. Ernest avait été là chaque fois qu'elle avait eu besoin de lui, fidèle, aimant et incroyablement dévoué.

— Il ne vous épousera pas, reprit-il d'une voix douce. Croyez-moi si je vous dis que sa famille s'y opposerait catégoriquement. Je déteste avoir à vous apprendre ces choses-là, ce n'est pas mon rôle et cela me fait plus de mal encore que vous pouvez l'imaginer. Mais… vous devez cesser de vous faire des illusions.

Chacun de ces mots broyait le cœur d'Emma, mais sa tête reconnaissait la véracité des propos.

Ernest avait raison.

C'était épouvantable à admettre, mais il avait raison.

Effondrée dans le fauteuil, la cantatrice cachait son visage dans ses mains. Doucement, avec une tendresse qu'elle ne lui connaissait pas, Ernest écarta ses doigts et lui caressa la joue, cherchant son regard. Et ce qu'elle lut au fond de ses yeux lui fit plus de bien que toutes les paroles de réconfort qu'il pourrait jamais prononcer.

À cet instant, Emma se dit que oui, cet homme-là, elle pourrait l'épouser.